Egon Christian Leitner
Des Menschen Herz
Sozialstaatsroman

Furchtlose Inventur

II. Buch

Wieser *Verlag*

Wieser *Verlag*

A-9020 Klagenfurt/Celovec, Ebentaler Straße 34b
Tel. +43(0)463 37036, Fax +43(0)463 37635
office@wieser-verlag.com
www.wieser-verlag.com

Copyright © dieser Ausgabe 2012 bei Wieser Verlag,
Klagenfurt/Celovec
Alle Rechte vorbehalten
Lektorat
Bd. I u. II: Thomas Redl, Helga Schicho
Bd. III: Lorenz Kabas, Helga Schicho
ISBN 978-3-99029-002-6

II. BUCH • FURCHTLOSE INVENTUR

Inhalt

II. Buch: Furchtlose Inventur

Von einer Dialysestation, auf der ein Pfleger gewissenhaft arbeitete, aber eineinhalb Jahrzehnte nach der berichteten Zeit schuldig gesprochen wurde, weil 2005 ein Patient während der Dialyse gestorben war. Die Richterin bedauerte, dieses Urteil fällen zu müssen, denn statt des Pflegers sollten sich die Ärzte, die Verwaltung und die Politik vor dem Gericht verantworten müssen. Doch so weit reichten die Gesetze nicht. (1989–1992) *13*

Von einer Frau, deren Gehirn plötzlich blutete und über die man sagte, sie werde das nicht überleben oder wenn, dann nur ohne jede höhere geistige Funktion, und später, sie sei nicht therapierbar. Aber das war alles nicht wahr, weil um sie gekämpft wurde. (1993–1999) *74*

Ein Sozialarbeiter kommt mit seinem Beruf nicht zu Rande, gerät auf Abwege, erpresst seine Organisation. Diese will ihn loswerden. (1992–1998) *110*

Wie ein großmütiger Gelehrter und herzensgebildeter Forscher, in dem 3000 Jahre Menschheitsgeschichte am Leben und Wirken waren, unterging und sein Universitätsinstitut mit ihm und dadurch der Schulunterricht. Aber das weiß fast niemand, weil man vergessen hat, was alles möglich ist. (1992–1997) *143*

Wie einem Flüchtling ein fremdes Kind in den Händen starb und er darüber ein anderer Mensch wurde. (1992 –) *161*

Von einer Frau, die als Kind fast zu Tode gekommen wäre und für ihre Kinder lebte; und wie es ist, wenn es dann plötzlich in Wahrheit doch keine Schmerzmittel gibt, die helfen, und keinen Gott und die netten Hospizleute sich irren. (1999) *167*

Von einem Lehrer aus kleinen Verhältnissen, der glaubt, er sei unnütz und werde nicht gebraucht. Er bemüht sich. Aber in der Schule ist nichts wirklich. Man muss aber auf das stolz sein können, was man lernt. Es muss also wichtig und wertvoll sein. Und man darf nicht so viel im Stich gelassen werden. (2005) *179*

Ein Vietnamese, der im Krieg Funker war, stirbt fast im Meer als einer der Boatpeople. Zufällig wird er vom Roten Kreuz von seiner Familie, seinem Bruder, getrennt, der nach Amerika gebracht wird. Er kommt ganz alleine hierher, verliebt sich in

eine Chinesin, gibt ihr Geld, damit sie von hier fortkann,
ist dann wieder sehr alleine, hat Asyl, aber nicht viel Geld,
nur seine Arbeit, die oft nicht. Am 11. September 2001 wird er
ziemlich schizophren, weil er die Fernsehbilder nicht fassen
kann. Er kommt immer wieder ins Stadtspital und wird dann in
ein Pflegeheim in einem Landschloss verschleppt, in dem die
Verweildauer 4 Jahre beträgt, dann stirbt man. Er ist 54 und
immer freundlich. Ins Heim muss er, weil es heißt, dass er
niemanden habe. Er hat aber jemanden; die brechen ihn heraus.
Das Pflegeheim ist die Hölle für die Insassen und für das
Pflegepersonal. Aber die Politik nimmt das der Region und der
Arbeitsplätze wegen billigend in Kauf. Auch spare man durch
das Heim anderswo Geld. Vor allem sei das Patientenmaterial
das Problem. (2004–2005) *185*

III. Buch: Tagebücher 2004–2011

Tagebücher 2004	*13*
Tagebücher 2005	*94*
Tagebücher 2006	*164*
Tagebücher 2007	*283*
Tagebücher 2008	*387*
Tagebücher 2009–2011	*457*
Nachwort	*621*
Pataphysisches Register	*629*
Adolf Holl zu Autor und Werk	*681*

I. Buch: Lebend kriegt ihr mich nie

Ein Vierzehnjähriger bringt sich aus Zuneigung und Zufall
nicht um. Im Übrigen kennt er sich mit Gewerkschaftern aus. *15*
Der hochbegabte Sohn eines Auschwitzwärters ist schwer
erziehbar, findet sich aber einen Freund, der ihm für eine
Zeitlang Leib- und Geistwächter ist. Als sein erstes Kind
geboren wird, sagt er, er habe alles erreicht im Leben,
er habe die Welt verändert. *44*
Ein maroder Technikstudent verliebt sich in eine
Primartochter, die Medizin studiert, und hängt sich auf.
Sie hat ihn aber von Herzen geliebt. Was die Leute zu dem
Ganzen sagten und was das für Folgen hatte. *65*

Ein paar alte Leute aus einem Altersheim wollen ein
misshandeltes Kind erretten. Des Weiteren, wie das
Jahr 1968 wirklich war.   86

Von einem Kind, das unter Soldaten aufwuchs, und vom
Militärwesen überhaupt. Man darf da keine Illusionen haben.   92

Eine hat ein liebes Lächeln.   109

Wie ein Ort an und für sich beschaffen war, in dem ein
paar Babys umgebracht worden sind und eines fast.   119

Von den vielen guten Menschen in dem Ort und was für
ein Wirbel war, als besagtes Kind groß war und wählen ging.   142

Vom Wesen der Politik überhaupt und wie durch es ein
Mann mit Familie in seinem 45. Lebensjahr alles verloren hat,
aber ein paar Bescheinigungen bekam, worauf sogar der
Staatspräsident ihm recht gegeben haben soll. Ein Minister
mochte ihn leiden und sie hatten oft fördernden Umgang
miteinander.   152

Ein Virtuose bringt seiner winzigen Tochter sein eigenes
Können bei, damit sie einen Halt hat, Karriere machen und
glücklich sein kann. Mit 18 oder 19 springt sie von einem
Eisengerüst in die Ewigkeit. Man hat jederzeit auch schon
vorher zuschauen können. Das Haus, aus dem sie war,
hatte Stil und Kultur und hielt den regen Austausch hoch.   168

Wie es in den 1960er und -70er Jahren in der Schule war
und wie mit den Penissen in Jugoslawien.   193

Warum Streiks und Esoterik gleich gut sind und es für
Menschen nichts Besseres gibt. Und wie einer aus Scheu
ein paar weibliche Wesen durcheinander brachte und
sie ihn sehr.   218

Warum Professionalität eine Augenauswischerei ist, die Dinge
aber trotzdem gut ausgehen.   245

Ein alter Mann wirft sich, wenn er es gar nicht mehr aushält,
ein Nagelorakel und ist danach immer guter Dinge. Er macht
sich aber Sorgen, weil sich die Menschen und die Zeiten
nur äußerlich geändert haben. Alles werde wieder geschehen.   281

Der Gesetzgeber tut, was er kann, damit er das Gesetz wieder
brechen kann.   299

II. Buch
Furchtlose Inventur

Von einer Dialysestation, auf der ein Pfleger gewissenhaft
arbeitete, aber eineinhalb Jahrzehnte nach der berichteten
Zeit schuldig gesprochen wurde, weil 2005 ein Patient
während der Dialyse gestorben war. Die Richterin
bedauerte, dieses Urteil fällen zu müssen, denn statt des
Pflegers sollten sich die Ärzte, die Verwaltung und die
Politik vor dem Gericht verantworten müssen.
Doch so weit reichten die Gesetze nicht.
(1989–1992)

1

Auf der Dialysestation lagen zwei Patienten, die hatten Gliedmaßen bei Arbeitsunfällen verloren. Stromunfall, Herzstillstand, Nierenversagen. Einer hatte keine Beine mehr und nur eine Hand. Es schienen jetzt seine letzten Tage gekommen zu sein. Der Arzt, dessen Name so schön griechisch klang, mochte den Mann sehr. Der Mann mit dem verstümmelten Körper wollte nach Hause, nur ein paar Tage, über das Wochenende, glaube ich. Seine Frau war ihn einmal besuchen auf der Dialyse. Mir schien, die Frau und der Mann liebten einander inniglich. Und als er traurig war und für das Wochenende heimwollte und nur mehr ein paar Tage zu leben hatte – aber das wusste er vielleicht nicht, ich weiß auch nicht, ob der Arzt es wusste –, bat der ohne Beine mich, als er am Apparat hing, ich solle seine Frau anrufen und sie bitten, dass sie ihn holen kommt. Er sagte mir zwei Nummern. Ich erreiche seine Frau ganz gewiss. Sie sei immer zu Hause um die Zeit. Das sei so ausgemacht, damit er sie telefonisch erreichen kann. Er warte jetzt schon seit Tagen auf ihren Besuch. Sie rufe ihn auch nicht an. Er verstehe das nicht. Ich ging aus der Dialyse raus an die frische Luft und in die nächste Telefonzelle und rief ein paar Mal dorthin an, wohin er wollte und weil er verzweifelt war. Aber ich erreichte niemanden. Und im Telefonbuch schaute ich nach, ob die Nummern stimmen. *Sie muss da sein!*, sagte er. Sein Gesicht. Mir war, als liebe er sie über alles und verabscheue sich. Ich habe so ein liebevolles und verzweifeltes und gefasstes und angewidertes Gesicht niemals zuvor gesehen. Er konnte nicht heim. Ein paar Tage später gab es ihn nicht mehr. Der Dialysearzt mit dem Bart und der Brille und dem griechischen Namen hatte zu ihm gesagt, es gehe ihm jetzt besser, für ein paar Tage könne er jetzt, wenn er wolle, heim. Aber er konnte das nicht, weil er seine Frau nicht fand. Der zweite Verstümmelte, von einem Stromunfall her auch, war besserer Dinge, hatte auch nur mehr ein paar

Körperstücke, ich weiß nicht mehr genau, was er und ich miteinander redeten, er erzählte mir vom Unfall, die Voltzahl, die er überlebt hatte. Es habe geheißen, so etwas könne man nicht überleben.

2

Die Frau, die auf der Dialyse starb, ich rannte, sie reagierten nicht, ich rannte um den Notkoffer, rannte. Der Mann der Frau holte die Frau oft ab. Er liebte sie. Ich glaube, er holte sie an dem Tag auch ab, ich weiß es nicht mehr. Ich glaube, er kam an dem Tag und wusste von nichts. Nein, ich sah ihn nicht an dem Tag. An einem anderen, glaube ich, später einmal noch, da ging er auf die Station, kurz. Einmal sah ich ihn dann später noch, ich wusste nicht, ob ich ihm sagen soll, wie seine Frau gestorben war. Ich tat es nicht. Ich überlegte mir auch, ob ich ihn anrufen soll. Tat ich auch nicht. Heute, Jahre später, in diesem Augenblick erst fällt mir ein, dass das vielleicht ein Unrecht war, dass ich ihm nicht erzählt habe, wie seine Frau gestorben war. Aber ich wollte ihm etwas ersparen. Auch später dann. Es war ein Unfall, ein Unglück. Es war ein sanfter Tod, schien mir, einer wie im Schlaf. Das hätte ich dem Mann sagen können. Das hätte es ihm vielleicht leichter gemacht. Aber es war nicht die Wahrheit. Gewiss, die Frau starb sehr leicht, und jedem Menschen wohl ist ein solcher Tod zu wünschen, sanft war der und nicht grausam. Aber es ist nur die halbe Wahrheit. Und wie ruhig seine Frau gestorben war, das hätte ich ihm damals, weil ich dabei gewesen und gerannt war, gar nicht so sagen können, ihrem lieben Mann, obwohl es wahr war.

Die Frau starb sanft und schnell, aber was sie brauchte, war nicht da. Die Rettungswerkzeuge nicht und die rettenden Menschen auch nicht. So war das nun einmal. Sie ist sanft entschlafen. Aber was nötig war an Menschen und Material, stand für sie nicht zur Verfügung. Es ging zu schnell. Das Notwendige war nicht da. Es hätte aber da sein müssen. Was der Frau geschah, war aber ein Unglücksfall. Aber unvermeidbar war der Unfall nicht. Es wäre möglich und Vorschrift gewesen. Die Frau auf der Dialyse war, bin ich mir sicher, selber überrascht. Sie sackte schneller ab, als dass sie etwas sagen konnte. Sie meldete sich meistens rechtzeitig. Sie sackte oft ab, aber selten von sich selber unbemerkt. Das Selber-um-Hilfe-rufen-Müssen war der grundlegende Fehler auf der Station. Es gab keinen Alarmknopf. Aber ich weiß auch nicht, ob sie am letzten Tag ihres Lebens schnell genug gewesen wäre, einen Alarmknopf zu drücken. Aber es gab gar keinen für sie. Aber es hätte einer da sein müssen. Für alle, für jeden ein eigener. Ich war da. In der anderen Dialysestation, in der neuen, in der des besten Arztes, den ich kannte, auf Bleiblers Station, gab es das alles, die Sicherheitsvorkehrungen, die Menschen, das Material. Die von jeder Stelle aus einsehbaren Behandlungsräume. Und dass nicht in jedem Dialyseraum eine Schwester ständig zugegen war, war ja auch falsch gewesen in der alten Dialysestation im alten großen Spital. Ich war da, rannte.

An dem Tag damals hatte die Frau sich beim Dozenten Meier beklagt, dass sie in letzter Zeit während der Dialysen fast jedes Mal Krämpfe im Unterleib bekomme. Ich weiß nicht, ob der Dozent ihr daraufhin etwas geben ließ. Ich glaube, er sagte, sie werde etwas dagegen bekommen. Vielleicht auch genierte sie sich, weil ich im Raum war. Aber das glaube ich nicht. Denn im anderen Raum, wo sie sonst immer gewesen war, hatte sie meines Wahrnehmens nie von solchen Krämpfen berichtet. Hier getraute sie es sich. Ich war, glaube ich, stets dezent und diskret, sonst hätte ich meinen Ort dort auf der Station verloren; ich war, bilde ich mir ein, hilfsbereit, zuvorkommend, unaufdringlich und so unauffällig wie nur möglich. Ja, doch, war ich. War unsichtbar genug. Und immer da eben.

Die Schwestern, Pfleger, die Ärzte gaben die Glocken nicht her, und das war falsch. Und ich, ich bin mir sicher, dass ich es sofort wahrgenommen habe, als die Frau kollabierte. Sie schaute in den Fernseher. Lächelte. Wirkte müde. Ich ging ein paar Schritte näher zu meiner Mutter hin. Mehr noch weg aus der Raummitte. Schaute ein paar Augenblicke in den Fernsehapparat – die paar Schritte lang und die paar Augenblicke auf die Mutter zu –, dann auf die Anzeigen auf der Dialysemaschine meiner Mutter. Dann schaute ich wieder zur Frau hin, automatisch. Eine halbe Minute vielleicht, aber gewiss keine Minute war vergangen, seit ich das letzte Mal zu der Frau hingeschaut hatte. Ich redete die Frau an, sie reagierte nicht, ich lief zur Schwester. Die kam gelaufen, schaute die Frau an, schickte mich weiter. Die Schwester war selber gerade vorher noch im Raum gewesen, durch den gegangen, hatte zu den Patientinnen geschaut. Die Frau hatte hier im mittleren Raum mit dem Gesicht zum Fernsehapparat liegen wollen, weil sie in den hineinschauen wollte. Das war, weiß ich jetzt, gefährlich, weil man dadurch nicht sofort in ihr Gesicht schauen konnte. Die Schwestern und Pfleger konnten das nicht, wenn sie durch den Raum schauten. Ich konnte das damals. Schaute ins Gesicht. Keine Minute war vergangen. Drei, vier Schritte und ein paar Augenblicke, mehr nicht. Die Frau hat keine Hilfe bekommen. Doch. Die Hilfe hat sie aber nicht mehr erreicht. Weg war die Frau, die war einfach weg. Die Leute waren nicht da, weg waren die, der Notfallkoffer nicht da und auch kein Arzt da. Ich lief, lief. Die Frau, ich weiß nicht mehr, ob sie die Augen offen oder geschlossen hatte, als sie nicht mehr ansprechbar war. Ich bilde mir ein, sie waren offen. Ja, sie waren offen. Ich sagte etwas zu ihr, fragte, sie reagierte nicht. Die Augen waren offen.

Die Frau starb am Tod, das war es einfach. Es ist nicht einmal gewiss, ob man noch Tage hätte gewinnen können. Und doch ging es ihr meines Wissens sehr gut bis damals. Sie war, soviel ich immer mitgehört hatte, in einem guten Allgemeinzustand und hatte meines Wissens zusätzlich zur Grunderkrankung an keiner anderen schweren Erkrankung zu leiden. Ich glaube, ihre Augen waren offen und leer. Die Frau und der Dozent hatten zufällig denselben Namen. Meier bloß.

3

Am letzten Tag des Lebens schaute uns der Oberarzt Bleibler nach, wirkte zufrieden, winkte. Es gefiel ihm, als die Mutter in den Wagen gehoben wurde. Denn die Dialyse war gut ausgegangen. Es werde gut weitergehen. Er war, glaube ich, stolz. Und wir vertrauten ihm wie gesagt auch sehr, denn er war verlässlich, hilfsbereit und vorausschauend, und er hatte eine der besten Schwestern mitgenommen in seine neue Station. Konkurrieren ist toll. Alle laufen zusammen, um zu helfen. Auf der alten Dialysestation im Spital war das zum Beispiel so; dort liefen, wenn es gefährlich war, die Schwestern und Pfleger zusammen, standen ums Bett, den Patienten bei, ihm, ihr, alle waren da, die da waren, und füreinander. Das war also schön. Als die Frau starb, machten sie es auch so. Sie standen zusammen. Allmählich, einer nach der anderen. Ich wurde geschickt, um Hilfe zu holen. Und der Arzt kam dann mit dem Koffer. Ich sah, dass die Frau bewusstlos war, und ich lief zur Schwester und die wirklich gute Schwester kam aus dem anderen Raum, sie konnte nicht in zwei Räumen zugleich sein. Und dann hatte ich zu laufen, die anderen zu holen und den Arzt mit dem Koffer. Ein paar Wochen später, vielleicht waren es Monate, ich weiß es nicht mehr, ging ich mit meiner Mutter fort von dort. Es war für die alle dort das Beste. Es gab für meine Mutter keine andere Chance mehr.

4

Charly lacht, ist vergnügt. Charly ist schön. Die letzten Tage meiner Mutter, sie freue sich, wenn Kinder vor Lebensfreude quietschen, sagte sie. In den letzten Tagen hörte sie ein Kind sie oft rufen, sah es wo sitzen, ein Mädchen, warten. Sie stellte sich Charly vor. Es kann auch sein, dass sie sich an meine kleine Schwester erinnerte. Meine Mutter träumte am letzten Tag von dem kleinen Mädchen, das plötzlich neben ihr sitze, sie immer suche und mit ihr reden wolle. Nach dem Tod meiner Mutter ist mir das so erzählt worden. Sie konnte Charly nicht sehen, weil sie völlig blind war. Böse Schmerzen hatte sie dabei, war über Nacht völlig erblindet.

Auf der Heimfahrt am letzten Nachmittag sagte sie zu mir: *Ich weiß, dass ich dich immer im Regen habe stehen lassen. Das darf ich nicht tun.* Ich verstand sie nicht. *Doch, es war so,* erwiderte sie. *Ich darf das nicht mehr tun. Es war falsch von mir.*

Die Monate vor Charlys Geburt waren lange sehr schwer gewesen. Denn meine Mutter war böse auf uns. Einmal hatte ich Blut spenden wollen; die zuständige junge Ärztin nahm mein Blut aber nicht an, sagte, dadurch, dass ich ständig auf der Dialysestation sei, sei das Baby in Samnegdis Bauch gefährdet. Die Schwestern auf der Dialyse sagten dann zu mir: *Wer hat das gesagt? Eine Ärztin? Was ist das für eine? So etwas Blödes haben wir noch nie gehört. Wir sind ja viel gewohnt, aber da hört sich alles auf! Also die Sorge müssen Sie wirklich nicht haben. Da können Sie wirklich sicher sein. Wir dürften sonst alle keine Kinder haben. Keine von uns dürfte schwanger werden. Werden wir aber. Und gut geht's uns dabei. Und unseren Kindern geht es sehr gut.* Als der Pfleger, den ich am meisten mochte, mir dann sicherheitshalber Blut abnahm, sagte er, ihm werde gerade schlecht. Und ob ich Angst habe, fragte er mich. Ich schüttelte den Kopf. *Ich schon,* sagte er. Lachte im Weggehen. Meine Mutter lag derweilen in der Dialysestation blind herum. Die Sache mit meinem Blut hatte böses Blut gemacht.

Ich verscheuchte ihr in dem Sommer oft die Wespen. Vom Mund, von den Augen. Über die Shunthand krochen die auch. Ab und zu wurde im Sommer jemand im Stationsraum von einem Tierchen gestochen. An einmal erinnere ich mich, weil ein Pfleger deshalb rannte und Angst hatte, sein Patient bekomme an der Maschine einen Schock. Der Pfleger war immer sehr gewissenhaft. Ein anderer Pfleger, dem man auch blind vertrauen konnte, hieß Josef und der da hier Philipp. Die beiden waren, fand ich, die sorgsamsten und umsichtigsten. Philipp hatte nicht so gute Nerven wie Josef und rannte daher mehr. Eine der Schwestern nannte ihn Zappelphilipp und mochte ihn sehr. Einmal im letzten Sommer fiel während der Dialyse das Wasser aus. Alles drehte sich langsam und zäh. Gleich da draußen wurde gebaut, Container standen überall. Die Schwestern wurden unruhig.

In der Dialysezeit, in den Jahren, gewöhnte ich mir an, links und rechts von meiner Mutter aus zu sehen, also immer spiegelverkehrt. Gegengleich. Links war die Shunthand. Ich verspürte links und rechts räumlich immer so, wie wenn meine Mutter ans Gerät angeschlossen war. Wenn ich für ein paar Minuten hinausging und im Lebensmittelgeschäft ums Eck etwas kaufte oder mit jemandem irgendwo im Spital redete oder nach Hause zu Samnegdi anrief oder am Brunnenwasser im kleinen Hof stand, dachte ich spiegelverkehrt, nahm links und rechts in meinen Armen und in meinen Sinnen umgedreht wahr. Die Seiten waren immer von den anderen aus beschaffen. Auch draußen und später, nicht alleine auf der Station und im Spital, war das dann oft so. Zur Linken meiner Mutter waren die Maschine und das Waschbecken und das Fenster. Vor dem Fenster die Container. Vor den Containern war die Straße. Dazwischen der Lift. Gegenüber eine Telefonzelle. Dann eine Trafik. Das Spital war groß wie eine Stadt. Es gab keinen Ausweg mehr. Aber der Tod war auch kein Ausweg.

5

Als meine Mutter starb, zuckte sie. Der Arzt schaute erschrocken, spritzte ihr etwas. Sie zuckte sofort nicht mehr. Er griff ihren Puls. *Es ist vorbei*, sagte er sofort, nickte, schloss seine Augen. Dann ihre. Später dann schäumte meine Mutter. Aus dem Mund kam es weiß und die Mutter war aber tot. Samnegdi sagte dann, ihr sei, als habe meine Mutter die Hand bewegt, gehoben. Aber meine Mutter war tot. Wann ein Mensch tot ist, sagen immer die anderen. Er selber kann es ja nicht sagen. Denn sonst wäre er nicht tot. Es sind in einem solchen Fall immer die anderen zuständig. Meine Tante zum Beispiel wusch meine tote Mutter. Meine Tante wusch meine Mutter jeden Tag. Den Pfarrer riefen wir auch. Aber seines Erachtens zu spät oder was oder wie. Er konnte, da sie tot war, nicht mehr mit ihr reden. *Was willst du mit so etwas?*, sagte er zornig und schaute sie angeekelt von oben herab an. Und dass wir endlich die Kinnladen hinaufbinden sollen, sagte er. Vor zwei Jahren hatte er das auch schon zu uns gesagt: *Ihr wisst ja nicht, wie das ist. Ihr habt das noch nicht mitgemacht. Ich meine es nur gut.* Ich glaube, wir gaben meiner Mutter eine Blume mit in das Provisorium. Der Pfarrer war an dem Morgen nicht nett und freundlich zu ihr.

Mein Freund Nepomuk hatte zu mir früher oft gesagt, für unseren Pfarrer sei es das Wichtigste im Beruf, dabei zu sein, wenn jemand stirbt. Das sei seine Berufung. Das Sterbesakrament zu spenden sei für unseren Pfarrer das Wichtigste auf der Welt. So rette er dem sterbenden Menschen das Leben. Er konnte es meiner Mutter nicht retten.

Die Mutter lag lange so da. Die Bestattung kam spät. Es war uns recht, dass wir die Mutter noch ein paar Stunden bei uns hatten. Meine Mutter war mutig und immer tapfer gewesen, hatte getan, was sie gekonnt hatte. Wir waren da gewesen, die Tante, Samnegdi, ich, wir waren zugegen gewesen, ständig, damit sie leben kann, nicht in so gewaltiger Gefahr ist. Es war uns nie etwas zu viel gewesen. Der Distriktsarzt beschaute sie freundlich. *Nierenversagen*, sagte er. *Einmal ist es dann eben wirklich so.* Er ist ein guter Christ, er kommt immer, wenn man ihn braucht, immer;

da gibt es nichts. Ich weiß nicht, wohin die Seele meiner Mutter gegangen ist, wem zu. Aber meine Mutter hatte eine. Der Seelsorger ging mir auf die Nerven, bei meinem Großvater schon, vor kurzem war das gewesen, und jetzt bei meiner Mutter noch mehr. Bei meinem Großvater, zwei Jahre zuvor – meinem Großvater war kein Priester jemals wichtig gewesen –, schnaufte der Seelsorger: *Jetzt ist es zu spät.* Ich verstand das nicht. Denn tot ist tot und vorher ist das Leben.

Einmal in der letzten Zeit sagte mein Großvater, als ich mit ihm allein war, zu mir: *Wir sterben zusammen. Du und ich.* Er lachte, freute sich, meinte das gut. *Wir zwei bleiben zusammen*, hieß das, und dass ich ihn nicht alleine lasse. Zuerst wurde ich zornig, weil ich glaubte, der Großvater will mich tot haben, und ich schnappte nach Luft. Aber dann, weil er sich so freute, habe ich kapiert, dass er keine Angst vor dem Sterben hatte, weil er wusste, dass wir mit ihm gehen, wo immer er hinmuss, und wir bleiben bei ihm. Mein Großvater und meine Mutter, beide starben im Herbst, in der Zeit um den Geburtstag meines Vaters, als ob mein Vater ihnen aufgelauert habe.

Samnegdi und ich waren ganz sicher gewesen, meine Mutter würde noch lange leben, sie würde es auch diesmal noch einmal schaffen. Die Mutter habe weit Schlimmeres und viel Bedrohlicheres überlebt. In den Jahren hatte es immer wieder geheißen, es sei jetzt endgültig vorbei, aus. Aber der Preis des Lebens war hoch. Wir hätten jeden Preis gezahlt, aber dieses Leben war sehr preiswert. Die Mutter war immer wieder entkommen. Wir waren die Fluchthelfer, die Leibwächter. Mein Großvater ist auch oft entkommen. Ich glaube nicht, dass es wirklich immer der Tod ist, dem man entkommen muss. Oft sind es bloß die Menschen. Das ist dann alles und mehr ist dann nicht. Man hatte Pech oder Glück.

6

Der Arzt kam, als meine Mutter starb, sofort zu uns. Ein paar Jahre vorher war er einmal zu uns gekommen, als meine Mutter gerade aus dem Spital zurückkam. Sie war dort zum ersten Mal in ihrem Leben ein für alle Male totgesagt worden, kam aber aus der Sache wieder heraus. Aber viele Monate waren bis dahin vergangen. Mai bis August. Jetzt konnte sie wieder heim. Meiner Mutter wurde im Sessel im Rettungswagen schlecht vor Schmerzen; die Rettungsfahrer waren nicht klug, der Wagen war vollgestopft, nur mehr der Sessel war frei gewesen. Der Arzt kam dann gerade zufällig zur selben Zeit zu uns, als die Mutter aus dem Fahrzeug gehoben wurde. Schmerzverzerrt war ihr Gesicht. Zum Zusammensacken war sie. So gefreut hatte sie sich, dass sie endlich heimkonnte, und dann das! Der Arzt erschrak. Half ihr. Fragte mich, als er ging, was mir gesagt worden sei, die Diagnose, die Behandlung. *Ein Zytom?*, wiederholte er. Dann sagte er: *Ein Myelom. Das hat niemand wissen können. Da ist niemand schuld. Da hätte man ganz spezielle Untersuchungen machen müssen, wissen Sie.* Er schaute mich an, lächelte, nickte. Ich hatte niemandem die Schuld gegeben. Er sagte mir von sich aus, dass niemand schuld sei. Aber es war nicht so, wie er sagte, sondern man hatte den Krebs drei Jahre lang nicht gesehen und meiner Mutter die fürchterlichen Strapazen und die Schmerzen nicht gelten lassen. Es sei nichts, hatte man gesagt. Ich war jetzt allen dankbar, dass sie dem Tod entkommen war und dem Spital. Gestorben wäre sie im Spital. Nicht an ihrem Krebs, sondern am Spital. Meine Mutter hatte jetzt aber wieder eine Zukunft. Sicher, die Dialysen jetzt dreimal die Woche, vier, fünf Stunden, und immer die Chemotherapien, gewiss, das war zu tun. Aber sie hatte wieder ein Leben. Es war noch Zeit. Endlich leben. Sie hatte eine Zukunft. Ich war dankbar, dass der Arzt jetzt da war. Er sah mich an, sagte, dass niemand schuld sei, drehte sich, stieg freundlich in seinen Wagen. *Es war versteckt*, sagte er beim Autofenster heraus. Sammegdi und ich schauten ihn an und in die Luft und zu Boden.

7

Als ich ein halbes Jahr nach dem Tod meiner Mutter auf der Chirurgie neben meiner Tante wartete, die im Gang bewusstlos und in größter Lebensgefahr herumlag und innerlich blutete, kam zufällig eine der Dialyseschwestern vorbei. Die Schwester freute sich, mich zu sehen. Wollte reden. Ihr Freund kam auch vorbei, war sofort eifersüchtig. War das immer. Sie sagte zu ihm: *Er und ich kennen uns doch schon so lange, seit Jahren, wegen seiner Mutter.* Der Freund schüttelte den Kopf. Sie entschuldigte sich bei mir, ging, lächelte, schaute zu Boden, sie stritten im Gehen. Ich kannte ihn gut, mochte ihn, er war Operationspfleger. Dazumal, als meiner Mutter zum letzten Mal ein Dialyseshunt gelegt wurde, redete der Operationspfleger nach der Operation von sich aus mit mir, sagte lachend über einen Arzt, dem er zugeteilt gewesen war und dem gerade eine Herzoperation nicht gelungen war, meine Mutter habe mit ihrem Operateur mehr Glück gehabt, ich brauche keine Angst zu haben. Und einmal damals fuhr der Operationspfleger mich zufällig, weil er aus Geldnot in der Freizeit als Taxifahrer arbeitete. Er sagte damals in der Nacht zu mir, wie eifersüchtig er sei. Er habe allen Grund dazu. Nicht seine Freundin sei schuld, sondern das Spitalsklima sei so. Jeder brauche jemanden, andauernd sei etwas anstrengend, plötzlich extrem, alles geschehe so schnell, man sei, auch wenn das von außen ganz anders ausschaut, immer aufgeregt. Man brauche Halt. Müsse sich abreagieren. Seine Freundin sei auch so. Niemand komme aus. Im Taxi hatte ich ihn im Finstern zuerst gar nicht erkannt. *Wir kennen uns doch. Ich sehe Sie ja oft. Ich bin der Freund von Schwester Maria*, sagte er lachend. Schwester Maria hatte eine kleine Tochter, die war nicht ihrer beider Kind. Er mochte das Kind aber wie sein eigenes, war auf es sehr stolz, hatte aber, schien mir, gewaltige Angst vor allem. Jeden Tag hatte er die. Manchmal wurde Schwester Maria aus dem Kindergarten oder aus der Volksschule angerufen, weil ihre kleine Tochter gerade wieder besonders schlimm gewesen sei oder weil sie sich wehgetan habe oder weil sie nicht dort bleiben wollte oder weil sie weinte oder Angst hatte.

8

Um halb sechs in der Früh war ich zum ersten Mal in meinem Leben auf einer Dialyse. Ich saß vor der Tür, wartete, dass ich zu meiner Mutter konnte. Ich saß da, wartete, das erste Mal, das zweite Mal, das dritte Mal, das vierte Mal, jedes Mal. Als ich zum ersten Mal dort war, war meine Mutter bewusstlos. Auf der Allgemeinen Station war sie bewusstlos geworden, oben im ersten Stock war die Allgemeine Station. Die Mutter hatte keine Kraft mehr gehabt. War zusammengebrochen. Und ich ging jetzt nicht mehr von meiner Mutter fort und als sie hinuntergefahren wurde, ging ich mit und wartete vor der Tür. Die wurde geöffnet. Und als ich zum zweiten Mal dort wartete, wurde ein Bett herausgeschoben. Ein toter Mann lag darin. Eine Schwester sagte wütend: *Eine Zumutung ist das!* Sie hob ihren Kopf hoch, ganz hoch, als ob sie dem Toten und denen drinnen laut und deutlich ihre Meinung sage. Sie stellte den Toten im Gang ab, drehte das Gesicht zu mir, lächelte freundlich, ich dürfe jetzt hineingehen. *Sie wollen doch gewiss zu Ihrer Mutter*, flüsterte sie. Ich war überrascht. Sie bat mich nochmals rein, nickte. Lächelte. Die Schwester habe ich in den Jahren später von allen dort am wenigsten verstanden. Zuerst hatte ich geglaubt, sie durchschaue die Situationen und Zusammenhänge am schnellsten, stelle sich jedes Mal sofort den plötzlichen Schwierigkeiten. Aber da war noch etwas. Aber damals, als sie mich freundlich reinbat, und auch später lange noch erschien sie mir als klug und freundlich und als immer schnell genug.

Eine Schwester stand damals zufällig im Weg, zu der sagte sie: *Ich habe den Sohn hereingelassen. Das passt ja so.* Die andere Schwester war sehr blass und nickte. Gleich darauf an dem Morgen in dieser Schicht hat meine Mutter in der Bewusstlosigkeit erbrochen und die Schwester, die bei der Tür im Weg gestanden war, warf schnell ein blaues Tuch nach meiner Mutter, auf die Brust ihr, und die Mutter zuckte vor Schreck zusammen, als springe ein Tier sie an, blieb bewusstlos, zuckte aber, zuckte weiter, beruhigte sich nicht. Die Schwester ging schnell hin zu ihr. Einmal ist Herr Nittlern mit mir zusammen ein paar Minuten vor der Stationstür gesessen. Er war hilfsbereit. Er war ein Freund von Samnegdi und mir, ein Studienkollege. Es war der Tag, als der Tote herausgeschoben wurde. Als ich hineinging, wartete Herr Nittlern, bis ich wieder herauskam, dann erst ging er fort. Dazwischen war er mit dem Toten allein gewesen. Dann erst ich. Der Tote wurde über eine Stunde lang nicht abgeholt. In den ersten Tagen damals saß ich oft vor der Tür und es war jedes Mal alles völlig ungewiss. Meine Mutter war da drinnen und ich sagte vor der Tür, wenn ich wahrnahm, dass ihretwegen ein Laufen und Hasten und der Alarm war: *Mama, bitte komm raus da, komm raus da.* Meine Mutter kam jedes Mal wieder raus. Damals gab es Hilfe. Die Schwestern. Den Dozenten. Sie taten, was sie konnten. Ich mochte den Dozenten und bewunderte ihn. Er hatte manchmal auf der Allgemeinen Station mit meiner Mutter geredet und sofort Last von ihr genommen. Ich mochte seine Umsicht. Ganz selbstverständlich war er. Ich schaute durch die offene Tür. Er stand im ersten Raum in der Dialysestation vor dem Bett meiner bewusstlosen Mutter, die Schwestern schauten plötzlich her zu mir, ernst und traurig. Schauten zu Boden. Nickten. Er schaute auf die Tafel, hielt einen Stift, redete mit den Schwestern und kreiste dabei mit dem Stift. Der Dozent war sehr ruhig. Ich fand, er sei wie ein sehr guter Kartenspieler. Ich sah an seinen Bewegungen, dass er so gut spielte, wie es nur irgend möglich war. Zum ersten Mal hatte ich ihn oben auf der riesigen Allgemeinen Station gesehen. Er war ins Wachzimmer der Mutter gekommen, hatte gesagt, ich solle bleiben.

9

Ein Verleger war auch Dialysepatient. Er ist viele Jahre später als meine Mutter gestorben. Er wollte keine Niere. Die Operation erschien ihm unberechenbar. Die Dialyse hingegen empfand er, soweit ich weiß, als ein von ihm kalkulierbares, kontrollierbares Risiko, als kleineres Übel, als geringste Gefahr. Da konnte er selber etwas tun. Er überprüfte immer alles. Er vertrug die Blutwäsche sehr gut, hatte auch immer gute Werte und nahezu nie Probleme während der Dialyse. Ich erinnere mich an kein einziges. Er war immer Herr seiner selbst und der Situationen sowieso. Er las meistens während der Dialyse oder betrachtete Fotos von Gemälden und Skulpturen und Zeichnungen. Er kam so schnell den Gang herein wie kein anderer Patient, lief, stürmte immer den Flur entlang, mit großem Elan ging er die Sache jedes Mal an, trug seine Sportlertasche und eben immer ein Buch oder eine Zeitung und immer einen Bart und eine Brille.

Einmal in der letzten Zeit, als meine Mutter auf der Dialysestation behandelt wurde, hatte man ihm ein falsches Konzentrat zur Maschine gestellt. Das macht Beschwerden und es kann auch gefährlich werden. Am Anfang einer jeden Dialyse brauchte es immer Arbeitszeit, bis die aktuellen Blutwerte erhoben und die Konzentrate diesen Ziffern angepasst wurden. Manchmal auch wurde das Konzentrat erst spät getauscht, weil zuvor zu viel und Wichtigeres, Dringlicheres, zu tun war. Und weil jeder, der, jede, die dort arbeitet, nun einmal nur zwei Hände und zwei Füße hat und nur einen Kopf mit nur zwei Augen und Ohren. Für meine Mutter war diese oftmals beträchtliche Zeitverzögerung in der letzten Zeit ihres Lebens beschwerlich und gefährlich, weil die Mutter durch ihren Krebs und ihre Erblindung hinfällig und völlig auf fremde Hilfe angewiesen war. Ich bat dann trotz der Zeitnot oft um die Konzentratsanpassung. Der Verleger bat nie. Der schimpfte.

Und das eine Mal eben glaubte er nicht, was auf dem Kanister stand, und ließ das Konzentrat nachmessen, und es stand tatsächlich etwas völlig Falsches auf dem Konzentratsbehältnis. Die Situation war trotz allem, was nun einmal üblicher Weise passieren kann, ungewöhnlich.

Für mich war die Wahrnehmung lehrreich. Dem Verleger waren sein eigenes Gefühl und seine eigenen Gedanken eine wirkliche Hilfe gewesen. Sie bewahrten ihn vor großem Schaden. Und ich, ich war durch den Verleger nicht allein in dem Käfig, sondern da war noch einer drinnen. Zwei, drei Jahre später dann gab es republikweit einen Skandal um vergiftete Konzentratskanister. Aufgeklärt wurde die Sache meines Wissens nie. Einmal hieß es, es sei die Erzeugerfirma schuld, einmal, dass ein Psychopath sein Unwesen treibe und leichtes Spiel habe, weil die Kanister auf den Gängen unverwahrt herumstehen. Überall werde das so gehandhabt. An verschiedenen Orten sei es dadurch zu Unfällen gekommen, wenn ich mich richtig erinnere, auch zu Todesfällen.

Der Verleger jedenfalls hatte gemeint, wir seien alle Menschen und machen Fehler und sein Konzentrat sei von den Pflegern und Schwestern versehentlich falsch gemischt oder falsch beschriftet worden. Er hatte gespürt, dass etwas nicht stimmte.

10

In der letzten Lebenszeit meiner Mutter damals war die ganze Station instabil. Hinfällig. Meinen plötzlichen Konflikt mit der Dialysestation damals habe ich zuerst überhaupt nicht verstanden. Er war auf den ersten Blick um etwas ganz anderes ausgebrochen als um den Zustand der Station: Die Mutter wurde jetzt regelmäßig an eine Infusion angeschlossen, die das Kalzium in ihrem Blut senken sollte. Das gefährliche Kalzium kam vom Knochenkrebs, aber wohl auch von den Nebenschilddrüsen her, wie es bei Dialysepatienten oft der Fall ist. Und ihr Blut kam von ihrem Blutkrebs her. Der kam vom Rückenmark her. Die Infusionen sollten laut ärztlicher Anweisung von Anfang an und während der gesamten Dialysestundenanzahl laufen, also die dreieinhalb, vier, viereinhalb Stunden lang. Denn das sei am schonendsten und zugleich am wirksamsten. Aber wenn ich endgültig reinkam, manchmal erst nach einer Dreiviertelstunde oder Stunde, weil ich nicht im Weg sein und keinen Stress machen wollte oder früher keinen Mantel bekam, hing die Infusion immer noch nicht. Das Konzentrat war meistens auch noch falsch, die Blutwerte passten nicht gut zur Kanisteraufschrift. Das hohe Kalium und Kalzium im Dialysekonzentrat strapazierten völlig unnötig den Blutdruck und die Herzfrequenz meiner Mutter. Es konnte auch passieren, dass die lindernde und schützende Infusion erst nach einer Stunde angehängt wurde. Ich war auch da immer höflich und freundlich, wie man das sein muss, hatte gute Nerven, wie man die haben muss. Ich bat, wartete, schaute genau, wann jemand gerade Zeit hatte, und bat denjenigen oder diejenige dann um die Handgriffe. Aber eines Tages suchte man Streit. Fand den zwar nicht. Wie denn auch, die Mutter war ja Geisel. Ich nenne das heute so. Sie brauchte ihre Hilfe, war wie gesagt völlig auf verlässliche Hilfe angewiesen. Dankbar. Ich auch. Ein junger Pfleger, der eigentlich ein junger Arzt war, aber im Moment keinen Turnusplatz bekommen hatte, machte den Anfang. Er hatte seit ein paar Wochen eine kleine Tochter und ich schenkte ihm dann zur Versöhnung für sie für später eine uralte Erstausgabe von Andersens Märchen. Er freute sich und war sofort versöhnlich und das Ganze tat ihm leid wie mir. Er war mit seiner Frau zu Fuß in Südamerika gewesen und hatte einen Bart. Die Dialysestation war in dieser Zeit wie gesagt andauernd zum Zusammenbrechen, und ich war wie immer andauernd anwesend, und ein paar im neuen Regime der neuen Dialyseärzte wollten nicht, dass ich immer dabei bin. Der Grund war, dass ich notgedrungen und zwangsläufig die Stationsvorgänge wahrnahm.

Der nette junge Turnusarzt ohne Ausbildungsplatz verirrte sich als Pfleger manchmal in den Situationen. Das war zwar nie wirklich ein Problem. Aber es war damals nun einmal tatsächlich so, dass schon die erste Zeit im jeweiligen Dialyseablauf für meine Mutter gefährlich war. Prinzipiell ist für alle dort die erste Zeit sehr gefährlich. Also auch für die Schwestern, Pfleger und Ärzte. Für die Patientenschaft sowieso. Der junge Doktor nun, der junge Pfleger, hatte an dem Tag eigentlich gar nichts mit meiner Mutter zu schaffen, war in keiner Weise verantwortlich und er fuhr mich aber plötzlich an, bückte sich zum Konzentrat und schimpfte von unten herauf, hatte unten und heroben einen hochroten Kopf. *Ich warne Sie. In Ihrem eigenen Interesse*, sagte er.

Ein, zwei Jahre nach dem Tod meiner Mutter traf ich den Pflegerarzt dann zufällig auf der Straße neben dem schönen Unipark. Der Pflegerarzt war jetzt ganz woanders, nicht mehr im Spital, er erforschte biologisch per Computer Rhythmen und Resonanzen, gab mir lachend die Hand und sagte statt eines Grußes zu mir sofort: *Wie Sie für Ihre Mutter gesorgt haben, das war vorbildlich. Da hat man etwas lernen können.* Ich lächelte, hielt meinen Kopf schief, empfand völlige Sinnlosigkeit. Keine Minute dauerte das Ganze. Wir verabschiedeten uns sehr freundlich voneinander. Im Weggehen fragte ich nach seiner Tochter. Charly und sie sind im selben Jahr geboren. Ich hatte ihn immer gemocht und ihm vertraut.

Damals auf der Dialysestation, in den Tagen nach der Eskalation, welche ich zuerst nicht wirklich verstand, redeten mich ein paar Pfleger und Schwestern freundlich an, sagten: *Sie gehören da hinein. Sie gehören zur Station. Genau dort, wo Sie sind, müssen Sie sein. Sie würden uns fehlen. Sie gehören zu uns.* Der Streit war, bin ich mir heute gewiss, in Wirklichkeit dafür dagewesen, damit ich nicht auf der Station bleibe. Möglichst wenig nur sollte ich Zutritt haben. Ich weiß nicht, von wem das nach so vielen Jahren plötzlich ausgegangen war. Es war aber, bin ich mir sicher, weil die Dialysestation besoffen torkelte und zugleich aber immer mehr Angehörige in die Dialysestation drängten und sich darauf berufen konnten, dass ich ja auch anwesend sein dürfe. Meistens war es der mittlere Raum, in dem ich herumstand. Meine Art von damals habe ich nicht mehr. Es war eine gute Art. Man konnte davon leben. Die letzte Zeit damals war aber schrecklich. Da nutzte meine Art nichts. In der letzten Zeit, während ich anwesend war, starben in der Dialyse zwei Menschen. Beide Male war ich drinnen anwesend. Zuerst starb ein junger Mann. Ein paar Wochen später starb eine Frau.

11

Der Pathologe auf der Dialysestation gehörte zum neuen Regime. Ich saß allein vor der Dialysetür, der Pathologe kam von selber her zu mir, lächelte, schüttelte den Kopf, sagte: *Ihre Mutter kann nicht so große Schmerzen haben. Ich habe mir einmal das Bein gebrochen. Einen offenen und verdrehten Bruch hatte ich. Das waren Schmerzen. Solche Schmerzen kann sie gar nicht haben. Das waren wirklich Schmerzen.*

Meine Mutter klagte selten über ihre Schmerzen. Man sah die Schmerzen bloß. Manchmal schrie sie aber auf, zum Beispiel wenn die Transportsanitäter sie fallen gelassen hatten oder sie unerwartet gedreht wurde. Kurz und leise schrie sie auf. Dem Pathologen war das zu viel. Schmerzmittel wollte er ihr auch keines geben. Wenn sie das Opiat nehme, bekomme sie nur Verstopfung, sagte er zu mir, war dagegen, alles werde komplizierter. Er schnaubte. Gegen die Schmerzen brauche sie ja nichts, weil sie keine wirklichen habe, sagte er zu mir. Ein anderer Arzt auf der Station verschrieb ihr dann ein paar Tage später das Opiat von sich aus. Er war aus einer anderen Stadt und auf der Dialysestation hier auf Ausbildung, weil er demnächst selber eine Dialysestation, eine kleinere, leiten können sollte. Meine Mutter nahm das Opiat dann aber ohnehin nicht und die Schmerztropfen auch nicht, weil ihr von den Schmerzmitteln nur übel wurde und die Schmerzen nicht weniger wurden. Der Knochenabbau indes war gewaltig und niemand wusste, was tun. Und der Pathologe kam einfach her zu mir, ohne dass ich etwas von ihm wollte, und sagte, sie könne weder große noch wirkliche Schmerzen haben. Sie hatte den Krebs im Blut, im Rückenmark, in den Wirbeln, in den Knochen, in den Nieren und der Pathologe sagte am Ende ihres Lebens, sie habe keine Schmerzen. Er lachte mir dabei ins Gesicht, lächelte, lachte, und ich schaute in seine Augen und er in meine und ich fragte mich, ob er in Auftrag agiere und in wessen. *Der Dozent?*, dachte ich und im selben Moment aber war es mir völlig egal, wer was warum will, und ich erwiderte höflich: *Sie hat ganz gewiss Schmerzen. Sie werden doch nicht im Ernst behaupten, dass Sie wissen, ob meine Mutter Schmerzen hat oder nicht.* Er sagte: *Doch, ich weiß das.* Ich sagte: *Ob ein anderer Mensch Schmerzen hat, das wissen Sie an seiner Stelle?* Er antwortete: *Ja, ich weiß das. Sie hat keine.* In diesem Augenblick hatte ich wieder einen Anflug von Angst. Der Mensch da war gefährlich und das wollte er mir wohl auch zeigen, dass er das war. Er wolle mich einschüchtern, fand ich. Ich lächelte zurück, sagte höflich und ruhig: *Sie hat ein Plasmozytom und sie hat massenweise Knochenkalk im Blut und sie bricht auseinander. Und das tut alles nicht weh, sagen Sie.* – *Ja*, sagte er höflich und ruhig, zeigte mir den Herrn und auf sein Bein. *Das tut alles nicht weh, sagen Sie?*, fragte ich nochmals. *Ja, das ist so*, sagte er, *glauben Sie mir das!*

Damals auch, ich weiß nicht, ob vor oder nach diesem Gespräch, kollabierte meine Mutter nach längerer Zeit doch wieder während einer Dialysebehandlung, und meine Mutter wurde deshalb auf Anweisung des anwesenden jungen Nephrologen mit Bart sicherheitshalber früher von der Maschine abgehängt. Die Mutter lag so, wie sie war, dann noch nach, wartete auf die Transporteure. Der junge Nephrologe war gegangen. Der

Pathologe kam. Ihm war schon berichtet worden, ihm wurde jetzt nochmals berichtet. Er setzte sich ans Bett, schaute mich an, lächelte, sagte: *Ich halte jetzt im Dialyseprotokoll fest, dass es heute keinerlei Komplikationen gegeben hat. Es ist kein Problem aufgetaucht.* Sagen und Schreiben waren eines. Und da stand jetzt sofort, was er lächelte. Wieder schaute er mich an. Ich schüttelte den Kopf. Er lächelte weiter. Neben mir fälschte er das Protokoll und er lächelte dabei. Es war eine Fälschung, man kann es nicht anders sagen. Der fälschte neben mir das Protokoll. Mit aller Gewalt. Auf Biegen und Brechen. Ich dachte mir wieder, er will mir zeigen, was er alles tun kann und dass ich nichts dagegen tun kann. Er will mich provozieren. Raus dann mit mir, wenn ich explodiere. Er kann tun, was er will, das will er mir klarmachen. Er machte mir zu schaffen. Damals aber war es trotz allem bloß ein Kämpfen, durch das man nun einmal durchmusste. Er wollte mich einschüchtern. Mehr war es aber nicht, denn das Leben ging weiter. Musste. Er war mir unerträglich. Aber das war ohne Belang für mich.

12

Wenn ich vor der Dialysestation saß, redete immer irgendwer irgendwo irgendetwas. Einer mit Nierenkrebs redete auch. Der redete mit dem Pathologen. Der Pathologe redete dem Mann zu, sich operieren zu lassen. Der Mann habe gute Chancen. Der Krebskranke antwortete, ihm sei aber das Gegenteil gesagt worden. Der Pathologe ist daraufhin aufgebracht, will wissen, von wem, mit dem wolle, müsse er auf der Stelle reden. Ein Pathologe habe das gesagt, sagt der Krebskranke zum Pathologen und nennt den Namen. *Ein Pathologe kann so etwas nicht sagen*, sagt der Pathologe daraufhin. Der Krebskranke hört das, sieht man, gern, kann es aber nicht glauben, schüttelt den Kopf. *Sie haben allen Grund, das Beste zu hoffen*, sagt der Pathologe. Ich mag den Pathologen in diesem Moment plötzlich sehr. Und zugleich empfinde ich aber Abscheu vor ihm. *Wer ist das?*, denke ich mir. Er müsse größenwahnsinnig oder so etwas in der Art sein. Er probiere ständig aus, wie weit er gehen könne. Im neuen Regime der Dialyse der Mann fürs Brutale und Intrigante war er, glaube ich. Aber als er mit dem krebskranken Menschen da redete, war er das überhaupt nicht, sondern hilfsbereit.

Ein anderes Mal, als ich auf dem Gang vor der Dialyse dasitze, reden der Dozent, der die Station übernehmen will, und ein Radiologe miteinander – der Radiologe war immer freundlich gewesen und hatte vor ein paar Monaten meine Mutter szintigraphiert, war dabei sehr behutsam und freundlich gewesen. Der Radiologe redet den Dozenten lachend an, er habe gehört, der Dozent wolle die Leitung der Dialysestation übernehmen.

Der antwortet entrüstet: *Nein, wirklich nicht, niemals, das tue ich mir nicht an. Da kannst du dir sicher sein.* Man sieht, dass der Dozent lügt und was er will. Der Radiologe mit der Brille lacht weiterhin, man sieht, dass er ihm nicht glaubt. Der Dozent eilt indessen in die Station, der Radiologe lacht ihm noch immer laut nach. Der Dozent wirkt erschrocken und wie auf einer Flucht, dreht sich vor dem Eingangstor noch einmal halb um. Das Stethoskop hat er meistens um den Nacken gelegt, da baumelt es nicht so, aber sichtbar muss es wohl immer sein. Am Stethoskop sieht man wohl, dass er immer sofort zu helfen bereit ist. Er muss immer etwas bedenken, das sieht man ihm auch immer an. Ein anderes Mal sagte der verantwortliche Chefchirurg, der immer transplantiert, zum Dozenten: *Das geht so nicht. Wir operieren und ihr macht jetzt dauernd eine derartig schlechte Nachversorgung. So etwas gibt es doch nicht. Das darf nicht sein.* Der Dozent entschuldigt sich zerknirscht. Aber irgendwie doch nicht. Wieder eilt er in die Dialysestation. Für die Kommunikationsschulung zuständig ist er auch und für die Arzt-Patienten-Gespräche. Man beschwert sich nicht über ihn, sondern bei ihm. Warum immer bei ihm? Was macht der dann mit dem, was er weiß? Ich verstehe das nicht, dass er andauernd über Fehler und Missstände rundherum informiert wird. Ich verstehe das alles nicht. Er ist immer offen für alles. Er redet nie dagegen. Gibt nur recht. Er weiß viel von den Fehlern der anderen. Es ist, als ob es seine Aufgabe wäre, sich das alles anzuhören. Aber wer hat ihm das warum aufgegeben? Er tut es sehr gerne, das sieht man ihm an. Dass man sich ab und zu doch auch über ihn mitbeschwert, weil er neuerdings mitverantwortlich ist, macht ihm, glaube ich, überhaupt nichts aus. Er ist nicht wirklich verantwortlich, sondern alles immer nur provisorisch. Ich habe so lange Zeit geglaubt, er bringe die Fehler der anderen schnell und unkompliziert und ganz selbstverständlich in Ordnung, sei verständnisvoll und weitsichtig. Jetzt denke ich mir bloß, dass sein Wissen Macht war und ist. Diese gute Fee da, die Koryphäe, weiß bloß zu viel.

13

In der Zeit, als noch kein neuer Stationsleiter im Amt fixiert war, und auch dann, als das neue Regime sich noch nicht wirklich etabliert hatte, schaute immer, wenn die Patientenschaft angeschlossen wurde, ganz am Anfang der Dialysebehandlung ein junger Arzt schnell in die Dialysestation hinein. Lief rein, lief raus. Besonders in der Zeit des Interregnums war es sehr oft bloß ein junger Arzt, der eigentlich woanders und nur nebenbei auf der Dialyse war und kein Nephrologe. Das waren wirklich gute junge vielversprechende Ärzte und viele von ihnen sind inzwischen auch wirklich Professoren geworden. Aber damals hatten die meisten von ihnen nicht viel Ahnung von der Dialysestation. Das Anschließen der Patientenschaft durch die Schwestern und Pfleger und das Anlaufen der Maschinerie ist wie gesagt für alle eine gefährliche, komplizierte, anstrengende, konzentrierte Zeit. Und Dialyseärzte waren diese jungen Ärzte nun einmal wirklich nicht, sondern junge Dinger von ganz anderswoher und in einer Art Rufbereitschaft. Junge Springer eben. Einen jungen Arzt aber gab es, der war zweifacher Doktor und in den hatte sich die blutjunge Enkelin eines begüterten mittelgroßen Taxiunternehmers, dessen innig geliebte Frau seit ein paar Wochen dialysiert wurde, ein kleinwenig verliebt. Das junge Mädchen und der junge Mann gingen zusammen ins Kino zu *Basic Instincts*. Der junge Arzt gefiel mir so gut wie selten jemand, denn er beschwerte sich auf dem Gang beim Dozenten laut und deutlich über den Dozenten. Der Dozent erwiderte leise: *Aber du musst ja eh nichts tun! Du musst nur da sein!* Der zweifache Doktor erwiderte: *Ich bin ja eh da. Aber ich kenn' mich nicht aus. Das musst du endlich einmal zur Kenntnis nehmen. So einfach ist das. Bei uns allen.* Genau das war damals das Problem. Nur dieser eine junge Arzt nannte es beim Namen. Es waren plötzlich viel zu viele stationsfremde Ärzte auf der Station, gute zwar, sie kannten sich aber nicht aus. Fürchterlich drunter und drüber ging es. Zum Beispiel waren da aber der hochanständige, hochintelligente Gastroskopiker, der exzellente Kardiologe, der fleißige Endokrinologe, der ausgezeichnete Lungenarzt, der hervorragende Intensivmediziner, junge Ärzte eben, und die jungen Ärztinnen waren höchst verlässlich. Ein paar der jungen Ärzte waren bereits mit Preisen ausgezeichnet und hatten eine große Karriere vor Augen, der Mikrobiologe auch. Und die alten Ärzte, Oberärzte, waren wirklich bestens, aber keine Dialysespezialisten waren sie alle. Und die Interna der Station kannten sie nicht. Die Fallen. Aber den Spitalsgepflogenheiten gemäß hatte das alles nichts auszumachen. Internisten waren sie ja alle. Das reichte. Die alten Ärzte hatten, wenn ich mich richtig erinnere, ja tatsächlich keine ernsthaften Probleme mit den Patienten. Sie hatten Erfahrung und waren umsichtig, vorausschauend und besonders nachdenklich und freundlich zu den Patienten und sie waren den Situationen nicht ausgeliefert, sondern den Schwestern und Pflegern eine Hilfe. Aber sie waren die Ausnahme und selten. Der junge Intensivmediziner zum Beispiel hatte eine wichtige humanitäre Forschungsauszeichnung gewonnen. Und einmal war meine blinde Mutter ihm anvertraut und ich hatte keinerlei Sorge. Damals musste sie für eine Nacht auf die Intensivstation, weil sie während der Dialyse plötzlich massive Blutdruckschwierigkeiten und der junge Endokrinologe Angst bekommen hatte. Der Mikrobiologe war auch sehr nett und sehr gut, weil allen hilfreich. Und er war Mitarbeiter eines wichtigen Forschungsaufsatzes in einer renommierten Fachzeitschrift. Von ihm sagten die Schwestern, er rieche die Pilze auf der Station schon von weitem, als ob er im Wald Schwammerl suchen wäre, und er könne die verschiedenen Pilzarten alle am Geruch unterscheiden. Er wusste ohne technische Apparatur zu sagen, welcher Infektionsherd sich auf der Dialyse gerade eingenistet hatte. Zweimal damals sah ich dem jungen Mikrobiologen beim Riechen zu.

14

In der Übergangszeit war alles gefährlich. Denn die Schwestern und Pfleger und die jungen Ärzte hatten nicht den leitenden Oberarzt zur Verfügung, auf den sie sich wirklich verlassen konnten. Der Dozent mit dem Stethoskop zum Beispiel konnte nicht wirklich gut stechen, im Notfall also auch nicht. Und anwesend war der Dozent auch so gut wie nie. Er war stattdessen in einer Kurstadt oder bei einem Kongress oder in der Zeitung oder auf einer Privatstation, von der er dann bald eine Art Teilhaber wurde. Aber die Dialysestation im öffentlichen Spital und die Schwestern und die Pfleger und die jungen Ärzte und Ärztinnen dort hatten deshalb dort so oft gar niemanden, der ihnen wirklich beistand und ihnen die Schwierigkeiten abnahm.

Der Arzt, der zufällig da war, nahm den Schwestern und Pflegern zwar die Verantwortung ab, aber für die Patienten wusste er es nicht besser als sie, sondern sehr oft schlechter. Das war ganz selbstverständlich so. Einzig der nephrologische Oberarzt Bleibler, der aus dem Spital fortging und anderswo in der Stadt selber seine eigene Dialysestation aufmachte und die leitende Stationsschwester dorthin mitnahm, war wirklich anders. Ein wirklicher Halt für alle. Aber der OA Bleibler ging und der Dozent blieb. Und alles war plötzlich verkehrt und nicht wirklich.

Der gute junge Endokrinologe ging einmal einer der Schwestern in eine seltsame Falle, die typisch war: Es kam nämlich vor, dass bei jemandem der Blutdruck während der Dialyse bedrohlich anstieg, statt dass er mit abnehmendem Körpervolumen zurückging. Wenn der Blutdruck aber zu hoch anstieg, musste – so wurde befunden – etwas getan werden. Die meisten unerfahrenen verantwortlichen jungen Ärzte gaben den Patientinnen und Patienten in solchen Situationen auf Frage der Schwester ein übliches, gut verträgliches blutdrucksenkendes Mittel. Eine winzig kleine Tablette meist nur. Doch das niedrig dosierte Mittel reichte jedes Mal zum Kollaps. Der war dann binnen spätestens fünfzehn Minuten da und dann wurde gerannt und wurden die Betten gekippt und das Kochsalz infundiert noch und noch, und wenn das alles nichts half, was ja nahezu immer der Fall war, fast immer war das der Fall, wurde dann eine

Packung Haemaccel infundiert und dann im schlimmsten Fall noch Adrenalin verabreicht. Einzig nur so lief das jedes Mal ab. Die winzige Tablette führte zum Kollaps, jedes Mal. Das Haemaccel musste man nicht jedes Mal verabreichen und das Adrenalin auch nicht. Aber der Kollaps fand jedes Mal statt und jede Menge Kochsalz war dagegen zu infundieren. Was man an Gewicht und Flüssigkeit mühsam und anstrengend den Patienten abgezapft hatte, musste man jetzt dann infolge des Kreislaufkollapses, also infolge des kleinen blutdrucksenkenden Tablettchens, durch Infusion wieder zusetzen. Absurd war das. Immer derselbe Ablauf. Und danach musste man jedes Mal die gegen den Kollaps infundierte Flüssigkeitsmenge wieder wegdialysieren. Sinnlose Strapazen waren das für die Patienten und gefährliche. Schildbürgerstreiche, gar nicht lustig. Es war immer dieselbe Schwester, die die Frage nach der winzig kleinen Tablette stellte. Und jedes Mal lächelte sie dabei und dann während des winzig kleinen Dramas auch. Und ganz besonders, wenn sie den Arzt erschrecken sah. Sie schaute den jungen Ärzten zu. Tat, was die ihr sagten. Hatte es ihnen aber zuvor gesagt, was zu tun war, fragte die Ärzte und sagte es den Ärzten zugleich. Sie freute sich über die Dummheiten. Immer wieder tat sie das so. Nie sagte sie, dass es noch nie funktioniert habe. Zuerst dachte ich, sie wolle den Ärzten etwas klarmachen, damit sie nachdenken müssen, wenn sie es selber sehen und in gewissem Sinne am eigenen Leibe erleben, was die Folgen ihrer Anordnungen sind. Aber ich glaube heute nicht mehr, dass das damals der Grund war, den die Schwester hatte. Ich kann mich an kein einziges Mal erinnern, dass die Schwester das Spiel mit der kleinen Tablette mit Ärztinnen unternommen hätte.

Nach der Rettung des kollabierten anvertrauten Menschen fiel es den Ärzten und der Schwester jedes Mal wie von neuem, und als sei es ein Geistesblitz sondergleichen, ein, dass die vom Arzt und der Schwester dem Patienten zugeführte Flüssigkeitsmenge jetzt unbedingt wieder entzogen werden müsse. Kein einziges Mal war der Ablauf ein anderer! Ja, doch, bei meiner Mutter. Denn die Tablette unterblieb, da ich zugegen war. Und wenn infolge eines Kollapses meiner Mutter Haemaccel und vorher Kochsalz infundiert worden waren, wurde die Flüssigkeitsmenge dennoch im Körper gelassen. Der Grund für diese andere Vorgangsweise war, dass meine Mutter nie viel abzunehmen hatte, maximal eineinhalb Kilo, ganz selten einmal zwei Kilo. Ihre Zystennieren konnten noch einiges selber ausscheiden. Auch achteten wir daheim alle genau auf die Diät der Mutter und auf die zugeführte Flüssigkeitsmenge.

Am Anfang der Dialysejahre hatte mir nämlich der Oberarzt Bleibler erklärt, warum meine Mutter die Dialyse gar so schlecht vertrug und in den ersten Wochen und Monaten fast bei jeder kollabierte. Nämlich weil sie infolge ihres Krebses stark blutarm sei und daher über zu wenig Blutvolumen verfüge, um den normalen Blutdruckabfall während des maschinellen Flüssigkeitsentzuges kompensieren zu können. Bleibler sagte zu mir, wenn bei meiner Mutter der Blutdruck während der Dialyse nach oben gehe, statt sich zu senken, dann sei das vermutlich eine Gegenregulation, wie diese sonst bei Patienten vorkomme, die, weil sie berufstätig sind, in der Nacht dialysiert werden. Es sei ein Selbstschutz des Körpers vor dem drohenden Zusammenbruch. Beim Insulinspiegel von Diabetikern gebe es ein vergleichbares Phänomen. Für meine Mutter bedeute die Blutdruckgegenregulation während der Dialyse, dass ihr ja nie zu viel Flüssigkeit entzogen werden dürfe. Den anderen jedenfalls gaben die anderen Ärzte die kleine Tablette. Bei meiner Mutter ließ ich es nicht mehr zu, nachdem es einmal auch bei ihr so gemacht worden, aber keine Hilfe, sondern nur eine große Qual und Gefahr gewesen war und mir der Oberarzt Bleibler dann bald einmal den Ablauf erklärt hatte, so wie er ihn sah.

15

Einer der Fahrer war Bulgare, war geflohen, hatte Morbus-Hodgkin-Krebs, war Arzt. Ich weiß nicht, ob er vor den Linken oder vor den Rechten in seinem Land auf und davon ist. Er war seit ein paar Monaten hier und jetzt Hilfstransporteur beim Dialysetransport. Er zeigte mir Arbeiten von sich in einer internationalen Ärztezeitschrift. War Kardiologe, wollte sich hier nostrifizieren lassen, borgte sich von mir Geld aus, denn in der Transportfirma hatte ihn ein Kollege bestohlen. Der Bulgare verstand nicht, warum ausgerechnet ihn. Er verschwand spurlos. Einem anderen Sanitäter, Fahrer, der von nirgendwo geflohen, sondern immer schon hier war, hatte ich auch einmal Geld geliehen. Er war überraschend zu uns nach Hause gekommen, sagte, er habe hier in der Gegend mit seinem Transportwagen einen Unfall gehabt. In Wahrheit verspielte er das Geld sofort. Aber über die Firma bekam ich von ihm das Geld sofort zurück, als ich seine Kollegen zufällig fragte, was denn los gewesen und wie der Unfall ausgegangen sei. Er war auch derjenige gewesen, der den Bulgaren bestohlen hatte. Der Bulgare blieb aber verschwunden. Er hoffe, er habe seinen Krebs nicht mehr, sagte er. In Bulgarien habe er als geheilt gegolten. Es habe Jahre gedauert bis dahin. Einmal fuhren der Bulgare Ilja und ich im Auto, als im Radio gewarnt wurde, in den hiesigen Spitälern nehme die Gefahr durch Pflege rapide zu. Ich hatte den Begriff zuvor noch nie gehört, Gefahr durch Pflege. Und den Begriff Organisationsverschulden hörte ich damals auch zum ersten Mal. Ilja und ich schauten einander an und er erzählte mir dann einen Roman weiter, den er gelesen hatte.

Im Laufe der Zeit vertraute ich den Transportsanitätern nicht mehr sonderlich. Eine Privatfirma war das. Wenn meine Mutter etwas gebraucht hätte von ihnen und allein gewesen wäre mit ihnen, wäre sie schnell in gefährliche anstrengende Komplikationen geraten. Sie waren nur Transportsanitäter, sonst nichts, obwohl sie wie richtige Sanitäter angezogen waren und auch so hießen. Meine Mutter im Gleichgewicht zu bewahren war in allem die Kunst. Bei jedem Transport auf die Dialyse fuhr ich mit. Paranoia und Querulantentum waren das nicht, sondern das System taugte nicht viel, aber man musste freundlich sein, weil man es brauchte und es nichts sonst gab. Die Verträge waren so. Ich fuhr ins Spital mit, damit der Mutter nichts passiert. Es gab keine andere Lösung. Die Fahrer, die sogenannten Sanitäter, zum Beispiel hätten nicht gewusst, was sie tun sollen. Das war nicht allein im Fall meiner Mutter so. Jede Frau, die noch mittransportiert wurde, wäre im Notfall derselben Hilflosigkeit der Fahrer ausgesetzt gewesen und in die falsche Maschinerie geraten. Man muss zugegen sein, weil oft etwas passiert, das schlimm ist. Man kann das Schlimmste manchmal verhindern, wenn man anwesend ist. Zur richtigen Zeit muss man da sein. Weil man nicht weiß, wann man wirklich gebraucht wird, muss man viel an Zeit da sein. Das ist so. Die großen und kleinen Leute im System haben entweder überreagiert oder gar nicht. Ich war oft bei Kleinigkeiten dabei, damit aus denen für meine Mutter keine große Katastrophe wird.

Ich war lange Zeit nicht dabei gewesen, sondern ließ die Dinge vertrauensvoll geschehen, wie das die Ärzte und die Schwestern sagten, und verhielt mich wie die anderen Angehörigen der anderen Patienten auch. Mein Gehorsam und mein Vertrauen waren aber lebensgefährlich für meine Mutter. Seit ich das wusste, war ich dann immer dabei. Das war dann weniger lebensgefährlich und man musste auch nicht Angst haben, dass es zu einer zusätzlichen Behinderung kommt, die das Leben noch schwerer macht. So also habe ich *richtig* und *falsch* zu unterscheiden gelernt. Wo ich war, sah ich nur sehr selten Angehörige von Patienten.

16

Im Gang vor der Dialysestation saßen die Angehörigen. Die alte Dame auch. Ihr Mann starb bald, nach zwei Wochen schon, glaube ich. Wir redeten, sie. Woher ich komme. Die Fabrik hier. Mit der Eigentümerfamilie war sie gut befreundet. Ob sie mir das überhaupt sagen dürfe, fragte sie, oder ob sie mir dadurch unsympathisch sei. Dann der junge Sohn des Byzantinisten, welcher sich gerade erst habilitiert hatte, ein

Mittelschullehrer, bald dann tot, der Sohn lächelte immer, der Sohn war
liebevoll. Eine junge Frau kam auch manchmal mit. Ich weiß nicht, ob
es die Freundin des jungen Mannes war oder die Schwester. Der Dozent
wollte mit dem sterbenden Byzantinisten einmal über Alexandrien reden.
Der Byzantinist sagte, dass er Byzantinist sei. Der Dozent sagte, dass
Alexandrien interessant sei. Ein junger Telematiker mit Freundin war
auch eine Zeitlang Dialysepatient. Der Professor fragte ihn, was Telematik
sei, er kenne das nicht. *Unser aller Zukunft*, antwortete der und bekam
eine Niere. Immer, wenn er keinen Besuch hatte, schaute er während der
Dialyse in den Fernseher. Schlafen habe ich den Telematiker nie gesehen.

Der Fernseher auf der Dialyse, die Kopfhörer. Meine blinde Mutter
hörte dem Fernseher nie gerne zu, nie lange. Die Pfleger mochten den
Fernseher auch nicht. Die meisten Pfleger konnten den Fernseher überhaupt nicht ausstehen. Nur das Tennis und die Fußballspiele zwischendurch. Aber bei *Batman* wurden die meisten wütend. *So ein Schwachsinn*, pfauchte ein Pfleger jedes Mal. Einmal, als der Dozent meiner
Mutter den Oberschenkelkatheter zu legen hatte, weil die Shuntleitung
nicht funktionierte, schaffte er das problemlos und freute sich sichtlich
darüber; es war dann ein Fußballspiel im Fernsehen, und auch am
Abend einmal, als er Dienst hatte, war eines. Er stand dann vorm Fernseher und schaute abwechselnd zur Mutter hinüber und aufs Spiel, und
dann ging er. Er war beide Male zufrieden. Manchmal glaubte ich, er
wäre gern ein anderer Mensch, wisse dann aber nie weiter. Er hatte ein
kleines Segelschiff oder eine kleine Jacht und lud oft jemanden ein. Er
hatte auch eine Tochter, die war schwarzhaarig wie er und machte im
letzten Jahr der Dialysezeit meiner Mutter ihre Matura. Der Dozent war
nie im Fernsehen, wurde trotzdem immer wichtiger. Meine Mutter hat er
immer gut gestochen, sodass sie eine Leitung hatte und dialysiert werden
konnte. Im Fernsehen wurde einmal das Ehepaar Ceausescu erschossen,
und der leitende Stationspfleger schaute im selben Augenblick hin und
sagte dann zu mir: *Der hat es immer noch nicht kapiert*, den Staatspräsidenten meinte er, und dann waren die Ceausescus aber im nächsten Moment
tot, und das war dem stationsleitenden Pfleger aber auch nicht recht.
Dann sagte er, es gehe offensichtlich manchmal nicht anders. *So ist der
Mensch*, sagte er dann. Er hatte, glaube ich, im Übrigen sehr gute Nerven
und ein gutes Herz. Ich habe ihn nie einen Fehler machen sehen, aber
er hatte ja weit weniger mit den Patienten zu tun als seine Leute. Aber
wenn die Situationen und die Patienten schwierig waren, war er da und
tat seine Arbeit, half seinen Leuten. Aber er war auch oft nicht da. Bei
Batman und Robin drehten jedenfalls fast alle durch. Die Patientenschaft
auch. Trotzdem lief der Fernseher.

Manchmal war der Ton laut eingeschaltet und im ganzen Raum ohne Kopfhörer zu hören. Zum Alarmgeben hatte niemand eine Druckvorrichtung. Für den Fernseher hingegen fast jeder eine Bedienung. Als Alarm musste man rufen und schreien. Wer gerade kollabiert, der kann aber nicht schreien. Jedenfalls nicht, wenn er vom Kollaps überrascht wird. Und auch wenn er den Kollaps selber rechtzeitig merkt, ist es trotzdem anstrengend, in diesem Zustand selber nach Hilfe zu rufen und nach der Schwester zu schreien, die nicht im Raum ist. Einmal gingen alle Schwestern und Pfleger in ihr Dienstzimmer, alle, und machten die Türe hinter sich zu. An einem Tag in einem Winter war das, und ich musste dann rein zu ihnen, weil jemand von den Patienten absackte. Das war seltsam. Ich habe damals nicht geglaubt, dass die kapieren, dass es so nicht geht. Ich weiß auch nicht, was sie damals redeten, zu mir waren sie freundlich. Außerdem war ich verlässlich. Diskret auch. Es war eine Sache des Vertrauens.

17

Dass ich mit den Patienten in einem Raum war, dem zweiten, mittleren Patientenraum von dreien, war eine Hilfe. Man war auf fremde Aufmerksamkeit angewiesen. Abhängig auf Leben und Tod vom Pflegepersonal. Manchmal war meine Anwesenheit eine Hilfe für welche, die in den anderen Räumen angeschlossen waren. Eine wirkliche. Für die Schwestern und Pfleger auch eine wirkliche. Doch, ja, das kann man mir so glauben. Das war leider so. Die Dialysestation war damals verrückt. *Irrational* wäre der falsche Begriff. Denn es ging für die alle nicht anders. Es war für sie also rational. Für die Schutzbefohlenen war das damals auch so, weil für die Schwestern und Pfleger und die Ärzteschaft auch. Das Abnormale war die Norm. Was ich berichte, darf zwar nicht wahr sein, die Dialysestation ist damals von Tag zu Tag immer verrückter geworden. Die Zuständigen und Verantwortlichen haben die Extremsituationen nicht behoben, sondern selber erzeugt, oder aber sie haben sie noch schlimmer gemacht. Sie konnten ab irgendwann nicht mehr. Was geschah, ging über die Kraft. Aber sie mussten weitermachen. Es war damals so. Heute kann es unmöglich noch immer so sein. Damals haben sie gewiss selber geglaubt, es gehe nicht anders und das sei jetzt bloß eine Übergangszeit und alles werde in absehbarer Zeit besser und gut. Auch der Dozent tat das Seine dazu, dass es besser wird. Aber sie hatten sonst niemanden. Nichts hatten sie. Viel zu wenige Schwestern und Pfleger waren sie. Aber dann kamen sehr viele aus dem Ausland. Vor allem aus den Ländern des vormals real existierenden Sozialismus. Aus dem Osten und dem Süden. Mit diesen Schwestern und Pflegern verstand ich mich sehr gut. Mit dem jugoslawischen Arzt zum Beispiel, der als Pfleger eingeschult wurde. Und mit der tschechischen Schwester auch. Die waren sehr hilfsbereit und aufmerksam. Die Tschechin sagte mir immer ein paar tschechische Worte. Und aus der DDR stammte eine ältere Schwester, die zuerst auch sehr freundlich zu mir war, dann nicht mehr. Ich weiß nicht, warum sie zwischendurch erstarrte. Einmal angesichts des Mannes, dem ein Bein abgenommen worden war; ein alter Mann, er kollabierte, rief aber kurz zuvor und dann auch nochmals mitten drinnen um Hilfe. Die Schwester aus der DDR sah ihn an, schaute ihm mitten ins Gesicht, er schaute, sagte zu ihr, dass ihm gerade schlecht sei, sie drehte sich weg und ging wieder ihrer Wege. Sie hörte ihn nicht. Und er kollabierte. Ich war der Schwester aus der DDR nicht geheuer. Und dann wieder viel neues Personal, zusätzliches, alle mussten irgendetwas erst lernen. Eine neue Partie an Personal. Inländisches, das einzuschulen war. Lauter Gefahrenquellen waren die in Wirklichkeit. Neue, zusätzliche. Zuerst keine Erleichterung. Die Übergangszeit war verrückt. Und kein Ende der Übergangszeit war abzusehen. Zugleich auch wurde die Dialysestation umgebaut. Die Mauern lagen zum Teil bloß, abgeschlagen, der Dreck, der Staub, der Schimmel. Einmal war der Verband meiner Mutter voll Schimmel. Die Schwester, auch eigentlich eine Ärztin, junge, inländische, sagte, das sei nicht schlimm, schlimm sei der Schimmel nur, wenn er unter dem Verband liege. Wir schauten einander an, die Schwester und ich. Sie schaute sehr groß.

Das Blutbild meiner Mutter war oft das eines Aidskranken. Das EPO half ihr aber. Auch bekam sie immer wieder Blutkonserven. Die haben sie jedes Mal gerettet. Das Immunsystem war in den Zahlen von Anfang an am unteren Rand, am untersten oft. Und zum Schluss jetzt der Schimmel. Einfach bloßer Schimmel. Ich wurde gefragt, ob ich gesehen habe, dass der Schimmel unter dem Verband auf dem Shunt liege. Ob ich das selber gesehen habe.

18

Einmal, nicht auf der Dialysestation war das, sondern auf der allgemeinmedizinischen, riesengroßen Station, kam ich gegen halb zehn Uhr am Vormittag zu meiner Mutter. Sie hatte gerade nach den Schwestern geläutet. Die Hilfsschwester war gekommen und gerade wieder im Gehen. Meine Mutter zuckte am ganzen Körper und sie sagte zur Hilfsschwester, sie verstehe das nicht und ob das der Zucker sei. Die Hilfsschwester reagierte nicht, ging wortlos fort. Sonst war keine Schwester auf der Station und keine kam und meine Mutter riss es hin und her. Ich hatte das Messgerät mit, die Mutter hatte Unterzucker, fünfundvierzig. Ich lief zu den Schwestern draußen, da waren aber nun einmal keine, und die Hilfsschwester verstand nicht, war allein. Ich gab der Mutter dann den Traubenzucker, den ich mithatte. Gut war das alles nicht. Ein Hypo von vielen, für jemand anderen vielleicht trotz allem eine Lappalie, für meine Mutter keine mehr, weil sie schon so viele Unterzuckerungen gehabt hatte und weil ihr Krebs sie kaputtmachte. Die Mutter war hilflos, allein, hatte von den schweren Unterzuckerungen, die sie schon oft gehabt hatte, wohl auch Schäden davongetragen. So war das eben. Die beiden anderen Patientinnen aus dem Zimmer waren fort bei Untersuchungen. Die Mutter wäre völlig alleine im Zimmer gewesen, wäre in kürzester Zeit ins Insulinkoma gefallen. Größte Hilflosigkeit, Qualen, Todesangst. So einfach war das. Meine Mutter hätte damals tot sein können. Das ist keine Übertreibung. Eine Gefahr für den lebenswichtigen Shunt und für die Augen waren die schweren Unterzuckerungen auch immer, die Krämpfe, der Blutdruck.

Der OA Bleibler, der dann seine eigene Dialysestation aufmachte, fragte neben vielen anderen Leuten auch mich, was ich anders machen würde. Dann fragte er, als ich ihm geantwortet hatte: *Wie wollen Sie so etwas verhindern? So etwas können Sie nicht verhindern!* Bleibler wollte eben immer von allen möglichen Leuten wissen, wie man was im Spital verhindern oder besser machen könne. Ich verstand ihn damals nicht, als er sagte, man könne, was ich ihm erzählte, nicht verhindern. Und dann, als er seine eigene Station aufgemacht hatte, sah ich, woran alles er gedacht hatte und was er alles im Voraus verhinderte. Seine Station war sicher.

19

Der leitende Stationspfleger erklärte ein paar Studenten und Studentinnen auf dem Gang die Dialysestation. Den Shunt auch. Sagte in etwa: *Normalerweise müssten die Shuntoperationen von gut ausgeruhten Chirurgen und am besten früh am Tag durchgeführt werden. Aber die Operateure sind oft übermüdet und die Operationen erfolgen zwischendurch, wie gerade Zeit ist, weil diese Operationen auf den ersten Blick nicht so wichtig zu sein scheinen. Das sollte alles nicht so sein, ist aber leider so. Man müsste verstehen, dass das Leben und das Wohlergehen der Patienten am Shunt hängen. Auch wenn eine solche Operation im Vergleich als Kleinigkeit erscheint, ist sie lebenswichtig. Es kann bei einem Shunt immer leicht zu Komplikationen kommen, die den Patienten und uns das Leben ziemlich schwer machen.* Bei meiner Mutter war das auch so. Der Shunt musste oft gedehnt werden, die Thrombosen mussten entfernt werden; die Probleme kamen vom Blutbild, aber auch daher, weil sie oft bei der

Dialyse absackte. Der Zucker, der Krebs, die Kollapse während der Dialyse, die Chemotherapien, die Unterzuckerungen setzten den Gefäßen und dem Shunt zu. Besonders gefährlich war es, wenn die Chemotherapien gerade in Gang gesetzt waren. Da trieb es den Zucker hoch und auch die Gerinnung veränderte sich gewaltig. Das war jedes Mal unheimlich. Und einmal, ich weiß nicht mehr, wie viel Zeit vor dem Lebensende, Monate, ein Jahr, vielleicht mehr noch, der letzte Shunt, ich weiß nicht mehr, welche Komplikationen es später noch gab, aber damals bei der letzten Shuntoperation, ging es auch unheimlich zu. Sie lag auch damals irgendwo für die Shuntoperation herum. Für eine Operation oder eine Therapie lag sie ja oft irgendwo herum in irgendeinem Trakt, den man nicht kannte. Ich fand sie nicht, obwohl sie gerade eben noch da gewesen war. Ich ging dann drauf los, plötzlich war ich in einem Herzbereich. Da lag einer. Frisch operiert. Allein. Ein Pfleger kam dann daher, als ich den Ausgang nicht fand. Der Pfleger gehörte dort irgendwo hin, war freundlich, sagte mir, wo ich die Mutter am ehesten finde. An welchem Ende sie für gewöhnlich nach der Operation herauskommen müsste. *Hier ist sie jedenfalls nicht*, sagte er.

Wenn ich zuvor nicht neben ihr gewartet hätte, wäre ihr ein Unglück geschehen. Ihr Operateur war plötzlich da gewesen, war freundlich gewesen, hatte gesagt, was er tun werde. Ein Oberarzt. Er sagte zu mir, er müsse meiner Mutter einen Oberschenkelshunt legen. Das sei das einzig Richtige. Ich redete dagegen, ließ es nicht zu. Es war richtig, was ich sagte. Wenn ich nicht dort gewesen wäre, hätte er getan, was er sich zusammengedacht hatte. Die Mutter hätte dann in der Folge wochenlang nicht aufstehen können. Liegen zu bleiben wäre Vorschrift gewesen. Das wäre eine Katastrophe gewesen. Ihr Allgemeinzustand hätte sich von einem Tag auf den anderen unerträglich verschlechtert. Subjektiv und objektiv. Ihr Gehen. Ihre Knochen. Sie wäre verzweifelt. Der Kreislauf. Sie wäre völlig hilflos geworden. Unbeweglich. Sozusagen von einer Stunde zur anderen. Seelisch und körperlich. So wäre die Vorschrift gewesen. Ob man zugegen ist oder nicht, entscheidet. Der Verlauf, wenn man nicht da war, ist dann schicksalhaft. Der Oberarzt war sehr überzeugt gewesen. Er meinte, sie sei ja ohnehin bettlägerig. War sie nicht. Es war ein unheimlicher Tag, der gut ausging.

20

Als die Mutter im Koma lag, im Wachzimmer die Tage, und als sie dort dann wieder zu sich gekommen war, ins Leben zurück, Stück für Stück, besuchte meine Tante sie dann einmal. Meine Mutter redete damals nur über Kohlen mit ihr. Die Knöpfe am Kleid meiner Tante seien Kohlenstücke. Und dort drüben das zweite Bett im Zimmer sei ein Kohlenhaufen. Die Tante war entsetzt und verzweifelt, glaubte, die Mutter werde nie mehr gesund. Hoffte auf nichts mehr. Aber meine Mutter hatte wohl nur gemeint, dass das Heizmaterial für den Winter herbeizuschaffen sei, und wollte fleißig sein und arbeiten. Das Wachzimmer hieß so, und meine Mutter lag dort, wochenlang, monatelang. Alle anderen Frauen, die in den Raum kamen, starben, zwei Betten waren im Raum – ich weiß nur von einer, die dort drinnen nicht starb. Meine Mutter starb auch nicht. Diese Frau starb nicht und meine Mutter starb nicht, sonst alle. In dem Zimmer wurde die Mutter immer mehr krank und völlig hilflos. Sie war von der Chirurgie gekommen, eine simple Gallenblasenentfernung. Und hier jetzt hatte es aber von Anfang an geheißen, die Mutter müsse liegen bleiben. Sie lag dort die Wochen und Monate lang auf Anweisung der Ärzte. Ich weiß nicht, warum sie nicht aufstehen durfte. Und dann fiel sie ins Koma. Und nach dem Koma dann standen wir einfach sofort mit ihr auf und gingen. Und das war alles. Samnegdi und ich sagten zu den Ärzten, wir wollen mit ihr schnell heim, und die im Spital glaubten nicht, dass das jemals möglich sein wird.

Es hatte Jahre gedauert, bis die Krankheit der Mutter erkannt worden war. Dann jetzt nach Wochen die endgültige Diagnose im Wachzimmer, sie durfte auch dann nicht aufstehen. Was bis jetzt getan und was unterlassen worden war, ging über die Kraft meiner Mutter. Es wäre über jede Menschenkraft gegangen. Das Liegen, das Warten, die Schmerzen, in einem fort, heftige, aussichtslos alles und plötzlich dann die eigene Todesnachricht. Die Jahre vorher, immer hieß es, es sei bloß der Diabetes. Damit müsse sie leben lernen. Das könne man. Es liege bloß an ihr. Auch sei sie ja noch jung. Einmal ganz am Anfang in der schweren Zeit, als es hieß, es sei nichts, fand auch das erste Augenlasern statt. Ein paar Mal. Aber beim letzten Mal, als sie davon heimkam, erbrach sie, war krank. Eine Grippe müsse das sein, hieß es damals. Dauernd Zahnfleischbluten hatte sie. Dann die Nierenschmerzen. Die seien auch weiter nichts, hieß es. Der Röntgenarzt sagte *Kapseldehnungsschmerz* dazu. Das sei harmlos. *Das wird es sein*, sagte dann der Hausarzt und nickte beruhigt. Dann aber plötzlich die Koliken, akut, eine Gallenblasenoperation. Ein 08/15-Eingriff. Die Mutter hatte aber wie auf den Tod Krämpfe. *Vernichtungsschmerzen.* Auf der Notaufnahme hatte einer gesagt, die Werte seien erschreckend, es sei aber nur die Gallenblase, aber so etwas müsse raus, sonst kann man Krebs bekommen, sie habe aber keinen. *Aber die Werte sind verheerend*, sagte er. *Sobald das Zeug draußen ist, kommt ganz sicher wieder alles schnell in Ordnung. Sie ist ja noch jung.* Seit ein paar Jahren sagte der Hausarzt zu Samnegdi und mir, die Mutter müsse lernen, ohne mich mit den Dingen des Lebens fertig zu werden. Körperlich fehle ihr ja weiter nichts. Das könne man alles selber. Aber das stimmte alles nicht, was er sagte. Es ging mit der Zeit über ihre Kraft, was mit ihr in einem fort geschah und dass man ihr nicht half. Sie entschuldigte sich manchmal bei Ärzten, zum Beispiel nach einer Untersuchung im Spital, wenn es ihr zu viel geworden war. Sie meinte, es liege an ihr. Sie sei schuld.

Sofort nach der Gallenblasenoperation hatte sie dann wieder furchtbare Schmerzen und schwerste, endlose Anfälle von Todesangst. Ein Oberarzt auf der Chirurgie, ihr Operateur eben, sagte jetzt zu Samnegdi und mir, sie müsse tatsächlich schreckliche Schmerzen haben und jeder Mensch, jeder, würde in ihrer Situation Todesangst leiden. Es müsste ihr nach ärztlicher Erfahrung schon weit besser gehen, man wisse daher nicht, was sie wirklich habe, aber es müsse gefährlich und furchtbar anstrengend sein. Ein paar Tage später wollten der Oberarzt und der Chirurgievorstand noch einmal mit uns reden. Wir gingen im Freien spazieren. Sie sagten zu Samnegdi und mir, es werde der Mutter jetzt langsam besser gehen, aber die Nieren, das wisse man jetzt, seien schwer geschädigt. *Sie wird dialysiert werden müssen, aber damit kann man leben*, sagte der Primar. Und ich dachte mir: *Das schaffen wir. Hauptsache, sie kann leben und hat keine Schmerzen mehr.* Samnegdi und ich sagten das so zueinander. Aber es traf uns hart und schwer. Aber wir hofften sehr, waren zuversichtlich. Denn endlich wusste man, was los ist und was tun. Damals auf der chirurgischen Station im Freien dann am Abend, der Himmel war rötlich, der Primar sagte, es sei auch noch gar nicht sicher, vielleicht, wenn die Mutter ein klein bisschen Glück hat, brauche sie die Dauerdialyse jetzt doch noch nicht, sondern erst in ein paar Jahren. Bis dahin habe sie dann ein freies Leben. Er lächelte freundlich.

Dann die Medizinische Abteilung. Allgemeine Station. Der Zucker, hieß es, sei ihre Krankheit und die Nierenschwäche komme vom Zucker. Zuerst war die Mutter dort tagelang im großen Saal gelegen, zehn Menschen lagen dort, acht, zehn, zwölf. Später dann in den Jahren lagen in dem riesigen Raum kreuz und quer oft mehr als ein Dutzend. Der junge Turnusarzt, Ort hieß er, schaute uns entsetzt an, Samnegdi und mich, schaute in den Saal, sagte sanft zu uns: *Das ist ja furchtbar hier. So etwas habe ich noch nie gesehen.* Es war auch sein erster Tag auf der Station. Er ist dann später in den Jahren doch ziemlich etwas geworden, selbständiger Arzt. *Eine Zumutung ist das hier*, sagte er an dem Tag. Und: *Ich bin selber erschüttert.* Wir hatten überhaupt nichts zu ihm gesagt, standen zufällig neben ihm, und er sagte das zu uns. Ich glaube tatsächlich, dass er später auch durch meine Mutter gelernt hat. Der Turnusarzt Ort hat ihr viel geholfen. Hat daraus seinen Facharztberuf gemacht, dass er die Patienten mochte und ihnen möglichst schnell helfen wollte und die Schlampereien und Quälereien nicht akzeptierte. Er war so beschaffen, dass er wirklich helfen und kein Patientenleid unnötig hinnehmen wollte. Er war immer freundlich und wurde im Laufe der Wochen und Monate immer mutiger. Er stellte sich allem und jedem, war sonnig. Man sah ihm an, wenn es Patienten gutging. Er lebte auf, wenn die Patienten auflebten.

Die Schwestern damals in der ersten Zeit dort auf der Allgemeinen Station und dann im Wachzimmer – eine Schwester sah italienisch aus, die wütendste. Zu den anderen Schwestern schrie sie einmal in der Früh, als sie in den riesengroßen Saal musste: *Wir sind kein Spital! Wir sind ein Lazarett! Das wird nie anders werden! Krieg ist das!* Ihr Name klang italienisch und bedeutete auf Deutsch Honigbiene. Die anderen Schwestern mochten sie und schauten oft zu ihr hin und auf und es gefiel ihnen jedes Mal, wenn sie laut wütend war. Und eine Schwester, die mit ihr befreundet war, richtete sich her wie Tina Turner und war nie laut. Beide waren sie aber geschunden und lebhaft. Und meine Mutter fiel nach Wochen im Wachzimmer ins Koma.

21

Die erste Frau, die zu meiner Mutter ins Wachzimmer kam, ihr gegenüber lag, war um die sechzig. Sie war sehr mager, hatte Leberzirrhose, lag da, benommen, aus Knochen war sie und aus Kot. Ich ging die drei Schritte zu ihr hinüber, redete mit ihr, die Schwestern ärgerten sich ein wenig über mich, die Honigbiene brummte, sie putzten dann die Frau. Dann war es aber gleich wieder dasselbe mit der Frau. Manchmal wimmerte die Frau. Meine Mutter schimpfte mit mir: *Bleib weg von der. Was musst du denn immer reden mit der. Da wird nichts mehr.* Die Mutter war entsetzt, aufgebracht, weil da nichts mehr wurde. Der Körper meiner Mutter bäumte sich. Ich weiß nicht, was ich der Mutter antwortete. Sie sagte dann: *Du bist schrecklich.* Die Frau drüben war bald tot. Ich weiß nicht mehr, wie lange alles dauerte und wer noch alles in dem Wachzimmer starb. Aber dass die Mutter fürchterliche Angst hatte vor dem, was sie dort mit ansehen musste, mit anhören, riechen, schmecken, einatmen, anfassen, verstand ich. Und dass sie deshalb so aufgebracht war. Meine Mutter wehrte sich. Das Zimmer war das Gefängnis der Mutter. Dort war sie eingesperrt. Konnte nicht mehr fort. Die Todeszelle war das. Isolationshaft zu zweit. Sie sah die Frauen neben sich sterben. Der Rauminhalt drang durch die Haut ins Fleischinnere, Gesichtsinnere. Das war so, das muss man so sagen. Als dann endlich die Diagnose da war,

war eben diese auch dann noch immer ungewiss. Unglaublich war das. Folterhaft.

Die Hämatologin auf der Station sagte mir, was sie vermuteten. Noch eine Untersuchung sei nötig. Jetzt war die Mutter seit Monaten in unaufhörlichen Schmerzen in einem fort im Spital gewesen und nicht aufstehen durfte sie, nur dazuliegen hatte sie. Und jetzt dann entnahmen sie ihr aus dem Brustbein Mark. Es war aus ihrem Brustbein aber nicht gut zu entnehmen, tat sehr weh. Sie sagten zu ihr, das sei, weil alles morsch sei. Darüber erschrak die Mutter unermesslich. *Alles morsch*, sagte meine Mutter entsetzt zu mir. Für sie war *morsch* Moder. Durch Mark und Bein ging ihr das Wort. Morsch, Moder, Grab, so war das jetzt. Sie war bei lebendigem Leib und Geist – und die hier hatten sie aber verscharrt und vergruben sie von Tag zu Tag tiefer. Weil das Brustbein morsch sei, entnehmen sie aus der Steiß- und Beckengegend die Probe. *Aus dem Kamm*, sagten sie.

Die Dialyse der Mutter begann in der Zeit auch. Und das dazugehörige Absacken, das Zusammenbrechen während der Dialyse. Meine Mutter sagte zu mir, niemand habe ihr etwas erklärt; sie habe keine Ahnung gehabt; es sei die Dialyse furchtbar für sie. Die Dialyse werde immer schrecklich sein für sie. Man habe sie an die Maschine angehängt, angestochen, kein Wort gesagt, vorher nicht, während der Behandlung nicht, danach nicht, und immer wieder dasselbe jetzt und sie verstehe es nicht. Meine Mutter weinte nie, schämte sich aber. Auch zu Samnegdi und mir hatte niemand etwas gesagt, auch nicht, dass die Dialyse doch jetzt schon nötig sei und begonnen werde und nicht erst in ein paar Jahren. Nichts. Niemand. Oder gar, wie die Dialyse ablaufe. Jetzt einmal auf der Dialyse habe man jemand anderem etwas erklärt, sagte meine Mutter. Das habe sie völlig überrascht. Ihr habe bis heute niemand etwas erklärt. Sie trieb weiter hinein in die Verzweiflung und in die Hilflosigkeit, dort hinein trieben sie sie. Samnegdi und ich waren jetzt jeden Tag in der Besuchszeit auf der Station. Jeden Tag. Wir fragten die Ärzte dort. Jeden Tag. Es nützte nichts. Man wusste nichts und irgendwie waren die tatsächlich alle im Krieg. Genau so, wie die Schwester gesagt hatte. Ein paar Mal waren die Dialysen inzwischen schon gewesen, zu völlig verschiedenen Zeiten. Die Mutter wurde jedes Mal eingeschoben, wie gerade Zeit war. Ich glaube, es war wirklich alles so, wie die Mutter sagte. Man erklärte ihr nichts und wusste nichts.

Es ging ihr von Tag zu Tag schlechter. Bevor endgültig feststand, dass der Krebs bösartig und welcher er wirklich war, suchten wir die Krebshilfe. Fanden sie. Eine Sekretärin war das damals und ein winzig kleines Büro und der freundliche Immunologieprofessor mit seinem Telefon. Wir erzählten dem Immunologieprofessor von der Ewigkeit, seit der meine

Mutter die furchtbaren Schmerzen habe. Und dass man keinen Ausweg finde und dass es der Mutter jetzt nach Jahren über die Kraft gehe und dass man ihr nie irgendetwas erkläre. Er redete mich dann irgendwann irgendwo unterwegs im Spital an oder wir telefonierten auch, ich erinnere mich nicht mehr. Ich glaube, dass damals sein Nachfragen und Nachschauen wichtig war. Als er mit mir unterwegs redete, war meine Mutter aber bereits zusammengebrochen und im Koma. Er war irgendwie zu spät dran.

22

An dem Tag, als sie zusammenbrach, an einem Freitag, war ich pünktlich um dreizehn Uhr auf die Station gekommen. Bin ins Wachzimmer. Die Mutter war zittrig, völlig geschwächt, sagte, sie habe solche Kopfschmerzen, den ganzen Tag schon. Irgendeine Untersuchung war gewesen. Meine Mutter weiß nicht, welche, sie sei nicht drangekommen. Und dann zu Mittag ein Dialysetermin, der auch nicht zustande kam. Und irgendetwas mit den Tabletten war. Die habe sie nicht bekommen. *Ich habe schreckliche Kopfschmerzen, das halte ich nicht mehr aus*, sagte meine Mutter. Die Ärztin, mit der ich rede, gibt ihr dann eine Kopfschmerztablette, welche Tonpan heißt und ein Aspirin ist. Seit fünf Minuten bin ich jetzt auf der Station, im Wachzimmer, und als ich mit der Mutter wieder allein bin, sagt sie plötzlich zu mir: *Uwe, wenn es vorbei sein muss, dann ist es besser für alle, es geht schnell.* Krümmt sich, hebt den Kopf und ihren Körper ein paar Zentimeter und sagt noch etwas und weg ist sie. Weg. Sie ist weg. In dem Augenblick fange ich sofort laut zu beten an, sage zu ihr, dass alles wieder gut wird. Sie ist weg. Ich läute um Hilfe, rufe. Der Turnusarzt kommt. Sie hatte gesagt: *Uwe, wenn es vorbei sein muss, dann ist es besser für alle, es geht schnell. Wenn ich sterben muss, ist es für alle besser, ich bin sofort weg.* Ich sagte zu ihr noch: *Du musst nicht sterben.* Aber sie war weg, sofort weg. Der Turnusarzt Ort geht wieder. Ein Priester schaut zufällig zur Tür herein, fragt mich, ob er hier gebraucht werde, schaut auf meine Mutter hin. *Nein*, sage ich, *Sie werden nicht gebraucht.* Er kommt einen Schritt näher. Ich sage es noch einmal. Er geht.

Der junge Turnusarzt kommt wieder. Er ringt um Luft, fragt mich zornig, ob schon eine Schädeltomographie gemacht worden sei. *Nein? Schnell dann*, sagt er, ruft an, schiebt das Bett selber, wir laufen mit dem Bett. Die Röhre, die Mutter kommt, als sie wieder draußen ist, kurz zu sich, fragt: *Was muss ich tun?* Sie habe solche Schmerzen, sagt sie. Im nächsten Moment ist sie wieder fort, ihr Körper zuckt, wie wenn er stürzt und dann weiter und weiter. Ich empfinde, es ist, wie wenn mein Vater sie überfiel. Manchmal damals hatte ihr Leib so gezuckt. Wie wenn etwas Schreckliches, jemand Schrecklicher die Überhand hat über einen. Dann wieder hinauf auf die Station. Der Turnusarzt bleibt bei ihr. Die Mutter ist bewusstlos. Lautes Schnarchen jetzt. Ich mache dem anwesenden Oberarzt Vorwürfe. Sage: *So geht das nicht.* Samnegdi und ich seien täglich hier, fragen jedes Mal, was morgen sein wird und sie hier sagen uns nichts und stattdessen pausenlos die Überanstrengung meiner Mutter.

Der Oberarzt sagt, dass es heute ein Missverständnis gegeben haben müsse, dass sie heute deshalb ein paar Stunden lang alleine wo im Keller gesessen sei und auf eine Untersuchung gewartet habe, von der er aber im Moment nicht wisse, ob sie wirklich stattfand. Und dass es dann auch bezüglich der Dialyse Komplikationen gab. Sie bekam ihr tägliches Medikament gegen den Bluthochdruck nicht, weil es geheißen hatte, sie werde dialysiert. Man wollte sie nicht gefährden. Das Blutdruckmittel zusammen mit der Dialyse hätte für das Herz zu viel sein können. Das dürfe man nicht tun. Die Patienten kollabieren sonst während der Dialyse. Aber dann, dann wurde sie statt zur Dialyse zu einer Knochenuntersuchung gebracht und sie sei deshalb auch nicht dialysiert worden. Also gab es für sie weder das blutdrucksenkende tägliche Mittel noch die blutdrucksenkende Blutwäsche. Und das tägliche Insulin hatte sie in der Früh auch gespritzt bekommen, aber nichts zu essen, weil sie ja zu dieser Knochenuntersuchung musste. Bislang hatte sie immer liegen müssen, liegen und warten, seit Wochen, und jetzt im Warteraum vor dem Knochenuntersuchungsraum hatte sie sitzen müssen und warten, stundenlang, sie hatte gewaltige Schmerzen in den Knochen, der Wirbelsäule. Wochenlang war sie gelegen, nur gelegen, gegen ihren Willen. Das Aufstehen war ihr ärztlich verboten. Die hatten es sich einfach gemacht mit ihr. Und heute dann aber auch, denn mit dem Rollstuhl fuhr man sie, weil das leichter ist als mit dem Bett. Und dann eben musste sie heute ohne Essen, aber voll Insulin und ohne Blutdrucktabletten und ohne Dialyse und unter gewaltigen Schmerzen und mutterseelenalleine sitzen, warten, stundenlang, sitzen. Und dann keine Untersuchung. Ein bisschen Mittagessen, und dann keine Untersuchung und keine Behandlung. Der hohe Blutdruck dann und die Kopfschmerzen. Und jetzt ist meine Mutter bewusstlos.

Es kamen jetzt immer mehr Leute ins Wachzimmer, Ärzte, Schwestern. Ich sagte: *Ich gehe hier nicht mehr weg, bis alles in Ordnung gebracht ist.* Die saßen da, mehr als ein Dutzend Leute, und schauten, wie die Mutter schlief und schnarchte. Koma. Samnegdi war zu mir ins Spital nachgekommen. Wir schauten alle die Mutter an, plötzlich hörte sie zu atmen auf, gab ein Geräusch und atmete nicht. Die atmete nicht. Ein paar der

Ärzte sprangen auf, auf sie zu, einer zählte bis fünfzehn, plötzlich atmete sie wieder. Eine Schwester, die mir am freundlichsten und verlässlichsten erschienen war, sagte im nächsten Augenblick: *Sie kommt auf die Intensiv.* Ich schüttelte den Kopf. Zu mir sagte die Schwester daraufhin: *Da werden Leitungen gelegt und so weiter.* Ich sagte: *Nein, meine Mutter bleibt hier.* Meine Mutter hatte oft zu mir gesagt, auf die Intensivstation wolle sie niemals. Das sei für sie sterben, die schlimmste Art davon. Dort wolle sie niemals hin, dort gehe sie elend zugrunde, das wisse sie. Ich sagte deshalb zu denen, die jetzt da waren: *Meine Mutter ist jetzt seit Wochen hier. Sie haben überhaupt nichts für sie getan. Sie bleibt jetzt hier. Wenn sie wirklich sterben muss, kann sie es jetzt hier auch. Sie wollte nie auf eine Intensivstation. Wenn meine Mutter jetzt am Leben bleibt, dann hier.* Der Oberarzt sagte dann: *Was sie braucht, kann sie hier auch bekommen. Die Leitungen, die Infusionen.* Ein Neurologe sei angefordert, den Augenhintergrund anzuschauen, ob sie einen Schlaganfall habe. Nach Stunden kam der Neurologe, mitten in der Nacht. Ich war wieder alleine mit der Mutter, Samnegdi hatte ich gebeten, dass sie zur Tante und zum Großvater heimfährt. Die Mutter war weiterhin bewusstlos, der Neurologe schaute mit der Lampe in ihre Augen. Er nickte, lächelte, sagte zu mir: *Schlaganfall hat sie sicher keinen. Das würde ich sehen.* Sie blieb aber ohne Bewusstsein.

Die Nachtschwestern sagten, als der Neurologe gegangen war: *Sie können jetzt gehen. Es ist schon spät. Sie ist sowieso nicht ansprechbar. – Sie können nichts für sie tun.* Ich sagte: *Nein, ich werde bleiben.* Die beiden Nachtschwestern versuchten es noch einmal, sagten, dass ich gewiss müde sei und dass es hier nicht üblich sei, dass man über Nacht bleibt. *Ich bleibe, solange es sein muss*, sagte ich freundlich. Blieb. Redete mit der Mutter. Ich sagte zu ihr, sie komme wieder heim. Ganz gewiss. Ich sagte in dieser Nacht oft *Mami* zu ihr. Zu ihrer Mutter hatte sie so gesagt. Ich wollte, dass sie ihr liebstes Wort hört. *Die Mami*, sagten sie immer, die Mutter und die Tante sagten das Wort gern, weil sie ihre Mutter geliebt hatten. Also sagte ich zu meiner Mutter, was sonst sie sagten. Ich hatte es noch nie gesagt. Und ich sagte zu meiner Mutter, sie gehe über eine Wiese, eine wunderschöne, beschrieb die Blumen und das Gras, sagte, sie laufe, hüpfe. Sie sehe die Wiese, laufe durch die. Sie sehe ein Kind, das sich freut, das durch eine Wiese läuft. Sie spüre die Wiese mit den Füßen und rieche die Düfte. Für einen Augenblick wachte sie in dieser Nacht auf. Und später dann kam der Dialysedozent. Er hatte seit der abendlichen Übergabe den Dienst auf der Allgemeinen Station. Er sagte freundlich: *Ihre Mutter kommt nicht weg, sie bleibt hier, das ist ganz klar. Mehr würde auf der Intensivstation auch nicht gemacht werden.*

In der vielen Nacht dann stand ich da, mir fiel wieder ein, wie fremd mir die Mutter war. Wirklich fremd. Dass wir uns überhaupt nicht verstanden miteinander. Und dann dachte ich, was das werden wird für uns alle. Und dann, dass es um das Leben dieses Menschen da geht. Dass sie alle Hilfe braucht. Egal was war und was ist. Und dass sie ein Recht hat zu leben, endlich einmal leben. Und wie schwer alles für sie gewesen war und wie schwer das alles für alle werden wird. Und dann an das Leben von Samnegdi und mir. Was wir uns wünschen, tun müssten, damit wir. Die Zukunft. Ich stand da, sah meine Mutter, hilflos war sie und ohne Aussicht war alles. Und ich dachte immerfort, dass sie leben muss, dass sie das Recht haben muss, endlich zu leben. Und was alles sie aushalten hat müssen. Und dass es völlig egal sei, was ich mir jetzt denke, denn die Mutter brauche unsere Hilfe und sie habe das Recht darauf, dass wir ihr mit aller Kraft helfen.

Die Mutter wachte dann wie gesagt für einen Augenblick auf. Das reichte mir, dass ich gewiss war, dass es weitergehen wird.

23

Am nächsten Tag, am Vormittag, wurde die Mutter bewusstlos zu einem EEG auf die Neurologie geschoben und auf Epilepsie untersucht. Samnegdi und ich waren bei ihr. Epilepsie hatte sie nie gehabt, jetzt auch nicht. Der Turnusarzt Ort ärgerte sich über die unnötige Untersuchung. Die Drähte und der Zungenschutz irritierten Samnegdi und mich, wir hatten das noch nie gesehen.

Bewusstlos war die Mutter jetzt seit drei, vier Tagen, aber ein paar wache Augenblicke hatte sie dazwischen. Ich war da. Das waren der Sinn und der Zweck. Dass wirklich jemand da ist und die Chance nützt. Und am Ende des vierten Tages war die Mutter wirklich wieder da. Und dann weiter immer mehr. Eine Schwester sagte zu mir: *Das hätte ich niemals geglaubt. Niemand von uns.* Dann vergingen noch zwei Wochen und die Mutter war zu Hause. In diesen zwei Wochen begann sie wieder zu essen und sie durfte endlich wieder aufstehen. Die Chemotherapie wurde ihr neuerlich verabreicht. Eine Chemotherapie hatte sie auch bekommen, unmittelbar bevor sie zusammengebrochen war. Auch über die Chemotherapie hatte man uns nicht informiert, der Mutter hatte man es auch nicht gesagt. Unglaublich war das alles. Aber jetzt, jetzt lebte die Mutter wieder. Die Ärztin mit der Kopfschmerztablette sagte, der Katheter werde nicht wegzubekommen sein, darauf sollen wir erst gar nicht hoffen. Aber weg damit und weg war er. In den zwei Wochen bis nach Hause war ich fast immer im Wachzimmer. Die Schwestern, die Ärzte, die Patienten auf der Station gewöhnten sich an mich. Für ein paar Stunden fuhr ich manchmal in der Nacht nach Hause, aber in der Früh gegen fünf Uhr, sechs Uhr war ich wieder da, wenn das Spital, die Station aufwachte. Die Mutter wurde gewaschen. Wollte essen, endlich wieder essen. Immer aufstehen, gehen, ein paar Schritte. Schmerzen, ein Stützmieder, Schnürmieder, bekam sie jetzt auch, eine Fassade war das, eine Farce.

In einer Nacht, als die Mutter zwar wieder bei sich, aber noch nicht ganz war, wanderte eine Frau auf und ab, hin und her; ich glaube zwei Nächte war die Frau da. Sie konnte mit ihren Füßen gehen. Sie hatte Krebs. Sie war nicht alt. Ihren Mann sah ich auch. Er brachte sie. Sie ging schwer mit ihren Füßen. Sie war freundlich. Sie bekam keine Luft. Sie gaben ihr ein Sauerstoffgerät. Sie bediente es selber. Sie bat mich, ihr das Tablettenfläschchen zu öffnen. Sie konnte das nicht mehr. Der Kindersicherheitsverschluss war ihr zu viel. Große Atemnot, Schmerzen. Sie sagte zu mir, ging dabei hin und her und ging, schnaufte, lächelte, sie sei von Herzen froh, dass ich da sei, sie wäre sonst ganz allein. Irgendwann als ich kurz weg war untertags, war sie dann fort. Sie war eine sehr freundliche Frau. In der gestrigen Nacht hatte sie große Probleme gehabt und mir den Krebs genannt. Ich weiß ihn nicht mehr. Das Wachzimmer war nun einmal das Sterbezimmer. Den Sauerstoff nahm die Frau sich selber. Das Leben nicht. Aber sie war weg. Wieder ein anderer Oberarzt, aber ebenfalls voll und ganz zuständig für die Station, erzählte mir, bevor meine Mutter heimkonnte – ich bestand entschieden darauf, dass es jetzt hier genug sei, sie müsse endlich heimdürfen –, zum Abschied etwas von ihrem Drüsenkrebs. Er erklärte mir ihren genau. Er verwechselte sie, war die Wochen und Monate über für sie zuständig gewesen, hatte oft mit mir über sie geredet und wusste offenkundig überhaupt nichts. Und irgendetwas schrieb er auf, was sie gehabt habe: *Durchgangssyndrom*. Mehr war es nicht. Das wussten sie im Nachhinein. Weil die Sache ein gutes Ende hatte. Weil die Mutter die Sache durchgestanden hat. Die meisten von den Ärzten und den Schwestern dort hatten gewiss nicht geglaubt, dass sie herwieder kommen wird. Ein paar sagten das ja auch zu mir. Aber jetzt war ja nichts gewesen. Nur ein Durchgangssyndrom. Das gibt sich immer von selbst.

24

Für meinen Großvater war diese Zeit schrecklich. Dass er seine Tochter nicht sehen konnte, monatelang nicht. Meine Mutter hatte nicht gewollt, dass er sie so sieht. Er durfte sie nicht besuchen. Einmal, ein paar Tage vor dem Koma, machte ich mit einer Sofortbildkamera ein Foto von ihr, damit er sie sieht. Den Krankenschwestern war das nicht recht. Sie meinten, ich dokumentiere. Ein paar Tage zuvor hatte es eine kurze Auseinandersetzung gegeben. Beim Drehen, Umbetten, die Mutter gab plötzlich einen Schmerzlaut, sofort war der Konflikt da. *Das kann nicht wehtun*, sagte die Schwester Honigbienchen. *Sie sind wehleidig, das sage ich Ihnen!*, fuhr sie meine Mutter an. *Es reicht*, sagte ich zu den Schwestern, *so geht das nicht.* Keine Woche später war dann die Diagnose da und dann die Bewusstlosigkeit.

Als die Schwestern auf der Allgemeinen Station merkten, dass sie durch mich weniger Arbeit hatten, wurden sie zufrieden und sehr freundlich. Ein paar Mal Schüsseldienst weniger am Tag. Und das Ganze lief auch ohne Windeln und Wechseln von dreckigen Bettbezügen ab dadurch. Das hatte seinen Wert für die Schwestern. Und selbstverständlich auch, dass es meiner Mutter besser ging. Und dass es nicht aussichtslos war. Auch mit der Honigbiene kam ich jetzt gut aus. Die Konflikte unterblieben. Einmal entschuldigte sich eine der jungen Schwestern bei Samnegdi und mir. Wir waren überrascht. Und gleich alt waren wir auch wie die. Und einmal, als die Mutter bewusstlos war, hatte die älteste und dickste Schwester auf der Station Nachtdienst, und ich zeichnete etwas. Sie glaubte, ich mache mir Notizen, wollte wissen, welche, sagte, dass sie bald in Pension geht. Sie überprüfte, was bei mir am Papier war. Sitzen und warten, stehen und warten, gehen und warten, freundlich reden und warten, so war das damals auf der Station. Und beim Zusammenbruch fragte die wirklich tüchtige Schwester, die meine Mutter auf die Intensiv verbracht wissen wollte, vor allen Anwesenden den erschrockenen Oberarzt, der sichtlich ein Humanist und von weichem Gemüt war, ob sie etwas falsch gemacht habe und meine Mutter deshalb in dem Zustand sei. Er sagte nichts, zuckte mit den Achseln, schaute zu Boden. Die Schwester schaute den OA lange an, dann fragte sie: *Habe ich die Patientin gefährdet?* Da schüttelte der Oberarzt den Kopf. Ich war überrascht über ihre Art. Sie verheimlichte nichts. Hätte sie es nicht gesagt, hätte ich es nicht gewusst, dass sie zuständig gewesen war.

25

Als meine Mutter immer mehr zu sich kam, nahm meine Mutter einmal plötzlich Samnegdis Hand und meine, legte die ineinander. Und dann sagte sie, dass Samnegdi und ich heiraten müssen. In der ersten Woche damals empfand die Mutter vieles doppelt, zweifach, nämlich zuerst und dann noch einmal. Das war seltsam. Die Berührungsreize beschrieb sie auch so. Und einmal ganz zu Anfang fragte sie mich im Ernst, wo denn heute mein Bruder sei, der zweite Uwe, wann der komme. Es war ihr wirklich ernst damit. Es war auch, glaube ich, weil sie den einen Uwe nicht gemocht hat. Mich.

Und dann hatte sie plötzlich zwei Söhne und zwei Schwiegertöchter. Nur die einen mochte sie. Sie erlebte das so. Ich war zwei, Samnegdi war auch zwei. Was wir vorher für die Mutter versucht und getan haben, monatelang, jahrelang, hat die Mutter nicht wahrgenommen, nicht verstanden, geschweige denn empfunden. Sie hat es nicht gemerkt. Sie wusste immer nur, dass wir fortwollen. Manchmal in der Zeit damals im Spital sagte sie, es komme ihr vor, als habe sie eine zweite Haut.

Der Ausnahmezustand herrschte in einem fort. *Sie wird nicht mehr lange leben*, hieß es immer. So also haben wir unser Leben eingerichtet, Samnegdi und ich. Wir erreichten jedes Mal von neuem die Zugänge und Erlaubnisse. Die Kämpfe darum waren mit der Zeit leichter geworden. Und die Mutter, die Mutter hat einfach weitergelebt. Sie lebte. Wir taten, was wir konnten, hatten sie lieb und sie lebte, blieb jedes Mal am Leben. Sie wollte leben, wir freuten uns. Als sie in der ersten Zeit wieder zu Hause war, wieder selber durch eine Tür gehen konnte, sagte sie: *Wir schaffen alles.* Wenn sie im Spital war, waren wir auch dort. Das war nicht ödipal, glaube ich, sondern das Spital. Es war, weil sie im Spital zugrunde gegangen wäre. Ist sie dann nicht. Ein Ausnahmezustand, eine Extremsituation ohne Ende war unser Leben geworden. Wenn die Mutter damals sofort gestorben wäre, wäre uns, ihr, uns allen das alles erspart geblieben – ja? Ja, aber das waren der Wert und der Preis ihres Lebens.

26

Auf der großen Allgemeinmedizinischen Station gingen wir im Laufe der Zeit keiner Schwester mehr auf die Nerven, glaube ich. Eine ältere Hilfsschwester, die alle mochten und die für die anderen Schwestern wichtig war, war uns von Anfang an gewogen. Einmal, als Samnegdi und ich mit der Mutter durch die Station gingen, schwer, langsam, beharrlich, damit sie aufrecht bleiben kann und selber gehen kann, sagte die ältere Hilfsschwester zu den anderen Schwestern: *Wie eine eigene Welt. Als ob sie eine eigene Welt sind. Eine Welt in der Welt.* Lächelte, wollte hören, dass die anderen das auch so sehen. Beharrte darauf. *Gell? Hm? Stimmt?* Sie gab sich erst zufrieden, als die anderen nickten. Einmal entschuldigte sich wie gesagt eine Schwester, weil sie nicht gewollt hatte, dass wir mit der Mutter durch den riesigen Saal mitgehen. Die Mutter solle alleine gehen. Das konnte die Mutter damals nicht. Manchmal konnte sie es, manchmal nicht; die Augen, das Rückgrat. Mitleid heischte sie nie, sondern sie schämte sich und wollte so nicht gesehen werden. In den Ort hier wollte sie deshalb nicht mehr. Man solle sie so nicht sehen. In den Wald wollte sie aber auch nie mehr. Nicht mehr Schwammerl suchen, nicht über die Wiesen gehen. Weder wollte sie das noch konnte sie es. Gebrochen war sie in vielem. Was sie vorher getan hatte, so schwer gearbeitet, das war nichts mehr. Ich hatte mich, als sie im Spital so schlecht beisammen war, immer erinnert, was sie alles ausgehalten und getan hatte, und ich wusste daher, dass sie überleben wird. Ich wusste ja, wie viel Kraft sie gehabt hatte. Die habe sie ganz gewiss immer noch. Die reiche. Wenn die Mutter nur leben will. Und das will sie, endlich leben. Später dann, zu Hause, wollte sie nicht mehr aus dem Haus. Keine Leute. Haus und Spital, nichts sonst war dann die Jahre über. Aber über Besuch freute sie sich, aber sie hätte ihn niemals hergebeten. Wenn Leute kamen, freute sie sich.

Einmal im letzten Lebensjahr musste die Mutter mit der Liege in die Zahnklinik gebracht werden. Die Sanitäter trugen sie rein, ließen sie versehentlich ein Stück fallen, und sie kam mit der Liege ganz auf dem Boden zu liegen. Und dann lag sie bloß ein kleines Stück höher als der Boden im Warteraum herum. Auf einmal stand ein Mensch neben ihr, grüßte mich, drückte meinen Arm. Der Mensch war gleich alt wie ich und aus demselben Ort. Er war vor Jahren auf und davon, kam dann aus der großen weiten Welt wieder hierher zurück, hatte mir beim Zugfahren einmal erzählt, wo er überall gewesen war und wie viele Berufe er gehabt hatte. Mehr als zwanzig Länder, mehr als vierzig Berufe. War dann eben wieder heim zu den Eltern, war immer sehr ruppig, und als vor Jahren der Wirbel mit dem Ort gewesen war, meiner, mit den roten und schwarzen Parteileuten der Wirbel, grüßte er mich plötzlich nicht mehr. Kann sein, sein Vater war damals auch irgendwer bei der Partei und wirklich nett. Es ärgerte mich damals, dass gerade der Mensch, der sich um nichts und niemanden scherte, meinte, mich disziplinieren zu müssen. Wir waren ja freundlich zueinander gewesen. Vielleicht gar vertrauensvoll. Und dann eiskalt empört über mich im größten Wirbel. Und Jahre später dann eben plötzlich drückte der Mensch meinen Arm und schaute entsetzt auf meine Mutter hinunter. Sie war bereits völlig blind, hatte Schmerzen, konnte sich nur schwer bewegen. Er kannte sie nicht, wünschte alles Gute, hatte plötzlich Tränen in den Augen. Ich war daraufhin sehr erschrocken und zum Glück kam die Mutter gleich dran, sodass wir aus dem Warteraum wegkonnten.

Wir mussten immer vor dem Aufzug zur Dialyse warten, und einmal stellten die Sanitäter die Liege mit der Mutter auf den Boden nieder, damals war gerade die Zeit, als die Mutter fürchterliche Schmerzen hatte von den Augen her, weil plötzlich über Nacht der grüne Star da war. Von einem Augenblick auf den anderen. Ein Ehepaar aus dem Ort ging vorbei, schaute, grüßte nicht, ich auch nicht. Die, zu denen der Vater im Winter immer das Auto unterstellen gegangen war, waren die und schauten runter zur Mutter, sagten nichts. Gingen. Ich schaute ihnen nach. Die Mutter lag da und hatte keine Welt mehr.

27

Ohne die Dialysestation hätte die Mutter niemals überleben können. Wegen der Blutwäsche eben. Aber auch, weil die Mutter zu Hause bei uns sein konnte und doch jeden zweiten Tag die sorgfältige medizinische Zuwendung und Kontrolle auf der Dialysestation hatte. Das war wichtig für ihren Allgemeinzustand; ohne die Menschen dort wäre sie tot gewesen. Aber wenn ich nicht immer mitgefahren wäre und im Spital nicht zugegen gewesen wäre, wäre sie auch tot gewesen. Das ist der Wahnsinn an den Geschehnissen damals.

Es ist wahr und furchtbar. Die Schwestern, Pfleger, Ärzte der Dialysestation waren die größte Hilfe, die meiner Mutter widerfahren konnte. Die genaue, gewissenhafte, ständige Obsorge durch die Schwestern, Pfleger und Ärzteschaft dort erreichte, dass meine Mutter leben konnte. Und die Allgemeinmedizinische Station war nicht weniger gefährlich für meine Mutter als die Dialysestation. Einmal auf der Allgemeinen Station, auf der sie wegen der Chemotherapie war, hing die Mutter schon seit zwei Stunden an der Infusion; der letzte Tag, die letzte Flasche. Eineinhalb Stunden noch, mehr war nicht mehr zu tun, dann wäre die Chemotherapie zu Ende gewesen. Und dann wäre die Dialyse gewesen. Ich musste für ein paar Minuten fort, keine zehn Minuten, Klo und Telefon, und als ich zurückkam, hatten sie die Mutter schon abgehängt mitten aus der Flasche raus, weil sie doch in eineinhalb Stunden auf die Dialyse müsse. Irgendwie hatten sie die Zeit verwechselt oder verschoben, oder weil jetzt dann ja das Mittagessen kommt und viel Arbeit sein wird, und hängten die Mutter jetzt einfach ab. Ich wehrte mich. Es nützte nichts. Dann musste sie aber im Spital bleiben, weil es eben nicht richtig gewesen war und die Infusion in einem gegeben werden hätte sollen und die gesamte Menge. Auf der Allgemeinen Station hatten sie die Therapie irrtümlich unterbrochen. Der Aufenthalt dauerte dadurch ein paar Tage länger, sie wäre sonst gleich nach der Dialyse mit heimgekommen. Der Mikrobiologe sagte dann zu mir, es sei ein kleiner Kommunikationsfehler gewesen. Aber dann explodierte der Therapie wegen der Blutzucker, wohl des Cortisons wegen tat er das bei jeder Chemotherapie. Die Kleinigkeiten hatten immer große Folgen für die Mutter. Das waren daher keine Kleinigkeiten. Mit dem hohen Zucker musste sie diesmal im Spital bleiben und wir mussten auch wegen des Shunts Angst haben, dass er während der Chemotherapiezeit schon wieder kaputtgeht. Aber wegen des Zuckers taten sie im Spital in Wahrheit nichts, was wir nicht zu Hause auch tun hätten können. Zu Hause konnten wir sogar weit genauer und vorsichtiger und wendiger bei der Diät und bei der Insulinverabreichung sein, als die im Spital schematisch und starr waren, weil ja immer zu wenig Zeit war und zu wenig Personal. Weil man im Spital meistens entweder über- oder gar nicht reagierte, waren die Kleinigkeiten schlimm. Selten konnte etwas unkompliziert und schnell in Ordnung gebracht werden.

Das Schlimme war, dass in der Routine viel passiert ist, wenn man, ich, gerade nicht dabei war, für fünfzehn Minuten maximal, weil man sich, ich mich, verlassen hatte. Und wenn man dann zurückkam, war dann oft ein erbärmliches Schlamassel im Eskalieren. Im Spital waren viele Dinge komplizierter und daher gefährlicher als zu Hause. Manchmal zum Beispiel wollten sie der Mutter die falschen Tabletten geben; auch bei der Chemotherapie konnte das geschehen. Verwechselten die Medikamente oder teilten die Medikamente falsch ein, die Dosierungen stimmten dadurch auch nicht. Lustig war das alles nicht, auch nicht kurzweilig. Sondern Lebenszeit raubend.

Manchmal sagte ein Arzt *Personal* über jemanden. Das ärgerte mich. Ich fand, die Schwestern und Pfleger werden wie Leibeigene gehalten, können nicht fort, haben ausschließlich das Spital hier und haben sonst nichts erlernt. Und dass sie keine Matura haben durften am Ende der Ausbildung, war die Rechtsgrundlage der Leibeigenschaft. Machte chancenlos. Diejenigen Menschen, von denen die Ärzte lernen und denen sie sehr oft verdanken, dass nicht alles völlig schiefgeht und schwerste Folgen hat, die sind gefangen im Beruf und haben und können und dürfen nichts sonst. Dass das so war, ärgerte mich oft. Und ich hatte aber auch Angst vor ihnen, weil sie sich in der Folge nicht gut wehren konnten, wenn etwas falsch lief.

Ein paar von ihnen waren Trottel. Fünf zu eins war meines Erachtens das Mischungsverhältnis, aber ein Trottel im Routinetrott reichte und die Kollegen, Kolleginnen wurden mit dem oder mit der nicht fertig und mit den Arbeitsproblemen und den gefährlichen Situationen dadurch auch nicht. Das war ja das Verrückte, dass die wirklich Guten nicht wettmachen konnten, was die anderen fehlten und unterließen. So war mein fester Eindruck, so ist meine Erfahrung. Einmal erzählte mir der Pfleger Philipp, dass eine Krankenschwester, die er kenne, die Matura gemacht habe und jetzt an ihrer Dissertation schreibe. Und die sei eine Studie übers Spital. Von der Studie erhoffte er sich viel und für die Schwester freute er sich. Viele auf der Station freuten sich und waren neugierig und hofften auf die Studie. Philipp hatte ein Kind und war, glaube ich, geschieden. Der Beruf zerstörte ihm viel. An seiner Exfrau hing er. Die Zeitnot machte ihm alles kaputt, immer wieder. Er war eben leibeigen, hatte kein eigenes Leben.

Oft, wenn ich in der Früh ins Spital musste und in der Nacht daheim einschlief, wusste ich inwendig die Zeit, wann ich aufwachen musste, halbfünf oder eine andere frühere, drei Uhr zum Beispiel, und ich wachte wirklich genau um die Zeit von selber auf. Das war seltsam. Ich konnte jederzeit schlafen und von selber zur richtigen Zeit aufwachen. Fuhr runter ins Spital.

Im Wachzimmer, ich weiß nicht, ob es war, als die Mutter gerade wieder zu Bewusstsein gekommen war, oder ob vor dem Zusammenbruch, stand an einem Morgen auf einmal ein älterer Mann im Zimmer, schaute sich um, lächelte stumm, summte: *Des Menschen Herz, es muss geschunden werden, sonst will's und will's nicht sterben.* Und dann ging er wieder. Er war nicht verwirrt und auch nicht aufdringlich.

28

Im letzten Jahr ihres Lebens hatte meine Mutter den Einfall, ihr altes Haus, verlassenes, das unser aller Kindheit, wieder zum Leben zu erwecken. Es war mir nicht recht. Ich tat aber nach kurzer Widerrede ihren Willen. Ein junges Ehepaar mit kleinem Kind war zu ihr gekommen, versprach die Sanierung der Gebäude. Ich war nicht da gewesen, lief dann dazwischen, damit es wenigstens einen Vertrag gibt, bevor die anfangen einzuziehen. Sie waren von Nachbarn empfohlen, die meine Mutter mochte und die an Freunde des jungen Ehepaares vermietet hatten und sehr zufrieden waren. Meine Mutter lebte auf und ich fügte mich daher. Ein kleines Fiasko wurde das dann. Sie waren verschuldet, waren amtsbekanntermaßen wie Nomaden von Ort zu Ort gezogen, geflohen, ließen sich dann scheiden, das winzige Kind war arm dran, und sie machten beim Haus in der Tat mehr kaputt, als dass sie etwas reparierten. Aber es war nicht wirklich schlimm. Und ich glaube auch, sie hatten hier am Hof wirklich ein neues Leben zu beginnen versucht. Die Mutter war sehr enttäuscht. Litt.

Zur Vertragserstellung war ein Notar gekommen, hatte dann einen Fehler gemacht. Dadurch war kein Kautionspassus im Vertrag und die Mieter konnten tun, was sie wollten, und ich nichts dagegen. Es gab keinerlei Sicherheit. Daher das Fiasko. Der Notar war auch viel zu spät zur Unterzeichnung gekommen. Meine Tante meinte, er sei betrunken. Wir brauchten der Blindheit wegen noch einen Zeugen, als meine Mutter unterschrieb. Charlys Lieblingsnachbar übernahm das. Den Notar damals nahm der Zustand meiner Mutter sichtlich mit. Der Zustand war aber gar nichts im Vergleich zu den Zuständen vorher und nachher.

In der Zeit, als Samnegdi schwanger war, war dann aber alles plötzlich wie Hass. Meine Mutter hasste. Es war so, als müsste Samnegdi in den letzten Schwangerschaftsmonaten fort, und ich, ich wäre auch fortgegangen. Ich weiß nicht, wo der Hass meiner Mutter plötzlich herkam. Und ob es Hass wirklich war. Es war auch, glaube ich, weil uns alle die Ärztin sehr beunruhigt hatte, die mein Blut wegen Infektionsgefahr nicht annahm. Die Ärztin sagte ja zu mir, es sei für die Leibesfrucht gefährlich, dass ich auf der Dialyse bin. Die Mutter wurde rasend. Daher kam der Hass aus ihr. Meine Tante beruhigte sie mit der Zeit und Samnegdi und ich blieben. Es war, glaube ich, sehr dumm von der Ärztin gewesen. Kann sein, auch von uns, dass wir mit der Mutter darüber redeten. Wir waren sehr erschrocken gewesen, redeten aber freundlich mit der Mutter und ohne jede Panik. Ich wurde dann gegen Hepatitis geimpft. Damit hatte die Ärztin recht. Das war jahrelang vergessen worden. Und ich wusste ja von nichts. Infiziert war ich aber nicht. Als ich Blut spenden wollte, geriet die Ärztin jedenfalls außer sich. *Die Blutgruppe bestimme ich Ihnen gratis. Aber für eine Konserve nehme ich Ihnen kein Blut ab.* Ich wusste damals nicht, ob das ihr Pflichtbewusstsein oder aber ihre Blutschandeangst war oder sonst irgendetwas Seelisches.

Die Schwestern auf der Dialysestation waren wie gesagt aufgebracht: *Was ist das für eine Ärztin! Wir werden schwanger, bekommen unsere Kinder und mit denen ist alles in Ordnung.* Es war aber durch diese geängstigte Ärztin, die meine Blutspende nicht wollte und wirklich sehr nervös war, nun einmal plötzlich so, als gefährde das Leben meiner Mutter das Leben meines Kindes. Das war fürchterlich. Es blieb etwas hängen. Meine Mutter war irgendwie giftig und hing an der Dialysemaschine und hasste.

29

Einmal saß ich da, wartete, damit die Mutter nicht unnötig stirbt; der Dozent kommt vorbei, sagt zu mir: *Sie können nicht alles erreichen im Leben. Das müssen Sie noch lernen.* Es waren aber wie gesagt Kleinigkeiten, die waren sehr wohl zu erreichen. Der Rest war lächerlich.

Als ich am Ende mit der Mutter von der Dialysestation fortging, waren viele froh darüber. Der stationsleitende Pfleger aber sagte, der Dozent werde meinetwegen mit ihnen, den Pflegern und Schwestern, schimpfen. Dem Dozenten sei es nicht recht, dass wir fortgehen. Der Dozent wolle, dass wir bleiben, und gebe sicher ihnen die Schuld. Das verstand ich nicht und glaubte ich nicht. Der leitende Pfleger richtete mir aus, der Dozent wolle noch ein Gespräch. Das fand statt, ich fand aber nicht, dass der Dozent selbiges wollte. Ich sagte nämlich: *Wir haben die Dialysestation sehr liebgewonnen.* Er schaute mich an, sagte nichts. Er sagte nicht, es werde bald vieles in Ordnung gebracht werden und bald ganz anders sein. Ich weiß es nicht mehr, was er über die Station sagte. Und wir, wir gingen dann zu seinem – was? Gegner? Widersacher? Ja, kann sein, das heißt so. Zu Oberarzt Bleibler eben. Der Dozent war damals ja die meiste Zeit nie da, wenn er gebraucht wurde, und daher war er auch keine Hilfe.

Wegzugehen war ein Verzweiflungsakt. Es war die letzte Chance. Hin zum vielleicht besten, verlässlichsten Arzt, den wir hier im Spital kennen gelernt hatten und von dem wir auf der Welt wussten. Weg endlich von der in einem fort zusammenbrechenden Station, deren vermaledeiter Zustand gerade die schwächsten, hilfsbedürftigsten Patienten mit voller Wucht traf. Und mit voller Härte vom sogenannten Personal die anständigsten und klügsten Schwestern und Pfleger.

Aber wie wirklich fleißig die auf der Dialyse waren! Und wie von Herzen freundlich! Der Hilfspfleger zum Beispiel, der die Prüfungen nachlernte und Diplompfleger wurde. Was für ein verlässlicher, vorausschauender Mensch der war! Nach eineinhalb oder zwei Jahren, das war, glaube ich, die Schulungszeit, kam er wieder auf die Dialyse zurück, war wohltuend umsichtig wie all die Jahre zuvor schon. Aber Diplompfleger jetzt. Ich habe über die Schwestern und Pfleger alle zu wenig liebevoll erzählt. Man hätte mich ja nicht auf die Station lassen müssen. Allein das schon spricht in ausreichendem Maße für sie. Damit die Mutter noch eine Chance hat, sind wir fort. Ich sah keinen anderen Ausweg.

Ein Ausweg wäre auch gewesen, dass ich mich einschulen lasse und die Mutter zu Hause dialysiere. Das Gerät hätte ich bekommen. Das war auch eine Variante für die Zukunft. Eine der Schwestern bestärkte mich, ich solle mich einschulen lassen. Ich weiß nicht mehr, wer mich bat, dass ich das nicht tue. Auf der Station jemand. Schwestern. Ich solle mir das nicht antun. Ein paar Pfleger sagten das auch. Samnegdi hatte auch Angst davor. Ich auch. Aber den Tod haben wir den Schwestern und den Pflegern der Dialysestation dann allemal abgenommen. War dann die letzte Woche beim Oberarzt Bleibler wirklich eine Befreiung? Ja. Diese erstklassige Station, war die auch für die Mutter eine Befreiung? Ja, ich glaube schon. Ein paar glaubten auch, ich gehe von der Dialysestation weg, damit ich wegen des Babys ein neues Leben anfangen kann. Gewiss wollte ich das und schnell. Das Studium und eine Arbeit und eine Stelle. Der Grund wegzugehen war aber einzig die Lebensgefahr, in der meine Mutter durch die permanent kollabierende Dialysestation war. Meine Mutter war durch ihre Krankheit in Lebensgefahr und durch die Station.

30

Einmal wollte mir jemand auf der Allgemeinen Station einen weißen Mantel verpassen, damit niemand Fragen stellt, wenn ich immer da bin. Ein Oberarzt, Rheumatologe, Professor dann bald. Die junge Putzfrau und der alte Putzmann waren mir immer eine große Hilfe, wenn ich im Spital war. Die gaben mir immer einen Mantel. Den Dialysemantel nahm ich schnell und gern von ihnen. Ganz automatisch gaben sie mir den. Dadurch hatte ich problemlos Einlass und Zutritt. Musste nicht auf die Gefälligkeit und Erlaubnis einer Schwester warten und dass die mir den blauen Mantel gibt. Die Putzfrau und der Putzmann wussten das und gaben mir deshalb den Mantel. Die befugten mich.

Es wurde geholfen, mehr ging nicht. Trotzdem: Was falsch war, war falsch. Es hätte alles nicht so schlimm sein müssen und hätte vieles besser ausgehen können. Oft dachte ich, wenn ich erzähle, helfe ich denen damit, die sich wirklich bemüht haben. Ich habe keine Zeugen, dachte ich, aber sie werden trotzdem öffentlich *Ja, es war so, es ist so* sagen. Ich bildete mir also ein, ich würde Zeugen haben, denn es würde eine Befreiung für sie alle sein. Aber ich habe dennoch nicht früher erzählt.

Der Dozent damals, er wollte mich gewiss nicht überzeugen, damit wir bleiben. Er schaute mir in die Augen. Ich schaute dann auf den großen Ring, den er immer trug. Ich wartete auf irgendein Versprechen. Der Dozent versuchte es gar nicht. Ich glaubte damals auf der Dialysestation nicht mehr, dass dieselben Menschen ihre Fehler selber in Ordnung bringen können.

31

Einmal wollten die jüngeren Ärzte, die Ärztinnen auch, eine Erythropoetin-Studie machen, machten sie auch; Depotspritzen gaben sie den Leuten zu dem Zweck, meiner Mutter auch, der Dozent war nicht da gewesen, kam aus dem Urlaub zurück, stellte das Experiment für alle Patienten sofort wieder ab. Es lief aber schon seit ein paar Wochen. Ich weiß nicht, ob er davon wirklich nicht gewusst hatte, er schien aber überrascht und aufgeregt. Er sagte, er könne das Vorgehen nicht verantworten. Kann auch sein, dass ein paar Werte nicht passten. Oder dass die jungen Ärztinnen und Ärzte eigenmächtig die Firmenstudie begonnen hatten. Die Reaktion des Dozenten gefiel mir, beeindruckte und verwunderte mich. Die jungen Ärztinnen und Ärzte mochte ich inzwischen aber lieber als ihn. Er sagte zu ihnen jedenfalls: *Ich kann das nicht verantworten.* Was das wohl heißt, fragte ich mich. Ich habe die jungen Ärztinnen und Ärzte zwischendurch für verantwortungsbewusster gehalten als ihn, zumal sie ja im Gegensatz zu ihm wirklich da waren. Aber es stimmte offenbar nicht. *Was weiß ein Fremder.* Eine Dialyseschwester hatte diesen Spruch oft gesagt und blieb nicht auf der Station. *Was weiß ein Fremder?*, lächelte sie mich an. Der Dozent lobte sie alle oft, die jungen Kolleginnen und

Kollegen lobte er alle gerne. Warum also die Aufregung? Wahrscheinlich wäre er zur Verantwortung gezogen worden. So erklärte ich mir seine Moral und seine Unschuld. Vielleicht wollte er aber bloß nicht, dass da etwas lief, von dem er nichts gewusst und dem er nicht zugestimmt hatte. Eine prinzipielle Machtfrage wäre es dann gewesen. Aber in seinem Gesicht war tatsächlich Erschrecken. Das Erschrecken kannte ich von früher, als ich ihm vertraut hatte und als ich geglaubt hatte, er bringe jedes Mal etwas sofort in Ordnung, das vorher völlig falsch gelaufen war. Irgendwann macht eben jeder etwas falsch und riskiert jeder das Leben eines anderen. Das habe ich damals gelernt.

Die Zeit, wo ich draußen vor der Dialysetür saß, die erste halbe Stunde draußen warten, bis alle angeschlossen waren – diese erste Zeit wurde im Laufe der Jahre immer kürzer. Eine gefährliche Zeit war es aber wie gesagt. Für alle. Und ich, ich hatte große Sorge, jedes Mal. Dagegen aber die guten Nerven der Schwestern und Pfleger – ich fand, dass die guten Nerven die einzige Garantie sind. Die darf man nicht überstrapazieren, die Nerven von denen. Man muss auch selber gute Nerven haben, sonst kann niemand helfen. Man muss mithelfen, unaufdringlich sein. Mehr sei nicht möglich. In der Zeit vor der Tür las ich in meinen Büchern für meine Diplomarbeit oder ich schrieb etwas dafür oder für ein Referat fürs Privatissimum. Von meinen Notizen vor der Tür damals glaubte ab und zu jemand, ich mache mir die über die Dialysestation. Das habe ich nie getan. Und es war aber falsch. Aber damals wäre es mir als fürchterlicher Vertrauensbruch erschienen und außerdem hätte es mir die schreckliche Realität nur verdoppelt und die Ungewissheit verdreifacht und dadurch unerträglich gemacht.

32

Der Dozent Meier sagte zu mir: *Menschlichkeit ist mir das Wichtigste.* Das war zum Schluss. Ich weiß nicht mehr, ob ich es ihm geglaubt habe. Er hat geblinzelt, schaute mich an, schaute dann zu Boden und zur Seite. Ich glaube nicht, dass ich dem Dozenten damals die Sache mit der Menschlichkeit noch geglaubt habe. Jedenfalls zuckte er zusammen, als er sie beim Namen nannte. Der stationsführende Pfleger auf der Dialysestation sagte einmal – zu wem, weiß ich nicht mehr; es waren viele Leute da und es klang sehr offiziell: *Unfreundlichkeit unseren Patienten gegenüber würde ich niemals zulassen.* Das stimmt, das war wirklich so, alle waren freundlich. Aber es gibt Schlimmeres als Unfreundlichkeit. Ich glaube, er war schon auf der Dialyse, als die Station aufgebaut wurde und die Technik noch ganz am Anfang war und die Nierenmaschinen riesengroß waren. Freundlichkeit ist ein hoher Wert, man muss menschenfreundlich sein; er war das. Der Professor, der früh und zugunsten des Dozenten in Pension ging, mochte den leitenden Pfleger sehr. Dass der Professor so früh ging, schien mir verantwortungslos, aber er war immer verantwortungsbewusst. Hatte die Station, wie man so sagt, aufgebaut. Er ging aber, machte Platz. Aber da war dann niemand. Natürlich war es geregelt. Aber nicht wirklich. Der Professor war ein guter und gutmütiger Mensch, glaube ich, welcher Machtkämpfe nicht ertrug. Die Ärzte waren alle gut. Man konnte zuversichtlich sein. Er wird ruhigen Gewissens in Pension gegangen sein.

Jahre später dann einmal las ich von der Feier in der Zeitung; der am längsten dienende Patient wurde geehrt und beschenkt. Kostbar und teuer. Eine Uhr. Als ich das Foto sah, freute ich mich, dachte mir, es sei jetzt offensichtlich wirklich alles in Ordnung gekommen auf der Station und wer überlebt hat, lebt weiter. Es ist genug Leben für alle da, dachte ich, und es ist immer alles nur ein Verteilungsproblem, man nennt das so und es ist überall dasselbe und dass man aber alles falsch benennt. Es ist immer genug Leben da. Das muss richtig verteilt werden. Wenn das nicht gemacht wird, kommt es zum sogenannten Verteilungsproblem, das aber mittels Geld zu lösen ist wie alles andere auch. Statt Geld kann man auch Uhren nehmen. Und jemand anderem eben das Leben und das gibt man dann dem und dem, der es wirklich braucht. Das ist die Lösung des Verteilungsproblems.

33

Vom Blutbild meiner Mutter weiß ich nichts mehr. Und wie viele Leukozyten meine Mutter noch hatte, 600, 400, 800, 500, 200, 300. Nein, so dürfe sie nicht nach Hause. Sie müsse auf die Isolierstation. *Niemand darf zu ihr. Sie auch nicht*, sagte der junge Arzt auf der Dialysestation. Der war immer nervös und genau und nicht freundlich. Lernte angestrengt. Sie kam dann zum Zwecke der Isolation auf die Allgemeinmedizinische Station und sofort in ein Zimmer, in dem acht Betten waren. Die Mutter war da mitten drinnen die Neunte. Voll belegt war das Zimmer, keinerlei Isolationsschutz. So war das, ganz einfach war das. Die Ärztin, die Hämatologin, war nett, war zuständig für die Chemotherapien und sagte zu mir, es wäre besser gewesen, man hätte die Chemotherapie jetzt nicht durchgeführt. Sie selber habe es sich lange überlegt und ihre Einwände vorgebracht, es sei aber nicht ihre Entscheidung gewesen. Man könne jetzt nicht sagen, ob das Immunsystem völlig erlöschen werde, aber ich solle damit rechnen. Sie selber halte es für unmöglich, dass es noch jemals besser werde oder die Leukozyten sich gar normalisieren. *Erloschen*, sagte die Hämatologin. *Ich fürchte, dass die Blutbildung in jeder Hinsicht am Ende ist. Das blutbildende System ist kaputtgegangen. Sie müssen sich damit abfinden. Es ist vorbei.* Aber trotz allem, was gewesen war, in den letzten Jahren, Monaten, im Frühjahr und im Sommer, war das da jetzt doch erst der Anfang. Denn meine Mutter ging nicht zugrunde.

Die Hämatologin war eine sehr gute Ärztin. Immer im Laufen war sie. Sie sagte es mir noch einmal, dass sie selber sehr daran gezweifelt habe, dass es sinnvoll sei, die Chemotherapie bei meiner Mutter durchzuführen. Das sei jetzt eben die Folge und es tue ihr leid. Isolationszimmer war das jedenfalls keines. Das fiel der Hämatologin gar nicht auf. Grippezeit war auch gerade. Herbst. Die Ärztin sagte zu mir: *Sie müssen mit dem Schlimmsten rechnen. Es tut mir leid. Es geschehen keine Wunder.*

Meine Mutter mit ihren Leukozyten unter 400 war die paar Stunden in dem riesigen, übervollen Zimmer zwecks Isolation, und die gute Ärztin redete vor dem Zimmer mit mir und ich konnte nicht rein, der Mutter helfen. Und die Mutter konnte nicht heim. Überhaupt nichts geschah zu ihrem Schutz. Ich konnte nicht zur Mutter, sie hatte Angst, war verloren. Ich wartete. Die Mutter wusste nicht, dass sie verloren war, war es ja auch nicht. Ich glaube auch nicht, dass die Mutter in dem großen Zimmer damals irgendetwas verabreicht bekam, Blut oder dergleichen. Zweimal in den Wartezeitstunden konnte ich je drei Minuten in das große überfüllte Zimmer. Da war einfach nichts sonst, außer dass sie darniederlag. Da hing nichts.

Ich wartete auf der großen Allgemeinmedizinischen Station, wir kannten uns schon, die Station und ich; im Sommer hatte man ja eben geglaubt, meine Mutter werde sterben, komme von hier gewiss nicht mehr lebend fort. Das hat die Mutter aber zustande gebracht. Und dann jetzt bis zum Herbst war die Mutter ein bisschen erholt, gut erholt, ein paar Wochen war sie zu Hause gewesen, und jetzt wieder hatte die regelmäßige Chemotherapie zusätzlich zu den regelmäßigen Dialysen stattzufinden. Die Dialysen hat sie immer schlecht vertragen damals. Das Warten war überall. Meine Mutter lag überall herum. Ich wartete. Meine Mutter war dadurch nicht allein.

Als meine Mutter an dem Nachmittag nach der Dialyse vor der Dialysetür lag und wartete, damit man sie zur Isolation fortbringt, sagte ein jüngerer Dialysearzt zu mir, die Chemotherapien seien präzise berechnet und ins kleinste Detail geplant. Er wollte mich damit beruhigen. Ich war aber nicht beunruhigt, sondern es war furchtbar, das war alles. Ich stand da, neben der Mutter, wartete, wartete. Leibwächter, Flucht nicht möglich. Und dann eben wartete ich vor dem großen Zimmer. Gegen 18 Uhr kam der Dozent, den mochte ich ja. Er sah bei der Tür hinein, meine Mutter dort, er erschrak, flüsterte schnell zur Schwester: *Die Frau muss da raus. Aber sofort. Auf der Stelle.* Und zu mir sagte er, dass niemand sagen könne, wie das ausgehen werde: *Die Situation ist unberechenbarer als das Wetter. Von den Wolken am Himmel weiß man auch nicht, wo sie morgen in der Früh sind und schon gar nicht, welche Gestalt sie haben werden.* An dem Abend damals sagte der Dozent Meier von sich aus, er werde es wie immer halten. Wenn und wo immer er verantwortlich sei, könne ich jederzeit zu meiner Mutter. *Das kann ich Ihnen versprechen,* sagte er. Ich verneigte mich leicht und antwortete: *Ich werde Ihnen immer dankbar sein.* Er schaute mich an, in die Augen, ich weg. Er war, schien mir damals einmal mehr, dafür da, die Fehler der anderen schnell und unkompliziert in Ordnung zu bringen. Und für die tadellose Kommunikation. Er gab Anweisungen, kurz, schnell, gute. Der Turnusarzt Ort, den meine Mutter, Samnegdi und ich sehr mochten, weil er gut im Gemüt war und im Denken schnell, war gar nicht zufrieden. Ich weiß nicht, worum es ging. Es war am selben Abend. Auch am Gang vor der Tür. Der Dozent sagte zum Turnusarzt Ort: *Herr Kollege, bitte keine Schuldzuweisungen. Die bringen überhaupt nichts. Das müssen Sie noch lernen.* Ich kann mich nicht mehr erinnern, wer der dritte Arzt war, der mit ihnen zusammenstand. Der Dritte war zufrieden.

Wenn der Dozent die Krankheit der Mutter aufschrieb, gab er der immer einen anderen Namen, als sonst jemand das dort tat. Er nannte sie nach dem Entdecker Morbus Kahler. Er sagte auch gerne *sodass*.

34

Manchmal hat die Mutter zu Samnegdi und mir *Zusammen schaffen wir alles* gesagt. Das war dann auch so. Das eine Mal war damals, als man zum ersten Mal nicht mehr wusste, ob ihr weißes Blut wieder daherkommt und was aus dem roten werden wird. Als sie wieder aufstand und im Zimmer gehen konnte, den Bettgitterstäben entlang sich festhielt, auf diese Weise beweglich blieb; und als das für sie möglich war, war sie glücklich und sagte zu uns, dass wir zusammen alles schaffen. Aufstehen können, wieder Kraft haben, weder am Zufall noch am Schicksal sterben, sondern auf- und rauskönnen. Die Mutter lachte auf, als sie sich bewegen konnte. Wir atmeten auf. Wir hatten immer Glück. Sie war schnell wieder aus der Gefahr. Wir mit ihr. Aber die Gefahr kam jedes Mal schnell wieder. Und auch jedes Mal kämpfen, dass Samnegdi und ich Zugang haben. Lächerlich war das. Oft war uns ein Spitalsteil fremd, weil eine andere Gegend, Unterabteilung. Die paar Meter dazwischen damals waren eine völlig andere Welt. Durch die musste man durch. Oft auch hatte jemand anderer, Neuer, Dienst und man musste ein paar wichtige

Dinge, die wichtigsten, neu aushandeln oder ein paar Leute ausbluffen. Alles ging immer so schnell und dauerte zugleich ewig. Man musste bescheiden, dankbar, unauffällig und unnachgiebig sein. Man musste mit- und vorausdenken und immer Angst haben; Angst haben durfte man wie gesagt nie.

Damals an dem Tag, als die Mutter das katastrophale Blutbild hatte und isoliert werden sollte, war zufällig der Spitzenimmunologe zuständig. Aber es reichte trotzdem. Der hiesige Krebshilfeoberste. Jetzt, jetzt, ein halbes Jahr nachdem wir um Hilfe bei ihm waren, war die Mutter zufällig und für ein paar Stunden unter seiner direkten Obhut. Er war ansonsten immer als ob trotz allem nicht zuständig. Es war, als halte er sich immer heraus. Es war mir nicht klar, was er tat. Aber ich glaube, dass es ganz am Anfang sehr geholfen hat, dass er Einsicht nahm. Und jetzt dann, Monate später eben, als die Mutter entkommen gewesen war, aber infolge der Chemotherapie wieder in der Falle war, hatte der Immunologe eben zufällig Dienst. Er war hochdekoriert, wie es sich gehört, und immer freundlich und verlässlich. Er lächelte jetzt meine Mutter an und sagte zu ihr, sie habe einen Silberblick. Das war ein Kompliment. Er mochte sie. Er glaubte nicht, dass Interferone das richtige Mittel für sie wären. Er war wohl machtlos. Aber es war gut, dass er da war.

Meine Mutter kam dann aber wieder in ein anderes Zimmer, weg von ihm. In dem neuen Zimmer war sie dann allein. Wir gingen aber immer zu ihr, blieben. Niemand hatte etwas dagegen. Der Dozent Meier verrechnete das Zimmer, die Mutter musste nicht dafür zahlen, aber an einem Freitag dann gab der Dozent Meier eine nicht infektionsgefährdete Verwandte oder gute Bekannte von ihm zu ihr, da waren sie dann zu zweit. Am Samstag hatte dann jemand anderer Dienst, war erschrocken, entsetzt gar, gab meine Mutter sofort wieder in ein anderes Zimmer, in dem sie dann allein war. Mit uns aber, weil wir sie besuchten und bei ihr blieben. Die Antibiotika und die Blutkonserven halfen. Und die Dialysen sowieso. Nach nicht einmal einer Woche war die Mutter wieder frei und bei uns daheim. Sie wollte leben. Und wir konnten ihr helfen. Auch wir. Damals war nichts vergeblich. Keine Anstrengung, kein Laut, kein Atemzug. Sie entkam dadurch. Über Jahre. Fand Hilfe. Jedes Mal. Hatte Glück.

35

Ich habe jetzt plötzlich das Jahr vergessen, in dem meine Mutter starb, die Ziffern. 1992, 1992. Tag und Monat bleiben vergessen. Den neunundfünfzigsten Geburtstag hätte sie in ein paar Wochen gehabt. Ich weiß jetzt die Zeit wieder. Der letzte Abend, die letzte Nacht war wie folgt:

Die Mutter und die Tante wollten Samnegdi und mich nicht stören, nicht wecken. Die Nacht über wurde ich ein paar Mal munter, hörte manchmal, dass sie munter sein müssen, die Klotür oft. Ich war sehr müde, schlief schnell wieder ein. Wenn etwas Ungewöhnliches wäre, würde es mir die Tante sagen, dachte ich mir und hatte zu ihnen gesagt, dass sie es so machen sollen. Aber sie sagten in der Nacht zueinander, dass sie uns nicht im Schlaf stören wollen. Das Baby nicht wecken. Es seien die Nächte für uns ohnehin ruhelos. In aller Frühe dann hörte ich meine Mutter nach der Tante rufen und lief hinunter, weil die Tante sie nicht hörte oder verhindert war. Ich glaube heute, sie haben sich in der Nacht überanstrengt, die Mutter und die Tante, die Mutter sich. Ich hätte ihr vor Stunden schon etwas zum Schlafen gegeben, wenn ich gewusst hätte, dass sie unruhig ist. Vielleicht hätte es sie sehr leicht abgefangen. Aber ich weiß es nicht. Das war eben immer die Kunst, meine Mutter rechtzeitig zu erwischen und sie auffangen und ihr in ein Gleichgewicht helfen, wo dann Sicherheit ist. Aber es wären vielleicht trotzdem nur mehr Tage gewesen, die sie zum Leben gehabt hätte. Aber wir hatten nun einmal das ganze Ausmaß an dem Tag und in der Nacht nicht wahrgenommen, weil wir Schlimmeres, Aussichtsloseres, gewohnt gewesen waren und immer plötzlich doch der Ausweg da war und die Mutter am Leben bleiben konnte.

Wenn wir alle schliefen, war ich in all den Jahren trotzdem immer geistesgegenwärtig gewesen, war immer sofort munter. Ich schlief immer nur, wenn keine Gefahr war. Ich musste oft schnell aus dem Schlaf herausspringen. Sofort. Jederzeit. Ich empfand es damals in den Jahren als nicht so anstrengend, wie es war. Wir waren auch nie krank, Samnegdi und ich; die Tante auch nicht. Wir mussten da sein, gesund sein, waren es. Meine Mutter reagierte auf eine Minimaldosierung Lexatonil jedes Mal mit sofortigem Schlaf. Gewacalm oder Lexatonil gab ich ihr deshalb nur sehr selten, da sie die Folgen nicht mochte. Sie sagte, sie sei davon viel zu erschöpft untertags, obwohl sie es für die Nachtruhe bekommen hatte. Es kann also sein, dass auch in der letzten Nacht eine Minimaldosis gereicht hätte. Ein halbe Tablette und sie wäre vielleicht nicht gestorben.

In der letzten Zeit damals, dem letzten halben Jahr, in den letzten zwei, drei Monaten, nahm ich die Beruhigungsmittel und die Schmerzmittel der Mutter ein. Denn die Mutter vertrug wie gesagt nichts, sondern schlief von einer halben Tablette Lexatonil in der niedrigsten Konzentration auf der Stelle ein und dann tief und fest bis zum nächsten Morgen und war tagsüber kraftlos. Sie mochte das gut gemeinte Zeug daher nicht. Vor jeder Dialyse nahm ich dann gegen Ende der Lebenszeit meiner

Mutter vier, fünf Stück auf einmal, sechs, sieben, und über den Tag verteilt dann auch noch etwas dazu, war aber nie müde. Nur am letzten Abend war ich müde. Das ist seltsam für mich. Gewacalm und Lexatonil nahm ich pro Tag in den letzten Monaten zusammen an die zehn Stück. Den Mix. Das Opiat und die Schmerztropfen auch. Die nahm ich, wenn sonst nichts da war. Der Mutter wurde nur schlecht davon, die Schmerzen aber nicht weniger.

Als die Mutter tot war in der Früh, rief ich gegen sieben Uhr den Dialysearzt Bleibler an, bedankte mich bei ihm, genierte mich, dass gerade er jetzt den Tod meiner Mutter verbuchen und in gewissem Sinne mit verantworten musste, der beste, umsichtigste, freundlichste Arzt. Ich wollte dann später die Jahre über immer irgendwann einmal zu ihm und ein wenig über damals reden. Tat das dann nie. Keine drei Minuten lang an dem Morgen um sieben Uhr am Telefon redete ich mit ihm. Das war alles gewesen. Seine Station war wie gesagt vorbildlich. In jedem Raum konnte man in jeden anderen Raum sehen. Dadurch war jeder Patient geschützt. Im alten Spital war das eben nicht so gewesen. Auch hatte bei Bleibler jeder Mensch einen Alarmknopf zum Drücken. Im alten Spital hatte man den nicht. Keine Alarmglocken, nur in Ausnahmefällen. Aus dem Spital mussten wir also fort. Ich dachte, wir könnten dem Tod entkommen. Die Spitalstation war gefährlich, weil sehr hilflos geworden. Charly war 4 Monate alt, als meine Mutter starb. Charly war immer sehr unruhig, wenn ich nicht da war.

36

Auf der Dialysestation im alten Spital sagte eine Schwester zu mir: *Sie waten heute im Blut Ihrer Mutter.* Die Schwester war Jägerin. Ich musste an dem Tag die Mulltupfer lange auf den Shunt drücken, weil er diesmal nicht zu bluten aufhörte. Ich hatte Angst, dass jemand anderer den Shunt in der Eile zu fest abdrückt und dadurch kaputtmacht. Deshalb habe ich selber draufgehalten, damit der Shunt zu bluten aufhört. Ab irgendwann gab es dann Shuntklemmen auf der Station. Die Klemmen wollte ich nie, auch die meisten Schwestern und Pfleger wollten die nicht. Aber eine Schwester und ein Pfleger und noch eine und dann noch einer waren dort auch in der Arbeit, und alles musste schnell schnell gehen, *Her mit den Klemmen*, hieß es dann; da musste man schneller sein, ich. Die Schwester Jägerin war auch lustig und schnell. Als der tödliche Unfall mit Frau Meier war, glaubte die Schwester Jägerin es nicht, glaube ich. Sie ging weiter, gab es, glaube ich, nicht weiter, was ich ihr sagte: *Frau Meier geht es ganz schlecht. Die Schwester Elisabeth braucht Hilfe. Alle sollen schnell kommen, hat sie gesagt.* Dann lief ich, wie Schwester Elisabeth mir aufgetragen hatte, um den Rettungskoffer weiter, der Arzt auf der anderen Station kam dann mit dem Koffer gelaufen. Lungenarzt war er zufällig.

Schwester Elisabeth, die mich damals um Hilfe geschickt hat, sehe ich manchmal auf der Straße. Ich sehe sie nach Jahren jetzt seit ein paar Wochen manchmal mit ihrem winzigen Hund spazieren gehen. Sie schaut jedes Mal weg. Wie früher, wenn ich sie ansah, wenn sie in ihren Raum kam. Man konnte ihr blind vertrauen. Die Schwester Elisabeth war, glaube ich, die verlässlichste Schwester. Das nächste Mal werde ich mich getrauen, sie zu grüßen. Aber vielleicht will sie das wirklich nicht. Ich bin um das Leben von Frau Meier gerannt. Mehr war nicht drinnen.

37

Die Mutter starb, als ich sie von der Dialysestation wegbrachte. Als, weil. Sie starb, weil es nichts anderes gab. Man muss die Menschen, denen man berichtet, für klug und gut halten. Ich hätte, berichte ich hiermit, die Mutter früher von dort wegbringen wollen. Sollen. In die neue Dialysestation, zum besten Arzt eben, den wir kannten. Das war ihre letzte Chance. Wir glaubten, das sei der Ausweg und sie werde noch jahrelang leben können. Am letzten Tag ihres Lebens glaubten wir das noch.

Die Dialysestation im Spital war ein guter Ort. Denn Orte, an denen man Hilfe erfährt, sind gute Orte. Hilfsbereite Menschen sind gute Menschen. Es waren sehr gute Ärzte. Die Schwestern und Pfleger waren sehr gut. Die taten ihre Arbeit, so gut sie nur konnten. Es war alles gut. Es ist schon lange her. Es ist alles vorbei. Damals habe ich Briefe geschrieben. An den damals wohl berühmtesten Journalisten im Land. Er war ein sehr guter Journalist und hatte große Schwierigkeiten. Er antwortete kein einziges Mal auf einen Brief. Er war ein sehr guter Mensch. Wir haben später oft mit ihm zu tun gehabt, da half er. Auf die Briefe zuvor, als meine Mutter noch lebte, antwortete er aber nicht und es kann auch sein, dass meine Briefe nicht gut genug waren. Ich habe ihm damals in den Briefen von der Dialysestation erzählt. Er war ein mutiger Journalist. Aber auf meine Briefe damals hatte er wie gesagt nie geantwortet, weil er ja auch nur ein Mensch war.

Der Station, den Patienten und meiner Mutter hat er nicht geholfen. Aber er hat, indem er meine Briefe nicht beantwortete, jede Schuld von mir genommen. So irgendwie war das für mich. Denn ich hatte ja getan, was ich konnte, fand ich. Wenn der nicht helfen könne, dann keiner. Andere Journalisten kannte ich damals nicht.

Die Dialysestation damals muss ein guter Ort gewesen sein, denn es ging offensichtlich nicht anders, denn sonst hätte der Journalist anders gehandelt. Und sowieso alle dort. Weil die alte Dialysestation im Spital ein guter Ort war, starb meine Mutter dort nicht. Und die, die starben, die Frau Meier zum Beispiel? Das war keine gute Frau, sonst wäre sie an dem guten Ort nicht gestorben. Anders ist das alles nicht zu erklären.

Doch. Es war eben ein Unfall, für den niemand etwas konnte. Ein Unfall ist nicht die Folge einer Entscheidung zwischen Gut und Böse. Naja, ab und zu doch. Einmal so und einmal so.

Der Karli, der auch gestorben ist, ein junger Mann. Das war auch ein Unfall. Der Karli schrie auf. Es war schrecklich. Ich war dabei und ich habe weiter keine Erinnerung daran. Es war auch im selben Raum. Es war, als ob Karli plötzlich aufbrause, wie im Jähzorn. Und dann war der Karli weg, tot. Alle hatten ihn sehr gemocht und sich sehr um ihn bemüht. Der Pfleger war entsetzt und gefasst und schob ihn schnell hinaus. *Auf die Intensivstation!*

Weil die Menschen gut waren und es Unfälle waren, habe ich so lange nicht erzählt, und auch, weil man mir vertraute, und auch, weil das Leben nun einmal so ist und nicht anders und weil ich niemandem Angst machen wollte, der dort ist, weil er Hilfe braucht. Aber ich hätte Schaden abwenden können, daher müssen. Das habe ich aber getan: Ich habe Schaden abgewendet. Ich habe getan, was ich konnte. Ich war dabei, dabeisein ist aber alles nichts. Ich habe also nicht geholfen? Doch, das habe ich. Ich war aber nicht zuständig. Doch, weil ich da war, war ich zuständig. Ich habe daher ständig geholfen. Auf der Dialysestation war ich also zuständig. Wer wo ist, ist dort zuständig.

Ich habe um Hilfe gerufen, jedes Mal, drinnen auf der Station. Ja, aber wenn die Hilfe von draußen kommen muss, was dann? Um die draußen bin ich gerannt, zum Beispiel als die Frau Meier plötzlich im Sterben war. Und die Briefe an den Journalisten draußen habe ich auch geschrieben. Vorher und nachher. Vor dem Tod und nach dem Tod. Sonst habe ich nichts getan? Doch. Wo auch immer ich damals gerade war, habe ich für jeden Hilfe geholt. Nicht allein für die Mutter. Der Mutter wegen war ich da und den anderen war damit aber auch geholfen.

Frau Meier war jedenfalls sehr wohl eine gute Frau. *Passieren kann immer was*, den Spruch, wie oft habe ich den gehört in meinem Leben! Eine liebe Schwester war auf der Dialyse, die sagte den Spruch nie, sondern: *Wenn der Teufel Junge hat, hat er gleich einen ganzen Stiefel voll davon.* Die Schwester Monika sagte das. Die war sehr nett und hatte selber eine Mutter. Die alle dort. Und Männer und Frauen und Kinder. Immer ist es irgendwo so, dass alles rennet, rettet, flüchtet. Immer tut irgendwer irgendwas, Ist es nicht so? Das Gute schützt nicht. Es ist offensichtlich nicht gut genug. Aber die Menschen wären alle nicht gut genug gewesen.

38

Obwohl die Dialysestation ein guter Ort war, war ich an keinem Tag und zu keiner Stunde gern dort. Aber wenn etwas schrecklich war und gut vorüberging, dann war ich gerne dort gewesen. Eine Extremsituation auf die andere war das damals aber, aber das war normal. Die Leute nennen das professionell, weil sie Profis sind, und sie sagen, dass sie ja dafür da seien, den anderen Menschen zu helfen. Ich sehe immer alles anders; das Böse zum Beispiel waren, finde ich, Unfälle. Das Verrückte ebenso. Menschen, die man liebt, verliert man manchmal. Das ist nicht gut. An guten Orten verliert man also Menschen, die man liebt, und das ist nicht gut. Aber es geht nicht anders. Denn sonst täten die Guten es ja anders. Denn wenn es anders ginge, aber nicht getan wird, wäre es böse.

Der neue Dialysechef war auch gut, eigentlich war er ursprünglich Kardiologe gewesen. Er half meiner Mutter. Er hatte am meisten zu reden in dem Durcheinander damals im Spital, schien mir. Meine Mutter entschuldigte sich im Wachzimmer bei ihm, dass sie so viele Schwierigkeiten mache. Ein paar Tage vor dem Koma war das. *Sie können doch nichts dafür, dass Sie so krank sind. Sie sind krank, Sie sind nicht schuld,* antwortete er ihr. Ein Stein fiel ihr vom Herzen. Meine Mutter mochte den Dozenten. Und ich mochte ihn, weil er ihr half. Frau Paar fragte in ihrer Not auf der Dialysestation die Schwestern, bat, dass der Arzt kommt. Den neuen Chef Meier mochte sie aber nicht. Der könne nicht stechen, sagte sie. Frau Paar schrie fast, er habe ihr ihren Shunt völlig durchstochen, kaputtgemacht habe er ihn ihr. Vor Jahren. Nein, vom Dozenten wolle sie nie mehr gestochen werden. Sie fragte die Schwestern flehentlich: *Wo ist der Arzt Bleibler?* Sie sagte nicht Doktor und nicht Oberarzt, sondern der Titel war Arzt. Der höchste Titel in der Hierarchie war bei Frau Paar Arzt. Bei den anderen Leuten nicht, bei ihr schon. So war ihre Ordnung; die Wirklichkeit zuerst, denn sonst geht man zugrunde. Nur der Oberarzt Bleibler könne wirklich helfen. War damals aber nicht da. Ich weiß nicht mehr, wer dann an dem Tag wirklich zuständig war. Der Diensthabende kam und machte seine Sache gut, Frau Paar war zufrieden. Kann sogar sein, dass es dann doch der Dozent Meier war, der seine Sache an dem Tag so gut machte. Ich glaube aber nicht. Viel später dann einmal, ein Jahr später, am Ende des Lebens der Frau Paar, kam der Hubschrauber zu ihr nach Hause, aber es war zu spät. Sie war eine der frühesten und am längsten dienenden Patientinnen gewesen. Hatte schon einmal eine Niere bekommen, aber es hatte damals nicht geklappt. Mit der nächsten, kann sein, auch nicht. Ein riesiges Aneurysma hatte sie auch rund um ihren Shunt herum. Deshalb hatte sie solche Angst vor dem Dozenten, dass er das Aneurysma nicht versehentlich aufsticht. Sie war sehr nett.

Wenn jemand ihren Namen nicht verstand, zeigte sie immer zwei Stück mit den Fingern. *Wo ist der Arzt Bleibler?* Jeder war froh, wenn Bleibler da war. Der Dozent sagte zu mir, die leichteren Fälle kommen auf Bleiblers neue Station, die schweren blieben im Spital. Das solle ich bedenken. Ich hatte keine Bedenken. Bleibler auch nicht. Meine Mutter ist gestorben und der Dozent Meier hat recht behalten.

Wenn die Erde wirklich einmalig ist, gibt es Dialysestationen nirgendwo sonst im Kosmos. In der neuen Station vom Arzt Bleibler war es in der Tat wie in einem Raumschiff. Die Station war sicher. Erstens ja schon dadurch, dass jede Schwester in jedem Raum Sichtkontakt zu jedem Patienten im eigenen und im anderen Raum hatte. Das Panoptikum war lebenswichtig, lebensrettend. Auch hatte jeder Patient eine Glocke griffbereit. Die alte Station, die im Spital, hingegen war nun einmal eine gewaltige Gefahr für Leib und Leben. Auf der alten Station waren die drei Räume nicht zu überblicken. In jedem Raum im Spital hätte eine Schwester oder ein Pfleger sein müssen. Oft war nur einer oder eine für alle drei Räume da. Einmal an einem Wintertag eben war niemand irgendwo sonst und sie machten wie gesagt die Tür des Schwesternzimmers hinter sich zu.

Dass die Patienten eine Alarmglocke bekamen, war wie gesagt die Ausnahme. Ich kann mich im Moment nur an meine Mutter erinnern; die bekam eine, als ich einmal nicht bei der Dialyse bleiben konnte, sondern einen Termin hatte und wegmusste. Die Glocken waren auf der Dialysestation jedenfalls nicht in Reichweite. Soviel ich weiß, waren sie ausgesteckt. Läuten war unüblich, unerwünscht, unmöglich. Es wurde stattdessen gerufen. Der jeweilige Patientenmensch musste selber rufen. Wenn der, die das nicht konnte, rief eine Nachbarin, ein Nachbar aus demselben Raum. Die Frauen passten besser auf. Auf die anderen auch. Der Verleger passte am besten auf. Freilich stürzte oft jemand unbemerkt und ohne jede Vorwarnung in sich zusammen. Oft auch ungesehen von den anderen. Für keinen war das lustig. Und es war genau so, wie ich berichte. Es ist eine Wahrheit, die verboten gehört. Die Realität dazu nämlich. Heute wird das alles gewiss nicht mehr so sein. Und wenn doch?

Es gab viele alte Frauen auf der Dialyse. Früher wären, hieß es, viele von den alten Frauen gar nicht ins Programm aufgenommen worden. So also zeigte sich der medizinische und sozialstaatliche Fortschritt. Aber Alarmglocken bekamen sie keine.

Als die eine alte Frau dann tot war und der Bauch ganz groß geworden war und der Arzt Bleibler meinte, Hepatitis C werde sie auch gehabt haben, sagte Schwester Maria: *Es hat keinen anderen Ausweg mehr ge-*

geben. Das habe ich mir gemerkt. Der Tod war der Ausweg. Einzige. Diese Redewendung hasse ich seit meinem vierzehnten Lebensjahr. Sie redeten die im Raum. Die Schwester Maria sagte die im Vorbeigehen zu einer Patientin, von der sie gefragt worden war, wo die alte Frau heute denn sei. Die alte Frau war am Wochenende zu Hause bei einem ihrer Söhne gestorben. Es war unentschieden gewesen, zu welchem ihrer Söhne sie kommt. Eine Lebensveränderung war bevorgestanden.

Die andere alte Frau, die, der sie einmal die Glocke gegeben haben, hielt diese dann an dem Tag die ganze Dialyse lang mit beiden Händen fest. Ich glaube nicht, dass sie wusste, was tun damit; sie wusste nur, dass die Glocke etwas Wichtiges ist. Ich kann mich nicht erinnern, dass sie die jemals gedrückt hat, und schon gar nicht, wenn es nötig gewesen wäre. Sie bekam die Glocke dann doch, erinnere ich mich jetzt, ein paar Mal, dreimal, aber nicht öfter. Wie das weiterging mit der alten Frau, weiß ich aber nicht, da meine Mutter die Station verließ. Außerdem hatte da die alte Frau die Glocke schon lange nicht mehr. Kann sein, weil sie die nie verwendet hat, wenn es nötig gewesen wäre. Und die anderen bekamen die Glocke wohl nicht, damit sie nicht dauernd läuten.

Die alte Frau mit der Glocke bekam jedes Wochenende zu Hause immer zu viel Kalium ins Blut. Denn sie aß am liebsten Kindernahrung, Hipp und Alete hießen die. Sie ernährte sich und ihren Mann fast nur davon. Aber das Obst und Gemüse in den vielen Babygläschen trieben das Kalium lebensgefährlich hoch. Am Montag ging es ihr dann wegen der Hyperkaliämie und wegen der gewaltigen Flüssigkeitsmenge, die sie intus hatte, bei der Dialyse nie gut. Wenn meine Mutter zur Dialyse gebracht wurde, fuhr man sie zu dem schönen Park, diese nette alte Frau mit abzuholen. Die alte Frau wurde im Sessel hereingehoben. Sie war eine sehr feine Frau. Untertags waren ihr Mann und sie an den dialysefreien Tagen zusammen in der Tagesbetreuung des damals sehr modernen Seniorenheimes, das sich genau gegenüber ihrer beider Wohnung befand. Die Gegend war wunderschön. Der Sohn der feinen alten Frau war Bibliothekar und Beamter. Sie sagte, er habe so schlecht Zeit und was für ein gescheiter und lieber Mensch er sei. Er sage immer, er wolle sie jetzt einmal während der Dialyse besuchen. Sie wartete darauf. Im Übrigen weiß ich wie gesagt nicht, wer wann starb oder Besuch bekam, denn ich war nicht mehr dabei. Es kann auch leicht sein, dass überhaupt niemand gestorben ist.

Und eine andere ältere Frau wohnte ganz in der Nähe des Pflegers Josef, den ich für am verlässlichsten und umsichtigsten von allen hielt. Er sei so verschlossen, sagte sie, und dass sie jetzt erst bemerkt habe, dass sie seit Jahren in derselben Gegend wohnen. Des Blutzuckers wegen aß sie fast nur Salat und Gemüse. Das tat sie, damit sie ihr Insulin nicht spritzen musste. Sie verheimlichte den Ärzten und Pflegern lange, dass sie ihr Insulin nicht spritzte und am liebsten nichts als Salat aß, weil sie Angst vor den Nadeln, dem Insulin und den Unterzuckerungen hatte, weil sie alleine lebte und Asthmatikerin war. Der nette Professor durchschaute sie aber, ihm gefiel ihre List aber und sie blieb dabei. Ein paar Dialysen lang war wie gesagt ein Byzantinistikdozent angeschlossen, hatte ein Blutbild zum Sterben. Die Dozentur hatte der Byzantinist sich hart erarbeitet und hatte zufällig denselben Namen wie die Frau mit dem Salat. Sein Blutbild sah ich, weil es auf dem Platz meiner Mutter herumlag und ich zuerst geglaubt hatte, es sei ihres. Verwechselt wurde aber nichts, trotz desselben Namens, denn er war ein Mann und sie eine Frau. Man kritzelte auch die Biologiezeichen für männlich und weiblich auf die kleinen Elektrolytezettel. Und auf die Blutbilder sowieso. Der Dozent hatte damals am Ende seines Lebens ein schöneres Blutbild als meine Mutter die Jahre über. Ich sagte zu Schwester Maria: *Das ist ein schönes Blutbild. Gehört nicht meiner Mutter. Schade.* Schwester Maria gab's an den richtigen Ort, sagte: *Solche Werte würde Ihre Mutter gar nicht aushalten.* Maria und Monika waren die häufigsten Schwesternnamen. Von denen gab es ein paar. Und für meine Mutter wäre das Blut tatsächlich zu dick gewesen.

Die Frau mit dem Salat – die eine Schwester hat sie einmal gerettet, Tubus, Notfallkoffer. Die Schwester, die mich nicht mochte und immer die kleine blutdrucksenkende Tablette gab, rettete ihr das Leben. Jetzt war die Notfalleinheit da gewesen. Nach dem Tod der Frau Meier jetzt immer. Wenn das Leben aber fort ist, weiß ich nicht, ob man es wiederbekommt. Eine junge Frau, die Epileptikerin war, war auch Dialysepatientin. Die hatte Angst vor der Schwester, die mich nicht mochte und die kleinen Blutdruckmittel gab. Einmal schien mir, die Epileptikerin sei jetzt gerade aus Angst vor der Schwester umgefallen. Die schauten einander an, zornig beide, schien mir, und die eine fiel um. Die vertrug keine Aufregung. Der Schwester war es egal, dass die junge Frau umfiel. Die Schwester war stärker. Dann half sie ihr. Das war die Schwester, die mich zum ersten Mal in meinem Leben bei der Dialysetür hineingelassen hatte und die sich ärgerte, weil der Mann tot war, den sie rausschieben musste. Vor die Tür stellte. Sie trug privat meistens eine helle Raulederjacke. Sie war kämpferisch. In gewissem Sinne hatte sie ja recht. Sie war schön und ging sehr aufrecht.

39

In den Jahren im Spital, auf den Stationen habe ich gelernt, freundlich zu sein und nicht aufzugeben. Dass ich da war, hat oft jemandem Schaden erspart und Gefahren. (Das schreibe ich so oft auf, weil ich es immer vergesse oder wenn ich verzweifelt bin.) Bei den Ärzten war es so gewesen, dass ich erst dann eine wirkliche Chance hatte, wenn sie ihre Fehler gemacht hatten und die Folgen jetzt offenkundig waren. Dann konnte ich mich erst wirklich einmischen, aber dann sozusagen für immer. Man musste die verantwortlichen Menschen im System ihre Fehler machen lassen und zugleich sich immer bemühen, dass die Folgen möglichst wenig Schaden stiften. Ich sage das so, wie es, glaube ich, wirklich war. Vielleicht nämlich ist ja jemandem mit der Wahrheit doch geholfen.

Auf der Allgemeinmedizinischen Station gab es eine Hilfsschwester, die zu den Sterbenden immer zärtlich sein wollte. Sie lachte viel, weinte oft, streichelte die Wangen. Meiner Mutter war das unheimlich und sie starb nicht. Ein Kreuz trug die Hilfsschwester auch manchmal in der Hand.

Einmal in einer der schwersten Zeiten ging ich an einem Abend mit meiner Mutter auf dem Gang und die Schwester ging mit dem Kreuz und den Kerzen und dem Oberarzt in ein Zimmer. Die Schwester war nicht kirchlich, sondern menschlich. Der Wissenschaftstheoretiker saß mit seiner Mutter gerade auf dem Gang. Es hieß, er stehe immer erst am Nachmittag auf. Er war ein sehr guter Wissenschaftstheoretiker. Als ich einmal bei einer Prüfung über Wittgensteins Hände redete, sagte er zu mir, bei mir sei alles nur als ob, auch, dass wir zwei Hände und zehn Finger haben. Es scheine ihm, als ob ich mir das ganze Leben so vorstelle und als ob alles nur als ob sei. Einmal, Jahre später nach dem Abend auf dem Gang im Spital, wo er mit seiner Mutter zusammen saß und traurig war, redete er in einer öffentlichen Diskussion laut über Sprechakte und dann aufgebracht über Sollen, Müssen und Können. Am Beispiel des Kellnerwesens tat er das. Er wollte als Philosoph wissen, was da vor sich gehe, wenn er ein Bier bestelle. Nämlich überhaupt nichts Besonderes, meinte er und war normal und logisch. Wenn ich in einem Lokal sitze und die Kellnerinnen und die Ober beobachte und die Gäste, muss ich oft an die Schwestern und Pfleger und an die Stationen und die Patienten denken. Aber immer wenn ich in einem Lokal an eine Station denken muss, kommen Unmut und Wut auf in mir und dann aber große Ruhe. Und dann tun mir die Schwestern und Pfleger dort leid. Und wenn viel Betrieb in einem Lokal ist, kapiere ich dann nie, wie das auf einer Station zu schaffen ist. Denn jeder braucht etwas. Dauernd in Bewegung muss man sein und sich so viel merken muss man! So viel

Laufen und Bedienen! Und dann werde ich wieder wütend. Aber es ist nur ein Lokal. Ich kann also jederzeit aus einem schlimmen Traum aufwachen. Aber ich habe dann jedes Mal trotzdem das Gefühl, dass etwas Unrechtes im Gange ist. Als ob alle hier hilflos sind. Aber das geht vorbei. Es ist nur ein Lokal. Im Mund habe ich nur Wasser, Kaffee oder Cola, nicht den Geruch der Desinfektionsmittel. Das hier ist alles nicht schlimm. Man kann auch jederzeit fortgehen. Manchmal, wenn jemandem ein Femuralkatheter gesetzt werden musste, Männern, war das den Schwestern peinlich und sie lachten und machten Witze. Bei den Frauen nicht. Und manchmal machte jemand Witze, wer mit wem gerade in welches Kammerl gegangen sei. In dem einen Kammerl stand die Zentrifuge. Immer kannte jeder alle Witze. Zu blöd wurde jemandem selten etwas. Das war das Problem. Dabei handelt es sich meines Erachtens aber um ein wissenschaftstheoretisches Problem. Auch wenn beim Legen eines Oberschenkelkatheters die Scham ein wenig frei liegt.

40

Die beiden leiblichen Schwestern waren weit über siebzig. Die jüngere fuhr immer zur Begleitung der älteren mit. Dieselbe Zeit wie meine Mutter hatten sie für die Blutwäsche. Es wimmelte jetzt auf der Dialysestation immer mehr von Gästen. Das innere System der Station wurde zeitgleich immer desolater. Die Besucher waren aber nur Zeugen, niemals Ursache. Ich weiß nicht, ob die beiden alten Frauen unappetitlich waren. Die eine bekam einen schlimmen Ausschlag. Der Dialysedozent untersuchte sie. Sie habe vermutlich einen leichten Schlaganfall gehabt. Denn sie war leicht verwirrt. Ein wenig altersdement war sie angeblich vorher schon. Aber das wurde jetzt alles angeblich schlimmer, Stück für Stück vom Menschen. Sie schwitzte sehr. Sie klagte über den fürchterlichen Juckreiz. Sie schien den Ausschlag überall bekommen zu haben. Herpes sei das, sagte der Dozent Meier. Er sagte zu ihr, er komme sofort wieder und werde sie mit einer Salbe einschmieren und dann werde es ganz schnell viel besser sein. Aber da kam niemand. Weder der Dozent noch eine Schwester noch ein Pfleger. An dem Tag hasste ich den Dozenten. Ich verstand nicht, warum er so war. Die hilflose hässliche Frau, die nicht mehr viel Zeit hatte, ich sah, wie es ihn vor ihr ekelte, und ich hörte, wie er sie anlog. Und doch war er hilfsbereit. Aber wirklich war er nicht. Und sie, sie schlief nicht ein, wartete. Ich weiß nicht mehr, ob sie selber in kein Spital und in kein Heim wollte oder ob die leibliche Schwester sie nicht hergeben wollte. Sie nahm sie verzweifelt wieder mit heim und sagte von ganzem Herzen *Gott sei Dank*. Sie wollten zusammen sein.

Meine Mutter und meine Tante seien in der Seele wie die beiden, dachte ich damals. Um zwanzig, dreißig Jahre jünger als die beiden sind sie, aber in der Seele und in der Not genau so. Einmal erzählte mir die jüngere: *Das größte Glück ist die Ruhe, nichts als Ruhe. Die Menschen können sich das nicht vorstellen, wie das ist, wenn man nie Ruhe hat. Dasitzen, Ruhe. Froh sein, dass man am Leben ist und dass einem niemand etwas antut und dass einem nichts wehtut und dass man leben darf. Einfach nur leben. Ein Mensch, der das alles nicht mitmachen hat müssen, versteht das nicht, dass man nur seine Ruhe haben will.* An dem Tag erzählte sie mir auch, dass ihre Schwester vor Jahren einmal fast umgebracht worden wäre. Die hatte einen Freund, der sie erwürgen wollte. Der kniete auf der Schwester und drückte ihr den Hals zu. Und die jüngere Schwester hat ihn im letzten Moment herunterreißen können. Der Mann habe sie dann aber schwer verletzt, habe ja dann beide umbringen wollen. *Es ist furchtbar gewesen. Ich schäme mich so beim Erzählen*, sagte sie. Die beiden Schwestern haben geröchelt, zu zweit haben sie ihn niederschlagen können, mit letzter Kraft, im letzten Moment. *Und jetzt wird meine Schwester da drinnen dialysiert. Die hält das nicht aus. Es wird ihr jedes Mal so schlecht. Sie hat solche Angst. Es ist für uns alles wieder auf Leben und Tod. Wir haben nie Ruhe. Es ist eine Qual.*

41

Das junge Taximädchen von damals und ich haben uns ab und zu zufällig wo wiedergesehen. Ich habe immer gegrüßt und wir haben dann anfänglich kurz miteinander geredet in den Jahren. Als ich sie zum ersten Mal sah, war sie fast noch ein Kind. Naja, achtzehn. Im Frühsommer, ein paar Monate nach dem Tod meiner Mutter bin ich dann dorthin, wo die ihren Betrieb gehabt haben. In die Taxifirma. Die junge Frau und ihre Großeltern hatten den Betrieb. Charly habe ich mitgenommen, die war damals noch kein Jahr alt. Es schien mir, die Firma sei zugesperrt, zwei Grablichter brannten irgendwo in der Mitte des Geländes. Es war kein Mensch da. Ein paar Autos standen herum. Die Lichter am Firmenhof bedeuteten wohl, dass der Großvater und die Großmutter gestorben waren. Ich hatte wissen wollen, wie es ihnen geht, und da waren jetzt nur die beiden Grablichter und der Rest war leer. Sie waren immer alle drei gemeinsam zur Dialyse gefahren. Die Großmutter musste zur Dialyse und war bei den Behandlungen sehr instabil. Und der Großvater hatte massive Herzprobleme und jedes Mal große Angst beim Warten. Und eben auch weil ich immer Zutritt hatte, hatten auch sie ihn leichter. Ich bilde mir ein, dass die anderen Angehörigen von mir lernten. Jedenfalls zogen sie daraus Nutzen, dass ich nicht entfernt werden konnte.

Die Großeltern der jungen Frau litten sehr unter den Anstrengungen und Aufregungen der Dialyse. Der Mann nahm deshalb immer öfter unmittelbar vor der Dialyse seiner lieben Frau Schnaps zu sich. Das sei das Beste für sein Herz, sagte er zu mir. Für meine Begriffe redeten wir allesamt sehr viel miteinander. Die drei rührten mich. Da sie Geschäftsleute waren, selbständig, gefestigt, konnten der Großvater und die Enkelin die Zeit für die Dialysebegleitung aufbringen. Da ich wie gesagt ein Präzedenzfall war, wurde zwischendurch der Druck auf mich aber immer stärker. In den letzten Monaten war das so. Ein paar wollten mich loswerden. Aber einmal dann, als ich vorgeblich beleidigt, in Wahrheit aber vorsichtig war, sagte einer der Pfleger plötzlich zu mir: *Das geht nicht. Sie gehören hierher. Mitten hinein. Wo Sie immer stehen.* Das war nett von ihm. Und einer sagte: *Sie arbeiten hier. Sie sind ja einer von uns.* Und noch einer sagte das. Und die Schwester Monika auch.

Das Heimfahren, egal von welcher Station, war immer das Schönste. Da war man frei. Man hatte es geschafft. Wieder geschafft. Man lebte, lebte. Atmen. Freiheit. Leben. Leben. Ansonsten war immer dasselbe auf der Station. Krieg. Das Nachdenken half nichts. Die Großeltern waren immer allein mit dem Kind gewesen, hatten es mit dem Löffel aufgezogen. Der Großvater erzählte mir das. Sagte, dass er schon so neugierig auf meine Tochter sei und dass wir alle ihn dann einmal besuchen müssen. Und dass man in Wahrheit alles von selber lerne und von selber wisse, was zu tun sei.

Von einer Frau, deren Gehirn plötzlich blutete und über die
man sagte, sie werde das nicht überleben oder wenn,
dann nur ohne jede höhere geistige Funktion, und später,
sie sei nicht therapierbar. Aber das war alles nicht wahr,
weil um sie gekämpft wurde.
(1993–1999)

1

Helft mir doch! Könnt ihr mir nicht helfen? Sie wimmerte, bettelte, war völlig gefasst. Im allerersten Spital, in der Notaufnahme dort war das, im Untersuchungsraum. Sie war bewusstlos, kam zu sich, war bewusstlos, kam zu sich, war gefasst, war bewusstlos, kam zu sich. Die Erstversorgung hatte der Hausarzt, so schnell wie irgend möglich, zu Hause bei ihr geleistet. Sie war dann auf dem Transport immer wieder bei Bewusstsein und ansprechbar gewesen und jetzt bei der Untersuchung in der Notaufnahme war sie es zwischendurch auch. Der Hausarzt war innerhalb von zehn Minuten bei uns gewesen. Ohne ihn wäre sie verloren gewesen. Er war auf der Stelle da. Den Tag über war sie seltsam gewesen, sie legte sich sehr früh schlafen, war nervös und schlecht gelaunt. Ich fragte: *Ist irgendetwas? – Was soll denn sein*, pfauchte sie. Die Tage zuvor hatte sie plötzlich dauernd Angst, dass jemand bei uns einbricht. Man müsse alles rechtzeitig zusperren, nicht so wie wir. Jedes Mal, wenn ich da widersprach, sagte sie: *Na gut, mich geht's ja nichts an.* Ich ärgerte mich die Tage über, warum sie jetzt immer so nervös sei und was das werden wird, wo wir doch alle unter einem Dach sind. Und warum sie sich plötzlich so isoliere. Ich wusste nicht, was tun. Sie wirkte in den Tagen zwischendurch wie völlig machtlos. Als ob sie unsertwegen nicht tun könne, was sie wolle. Das war die Tage zuvor so und dieser Tag war auch ähnlich. Sie zog sich zurück, war aufgebracht und zugleich sehr müde.

Mit meiner Mutter hatte sie von uns allen im Haus am meisten körperliche Arbeit gehabt und sie war ihr mit Leib und Seele am nächsten gewesen, hatte in den letzen Jahren im selben Zimmer geschlafen wie sie und ihr beim Waschen geholfen, und sie wusch sie dann auch, als sie tot war. Sie kochte immer für meine Mutter, kaufte ein. Es gab nichts, was sie nicht miteinander beredeten, glaube ich.

Ein paar kurze Monate, nachdem meine Mutter gestorben war, platzte meiner Tante nun einmal das Gehirn und blutete. Seit ein paar Tagen hatte sie große Sorgen und Mühe wegen ihres Waldes. Sie ärgerte sich über den Holzhändler. Der war unverschämt. Ihre Wirtschaft machte ihr

Probleme, ihre Erinnerungen, die Wucht, die Masse. Die Tante wollte wieder dorthin, wo ihr Mann gewesen war, sie mit ihm, aber das ging nicht. Sie überlegte unaufhörlich, was sie tun werde. Nach dem Tod meiner Mutter war jetzt alles wieder völlig neu für meine Tante. Sie wusste nicht, wo ihr Leben war. Wo sie leben wird. Ob sie bei uns bleiben will, kann oder ob sie zu ihrem Mann zurückkann. Das war für sie, als würde er dann leben. Sie fuhr mit dem Rad hin und her. Es war heiß, anstrengend, bergauf, bergab. Die Auseinandersetzungen mit den Geschäftsleuten, gegen die sie sich nicht durchsetzen konnte, machten ihr zu schaffen. Sie hatte sich aber vorgenommen, ihre Wirtschaft Stück für Stück wieder selber zu übernehmen, um dort zu leben und dort zu arbeiten. Das war jetzt ihr Neuanfang.

Seit dem Winter hatten wir den jungen Perser bei uns. Es hieß, ohne uns wäre er tot. Daher gaben wir nicht nach. Die Tante machte sich große Sorgen um ihn, was aus ihm wird und dass er um Gottes Willen ja nicht wieder fort muss und zu Tode kommt. Es war viel zu tun, damit er nicht sterben musste, die Tante war immer dabei. So gut es ging, waren die Dinge zwar seit Jahren unter uns aufgeteilt, zwischen der Tante, Samnegdi und mir. Zuerst war ihr Mann und dann ihr Vater und zugleich ihre Schwester täglich vom Tod bedroht und jetzt der Perser. Das war alles sehr schwer für die Tante. Samnegdi. Wir alle halfen einander immer. All die Jahre hindurch.

Sie brach dann an einem Sonntagabend zusammen. Kurz vor halb acht war das. Farzad, Samnegdi, das Baby Charly und ich saßen im Esszimmer. Die Tante kam lächelnd bei der Tür herein, setzte sich, sagte lächelnd: *Mir ist nicht gut*, sank im selben Augenblick nach rechts, fiel zu Boden. *Die Tante, die Tante! Christl! Christl!*, schrien wir. Der Blutdruckmesser zeigte nichts mehr an, über alle Ziffern hinaus war der Zeiger. Farzad massierte ihre Gliedmaßen, sagte, das helfe dem Blut. Dass der Arzt so schnell kam, war ihr Glück. Ich hatte ihr inzwischen Glukagon gespritzt, weil sie so krampfte wie meine Mutter bei schwerster Unterzuckerung. Ein paar kleine, ein paar Mal auseinandergebrochene Tabletten, die ich von meiner Mutter her noch hatte, gegen den Bluthochdruck die Tabletten, habe ich der Tante auch schnell eingegeben. Mit ein paar kleinen Schlucken Wasser, damit sie die winzigen Tablettenstücke doch schlucken kann. Aber das ging alles nicht leicht, ich musste sehr aufpassen, da die Tante ohnmächtig war, zwischendurch nur für ein paar Sekunden da war und reagieren konnte. Aber ich musste ihr die Tablettenbrösel trotzdem eingeben, weil ich sonst nichts tun konnte und nicht wusste, wann der Arzt da sein werde. Ich musste schnell genug sein. Und ich durfte sie nicht ersticken.

Der Arzt sagte, er sei sich sicher, dass es keine Unterzuckerung sei, sondern ein schwerer Schlaganfall, spritzte ihr etwas und noch etwas. Und dann sprühte er mit einem Spray in ihren Mund. Der Blutdruck war noch immer nicht messbar. Der Arzt sagte, er werde im Spital anrufen, wenn sie dort sei und jetzt vorher auch schon, damit die dort wissen, was los ist.

Farzad und ich fuhren mit der Tante in der Rettung mit ins Spital. Die Tante kam im Wagen zu Bewusstsein. *Wie geht es dir?* Sie antwortete: *Es geht schon besser. Es wird wieder*, sagte sie. *Es wird wieder*, wiederholte ich. Wieder war sie fort. Die Höhe hinauf war das Spital. Die Untersuchung dort dauerte lange. Die Tante wachte auf, war wieder weg, wachte auf, flehte inständig um Hilfe. Die Tür in den Untersuchungsraum war offen. Als die Tante plötzlich um Hilfe bettelte, lief ich hinein. *Könnt ihr mir nicht helfen?* Sie waren sichtlich erschrocken, starrten sie an, sagten freundlich zu mir, sie müsse in die Stadt ins Spital. Hier können sie kein CT machen. Sie komme dann aber ganz sicher wieder hierher zurück. Eine junge Ärztin fuhr mit. Die Tante war ansprechbar. Die junge Ärztin sagte zu mir: *Reden Sie mit ihr. Hören Sie ja nie auf.* Farzad war blass, wollte auch weiter mit. Ich bat ihn, mit einem Taxi nach Hause zu fahren und der kleinen Charly und Samnegdi zu helfen. Er lief heim.

In der Stadt im Spital das Herumliegen, bis endlich das CT gemacht wird. In der Nähe gleich schreien ein paar entsetzlich. Schwerste Brandverletzungen, Autounfall, Schockraum, da heraus die Schreie; eine Familie, die Eltern und die Kinder. Ich halte die Hände der Tante, sie schläft, wacht auf, schläft. Die Eltern der Kinder sind gestorben, sagt jemand.

2

Als die Aneurysmablutung durch maschinellen Befund feststand, kam die Tante durch Zufall auf eine neurologische Station statt auf die Neurochirurgie. Die Schwestern ließen mich sofort rein, sagten, der Primar wolle das zwar nicht, aber ich könne auch morgen zu jeder Zeit in der Früh wiederkommen und sofort in den Intensivbereich. Alle Patienten im Raum dösten und dämmerten. Frauen und Männer lagen da. Intensivstation hieß das nicht, war es aber. Die Tante war jetzt wieder ansprechbar. Konnte Hände, Arme, Beine und Füße bewegen. Sie drückte meine Hände. *Hab keine Angst*, sagte ich zu ihr. *Ich habe keine Angst*, sagte sie. Und wir machten uns aus, dass ich morgen, so früh ich kann, wiederkomme. *Es geht mir schon besser*, sagte sie. Die Schwestern fragte ich, wann ich am nächsten Tag mit dem Primar reden könne, und sagte sicherheitshalber, um Aufmerksamkeit zu erzeugen und weil die Schwestern gesagt hatten, der Primar wolle keinen Zutritt hier, und weil der Primar seit Jahren den Ruf des harten Herrn hat und angeblich von vielen Leuten gefürchtet wird, dass ich meine Tante zu ihm auf Klasse legen wolle. Mit irgendeinem Arzt oder einer Ärztin redete ich in dieser Nacht auch noch. Ich weiß nicht mehr, was. Dasselbe wohl. Beim Heimfahren überlegte ich mir, wie ich den Bankkredit aufnehmen werde.

Um ¾ 6 in der Früh bin ich wieder vor der Station, warte, eine Schwester lässt mich schnell rein. Wieder heißt es, der Primar wolle das eigentlich nicht, wieder sage ich, um zu bluffen, ich wolle die Tante auf erste Klasse legen. Die Tante dann endlich, endlich bin ich bei ihr, sie ist ansprechbar. Dann Stunden später sagte der Primar – er war, ich weiß nicht mehr, warum, unglaublich verschrien und man hielt nicht viel von seiner Station, aber er war als ein sehr mächtiger und reicher Arzt bekannt und renommiert und hatte eine Professur, die auch gefürchtet war –, die Tante könne gerne bei ihm auf Klasse liegen. Es werde aber auch andernfalls alles für sie getan werden, und ich habe außerdem noch genug Zeit, es mir zu überlegen. Jetzt werde ja wahrscheinlich operiert werden. Bevor man sie operieren könne, müsse man aber abwarten. Der Zeitraum, den er nannte, erschien mir lange. Wenn Spasmen auftreten, könne man nicht operieren, daher müsse man warten. Man müsse ein EKG machen, mögliche Krämpfe abklären, warten. Nach dem EKG hieß es, sie habe keine Krämpfe, sie könne operiert werden.

Mit ihr das Warten auf den Operateur. Der hatte gerade ein paar Stunden in einem durch operiert. Die Tante wartete im Gang, lag dort, war ansprechbar. Ein paar Mal an dem Tag hatten Samnegdi und ich einer Ärztin und noch ein paar widersprechen müssen, die aufschrieb, die Tante sei bewusstlos, nicht ansprechbar und auf einer Seite sei sie gelähmt. Die Seite, die die Ärztin notierte, weiß ich nicht mehr. Die Tante konnte aber unseres Wahrnehmens willentlich und auf Bitte alle Glieder bewegen und mit jeder Hand meine Hand fest drücken. Mit beiden Körperhälften konnte sie das alles. Warten mussten wir, Samnegdi und ich warteten bei der Tante. Wachen. *Was ist jetzt?*, fragte die Tante. Schlief wieder. Wachte auf. Schlief wieder.

Der Operateur ist nett, kommt fast drei Stunden später als fixiert, entschuldigt sich, ist herzlich, sagt, wie lange er über die Zeit operieren habe müssen, bis jetzt nämlich, und seit wann er heute schon operiere. Die endlose Zeit sieht und hört man ihm an. Ich werde nervös, ob er jetzt operieren kann. Er komme in ein paar Minuten wieder, sagt er, und wie er operieren werde. Die Methode sei neu. Der geplatzte Aneurysmasack werde mit vielen winzigen Kügelchen gefüllt und dadurch verschlossen. Er nannte das Thrombosieren. Er sagte, das sei das am besten geeignete Verfahren. Zum Glück gebe es das jetzt.

Dann endlich die Operation. Zeit, Zeit. Wir sehen vom Gang aus durch das Glas hindurch bei der Operation zu. Wir sehen nicht den Körper der Tante, aber das Agieren des Chirurgen und auf einen Monitor. Man sieht auf dem Monitor, was sich in den Gefäßen tut und was der Chirurg. Durch die Glasscheibe sieht man ihn auch, seine Körperbewegungen. Man sieht, dass er immer unruhiger wird, fahrig. Er geht jetzt schnell in den Monitorraum. Sie reden alle. Er schaut zu Boden. Zeit, Zeit. Das Bild auf dem Monitor ist, als ob alles von der Tante zerrinne. Alles zerrinnt, man sieht das. Er starrt auf den Monitor. Er verlässt die Operation, schaut zu Boden, geht an uns vorbei, sagt kein Wort. Eine Schwester kommt, sagt zu uns: *Es muss nachoperiert werden. Eine Notoperation. Aber nicht hier. Ihre Tante kommt auch nicht mehr hierher auf die Station zurück. Die Neurochirurgie ist jetzt zuständig.* Der Arzt dann auf der Neurochirurgie braucht eine Unterschrift, eine Telefonnummer und ein Losungswort. Er sagt: *Ich werde die Nachoperation durchführen. Es schaut schlecht aus. Sie ist jetzt schon einen Tag lang bewusstlos. Gelähmt war sie auch von Anfang an.* Ich widerspreche heftig. Er sieht mich an, nickt. *Es steht so da*, sagt er freundlich. *Es steht falsch da*, sage ich. Ich verabschiede mich von der Tante. Sie ist bewusstlos. Ich gebe der Tante einen Abschiedskuss. Samnegdi hält fest ihre Hand. Der Arzt nickt, sagt: *Wir müssen jetzt operieren.* Den Politikersohn und dessen Frau, die bei der Tante billig gemietet hatten und die ich nicht ausstehen konnte, hatten wir an dem Tag in der Früh auch noch angerufen, baten, dass sie in der Hierarchie ein gutes Wort einlegen. Ich glaube nicht, dass sie das damals taten. Wir mussten jedenfalls alles tun, was möglich war. Die Tante war wichtig, die hatten das zu kapieren, es musste jedem klar sein, dass auf sie aufzupassen war, die Tante hatte wichtig zu sein.

Ich weiß nicht mehr, wie oft ich in der Zeit damals noch unterschreiben musste. Immer wieder eine Unterschrift. Ein Eingriff und noch einer. Die Notoperation erfolgte. Die Tante lag dann auf der neurochirurgischen Intensivstation. Kein Zutritt. Wenn Zutritt, dann Zeit und Personenanzahl streng minimiert.

3

Es hieß, sie sei am Tod und dass wir nicht zu ihr dürfen. Wir bettelten um Zutritt. Zwischendurch manchmal ein paar Augenblicke konnten wir zu ihr. Mehr war nicht gestattet. Es kam immer auf die Schwestern an und den Arzt. Ein Arzt erfuhr plötzlich seine Diagnose. Er war jung, hatte Frau und Kinder, einen guten Ruf und die Karriere vor sich und plötzlich Krebs. Der war immer freundlich zu uns gewesen, blieb dann aber nicht mehr, hatte seine Diagnose und ging. Er war aber dauernd gefasst.

Er lächelte, als er den Schwestern erzählte, was mit ihm war. Zu uns hatte er gesagt, wenn er da sei, können wir jederzeit zur Tante, da sollen wir uns keine Sorgen machen, aber wenn etwas Unerwartetes auf der Station geschehe, müsse er uns jedes Mal hinausbitten. Das müssen wir verstehen. Aber er war dann eben nicht oft und nicht lange da und dann überhaupt nicht mehr. Es werde lange dauern, bis er wiederkomme, sagte er. Wir standen an der weißen Wand gegenüber der Intensivstation, konnten nicht rein. Es ist wichtig, dass wir bei der Tante sind, dachte ich. Sie sei immer für uns da gewesen, habe uns nicht alleine gelassen, nie im Stich gelassen, wir müssen für sie tun, was wir können. Wir müssen da sein. Gott verdammt noch einmal, wir müssen in die Station können. Immer von neuem hieß es, sie sei am Tod, und wir konnten nicht rein, konnten nicht, weil alles seine Ordnung hatte.

Wir sind daher zur Patientenanwältin gegangen. Die war nett und erschrocken. Sie war die Erste in dem Amt, das es noch nicht lange gab. Sie war selber Krankenschwester gewesen. Jetzt war sie Präsidentin. Man sah, dass sie etwas tun wollte und nicht wusste, was. Das sagte sie auch so. *Infektionsgefahr*, sagte sie, sage man gewiss, und dass es viel zu früh für irgendeine Therapie sei und dass später zum richtigen Zeitpunkt gewiss das Notwendige getan werde. Das sagten die ja wirklich. Die Präsidentin sagte es jetzt auch, aber man sah, dass sie es nicht glaubte. Sie wollte uns beruhigen, beruhigte sich selber nicht, schlug uns vor, dass sie zu intervenieren versuche, sagte aber, es werde nicht viel nützen und sogar die Atmosphäre schlimm verschlechtern. Wir sagten, dass wir das nicht wollen und dass wir das Wochenende abwarten und dann noch einmal mit ihr reden, ob ihrerseits ein Interventionsversuch erfolgen solle. Gleich nach dem Wochenende wollten wir uns mit ihr wieder besprechen, wie es weitergeht. Sie war sehr dafür, denn vielleicht gehe es meiner Tante bis dahin schon besser. Die Vorgangsweise war somit vereinbart. Der nächste Gesprächstermin noch nicht, wohl aber, dass wir uns telefonisch bei ihr melden werden, und den Termin bekommen wir dann sofort. Am Montag in der Früh dann mit einem Male der Riesenwirbel, als ich die neurochirurgische Station betrete, nicht noch die Intensivstation, nicht einmal den Gang noch. Ich steige aus dem Lift aus und der Wirbel geht los. Ein paar stürmen auf mich zu. Die Patientenanwältin hat, erfahre ich, mit dem Stationschef gesprochen. Kein mir sichtbarer Mensch auf der Station ist nicht aufgebracht, alles Personal, alle Ärzte, alle Schwestern und Pfleger, denen ich zufällig über den Weg laufe, sind wütend. Zu irgendwem werden wir zitiert. Hat einen schönen Namen. Ist stellvertretender Leiter der Neurochirurgie. Der andere Leiter ist auf Urlaub. Der Professor, der stellvertretende Leiter, sagt, nein, er könne uns nicht entgegenkommen. Infektionsgefahr. Arbeitsbehinderung. Stress für die Mitpatienten. Gefährdung. Wir bemühen uns dann um einen Termin beim Arzt, beim Assistenten, der die Tante notoperiert, nachoperiert hat. Er ist freundlich, sagt dann aber zu Samnegdi und mir, er habe auch noch andere Patienten und nicht so viel Zeit. Wir schauen ihn an, bleiben sitzen, er bleibt auch sitzen, sagt, die Tante habe ja kein Schädel-Hirn-Trauma, bei einem solchen sei es notwendig, so viel Kontakt wie möglich mit dem angehörigen Patienten herzustellen. Ich erzähle dem Arzt dann von der Dialysestation, dass ich dort immer sein hatte dürfen. Der Arzt sagt, was wir uns wünschen, gehe im Moment noch nicht. Sie arbeiten aber daran. Es werde umgebaut werden. Die Betten werden bald wie Kojen sein und die Angehörigen werden im Interesse der Patienten so viel anwesend sein können wie nur irgendwie möglich. Es werde hier bald alles ganz anders werden. Und jetzt müsse er aber zu einer Operation, für die er der Spezialist sei. Und dann sagt er noch: *Ich werde für Ihre Tante versuchen, was mir möglich ist. Das verspreche ich Ihnen.*

Viel später erfuhren wir, dass er erst spät, sozusagen im Zweitberuf, Medizin studiert hatte und Chirurg geworden war. Er hatte seinem Vater damit helfen wollen, der an einer schweren, unheilbaren Krankheit zu leiden und zu sterben hatte. Wir erfuhren dann auch, dass er auf der Station wirklich einer der Spezialisten für die neuen Operationsmethoden und Operationswerkzeuge war. Diese Maschine gab es weltweit nur in diesem Spital. Der Arzt blieb nicht auf der Station, sondern machte sonst wo seine Karriere. Später auch hieß es, der ihm vorgesetzte leitende Arzt der Abteilung sei ein alter Nazi.

4

Die Gehirnblutung widerfuhr meiner Tante eine Woche vor dem Geburtstag. Ein paar Tage nach der Notoperation war es jetzt und die Tante erholte sich sehr schnell und war guter Dinge, sie redete, konnte aufstehen. Es hieß plötzlich, es gehe ihr überraschend gut. Das habe man tatsächlich nicht erwartet. Ihren Geburtstag feierten wir dann ein wenig. Sie beschwerte sich an dem Tag bei uns: *Die haben hier überhaupt keinen Respekt vor mir.* Ein paar Schläuche hingen dabei aus ihrem Kopf, aber es ging ihr gut. Es ging ihr immer besser und wir durften seit ein, zwei Tagen mehr zu ihr, aber immer nur kurz und ausnahmsweise. Minimal alles immer. Am Geburtstag jetzt waren wir aber glücklich gewesen. Wir dachten, dass wir es zusammen schaffen, denn es ging ihr ja wieder viel besser, fast als ob nichts gewesen sei. Aber am Geburtstag dann in der Nacht soll sie sich die Schläuche aus dem Kopf gerissen haben. Sie sei benommen und nicht beaufsichtigt gewesen, als sie das getan habe, es soll auch nicht sofort bemerkt worden sein. Ganz im Gegenteil. Und durch das Herausreißen habe sie auch eine Infektion bekommen.

Niemand konnte uns vorwerfen, etwas eingeschleppt zu haben, sondern man war sichtlich zerknirscht. Es war jedem klar, dass es Keime von der Station waren, mit denen sie infiziert war, und dass es nicht hätte passieren dürfen, dass sie sich die Schläuche unbemerkt herausreißt und eine Zeitlang so daliegt. Ich ärgerte mich. War verzweifelt. Uns hatten sie nicht zu ihr gelassen, aber sie, sie hatten nicht gut aufgepasst. Wir machten niemandem Vorwürfe, wollten nur bei der Tante sein, das war alles. Einer am Gang sagte, Professor, Dozent, was weiß ich, irgendwann wird fast jeder fast alles, sah mich, redete mich an, ihn hätte ich nie um eine Auskunft gebeten, er sagte, weil er diensthabend war: *Ihre Tante hat keine höhere Gehirnfunktion mehr. Ihre Tante ist hier bestens aufgehoben. Das hier ist die Luxusausführung des Sterbens. Sollte Ihre Tante wider alles Erwarten doch überleben, müssen Sie wissen, dass sie keine höheren Hirnfunktionen mehr haben wird.* So einfach war das. Der lächelte mich an. Mir wurde sehr schlecht. Aber nur für einen Augenblick. Ich weiß nicht, warum er mir das damals von sich aus sagte. Vielleicht hätte er die Organe gut brauchen können. Für die war er zuständig, aber das erfuhr ich erst später. Er meinte es damals gewiss gut.

5

Die Präsidentin Patientenanwältin war zerknirscht und nervös, als die Schwierigkeiten größer wurden. Wir verstanden nicht, warum sie sich nicht an das gehalten hatte, was ausgemacht gewesen war. Es müssen starke Gewissensgründe gewesen sein oder aber eine Art von Profilierungsversuchung, da wir die Politikerfamilie erwähnt hatten. Es kann auch sein, dass der Patientenanwältin der stationsleitende halbe Nazi nicht geheuer war. Aber es war jedenfalls gegen die Abmachung, was die Patientenanwältin unternommen hat. Wir waren ihr dann aber zu Recht und wirklich dankbar. Sie wollte nicht zögern und nicht zaudern. Samnegdi und ich hatten dann, als es schon wieder hieß, es sei aus und vorbei mit der Tante, noch einmal einen Termin mit dem stellvertretenden Stationsleiter, zuvor mit einem Anwalt und danach mit dem Chef einer ganz anderen Abteilung, und zwar der für Medizinische Psychologie. Die Telefonseelsorge habe ich auch angerufen. Die war zum Lachen, glaubte mir nichts.

Beim Professor, neurochirurgischen, wurde mir dann schlecht. Ich hatte dasselbe Gefühl wie damals, als meine Mutter starb. In dem Moment, in dem ich verstand, dass ich jetzt nichts mehr tun kann. Ich sah, wie sie durch ihren Körper stürzte. Kein Halt mehr, Abgrund, nur Abgrund. Damals, als die Mutter so stürzte, setzte ich mich für einen Augenblick. Ich konnte die Mutter nicht mehr halten. Konnte nicht. Genau so übel war mir jetzt, als der kleine dicke Professor fertiggeredet hatte. Er flog sehr gern mit dem Notfallhubschrauber. Das erzählte er auch gerne den Schwestern. *Heute bin ich Flieger*, sagte er jedes Mal. Der Flieger saß und ich saß auch und er sagte zu mir: *Ich kann Ihnen nicht helfen. Ich halte mich streng an das Gesetz. Wenn Sie Ihr Ansinnen durchsetzen wollen, müssen Sie eine richterliche Verfügung erwirken. Ich kann Ihnen weder gestatten, die Intensivstation außerhalb der vorgesehenen Zeit zu betreten, noch werde ich Ihre Tante hier auf meiner Abteilung außerhalb der Intensivstation in einem Einzelzimmer behandeln und überwachen lassen. Ich kann und will dafür keine eigene Schwester abstellen. Ich kann Ihnen Ihre Tante auch nicht mit nach Hause geben. Die Natur wird entscheiden.* Der Anwalt dann, zu dem wir gingen, kinderlieb, bester Ruf, beste Verbindungen zu den Onkologen, überhaupt zu den Medizinern, sagte, er könne nichts tun. Das Gesetz sei in einem solchen Fall eine sehr enge Grenze. Mit ein paar Ärzten, wenn wir wollen, könne er reden, die er von seiner Arbeit her kenne. Es tue ihm leid, mehr gehe nicht. Denn sobald ein Mensch in einem solchen Zustand eingeliefert und behandelt werde, seien de facto die behandelnden Ärzte der Vormund.

Und der nette Mensch von der Telefonseelsorge damals glaubte mir wie gesagt kein Wort: *Wenn Sie Ihre Tante herausholen; wenn Sie sie nicht herausnehmen. Alles Quatsch! Sagen Sie endlich, worum es wirklich geht. Sie haben heute ja schon ein paar Mal bei mir angerufen.* Kein einziges Mal hatte ich bei ihm angerufen. Mit Hospizleuten redete ich auch. Die Überstellung in ein Hospiz war von ihnen aus möglich. Und mit dem Hausarzt redete ich auch. Der mit seiner Frau. Es sei nicht möglich, sagte der Hausarzt, dass wir die Tante heimnehmen und er sie versorge, denn er bekomme die größten Schwierigkeiten mit der Ärztekammer. Auch sei seine Frau entschieden dagegen. Es war damals aber für jeden Arzt, der mit uns redete, klar, dass sie sterben oder schwerst behindert sein wird oder eben beides. Man war sich sicher, dass sie keine Chance habe. Aber sie ließen uns nicht zu ihr. Zwar ein klein bisschen mehr dann, aber alleine dafür musste ich stundenlang auf der Station warten. Für die paar Augenblicke ein paar Stunden. Für insgesamt zehn Minuten vier bis acht Stunden.

Mit einem Schulkollegen redete ich auch, der war Kinderarzt im Spital dort. Der redete mit jemandem von der Neurochirurgie. Und mit einem Schulkollegen, der Jurist war, redete ich auch. Und einer der Neurochirurgen dort war, glaube ich, Burschenschafter gewesen, der

Vater meines Wissens Jusprofessor. Ich redete diesen Neurochirurgen an, er war keiner der Operateure meiner Tante gewesen, hatte zufällig Dienst. Wir waren in dieselbe Schule gegangen und er war ein paar Jahre älter. Mit ihm eben verhandelten Samnegdi und ich gerade zufällig, weil er eben Dienst hatte. Ich übergab ihm einen offiziellen Brief. In dem stand unser Angebot der Bezahlung für eine Kammer, für einen kleinen Raum auf der Station, damit die Tante versorgt, aber nicht sinnlos alleine ist. Ich würde das Geld sofort hinterlegen. Ich wollte eben meine Wirtschaft zum Teil verpfänden. Das stand nicht im Brief, sondern wir beschrieben die Operationsmethode, die uns genannt worden war, die Thrombosierung durch kleine Kügelchen. Die erzeugte beim Neurochirurgen gewaltigen Aufruhr. Er sprang aus dem Stuhl auf, schrie: *Das ist nicht wahr! Das ist völlig unmöglich!* Es war aber laut allererstem Operateur genau so gewesen und wir bestanden somit weiterhin entschieden auf die nächste Nähe. Wir mussten zur Tante dürfen. Der Druck, den wir machten, um zu ihr zu können, damit sie nicht alleine ist, war ihr Recht. Das Recht auf bestmögliche Behandlung oder aber auf ein freundliches Ende ohne Qual, wenn sonst nichts mehr hilft, hatte sie. Und das Recht auf unsere Nähe, Zuwendung, Zuneigung hatte sie auch.

Die Abteilung für Medizinische Psychologie sollte ihr, fiel uns ein, zu ihrem Recht verhelfen. Dort versuchten wir auch unser Glück. Ein kurzer Vortermin zuerst, worum es geht. Um das Besuchsrecht, sagten wir und nannten Situation und Station. Eine Stunde vor dem Termin wurde uns dann das jederzeitige Besuchsrecht gewährt. Kann leicht sein, der zeitliche Zusammenhang war nur Zufall. Jedenfalls durften wir jetzt jederzeit zu ihr.

Zwischendurch war ich in Wirklichkeit froh gewesen, dass wir die Tante nicht nach Hause herausbekamen. Auf der Fahrt schon hätte sie ja sterben können. Aber wie verzweifelt wir waren, dass wir darüber nachdenken mussten! Auch wäre der Transport ins Hospiz, ganz wo anders war das damals gewesen, ein paar Hunderte Kilometer entfernt, eine gewaltige Strapaze gewesen und vermutlich die letzte Todesursache. Aber dass wir darüber nachdenken mussten! Dass wir so um alles kämpfen mussten! Dass alles so aussichtslos war! Das Spital eben ließ uns so lange nicht zu ihr und sagte aber zugleich, dass sie gewiss sterben oder bestenfalls aufs schwerste behindert sein werde. Dergestalt war unsere Situation gewesen. Wir konnten nicht aus und nicht ein. Aber jetzt, jetzt konnten wir jederzeit zu ihr auf die Intensivstation. Und jetzt, die Tante, als sie die Augen öffnet, als sie die Augen zum ersten Mal geöffnet hatte, erschraken die Schwestern. *Um Gottes willen*, schrie die Oberschwester. Die schrie. Sie glaubten, die Tante sei apallisch, weil sie so schaute, so starrte, nur dalag mit den offenen Augen und wie ohne Gesicht und nur weiß. Die Schwestern waren freundlich gewesen, hatten uns hereingebeten. *Sie können von nun an jederzeit zu ihr. Es tut ihr gut. Und wir kennen uns jetzt ja.* Und ein paar Augenblicke später eben machte die Tante die Augen auf und die Schwestern eben erschraken und schauten zu Boden und die, die ihr in die Augen schaute, schrie.

6

Jeden Augenblick also, den sie gewährten, waren wir bei ihr. Von der ersten Minute im Spital an. Zuerst auf der Neurologie, dann auf der neurochirurgischen Intensivstation. Ich bewegte von allem Anfang an, wenn sie bewusstlos war, ihre Finger und Zehen, in jedem Augenblick, der zur Verfügung stand, tat ich das. Es hieß, die Tante sei in tiefster Bewusstlosigkeit. Und in der dann schrieb ich ihr. Aber mit ihren Händen. Erzählte ihr. Erzählte, redete und schrieb das zugleich. Jeder Moment war kostbar, weil sonst vielleicht für immer verloren und vielleicht dadurch alles zu spät und aus und vorbei. Wir streichelten ihr Gesicht und manchmal den Bauch. Einmal legten sie nämlich eine Magensonde, weil sie an nichts mehr glaubten.

Üben. Üben. Immer. Jetzt. Sofort. Nicht nachgeben, üben. Hefte und Stifte verwendeten wir. Ich sagte Wörter und schrieb sie auf. Sagte die Wörter, hielt die Hand der Tante und schrieb mit ihrer Hand die Wörter, die Buchstaben und die Zahlen und Rechnungen und zeichnete mit ihrer Hand die geometrischen Figuren. In einem fort Buchstaben, Zahlen, einfache Figuren. Die waren Gefühle, Bewegungen, Berührungen. Ich sagte, was es sei und werde, und nannte ihr Menschen und Dinge und Blumen und Tiere und Bäume. Ich schrieb mit ihren beiden Händen. Ihre Hände lebten. Mit beiden Händen übten wir. Vom ersten Tag des Komas an. Vom ersten Moment an. Meine Tante war stets beidhändig gewesen, beide Hände übten jetzt, verloren keine Zeit. In tiefer Bewusstlosigkeit sei sie, aber ihre Hände waren da und schrieben, und ich, ich merkte, wer sie war und wo sie war; ob sie da ist, wie weit sie fort ist; ob sie bald wieder näher sein wird. Sie wollte nie fort. Das merkte ich. Sie war da. Wenn wir da waren, war auch sie da.

Schreiben, Zahlen, Figuren, kleine Zeichnungen, vom ersten Tag an nach der Notoperation taten wir das. Es war, weil sie das können musste. Musste. Sie musste es können. Sie muss es wieder können. Auch hatte ich größte Angst, dass wir uns sonst nicht miteinander verständigen können. Damit das nicht eintritt, habe ich so gehandelt und ich habe wahrgenommen, dass sie wahrnimmt. Sie handelte mit ihren Händen. Ich habe die Kleinigkeiten in ihren Bewegungen wahrgenommen, in ihren Händen.

Mir schienen sie dankbar, und die Beine auch, für jede Bewegung. Das alles taten wir, Sammegdi und ich, als sie uns nicht zur Tante lassen hatten wollen, immer für die kurzen Momente, und dann immer und immer mehr. Wie sie uns die Zeit gaben, nutzten wir sie. Die Tante hatte, seit ich sie kannte, gern gezeichnet. Schreiben war für sie immer wie zeichnen gewesen. Für sie hatte alles immer etwas zu bedeuten gehabt.

7

Ich sagte ihr, wer alles da sei, log. Und dass alle sie lieb haben und auf sie aufpassen. Und dann zählte ich alle auf. Die Lebenden und die Toten. Ihre Toten lebten alle. Ihr Vater, ihre Schwester, ihr Mann. Wir wussten nie, ob die Tante wird reden können. Der Luftröhrenschnitt, der Sauerstoffschlauch. Also schrieben wir, schrieben, weiter, weiter. Und dann eben gaben sie ihr in den Bauch die Sonde, weil sie an nichts mehr glaubten, sagten das auch. Aber wir machten weiter, in jedem Augenblick, den sie uns gaben. Die Tante mochte die Nachbarin sehr, die drei Kinder hatte und in aller Frühe den Leuten die Zeitungen brachte. Die Tante ärgerte sich wegen der Untreue des Mannes und dass der Mann die Frau und die Kinder zu verlassen drohte. Die Frau hatte in der Zeit auch einen schweren Unfall in aller Frühe beim Zeitungsaustragen gehabt, war von allem erschöpft gewesen. Die Tante wünschte sich, dass der Familie der Frau nichts Übles geschieht. *Die armen kleinen Kinder*, sagte die Tante. Als sie noch bei Bewusstsein gewesen war, fragte sie noch nach ihr, oft fragte sie nach ihnen, mitten aus der Bewusstlosigkeit, machte sich Sorgen. Ich log die Tante an, die Familie sei beisammen und alles gut geworden.

Samnegdi und ich baten Wochen später die Nachbarin, ob sie sie einmal besuchen kommen könne auf der Intensivstation, und die Frau kam und sah die Tante und erschrak und ging sofort wieder. Ich ärgerte mich. Später dann sagte sie uns, sie habe es nicht ertragen, weil ihre Mutter auch so dagelegen sei, bevor sie starb. Die Tante konnte nicht reden, als die Nachbarin da war. Der Maschinerie wegen konnte sie das nicht. Aber das wussten wir ja damals noch nicht, ob es der Blutung wegen war. Als die Nachbarin auf die Intensivstation kam, zeichnete ich gerade mit der Tante. Wir zeigten, was die Tante mit ihrer und meiner Hand gezeichnet hatte. Es war nichts Schlimmes, fand ich, wie es der Tante jetzt ging, denn es ging ihr ein paar zehntausend Mal besser als vor ein paar Tagen. Aber die Nachbarin lief davon, weil es nicht zu ertragen war. Ich beschrieb der Tante, als sie im Koma war, immer, wer in der Nachbarschaft gerade was mache und dass sie alle lieb haben und sich nach ihr erkundigen. Alle. Das sagte ich und sie war glücklich. Es war ja auch wahr. Jeder hoffte für sie. Ich sagte also, wer sie lieb habe und wer sie besuchen wolle und wer da sei. Ich erfand ihr die Menschen. Und dass sie lieb waren. Aber es war wahr.

Die hilfsbereite und freundliche Nachbarin hatte wie gesagt damals einen schweren Unfall mit dem Rad. Und gleich darauf plötzlich eine Krebsdiagnose und eine Krebsoperation. Und der Mann hatte seine Familie bedenkenlos verlassen und eine neue Familie gegründet. Die andere Frau brachte dann gleich darauf ein Kind zur Welt.

8

Die Schwestern auf der Neurochirurgie – immer um ihr Vertrauen kämpfen mussten wir. Sie sahen mit der Zeit, dass wir nichts anderes taten und wollten, als der Tante helfen. Bei ihr sein, wenn sie uns braucht. Und dass wir die Dinge taten, für die die Intensivschwestern und -pfleger weder die Zeit noch die Mittel noch die Nähe hatten. Sie nahmen das wahr. Aber so viel Zeit und Kraft brauchte alles bis dahin. Zum Beispiel hatte ich ein Diktaphon von meiner Mutter geschenkt bekommen und das hatte ich einmal bei der Tante auf der neurochirurgischen Intensivstation gelassen und bin dann noch einmal zurück, um es zu holen. Charly war damals ja gerade ein Jahr alt und was Charly plapperte, nahm ich auf und spielte es der Tante im Koma vor. Eine junge Schwester meldete, was sie sich wahrzunehmen einbildete, unverzüglich dem diensthabenden Arzt und der fing mich dann am nächsten Tag am Gang vor dem Lift ab, schimpfte zornig, es sei hier strikt verboten, Fotos oder Tonaufnahmen zu machen. Ich schaute ihn verwirrt an, mir war plötzlich zum Weinen oder es war, was weiß ich, was. Jedenfalls spielte ich ihm sofort vor, was auf dem Band war. Das Geplapper eines Babys, Charly mit Namen, das Geschrei und das Lachen. Mehr war nicht. Er drehte sich wortlos um und ging in den Lift.

Mit der Zeit freuten sich, glaube ich, wirklich alle auf der Intensivstation, neurochirurgischen, und wir vertrauten einander. Zu mir sagte der Urlaubsleiter der Neurochirurgie, der Flieger: *Die Natur hat sich durchgesetzt. Ich habe es gewusst. Wir machen es immer so. Wir wissen, was das Beste ist.* Als der ständige Leiter zurückkam, schrie der ständige Leiter einmal durch die Gegend und stolzierte oft. Keine Ahnung hatte ich, was los war. Er lächelte beim Schreien und der Urlaubsleiter und noch ein paar waren zerknirscht. *Reine Blödheit*, hatte der Leiter geschrien. Lächelte sodann zufrieden. Es gefiel ihm sichtlich, dass er mit allen schrie und es jeder hören konnte. Einen Augenblick hatte ich Angst, es gehe jetzt auch mir an den Kragen und alles fange wieder von vorne an. Aber mich ging das Geschrei des Heimkehrers zum Glück nichts an. Ich wurde nicht hinausgeworfen. Der Flieger war kurzzeitig am Boden zerstört, machte sich aber gleich wieder an die Arbeit. Ein paar gingen ihm schnell nach.

Ich habe immer große Angst, es geschieht ein Unglück, wenn ich davon erzähle, wie meine Tante mit dem Leben davonkam, und meine Seele tut mir vor Angst weh. Aber es ist ja alles gut ausgegangen. Vor 14 Jahren, 13, 15 Jahren war alles. Ich vermag nicht nachzuzählen. Heute ist ja überall alles viel besser. Aber ich glaube vieles nicht mehr, sondern dass die Menschen und ihre Einrichtungen nicht besser werden. Und die Entscheidungen auch nicht. Aber die Tante hat überlebt, es geht ihr gut. Mehr ist nicht zu sagen. Wir alle sind zusammen immer wieder entkommen, immer wieder. Aber jetzt, wenn wieder etwas passiert, können wir nicht mehr. Deshalb habe ich solche Angst vor dem Erzählen. Dem Tod kann man entkommen, aber den Menschen nicht. Wir haben damals nicht zugelassen, dass die Tante stirbt. Haben wir nicht. Auch nicht, dass sie schwerst behindert ist. Das ist Größenwahn, was ich da sage? Nein, gewiss nicht. Denn es ist gewiss wahr, dass wir Schaden von ihr abgewendet haben. Nicht bloß wir, sondern viele zusammen, aber wir auch. Die einen haben auf die anderen aufgepasst, darum ist alles gut ausgegangen.

Der stellvertretende Leiter der Neurochirurgie hatte, damit wir keinen Zutritt bekommen, in seinem Streit mit uns gesagt, sie haben hier auf der Station alles, können alles tun. Die Physiotherapie zum Beispiel. Die Tante brauche uns daher nicht. Aber später dann, als es auf der Station wie Freundschaft war und wir jederzeit Zutritt hatten, sagten die neurochirurgischen Physiotherapeutinnen und ein paar Schwestern und der Neurochirurg, der die Notoperation und auch die folgenden kleineren Operationen durchgeführt hatte, zu Samnegdi und mir von selber offen das Gegenteil von dem, womit mich der stellvertretende Leiter außer Kraft gesetzt hatte. Die sagten, dass sie hier keine Therapiemöglichkeiten haben und dass das nicht gut sei. Deshalb sei es gut, dass wir hier seien. Die Zeit dazwischen wäre, glaube ich daher, schlimm gewesen ohne uns. Denn es war nun einmal gelogen gewesen, dass sie hier alles hatten. Genauer gesagt war es eine Fehleinschätzung. Was sie nicht hatten, taten wir ganz selbstverständlich.

Das nächste Problem war dann, dass die Tante nicht auf der Neurochirurgie bleiben konnte. Hier war es gut, auch weil die Schwestern und Pfleger die Tante inzwischen gut kannten und sich freuten. Die anderen am anderen Ort, im anderen Spital dann, kannten die Tante überhaupt nicht. Das war schrecklich, die Rehabilitation kam nicht vom Fleck. Aber vorher war uns Glück beschieden. Die Neurochirurgie war ihr Glück und eine große Hilfe gewesen. Die Physiotherapeutinnen und der

Neurochirurg sagten nicht, dass die Tante nicht therapierbar sei, sondern dass sie das nicht haben, was sie braucht, die einfachsten Dinge haben sie nicht, sagten sie. Die zu haben wäre auch hier gut, obwohl sie Chirurgen seien. Jedenfalls war für sie nicht meine Tante das Problem. Und Samnegdi und ich auch nicht. In der Rehab hieß es dann aber, die Tante sei nicht therapierbar.

9

Der Arzt, der die Not- und die Nachoperation durchgeführt hatte, war einmal aufgebracht gewesen, weil die Tante einer Untersuchung wegen aus der Intensivstation gebracht wurde. Kurz fort aus der Neurochirurgie. Das war genau die Zeit, in der wir angeblich wegen Infektionsgefahr nicht zu ihr auf die Intensivstation konnten. Er war eben ungehalten, weil es offiziell hieß, es bestehe große Infektionsgefahr für die Tante und sie zugleich aber durch etliche Trakte hin- und hergeschoben wurde; und die Lifte, mit denen sie zu fahren hatte, waren auch dicht frequentiert, von den unterschiedlichsten Leuten. Ihm war das nicht geheuer. Zu einer Darmuntersuchung schoben sie sie damals durchs Spital. Sie hatte eine Darminfektion bekommen. Die war ihm auch nicht geheuer. Nicht zu stoppen war der Durchfall. Die Antibiotika halfen nicht, sondern waren mit die Ursache. Es war sehr gefährlich für die Tante. Man war zu der Zeit kleinlaut geworden, zumal es Keime aus dem Krankenhaus, aus der Station, waren, nicht welche von außen.

Einmal konnte ich auf der Station bleiben, als drei, vier Chefleute, oder was die sonst waren, daherkamen und den Tod feststellten. Der eine war dabei, der gesagt hatte, meine Tante werde sterben oder ein hilfloser Krüppel ohne jede höhere geistige Funktion sein und dass das da hier die Luxusausführung des Sterbens sei und die Tante bestens aufgehoben sei. Er führte den Trupp und das Wort. Sie gingen sehr aufrecht. Das war mir völlig unverständlich. Der Gang war wohl so, weil sie meinten, das sei würdig. Sie gingen sichtlich gerne so. Ich fand es lächerlich, stolz und soldatisch. Eine Schwester weinte aber. Das glaubte ich ihr zuerst nicht, aber sie weinte wirklich. Das war diejenige Schwester, mit der ich anfangs die heftigsten Konflikte hatte. Sie hatte mir jeden Zutritt verboten. Sie weinte jetzt, das verstand ich nicht, und die gingen und standen so aufrecht, die Ärzte. Sie standen und liefen und saßen vor dem, dem sie den Tod aufschrieben. Würde eben. Was sonst. Ich hatte keinen Sinn dafür. Die Schwester saß da und weinte wirklich.

Draußen waren die Plätze für die Besucher und zum Tratschen. Ein paar Tage lang war dort ein libyscher Arzt anzutreffen. Seine Schwester lag auf Klasse in einem Zweibettzimmer. Sie kamen regelmäßig aus Libyen hierher. Meistens kam er mit seiner Schwester mit, selten sein Bruder. Die Schwester hatte einen Gehirntumor, der immer wieder nachwuchs. Weltweit soll diese Station die beste für die Schwester gewesen sein. Der libysche Arzt gab mir seine Telefonnummer und seine Adresse in Libyen. Er war Regierungsarzt, ärgerte sich über die Wasserverschwendung hierzulande, über die in den WCs vor allem, und dann über die Sexfilme in seinem Hotelzimmer. Über die amüsierte er sich dann aber auch, erzählte mir dann auch einmal, wo er beim Bombenangriff der Amerikaner auf Tripolis war und wie er um das Leben der anderen und dann um sein eigenes gerannt sei. Er sagte zu mir, ich müsse verstehen, dass man mich hier auf der Station für einen Troublemaker halten müsse; für einen Moslem hingegen wäre mein Verhalten völlig selbstverständlich und Pflicht. In dem Spital, in dem er in Libyen arbeite, seien immer die Familien mit dabei. Die Schwester des libyschen Arztes war sehr schön und ihr Gehen war zerbrechlich. Sie hatte dunkles Haar und schaute oft zu Boden, aber es geschah stets, was sie dem Bruder auftrug. Ein Jahr später sah ich ihn zur Sommerszeit vor einem C&A stehen. Der libysche Arzt war selber wieder da, es ging ihnen diesmal aber gar nicht gut. Es gehe der Schwester nicht mehr gut, sagte er. Er gab mir nochmals seine Karte. Sagte, das Ben bedeute nicht, wie das die Leute oft glauben, Benjamin, sondern Sohn. Er fragte mich, ob ich das auch geglaubt habe. Sein Familienname sei auch nicht jüdisch, auch wenn der so klinge. Und er erzählte mir wieder, wie die amerikanischen Bomben auf das Spital gefallen waren, in dem er arbeitete, und wie unheimlich die Nächte gewesen waren. Und dann sagte er, wann sie das nächste Mal wieder hierher kommen werden, dann aber sein Bruder. Er selber könne nicht mehr.

10

Einmal haben wir unseren Pfarrer auf die Station gezwungen. Er gab meiner Tante im Koma auf seine Art das Sterbesakrament. Der Hausarzt hatte ihn dazu gebracht, zu meiner Tante auf die Station zu gehen. Hatte ihn gebeten, uns zu helfen. *Ich komm' überall rein*, hat der Pfarrer zu mir gesagt. Aber das nützte uns nichts, weil wir es nicht konnten. Dann, als er zurück war, sagte er, dass es dort furchtbar gewesen sei und er meine Tante nicht erreicht habe. Sie sei nicht ansprechbar. Er war aufgelöst.

Wir hatten den persischen Flüchtling bei uns. Der Pfarrer konnte uns nicht helfen, stattdessen kam er um Hilfe zu uns. Der kirchliche Sozialarbeiter, der für Farzad zuständig war, habe zum Pfarrer, erzählte der Pfarrer mir weiter, gesagt: *Wenn dir niemand auf der Welt hilft, dann geh zum Uwe, der hilft dir ganz sicher.* So einfach sagte der Pfarrer das. Und ich half ihm nicht. Konnte nicht. Das sah der Pfarrer nicht ein; er brachte eine jugoslawische Flüchtlingsfamilie mit, hatte nichts zu mir gesagt zuvor. War mit der plötzlich da. Die Flüchtlingsfamilie war jetzt in seinem Pfarrhof untergebracht. Der Mutter der Familie wurde an dem Tag der Krebs operiert; sie war daher nicht dabei, als die Familie zu uns kam. Der Vater der Familie schaute mich verzweifelt an. *Wo soll ich mit denen hin. Ich habe keinen Platz. Ich kann die Leute ja nicht bei mir im Glockenturm aufhängen,* sagte der Pfarrer und seine Frau rechte Hand stimmte laut ein. Dem Perser hatten sie von der Pfarre aus nicht wirklich geholfen, und wir lebten wirklich in ständiger Angst um sein Leben. Und jetzt war die Tante so am Tod. Ich sagte damals, wenn der Pfarrer und seine Frau rechte Hand uns helfen können, dass der Perser Arbeit findet oder dass wir zur Tante können, dann könnten wir die Flüchtlingsfamilie bei uns unterbringen. Sonst nicht. Das war, glaube ich, nicht grausam von mir, sondern ich war überzeugt, dass die Flüchtlingsfamilie keinen besseren Platz gefunden haben konnte in diesem Land als den Pfarrhof da oben. In ihrem Interesse wollte ich die Familie dem Pfarrer nicht abnehmen. Auch hatte mir der Sozialarbeiter Fröhlich erzählt, dass der Pfarrer sich bisher immer geweigert habe, Flüchtlinge bei sich im Pfarrhof aufzunehmen. So viel Leid könnte gelindert werden, hatte Fröhlich zu mir gesagt, würden die Pfarrhöfe endlich für die Flüchtlinge geöffnet. Aber die meisten Pfarrer tun das nicht, unserer hier schon gar nicht, hatte sich Fröhlich empört. Ich hatte keinen Grund, Fröhlich das nicht zu glauben. Und der Pfarrer redete ja jetzt wirklich genau so. Und dass der Pfarrer sich mir gegenüber auf Fröhlich berief, wie der meine Hilfsbereitschaft lobte, irritierte mich auch. Fröhlich hatte ja auch den Perser beim Pfarrer unterbringen wollen. Der Pfarrer wolle die Leute bloß loswerden, meinte ich. Er hätte genug Leute gekannt, die dem Perser zu legaler Arbeit und damit zu einem sichereren Aufenthalt verhelfen hätten können. Denn der Pfarrer war sehr beliebt. Hilfe gegen Hilfe war das Geschäft. Aber nichts. Nichts.

In unserer größten Verzweiflung und Hilflosigkeit wollte er uns noch fünf Menschen überantworten. Meinen Freund Nepomuk und dessen Frau Kathi hielt er mir daraufhin vor. Die hatten ja hier gewohnt, jahrelang, im alten Haus drüben bei uns, am Hof, und die waren auch kirchlich, arbeiteten für die Kirche, und der Pfarrer sagte daher zu mir: *Wenn es für die beiden gut genug war, wird es wohl auch für ein paar Jugoslawen reichen. Und du kannst gut verdienen dabei. Du kannst von denen verlangen, was du willst.* Der Jugoslawe sei Kriegsflüchtling und Maurer und was hergerichtet werden müsse auf meinem Hof, würde der ohnehin tun. Der Pfarrer wurde die Familie schnell an jemand anderen los.

11

Zuerst wusste niemand, ob die Tante wird leben können. Und dann, ob sie sehen kann. Und dann, ob sie redet. Dann einmal sagte die Oberschwester, ich solle den Finger kurz auf die Kanüle legen, damit die Tante reden kann. Vielleicht könne sie es ja doch, sagten die Schwestern und wurden immer lebhafter. Ich betete, die Tante betete mit, das Vaterunser war das Erste, was sie zu reden versuchte, aber sie bewegte nur die Lippen, ab und zu ein Laut, aber nichts sonst. Aber das unentwegte Bewegen der Lippen, solange das Gebet dauerte. Ich war mir sicher, dass sie es reden konnte, weil sie die Lippen unentwegt bewegte, wie die Worte waren. Aber man wusste nicht, ob das Loch im Gehirn die Ursache war oder bloß das Loch in der Gurgel. Aber ich war mir trotzdem sicher. Wir taten, was wir konnten. Einmal damals träumte mir, mein Vater stürze sich vom Dach des alten Hauses auf meine Tante, es ist stockfinstere Nacht, die Tante will schreien, kann nicht. Schrecklich war der Traum. Kein Laut, kein Ton. Mein Vater der stumme Tod. Als meine Tante in größter Lebensgefahr war, träumte ich das, dass mein Vater die Tante anfalle. Er springe von oben auf sie herunter und sie könne nicht schreien; ein paar Tage später dann bekam sie den Luftröhrenschnitt. An nichts, kein Ereignis, keine Qual von damals kann sie sich erinnern. Einzig an die Situation, wie sie ihr den Luftröhrenschnitt schneiden mussten. Es sei furchtbar gewesen vor dem Schnitt. Ausweglose Todesangst, als ob sie erwürgt werde. Sie habe mit Händen und Füßen um sich geschlagen, sagt sie.

Die Schwestern auf der Intensivstation fragten uns auch, ob wir Lehrer seien. Wie wir mit der Tante lernen, müssen wir Lehrer sein. Sie mochte nämlich nicht essen, wir brachten ihr daher viele Geschmäcker und Gerüche mit, wieder bei; sie kostete stumm, lautlos, von allem. Wie sie dasaß, tat weh zu sehen. Ohne jede Gestalt saß sie da, und wir wussten nie, wie weit sie kommen wird. Ob das erst der Anfang ist oder schon das Ende. Und wie viel wird sie wirklich wieder können. Sie sah sehr hilflos aus, wenn sie draußen im Rollstuhl saß. Denn sie saß nur, und so hätten wir nicht gewusst, wie weit sie kommen kann. Das Gehen, wir wussten nicht, wie das alles werden wird. Es hätte jederzeit Schluss sein können, davor hatte ich am meisten Angst auf der Welt. Aber es ging immer weiter. Dauernd wurde irgendetwas besser. Es gab keine Rückschläge. Von der Tante aus gewiss keine. Einmal an einem Abend saßen wir draußen und übten etwas, Hefte waren das für Schulkinder, Übungen für Kindergartenkinder, die eingeschult werden. Sie weinte plötzlich. Weinte. Es war zwei, drei Tage, bevor wir von der Neurochirurgie fortmussten. Sie wusste nicht, dass wir fortmüssen. Sie weinte, glaube ich, weil sie hilflos im Rollstuhl saß und weil kein Laut aus ihrem Mund kam, obwohl sie die Laute herausbringen wollte, und weil sie nicht gehen konnte und sich mit den Händen schwer tat, außen wie innen. Die Übungen, sie hatte sie geschafft, aber sie weinte, weinte. Die Übungen waren für Kinder, wenn sie am Anfang lesen und rechnen lernen und solche Dinge eben, und für den Kindergarten. Für die Motorik und das Erkennen von Zusammenhängen waren die Übungen. Was es gab, waren wir durchgegangen. Bevor sie weinte, hatte sie sich, bildete ich mir ein, darüber gefreut, was sie kann. Ich wusste nicht, was dann war; wir hatten vor ein paar Minuten mit den Übungen aufgehört. Ich hatte wahrheitsgemäß gesagt, wie gut das gehe. Wir blieben dann noch auf dem Gang. Sie saß da und weinte plötzlich ein paar Augenblicke lang. *Nicht weinen, Christl, nicht weinen!*, sagte ich. Und sie weinte noch mehr. Aber auch damals war ich ganz sicher, dass es weitergeht. Es wird weitergehen, weil es muss. Mit aller Kraft wird es weitergehen. Weil das Leid sonst unerträglich ist. Sie wird weiter gesund, muss. Muss. Muss. Ich wusste nie, wie es endet. Aber es musste so gut werden, wie es nur möglich war. Nur das wusste ich. Und dass die, von denen die schlechten Prognosen über die Tante abgegeben worden waren, sich irrten, war ich mir gewiss. Das war alles falsch gewesen, was die vorausgesagt haben. Das sah ich. Aber wie weit die Tante kommen wird, wusste ich nicht. Jederzeit eben konnte Schluss sein. Jetzt auch.

Wir waren im Koma im Kontakt, die ganze Zeit über, die Tante und ich. Also hatte ich Hoffnung, Gewissheit hatte ich. Dass sie da war und wartete, wusste ich. Und dass sie leben will und gesund werden. Und dass sie mit aller Kraft darum kämpft. Und wie sie gewesen war früher, wusste ich auch, und wie viel sie aushalten konnte, welche Strapazen, die schwere Arbeit; wie viel die Tante vermocht hatte, das wusste ich. Deswegen hatte ich Hoffnung. Gewissheit hatte ich. Bei meiner Mutter war das auch so gewesen. Die Schwestern freuten sich jetzt und die Ärzte, und wenn die Tante auf der Neurochirurgie hätte bleiben können, hätte ich keine Angst gehabt. Hatte die Tante Angst? Zu solchen Dingen kann man nicht wirklich Angst sagen, glaube ich. Es wurde gekämpft, das war alles.

Einmal in der ersten, ärgsten Zeit verspottete mich eine Schwester, denn sie hatten meine Tante zuvor in ein tieferes Koma versetzt. Die taten so, als können die das alles, einmal mehr Koma, einmal weniger. Die Schwester fragte mich gar nicht freundlich: *Na, haben Sie Kontakt? Na, reagiert sie?* Die Schwester lachte bitter und kurz und zornig. *Ja, doch*, sagte ich, und es war auch so. Schwächer war die Hand, aber wir waren da, die Tante und ich, zur selben Zeit waren wir anwesend. Eine Tafel hing dort mit den Bewusstseinsgraden. *Reagiert auf Schmerz* war eine Punktestufe. Ich fragte mich bitter und zornig, warum die hier auf der Station glauben, dass das so sein muss. Warum steht da nicht: *Reagiert auf Zuneigung.*

12

Charly kam auch manchmal auf die Station, ging. Die Schwestern lachten und sagten, wenn sie auf sie zulief, der Tante zuerst in die Arme, Knie: *Das ist ja wirklich eine Charly!* Charly war immer freundlich und fröhlich. Wenn wir im Vorraum saßen oder wenn sie ihnen entgegenlief, wenn die Tante im Rollstuhl daherkam, sagten die Intensivschwestern, dass sie wirklich eine Charly ist. Wenn wir dann mit dem Rollstuhl ins Freie fuhren, waren oft alle dabei, die Mutter meiner Frau und Charly und Farzad und Samnegdi waren da; es war alles gut. Wir wussten in der Zeit damals immer nur, dass die Tante aus dem allen rausmusste und dass wir, Samnegdi und ich, die Familie, alles tun mussten, was uns möglich war.

Den ganzen Tag, von früh am Morgen bis spät am Abend, waren wir bei der Tante. Jeden Tag. Ich immer und die anderen, wie es ihnen nur irgendwie möglich war. Dass wir immer da waren, das war, damit die Tante weiß, dass sie gewiss nicht alleine ist. Und damit sie zu jeder Zeit, zu der sie dazu bereit war, lernen konnte. Es war nicht die Ordnung, die ansonsten dort herrschte. Die Tante bestimmte das Maß und die Zeit. Niemand sonst. Auch ganz gewiss ich nicht. Und keine aufgezwungenen bürokratischen Zufälle und keine hierarchischen Versäumnisse taten das und kein Mangel an Zeit oder Personal; keinerlei anderwärtige Verpflichtungen der lebenswichtigen Leute, die eigentlich dafür da sind, dass man nicht kaputtgeht, aber nicht da sind, weil sie so viel oder ganz Wichtiges zu tun haben. So einfach war das damals, wir machten es dazu. Die Tante wachte auf, war munter, ein wenig. Dann ein bisschen mehr, immer öfter, immer mehr. Wollte etwas tun, konnte etwas tun; jetzt, jetzt konnte sie es, nicht vor einer Stunde oder später in dreien, sondern jetzt, jetzt war die Zeit da und die Kraft, und wir waren auch da, Samnegdi, ich. Die Schwestern verstanden das mit der Zeit, freuten sich. Mit der Zeit wurde alles gut. Aber dann eben die Verlegung ins andere Spital. Die beunruhigte mich. Keine zwei Tage bevor wir wegmussten, sagte man es uns. Eine Schwester schaute mich an, sagte: *Sie werden sehen, es wird schnell gehen dort. Sie kann ja schon so viel.* Die Verlegung dann zum Zwecke der Rehabilitation. Der Transport im Rettungsauto.

13

Ein paar Tage, bevor die Tante ins andere Spital fortmusste, gingen wir in die Messe. Ich schob den Rollstuhl dorthin, anderes Stockwerk, Spitalskapelle. Der Priester war freundlich. Sie empfing die Kommunion. Es waren um die zwanzig Menschen in der Messe. Die meisten waren schlecht beisammen. In Begleitung waren zwei. Vor ein paar Wochen, als keine Aussicht war, kaufte ich ein paar Bücher von Kübler-Ross; nur die Überschriften, ich schaute nie rein, in kein einziges habe ich hineingeschaut. Auch eines über basale Pflege habe ich damals gekauft und später auch eines über die Lautformungen. Bis heute habe ich in diese Bücher nicht hineingeschaut. Die Titel waren mir Hilfe genug. In das über die basale Pflege und über die Laute habe ich einmal doch kurz reingeschaut, wusste dann aber nicht, wie ich das bei der Tante machen sollte. Die war nicht, wie da stand. Zufällig war ein Markt auf der Straße, ich kaufte ein paar kleine Holzkreuze an Schlingen. Die vier Kreuze gab ich der Tante, als sie in Bewusstlosigkeit war und dort gehalten wurde. Die hielt sie, hatte sie bei sich. Für Samnegdi eines, für Charly eines und für die Tante eines hatte ich gekauft. Eines der Kreuze ist verloren gegangen, meines.

An den Transport von der Neurochirurgie in das andere Spital erinnere ich mich nicht mehr genau. Irgendein Blödsinn war.

14

Nie wissen, was sein wird. Vier, fünf Wochen lang war die Tante dann zur Wiederherstellung auf der Schlaganfallstation im anderen Spital. Die Station hatte den besten Ruf. Samnegdi und ich hofften sehr, freuten uns. Hinterlegten das Geld für das Zimmer, damit wir bei ihr sein können, wann immer sie uns braucht. Nie wissen eben, wie was sein wird. Das Gehen. Das Reden. Dass sie nicht redete, kam bloß vom Loch im Hals. Das wussten wir damals aber immer noch nicht. Die Kanüle konnte sie sich zum Reden nicht selber zuhalten. Völlig ungewohnt und fremd und verkehrt war diese Handlung für sie. Auch war ihre Motorik noch viel zu müde, zu vergesslich. Wie die Tante jetzt atmen sollte und reden, war ihr zwischendurch unbegreiflich durch das vermaledeite Loch. Wir wussten auch ewig nicht, wie viel sie sah. Nach dem Aufwachen der Sehnerv, als ob es Blindsehen wäre. Sie sieht nicht, sieht, sieht nicht. Nein, blind war sie nicht, aber halbblind war sie lange, nein, sie sieht, sieht, alles wird wieder. Aber ein jedes kann plötzlich aufhören und mehr ist dann nicht möglich. Aus, vorbei.

An dem Tag, als sie aus der Neurochirurgie weg ins andere Spital verlegt worden war, aß sie zum ersten Mal selber allein mit den eigenen

Händen. Sie, sie wollte das. Es ging sofort. Sie winkte mir ärgerlich ab und aß selber, riss das Brot, brach die Frankfurter. Die Ergotherapeutin dann aber war so, dass nichts funktionierte. Die beiden kamen miteinander nicht zurecht. Der Harnkatheter, der Urinsack, zermürbte die Tante nämlich. Die Tante schämte sich, wollte den immer wegtun, war unruhig. Die Ergotherapeutin wollte, konnte das nicht verstehen, wie die Tante unruhig und ungehalten war und mit ihren zwei Händen den Katheter weggeben wollte und dass die Tante sich für den vermaledeiten Katheter und den vermaledeiten Rollstuhl, in dem sie sitzen musste, mehr interessierte als für die Ergotherapie, in dem Augenblick jetzt und in der Stunde jetzt. Die Ergotherapeutin ging von der ersten Viertelstunde an davon aus, dass die Tante nichts verstand und nichts begriff. Und unzugänglich sei. Die Physiotherapeutin hing dann demselben Humbug an. Die Physiotherapeutin sagte auch, nein, sie könne nicht mit ihr gehen und ihr auch nicht beim Gehen helfen. Sie müsse sich zuerst eine neue Methode für meine Tante erarbeiten. Die gebe es. Die müsse die Physiotherapeutin aber selber erst erlernen. Zwei Wochen schon war die Tante zur Wiederherstellung im neuen Spital und sie gingen nicht mit ihr. Das Körperschema der Tante sei völlig falsch, sagte die Physiotherapeutin stattdessen, und dass es so nicht möglich sei zu gehen. Die Tante habe kein Bewegungsgefühl und keinerlei Koordination. *Sie kann nicht gehen*, sagte die Physiotherapeutin so lange, bis ich endlich verstand, was los war. Auf der Neurochirurgie auf dem Gang vor der Intensivstation war die Tante aber mit unserer Hilfe schon gegangen. Vor mehr als zwei Wochen.

Nur die Logopädin war anders. Und weil sie meine Tante anders einschätzte, konnten die beiden anderen Therapeutinnen nicht so stur bleiben. Das machte dann aber keinen wirklichen Unterschied, weil die zwei nun einmal nicht anders konnten, als sie taten. Sie konnten der Tante nicht helfen, obwohl sie auf die beiden hoffte und sich aufs Gehen freute und etwas zusammenbringen wollte. Ich hielt das nicht mehr aus. Ich sagte zur Tante: *So, jetzt stehst du auf und wir gehen.* Und so war es auch. Schritt für Schritt ging sie auf mich zu. Und das war es. Und wir gingen durch den Gang wie alle. Ein paar Mal. So einfach war das. Sie musste nur aufstehen dürfen. Nur gehen musste sie dürfen. Mehr war nicht dahinter. Sie stand auf und konnte gehen.

15

Gleich als die Tante nach der Gehirnblutung wieder zu Hause war, schlug uns Herr Schimanovsky, der Masseur war, Gomera vor. Und ein Jahr später dann, als Charly zwei Jahre alt war, flogen wir dorthin. Wir waren noch nie auf Urlaub gewesen. Wir sind damals alle dorthin geflogen. Das hätte niemand geglaubt, dass das möglich sein wird. Aber wir haben es geschafft. Im Spätherbst war das, zwei Wochen. Es war wunderschön. Wir würden alles schaffen. Wenn wir das geschafft haben, brauchen wir keine Angst zu haben. Größenwahn infolge Urlaub. Nein, so war das nicht, das war nicht Größenwahn, sondern wir haben uns gefreut, einfach gefreut, es war ein Jahr eben, nachdem die Tante aus dem Spital gekonnt hatte. Sie war jetzt wiederhergestellt. Jetzt hatten wir es geschafft. Auch den Diabetes und dadurch das Insulin wurde sie los auf Gomera. Ein normales Leben werden wir alle haben können, eine Zukunft, endlich. Man muss es nur tun, tun. Es wird gut. Wir schaffen es. So viel haben wir geschafft. Im Urlaub damals, ein Jahr nach der Katastrophe, hatten wir alle das Leben wiedergewonnen. Unser Leben.

Am ersten Urlaubstag, in der ersten Stunde, beim ersten Spaziergang eine Flut, ein alter Mann, ein kleines Kind. Samnegdi versuchte ihn zu retten, das Kind. Sah ihn und ging auf der Stelle rein, immer mehr. Ich schrie sofort los, sie solle warten, zurückkommen, ich gehe rein. Aber sie hörte nicht. Und ich stand da mit der kleinen Charly und mit der zerbrechlichen Tante und konnte nicht nach, weil ich die zwei nicht alleine lassen konnte, damit ihnen nichts passiert, Charly nichts passiert. Zum Glück kam der alte Mann mit dem Kind von selber wieder an den Strand. Samnegdi musste nicht weiter hinein. Es hieß dann, es sei schrecklich mit dem alten Mann. Er mache das immer so, und die anderen müssen ihn dann retten. Die Einheimischen am Strand reagieren gar nicht mehr auf ihn und das Kind, weil er unbelehrbar sei. Manchmal habe er ein paar Kinder dabei. Seine Enkelkinder seien das.

Einmal im Rehabilitationsspital damals, da war gerade Visite und ich war im Badezimmer. Sie wussten nicht, dass ich da war, sie lachten über das, was die Tante um sich hatte. Alles, was sie schrieb, zeichnete, was sie rechnete, las, lag herum. Das könne sie nicht, sagten sie. Sie lachten weiter. Und dann redeten sie darüber, dass ihr Bein immer wackelte beim Sitzen, und dann wieder lachten sie über die lange Zahl. Die hatte sie ausgerechnet. Ich weiß nicht mehr, ob ich damals aus dem Badezimmer gekommen bin und die Leute auf der Visite lustig zur Rede gestellt habe. Irgendwann damals habe ich es aber getan, schnell. Das weiß ich noch. Ich war entschieden gegen Missverständnisse. Ich weiß nicht, warum sie lachten. Der Primar mit dem Sprachfehler fragte mich damals einmal, warum ich das alles tue. *Was wollen Sie?*, fragte er freundlich. Wir schauten uns versehentlich in die Augen und ich antwortete nicht. Damals war niemand sonst dabei und es war keine Visite und wir waren beide erschrocken. Einmal bei einer Visite dann waren welche dabei, da sagte er sehr freundlich, dass ich recht habe und dass die Sprache das Wichtigste sei, die bewege das Denken. Und den ganzen Menschen dadurch. Und einmal aber redete er mit mir sehr ernst über die Berichte der Physiotherapeutin und der Ergotherapeutin. Dass die beiden Therapeutinnen überhaupt nicht meiner Ansicht seien und bloß massive Defekte sehen. Und ich erwiderte, wenn er mir nicht glaube, solle er doch im Zimmer hier eine Videokamera einbauen. Dann sehe man, was wirklich los sei und der Tante möglich. Geführt wurden die Tante und ich als *Selbstversorger*. In der Verwaltung hieß das so, und der Primar mit dem Sprachfehler schrieb das auch manchmal wo rauf. Er überhaupt zuerst. Keine Ahnung, was so etwas ist. Ich glaube, es war dann wohl auch wichtig, dass man sah, dass entgegen der Wahrnehmung und Prognose der Physiotherapeutin das Gehen für meine Tante sehr wohl möglich war. Und zwar ohne weiteres. Die Physiotherapeutin war dadurch ein wenig widerlegt. Und damit auch die sehr nervöse Ergotherapeutin aus Deutschland. Gehen. Das war das Wichtigste.

Die Kanüle infolge des Luftröhrenschnittes – es ist schwer zu glauben, aber es war dort in der Rehabilitationsabteilung, als ob sie dort nicht wissen, wie man das macht mit der Kanüle. Kannten das nicht. Hatten das nicht. Sagten das auch so, obwohl es eine rehabilitierende Station war. Zeigten mir dann aber, wie das geht. Hatten es sich zuerst selber zeigen lassen müssen. Wegen Infektionen im Bereich des Luftröhrenschnitts brauche ich keine Angst zu haben, sagte der Oberarzt zu mir, schulte mich ein. Sie verstanden dann auch, dass wir fortwollten. Die Logopädin war, wie gesagt, eine große Hilfe. Und eine junge Ärztin, die alle mochten und die uns mochte, war auch eine große Hilfe.

Auf Gomera rannte Charly in einer Tour den Strand ab. Einmal spülten die Wellen ihre Schaufel und ihren Eimer fort. Ganz schnell ging das. Charly war aufgebracht, weil Samnegdi nicht zum Eimer ins Meer hinausschwamm. Die Leute hatten damals alle große Freude mit Charly.

16

Manchmal kam überraschend Besuch ins Spital, auf die Rehababteilung, ins Zimmer, und war erschrocken, obwohl es der Tante schon viel besser ging. Gut ging es ihr. Wie erschrocken die Leute waren, tat mir jedes Mal weh. Seltsam war, dass ich durch die Besucher aber offensichtlich einen guten Ruf bekam, weil sie sahen, dass ich die Tante nicht im Stich lasse, und weil sie selber die Sache für hoffnungslos hielten und mich für tapfer.

Eine Nachbarin aus dem Ort hier war auch zur selben Zeit auf der Station, der Schlaganfall war leichterer Art als die Gehirnblutung meiner Tante, aber gefährlich genug. Mit ihr und ihrer Familie verband uns dann fast viel. Die Frau erzählte uns im Spital, wie erschrocken die Leute im Ort hier gewesen seien, als sie erfuhren, dass die Tante eine Gehirnblutung erlitten habe, wo doch meine Mutter gerade erst gestorben sei und die beiden Schwestern doch immer so fleißig gewesen seien und so viel haben durchmachen müssen in ihrem Leben und so innig zusammengehörten. Und wie viele Leute meine Tante mögen, wiederholte sie auch oft. *Sie liegt allen am Herzen*, sagte sie. An die Rehabilitation durch die Station glaubte die Nachbarin nie und nimmer. Sie hielt so etwas für Zufall und Glückssache, sagte: *Manchmal hilft's, manchmal nicht. Der eine hat Glück, der andere Pech. Einfallen tut denen nichts, wenn's schwierig ist. Friss, Vogel, oder stirb, mehr ist das nicht.* Zu Hause dann spazierte die Tante oft zur Nachbarin und deren Familie. Das war früher auch so gewesen, als die beiden Wirtschaften noch in Betrieb waren. Weiberwirtschaften waren beide gewesen. Die Frau starb dann zu Hause. Überraschend. Irgendeine Infektion bekam sie. Einige Jahre nach dem Schlaganfall war das. Von dem merkte man da aber nichts mehr. Es ging ihr also gut.

Geholfen hat der Tante in dem Spital auch, dass zufällig ein junger Assistent von der Neurochirurgie auch hier im anderen Spital, in der Rehabilitation, in einem Kooperationsprojekt tätig war. Wir hatten mit diesem jungen Mann auf der Neurochirurgie nicht viel zu tun gehabt, und ich hielt ihn bloß für einen kleinen Angeber. Aber er war als Neurochirurg etwas Besonderes unter den vielen Neurologen hier. Und wir hatten ja von der Neurochirurgie her einen gewissen guten Ruf. Den gab er weiter. Mit dem Insulin gingen sie im Rehabilitationsspital mit der Zeit beträchtlich zurück. Ich hatte sie auf die Gegenregulationen aufmerksam gemacht, die hatte ich von meiner Mutter her gekannt. Die Tante funktionierte offensichtlich genau so wie ihre Schwester. Man kann nun einmal zu viel Blutzucker bekommen, wenn man zu viel Insulin bekommt. Man isst dann auch zu viel, wenn man zu viel Insulin bekommt. Und man hat dann zu viel Blutzucker und braucht noch mehr Insulin oder man bricht zusammen, weil man zu viel oder zu wenig davon hat. Durch das, was die Mutter alles aushalten hatte müssen, hatten wir für die Tante viel gelernt. Ein paar Dinge waren dadurch leichter, wie schwer sie auch waren. Wir verdankten meiner Mutter sehr viel.

Ich weiß nicht mehr, zu welchem der Feiertage im Herbst die Tante für ein Wochenende die Rehabilitationsstation verließ und wir dann aber beschlossen, das Spital nicht mehr in Anspruch zu nehmen. Die Rückkehr wäre jederzeit möglich gewesen, war von uns aus auch vorgesehen. Aber die Freiheit war wunderbar. Mitbekommen haben wir an Geräten, was nötig war. Die Sekretärin sagte, noch nie sei in einem solchen Zustand jemand heim. Aber es war so, und es ging der Tante gut. Die Geräte wurden nicht gebraucht. Kein einziges Mal. Sie waren mir erklärt worden und wir hätten uns wohl ausgekannt. Warum wir die Tante für ein paar Tage nach Hause holen wollten, war, damit sie endlich ihr vertraute Wahrnehmungen hatte und dadurch leichter lernen konnte. Im vertrauten Lebensraum Erinnerungen und Anreize. Vielleicht gehe vieles dann ganz von selber, während man im Spital diese Situationen nicht simulieren konnte oder nicht wollte, weil die beiden Therapeutinnen nicht verstanden, was los war, weil die Tante ihnen nicht zugänglich war, weil sie einander nicht verstanden. Das war jedenfalls alles an Gründen, warum wir in die Wirklichkeit auf und davon sind. Ich wollte, dass die Tante ihr Zuhause wiedersieht, und ich dachte, dass das etwas Wichtiges bewirkt. Die Tante, im Spital, bei der Rehabilitation – als sie im Badezimmer lernen sollte, sich zu waschen, das erste Mal sich selber, wusch sie sofort das Bad statt sich selber, putzte es, völlig automatisch. Wie in Trance, wie man so sagt. Das Wort ist vielleicht übertrieben. Wie die Tante war, war aber gewiss einem Menschen in Trance sehr ähnlich. Sie war völlig versunken in die Arbeit und nicht zu stoppen. Das Wasser im Badezimmer dort war oft erdbraun und wie rostig. Die Ergotherapeutin und die Physiotherapeutin damals waren nicht basal. Bei all diesen Alltagsdingen waren sie nicht zugegen. Nie. Die waren aber ganz wichtig, dass die Tante sich selber wusch zum Beispiel. Von den Therapeutinnen lernte sie das nicht. Das verstand ich nicht, warum die nicht basal und nicht wirklich waren. Da waren sie nicht zuständig. Aber das ist der Anfang von allem. Wenn das nicht ist, ist gar nichts.

17

Wenn die Tante im Spital schrieb, zeichnete, rechnete und wir ihre Hand hielten, sagte ich oft zu mir, meine Hand sei, wie wenn man einen Tischtennisschläger hält. Ich weiß nicht, wie ich das sonst sagen soll. Ich empfand das Gefühl dafür so. Mit Samnegdis Hand schrieb die Tante auch, aber nicht so leicht. Einmal schrieb die Tante uns: *Ich will nicht heim.* Ich war fix und fertig, als das da stand. Ich fragte sie, warum nicht, und sie schrieb, dass sie wolle, dass Samnegdi und ich heiraten. Das müssen wir ihr versprechen, dann komme sie heim. Sonst nicht. Und ob wir sie wirklich bei uns haben wollen, wollte sie auch wissen, schrieb es. Das alles tat uns weh, Samnegdi und mir, und wir erschraken auch jedes Mal, wenn sie unerwartet etwas völlig anderes schrieb, mussten nachfragen. Die Tante schrieb dann mit unseren Händen: *Ich bin ja keine Mutter. Ich habe keine Kinder.* Das war ihre Antwort. Wir schrieben immer in Blockbuchstaben. Die hatten wir vom Koma an eingeübt. Ein paar Mal auf der Rehabilitationsstation hat die Tante wie gesagt etwas ganz anderes mit meiner Hand geschrieben, als die Frage gewesen war. Das war dann schwer für mich. Es war immer vor dem Primar oder dem Oberarzt. Und als wir wieder alleine waren, fragte ich sie dann, warum sie das denn getan und falsch geantwortet habe. Sie lachte und schrieb mir einmal: *Ich schreibe ja nicht. Du schreibst.* Mir ging das durch und durch. Unheimlich war das.

Zu Hause dann gleich nach dem Spital damals weigerte die Tante sich sofort, dass jemand beim Schreiben ihre Hand hält. Und sie schrieb sofort keine Blockbuchstaben mehr, sondern ihre eigene Handschrift. Ihre Handschrift war aber völlig neu und schwer für sie. Sie wollte aber nichts anderes. Sie verschrieb sich sofort und sehr oft. Schrieb mit schwerster Hand. Aber ihre Schrift war schön wie früher.

Wir suchten bereits, bevor die Tante heimkam, eine Ergotherapeutin, die ins Haus kommen konnte. Fanden endlich eine, die kam von ganz anderswo neu hierher. Sie sagte, jüngst habe eine große Veranstaltung für Ergotherapeutinnen stattgefunden und sie sei von vielen und ganz verschiedenen Leuten angesprochen worden, dass wir jemanden suchen. *Sie müssen einen ziemlichen Wirbel gemacht haben. Sie müssen für viel Aufruhr gesorgt haben,* sagte sie zu mir. Das war lustig für mich, jetzt zum ersten Mal. Die Tante hatte jetzt jedenfalls eine eigene Ergotherapeutin. Die beiden mochten einander auf Anhieb. Und später dann zum Abschied schenkte sie der Tante ein spanisches Geschichtenbuch. Und die Stunden waren auch nicht teuer. Und die beiden wollten strikt ungestört sein, bestanden darauf.

Einmal in der ersten Zeit nach dem Spital, kurz vor Weihnachten, kam jemand wegen einer Unterschrift, und die Tante war aufgeregt und voll Freude und Erinnerung, weil sie die junge Frau, die wegen des jährlichen Mitgliedsbeitrages für einen Ortsverein zur Tante kam, sehr mochte. Und da unterschrieb die Tante mit *Waschl. Waschl* schrieb sie. Ich war dadurch ziemlich am Boden. Ich erklärte mir die Unterschrift mit Putzwaschl. Sauber machen ist in Ordnung bringen. Sie wollte ihr Bestes geben. Alles in Ordnung bringen. Die junge Frau, die kassieren kam, schaute sie an, sagte nichts. Als Kind, sagte die Tante später einmal, haben alle immer geschimpft, weil sie sich immer schmutzig gemacht habe. Die Tante hatte mir vor Jahren einmal erzählt, sie habe als Kind nur lernen können, wenn sie jemand gemocht habe. Sonst habe sie nicht lernen können. Das war das Problem in dem Spital. Die zwei Therapeutinnen und die Tante vertrugen einander nicht, denn die zwei Therapeutinnen mochten sie in gewissem Sinne nicht. Das ist keine Einbildung gewesen, sondern sie mochten sie nicht so, dass sie es verstehen konnte.

Das Leben war dadurch schwer. Die Logopädin hingegen war herzlich. Die Tante war in der Schule immer eine sehr gute Schülerin gewesen, die Klassenbeste. Aber sie musste in Sicherheit sein. Sie musste wissen, worum es geht und dass es für sie gut ist und ihr hilft. Was die Ergotherapeutin im Spital machte, war der Tante völlig fremd, es hatte nichts mit ihr zu tun, die eckigen und runden Klötze und die Löcher. Die Nachbarin hatte auch keine Freude damit gehabt, erzählte die später. Und von den vielen jungen Leuten, die mit einem Schlaganfall auf der Station gewesen seien, und wie unheimlich das sei und wie dankbar man sein müsse.

Wir sind dann eben aus dem Spital geflohen. Ein Absauggerät und eine Sauerstoffflasche bekamen wir mit. Beides reichte und wurde wie gesagt nie benötigt. Samnegdi und ich hatten Angst, aber wir brauchten die nicht zu haben. Und die Messgeräte, die wir wirklich brauchten, hatten wir sowieso selber. Von meiner Mutter her. Samnegdi hatte kurze Zeit Angst, was es denn helfen solle, wenn die Tante zu Hause sei, aber dann nicht fertig werde damit. Ich bestand aufs Heimholen. Ich fand, das Spital sei nicht die Wirklichkeit, egal, was sie üben. Die hatten dort zwar viel, z. B. Schlösser zum Aufsperren, eine Küche auch, sie hätten viel simulieren können. Aber die taten es einfach nicht. Und die Tante hätte es dort wohl auch nicht getan. Es hätte dort also alles Wichtige ewig gedauert, und zwar der in gewissem Sinne falschen Ordnung wegen.

18

Ich weiß nicht mehr genau, was der Zwischenfall war. Die Ärztin war sehr nett und es war beim Wechseln der Kanüle, sehr bemüht war die Ärztin bei allem. Die Ärztin hatte das Erstgespräch geführt, die Anamnese aufgenommen, hielt schriftlich fest, wie weit die Tante schon war, was sie konnte, was nicht. Die Ärztin mochte uns, glaube ich. Bei jedem Fortschritt freute sie sich. Ich weiß nicht mehr, ob sie Oberärztin war. Wahrscheinlich nicht, war auch zu jung. Ich weiß eben nur mehr, dass sie von den Kolleginnen und Kollegen sichtlich gemocht wurde. Das war wichtig. Vom Oberarzt auch sehr. Einmal nun, als die Ärztin der Tante die Kanüle wechselte, bekam die Tante Schwierigkeiten, keine Luft. In Panik geriet die Tante dadurch. Die Schwester und die Ärztin gerieten auch in Panik. Schoben die Tante dann schnell in Richtung Intensivabteilung. Und auf dem Gang davor dann verschwanden sie aber plötzlich, und ich war mit der Tante allein. Ein paar Minuten lang. Das war so. Die waren fort. Die Tante hatte Panik bekommen und die Ärztin auch und die Schwester auch. Und ich stand jetzt alleine da mit der Tante und der Panik. Die Tante beruhigte sich. Zitterte aber. Beruhigte sich weiter. Die waren einfach weg und blieben es. Und ich dachte mir, jetzt ist das alles wieder derselbe Unfug wie schon gehabt und sie muss wieder auf eine Intensivstation. Wieder ein Rückschlag. Wie weit zurück? *Kann man nichts machen*, sagte ich mir, wusste nicht, wie es jetzt ausgeht und wo die Ärztin war. Die Tante schaute mich lange an, wollte dann etwas schreiben, deutete. Ich nehme die Hand. *Wann darf ich heim*, schrieb die Tante. *Bitte*, schrieb sie. Die Ärztin kam zurück und war froh, dass die Tante sich beruhigt hatte, schob sie nicht in die Intensiv, sondern zurück, war alleine dabei. Die Ärztin war nett. Die Logopädin wie gesagt auch. Der Primar auch und der Oberarzt und die Schwestern. Trotzdem blieb nichts als die Flucht. Aber wenn es der Tante zu Hause nicht sofort gutgegangen wäre, wären wir auf der Stelle mit ihr ins Spital zurück. Als wir die Tante aus dem Rehabilitationsspital nach Hause nahmen, ließ freilich die Tante in der ersten Nacht zu Hause unter sich. Sie hatte nämlich geträumt, meine tote Mutter rufe sie, brauche etwas. Aber das war nur damals, ein einziges Mal. Zur selben Zeit wie die Tante hatte hier im Ort noch eine Frau einen Schlaganfall. Sie brauchte zur Genesung länger als meine Tante. Es hieß von der Frau, sie sei früher eine Schönheit gewesen. Oft weinte sie, als sie meine Tante sah, kämpfte, gewann. Sie war gerne in der Rehab gewesen, war dankbar.

Als ich ein und ein halbes Jahr nach der geglückten Flucht dann wegen dringender Hilfe für Professor Piel, der Samnegdis und mein Antikelehrer war, wieder im Rehabilitationsspital war, suchten die Tante und ich die Logopädin. Die freute sich. *Wir müssen unbedingt zum Primar*, sagte sie. Die stand dann neben ihm, lächelte und freute sich weiterhin. Er sagte: *Naja, nach eineinhalb Jahren. Und die Kanüle hat die Frau ja noch.* Aber die Logopädin freute sich. Die nette Ärztin sah meine Tante auch an dem Tag und die Ärztin freute sich auch sehr.

19

Einmal ganz am Anfang, als die Tante ins Spital zur Rehabilitation überstellt worden und eben erst auf ihr Zimmer gekommen war, kam ein Mann in ihr Zimmer, setzte sich an ihr Bett, redete auf sie ein. Sie schaute ihn verwirrt an und dann mich und dann wieder ihn. Es war kein Wort zu verstehen, keine Silbe passte zur anderen. Er redete ununterbrochen, wenn er jemanden mochte. Er sah die Tante und mochte sie sofort. Nett war das. Seine Frau kam oft zu ihm. Einmal war sie in großer Angst. Denn er war spurlos verschwunden. Sie fanden den Mann nach Stunden aber wieder. Die Frau war zerstört gewesen. Die viele Angst. Dann war er aber wieder da und die Frau sehr glücklich. Sie redete mit der Logopädin. Diese redete oft sehr ernst mit ihm und er nickte jedes Mal. Er schaute immer ernst. Sein Gesicht war nie anders. Es quälte ihn sichtlich, dass er nicht zu verstehen war. Es war klar und deutlich und schön, was er aussprach. Aber nichts passte zu außen und auch inwendig passte nichts zueinander. Auch die kleinsten Silben nicht. Ab und zu gab es dann aber doch ein richtiges Wort. Eines auf Hunderttausend. Die Wochen im Spital zur Rehabilitation waren ruhig gewesen und trotz allem sehr wohl eine große Hilfe für die Tante. Eine Erholung. Manchmal wurde man auf dem großen Parkareal angesprochen. Die Leute erzählten einem, wann sie gestern schlafen gegangen sind und dass sie durchgeschlafen haben. Manchmal lobte jemand seine Tabletten, wie gut die seien. Das waren die psychiatrischen Patienten, die gar so glücklich waren. Tag und Nacht war ich jetzt auf der Station. Nur für ein paar Stunden, zwei, keine drei, bin ich manchmal nach Hause zu meiner Frau und zu meinem Kind. Es war keine gute Zeit für meine Frau und mein Kind.

Als meine Tante wieder zu Hause war, sagte ein Nachbar von hier im Frühsommer nach ein paar Monaten *Das ist eine Leistung. Was man da lernen hat müssen* zur Tante. Er meinte, weil sie so viel ging und alles wieder von neuem gut war. Sie mochte ihn. Er war ihr Lehrer gewesen. Er sei immer fair gewesen, sagt sie immer. Der sozialdemokratische Schuldirektor, aus einer sozialdemokratischen Familie kommt er. Bei ihm hat die Tante, als sie ein Kind war, so gut gelernt. Das Seltsame war, lange noch, bevor sie ihn wiedersah, in der ersten Zeit gleich im Spital dachte sie an ihn, im allerersten Spital noch, an den Lehrer, an ein Lied, ein Gedicht, das sie in der Schule gelernt hatten bei ihm. Es fiel ihr nicht mehr ein, aber es hatte ihr so gefallen. An das dachte sie oft im Spital. Später dann fragte sie ihn und seine Frau oft nach dem Gedicht, das sie bei ihm gelernt hatte. Er kannte es nicht mehr, aber die Tante hatte es immer im Sinn. Es war ihr eine Freude und eine Hilfe gewesen.

20

Die Kanüle ist der Tante geblieben. Aber die Kanüle muss ihnen wehtun. Das muss furchtbar sein für die Leute. Für die Tante ist sie auch immer noch schwer. Der Luftröhrenschnitt. Am Anfang das Redenlernen damit, das Loch treffen war schwer. Aber verwirrt war die Rede meiner Tante nie. Sobald die Tante besser beisammen war, im Frühling, versuchten wir, die Kanüle loszuwerden. Der beste Arzt, der uns genannt wurde, operierte. Das war wieder in einem anderen Spital. Einer der Assistenten des Primars war regelmäßig als Konsiliararzt im Rehabilitationskrankenhaus beigezogen worden, auch für die Tante. Daher kannten wir ihn und der beste Arzt weit und breit war sein Vorgesetzter und sehr gut. Der Primar nahm die Tante von sich aus auf Klasse, ohne dass sie die zahlen musste. Der Primar operierte, wie er war. Fürsorglich war er auch und freundlich und umsichtig. Über fünf Stunden dauerte das Ganze, bis wir die Tante wiedersahen. Die Narkose für die Operation hat ihr damals aber nicht gutgetan. Die Tante war die Tage danach sehr verwirrt und sehr schwach. Viele Tage war sie so. Ich erschrak oft. Denn so verwirrt, so plötzlich und alles weg in ihr, so hatte ich sie nur bei der Gehirnblutung wahrgenommen, und zwar in den lebensgefährlichsten Zeiten. Und jetzt plötzlich wieder in den Tagen nach der Narkose. Die Tante war zwischendurch oft sogar verwirrter als in der gefährlichsten Zeit. Es dauerte dann noch drei, vier Wochen, in denen kamen diese verheerenden Momente wieder, vergingen aber schnell, dann schneller. Aber es war beängstigend.

Und das Rückoperieren des Luftröhrenschnittes hatte beim ersten Versuch auch nicht funktioniert. Irgendein Problem war zuvor nicht zu sehen gewesen. Dessentwegen hatte die Tante mitunter ihre schweren Angstattacken beim Kanülenwechseln bekommen. Die hatten also eine reale Ursache gehabt. Die konnte der Primar beheben. Vollständig. Nach einer Erholungszeit war der neuerliche Versuch zur vollständigen Rückoperation vorgesehen. Es eile nicht, sagte der Primar, und dass es beim nächsten Male leichter sein werde und dass es beim Schneiden des Luftröhrenschnittes Probleme gegeben haben muss und dass die Tante auf der Intensivstation sehr lange an die Maschinen angeschlossen gewesen sein muss und es dadurch auch zu den Veränderungen im Halsbereich gekommen sei, die jetzt nicht so einfach behebbar gewesen seien. Er habe das vor der Operation nicht wissen können.

Und dann eben fuhren wir alle im Herbst, Winter nach Gomera, und alles wurde gut. Aber im Frühjahr darauf brach sie sich beim Spazieren zweimal die Hand, sagte nichts beim ersten Mal, dann noch einmal, sagte wieder nichts; aber da wurde ich dann angerufen. Sie hatte alles wieder selber alleine gekonnt. Monatelang waren wir zusammen in die Geschäfte gegangen. Aber jetzt der Handbruch. Sie war am Boden vor Angst, zitterte. Es ging aber gut aus. Aber ich sah plötzlich, wie schnell sie wieder völlig hilflos war. Sie saß da und zitterte am ganzen Körper, war wie zerstört. Die Rückoperation der Kanüle – es von neuem versuchen, wir hatten jetzt wegen der Narkose Angst bekommen; wie schnell die Verwirrung da gewesen war, immer wieder kam, und beim Handbruch die Hilflosigkeit. Ein Häufchen Elend war die Tante plötzlich wieder, es war keine Kleinigkeit. Die Tante hatte immer Glück, aber es waren keine Kleinigkeiten. So schnell konnte alles, was gewonnen war und schwer erkämpft, wieder verloren sein. Sie saß beim Hausarzt und zitterte. Sie lächelte mich an, war durcheinander. Der doppelte Handbruch verheilte gut.

Links und rechts hatte sich die Tante bepackt, war auf diese Weise gestürzt. Die Kanüle rückzuoperieren ging jedenfalls jetzt im Moment nicht mehr, jetzt nicht, später, bald einmal, aber es musste ihr wirklich gutgehen; es war abzuwägen. Jeder Eingriff war, wie wenn die Tante plötzlich wieder erbarmungslos in schwerste Behinderung und dauernd in Lebensgefahr gezwungen werden kann. Durch einen läppischen Zufall, aber schicksalhaft dann alles. Die Tante war entkommen, entgegen fast allem, was über sie gesagt und geglaubt wurde. Das Loch im Hals blieb aber, es war jetzt die geringste Gefahr. Niemand konnte sagen, wie viel Lebenszeit die Tante wird haben können. Durch das Loch im Hals ist sie behindert. Aber es ist nichts im Vergleich zu dem, was gewesen war und was ihr wieder drohte. So war die Gewissensentscheidung. Unsere. Meine. Die Tante lebte. Jetzt endlich leben, wir alle, die Tante, Charly, Samnegdi, Samnegdis Mutter und Schwester, ich. Endlich leben. Endlich! *Besser in der Not ein Loch zu viel als eines zu wenig*, sagte ich. Ein Witz war das und die Wahrheit. Mein Großvater, ihr Vater, war damals das Beispiel, denn seit ich ihn kannte, hatte er seinen riesigen Leistenbruch. Den trug er die Ewigkeit lang nach außen wie einen großen Sack. Es ging gar nicht anders, sonst hätte sich der Bruch dauernd eingeklemmt und der Großvater hätte dadurch immer wieder die fürchterlichen Schmerzen gehabt.

Zurück zu ihrer eigenen Wirtschaft wollte die Tante dann auch oft. Das ging auch nicht. Denn wir waren vertraglich gebunden. Zuerst, weil das Anwesen, die Gebäude noch für Jahre vermietet waren. Und später dann ging es nicht mehr, dass sie lange Zeit ganz alleine war. Es wäre aber auch über meine Kraft gegangen, alles so herzurichten, dass sie dort ihr Fortkommen gehabt hätte. Denn ich musste endlich ins Leben, in meine Arbeit, einen Beruf, eine Zukunft haben. Aber in der ersten Zeit, als das Leben wieder wirklich da war, wäre sie gerne zurück, ein bisschen wenigstens, wo sie mit ihrem Mann gelebt hat und glücklich gewesen ist. Den Wunsch konnten wir ihr nicht erfüllen. Ihren Lebenstraum nicht. Das klaffende Loch im Hals und das im liebenden Herzen blieben, wie sie waren.

Manchmal auch war das Ganze dann sehr seltsam und schwer, denn wir waren alle hier an einem Ort, an dem wir bis auf die kleine Charly in Wahrheit nicht sein wollten. Charly ist gerne hier. Ich hatte alle, als wir aus Gomera zurück waren, gefragt, wie wir jetzt leben wollen; was wir tun werden. Sie wollten, dass alles so bleibt, wie es ist. Dass wir zum Beispiel hier bleiben.

21

Als uns auf der Neurochirurgie gesagt wurde, dass die Tante entweder tot oder schwerst behindert und ohne jede höhere geistige Funktion sein wird, sagten wir zu uns, das sei völlig egal, wenn sie behindert ist, wir lieben sie, sie wird bei uns sein, sie wird nicht allein sein, wir werden sie überallhin mitnehmen, egal in welchem Zustand sie ist. Wir werden jetzt gemeinsam alle die Dinge tun, zu denen wir vorher nie wirklich gekommen waren. Theater. Musik. Reisen. Ausstellungen. Das alles. Sie hat überlebt – und das alles taten wir dann aber nicht. Nein, die Sache war anders. Die Wirklichkeit nämlich – wer ist das. Die Guten zum Beispiel sind die Wirklichkeit. Wir kamen infolge der Guten die Jahre über immer nur für ein paar Luftschnapper frei. Das war, meine ich, die Gemeinheit, das Unrecht, die Grausamkeit – die Guten. Ich sage das im Ernst. Es war unzumutbar, wie gut die waren.

Überallhin mit dem Rollstuhl wollten wir sie jedenfalls mitnehmen, aber das war dann überhaupt nicht nötig. Sie war freigekommen, hatte überlebt, brauchte keinen Rollstuhl. Ein eigenes Leben ohne uns gab es für meine Tante aber nicht mehr. Das war sicher oft schwer für sie. Für uns nicht weniger. Meine Mutter hatte auch immer die seltsame Angst gehabt, dass wir die Tante aus dem Haus werfen. Ich habe das nie verstanden. Damals hatte ich mir gedacht, es sei furchtbar, was meiner Mutter alles einfällt, zu welchen Gemeinheiten ich fähig sei. Ich verstand das nicht. *Du bist so,* hat meine Mutter oft zu mir gesagt. War ich aber nie.

Bevor die Tante und ich nach Hause konnten, verweste in der Gemeindewasserleitung, vor unserem Anschlussteil, ein kleines Tier. Das Wasser stank und war giftig. Die Gemeinde bestritt das. Das Baby war ihnen egal und meine kranke Tante auch. Unser Installateur fand aber das kleine Tier in der Gemeindewasserleitung. Und dann war nichts mehr giftig. Die Kleinigkeiten sind wichtig, die kleinen Leute haben nur die, die großen aber überhaupt nichts Wichtiges. Als wir mit der Tante im Rollstuhl fuhren, blühte auf den Feldern neben dem Spital der Raps, und als er, glaube ich, geerntet war, brauchte sie den Rollstuhl nicht mehr. Sie hat alles unbeschadet überlebt. Ich bin so, dass ich das nicht anders sehen kann.

Viele Jahre später, nachdem für die Tante alles wieder so gut geworden war, wie es, glaube ich, gerade möglich war, und als ich gerade ein bisschen Erfolg hatte, viel davon, Publikum auch, brach die Tante plötzlich zusammen, fiel oft um. Auf einmal, und der Puls war ganz niedrig. Mit einem Male war das ständig so. Ein Herzschrittmacher werde nötig sein, meinte der Hausarzt. Es wurde aber wieder gut. Wie es kam, war es auch wieder fort. Nach ein paar Wochen war alles wieder in Ordnung. Aber in den paar Wochen war sie zwischendurch wieder wie nach der Operationsnarkose, als der Luftröhrenschnitt zurückoperiert hätte werden sollen. Als die Tante umfiel, war Charly allein mit ihr und machte alles richtig. Neun oder zehn Jahre war sie alt und die Tante hörte mit dem Umfallen wieder auf.

22

Der Cousin des Hausarztes, der Arzt, hatte einen Schlaganfall, und die Leute redeten, dass es dem Cousin miserabel gehe und er seinen Arztberuf nicht mehr ausüben werde können. Sehr bald nach dem Schlaganfall des Cousins läutete der Hausarzt, der meiner Tante das Leben und das Gehirn gerettet hatte, weil er so schnell zur Stelle gewesen war und alles richtig gemacht hatte, unvermutet an der Haustür. Unbestellt stand der mitten in der Nacht da draußen. Er war noch niemals ungerufen gekommen. Er schaute von sich aus nach der Tante, wie es ihr geht. Es ging ihr gut. Es wird, bin ich mir gewiss, seines lieben Angehörigen wegen gewesen sein, dass er zu uns kam. Er wollte wissen, wie sich das Leben entscheidet. Der Arzt redete freundlich mit der Tante, gab ihr beide Hände. In der Zeit damals arbeitete die Tante zufällig gerade an einem kleinen Teppich, der sollte ein Geschenk für die Neurochirurgie sein, und an einem Brief. Beides brachten wir auf die Station, gaben es dort ab, Samnegdi und ich. Die Tante wollte nicht dorthin mit. Der Brief und der Teppich waren auch wie ein Gegenbeweis. Denn laut der Rehabilitationsstation – nicht der neurochirurgischen Intensivstation, für die die Geschenke bestimmt waren –, war die Tante ja nicht therapierbar. Die Dinge trafen sich unbeabsichtigt so, dass wir die Geschenke auf die neurochirurgische Station brachten, als der Cousin des Arztes dort lag. Ein paar Tage später bekam die Tante mit der Post einen Brief. Die leitende Stationsschwester und der junge Chirurg, der die Tante immer operiert und ihr auch die permanente Shuntpumpe in das Gehirn gesetzt hat, damit die Flüssigkeit zurück in den übrigen Körper abfließen kann und die Tante keinen Wasserkopf bekommt und ihr nicht das Gehirn zerquetscht wird, haben der Tante den Brief geschrieben. In dem stand, dass man von meiner Tante viel lernen kann. Und Samnegdi und mich haben sie grüßen lassen und von uns könne man auch viel lernen. Und über die Station schrieben sie auch etwas. Selbstkritisch. Mit dem Brief hatten wir überhaupt nicht gerechnet. Und die nicht mit dem der Tante. Die Patientenanwältin riefen wir auch an und bedankten uns. Sie freute sich sehr und sagte, ohne uns hätte das alles kein gutes Ende genommen; sie gehe davon aus, dass die Tante im System untergegangen wäre. Was die

Patientenanwältin sagte, erstaunte mich zutiefst und es machte mir Angst. Ich konnte, obwohl ich dabei gewesen war, nicht glauben, dass es stimmt.

Der Cousin des Hausarztes wurde übrigens schnell wieder gesund und arbeitete bald wieder in seinem Beruf und seine Patienten mochten ihn und er mag keine Grausamkeiten und er glaubt an Gott und war im Gegensatz zu Gott immer da, für uns auch. Die beiden Cousins. Was aus Farzad geworden ist, weiß ich nicht. In der Zeit, als Farzad bei uns war und meine Tante die Gehirnblutung hatte, versuchte er, meiner Tante zu helfen. Charly hat er, als sie ein Baby war, auch erzogen. Das kann man so sagen. Manchmal erinnere ich mich und denke mir, es ist, als ob sie Körperbewegungen von ihm habe. Aber das kann nicht sein. Die Tante erkundigt sich oft nach ihm, wie es ihm wohl gehe. Die Wahrheit kann ich ihr nicht sagen. Bin froh, dass ich die selber gar nicht weiß. Ich weiß nicht, ob er tot ist. Er ist nicht bei uns geblieben. Ich soll ihn beleidigt haben, weil ich ihn in einem Streit *Batsche* genannt habe. *Batsche kutschek. Kleines Kind.* Auch war es gar kein Streit. Und wahr war es auch. Er war sehr jung, als er zu uns gekommen ist. Zwei Jahre war er bei uns. Es wäre besser gewesen, er wäre noch ein wenig bei uns geblieben. Er hatte aber Angst, wir können ihm nicht mehr helfen. Ich habe mit ihm gestritten, weil er deshalb fortwollte. Wir hatten aber rechtlich so viel für ihn erreicht, dass er für den Rest seines Lebens in Sicherheit gewesen wäre. Das glaubte er uns nicht. Er glaubte ein paar persischen Händlern mehr, weil die mehr vom Leben wussten. Infolge der Todesgefahr, in der meine Tante gewesen war, hatte er Todesangst, weil er auf der Flucht seinen Vater in einem solchen Zustand hatte zurücklassen müssen, in dem dann meine Tante war.

23

Auf der Neurochirurgie notierten die zwei freundlichen Physiotherapeutinnen: *Erkennt ihr Spiegelbild.* Die Tante war zum Aufrechtstehen angeschnallt und die herzliche Therapeutin auf der Neurochirurgie hielt ihr einen Spiegel vor das Gesicht. Die Tante schaute sich an, wirkte dann aber erschrocken, erschrak immer mehr. Man sah, dass sie sich nicht gerne anschaute. Sie fürchtete sich. *Erkennt ihr Spiegelbild.*

Ich kann so etwas nicht, bin immer überrascht, erkenne mich sehr oft nicht im Spiegel, schaue dann sofort weg, meine manchmal, es sei jemand anders, der mir entgegenkommt oder gegenübersteht. Ich bin wirklich so. Ich weiß nicht, wie und warum. Aber ich erkenne mich oft nicht im Spiegel, brauche viel Zufall dazu. Die Tante erkannte sich im Spiegel sofort. Mich an die Zeit zu erinnern, in der es der Tante erbärmlich ging, macht mir Angst. Die Lebensgefahr damals – beim Erinnern kommt die Gefahr wieder. Ich weiß nicht, warum der Dozent auf der Neurochirurgie uns damals sagte, sie werde sterben oder ein Wrack sein. Es war falsch, in jeder Hinsicht. Vielleicht wollte er, dass wir aufgeben, damit wir weder uns noch die Station länger quälen. Oder vielleicht wollte er die Innereien der Tante. Es kann aber auch leicht sein, dass er es nur gut meinte. Samnegdi und ich haben nicht geglaubt, was er uns sagte. Es kam nicht in mein Inneres. Was er sagte, lächelte, ging mich nichts an, wir hatten zu tun. Samnegdi und ich konnten uns mit der Tante verständigen. Das wussten wir. Mehr brauchten wir nicht zu wissen. Als die Tante auf der Schlaganfallstation zur Rehabilitation war, sind wir einmal mit dem Rollstuhl in die Bibliothek des Anstaltsstädtchens um Bücher gefahren. Beim Zurückfahren mussten wir schnell sein, weil plötzlich ein Regenschauer niederging. Ich warf im Ungeschick den Rollstuhl in die Hecke, wir stürzten rein, die Tante lachte zum Glück und weiter ging es, raus aus dem Gewitter. Erschrocken war ich, aber der Tante ist nichts passiert. Und sie war therapierbar. Die Bücher waren zum Lesen da. Man glaubte ihr nicht, dass sie das kann. Im Spital sagten die zwei Therapeutinnen: *Sie kann das nicht! Sie kann es nicht!* Dass sie Kreuzworträtsel löste, glaubten sie ihr auch nicht. Nur die Logopädin wie gesagt war anders. Der Logopädin erzählte ich einmal, was mir die Tante mitgeteilt hatte, was sie mit ihr zusammen in der Therapie gemacht habe. Aber es stimmte nur ein winziger Teil davon. Also konnte sich die Tante nicht mitteilen oder bekam die Therapie nicht mit oder aber ich bildete mir etwas ein. Ich erschrak, aber die Logopädin reagierte dann völlig anders, als ich in dem Augenblick erwartet habe. Sie war mit dem Wenigen sehr zufrieden. Das reichte ihr. Die Logopädin fragte mich im Lift freundlich, was das größte Problem sei. Ich sagte, die Tante habe Angst, dass sie hier entmündigt wird. Die Logopädin sagte daraufhin wirklich: *Diese Angst ist berechtigt. Das kann ihr hier sehr schnell passieren.* Ich war perplex. Ihre Antwort war ein wichtiger Grund, warum wir das Spital verließen. Ich weiß nicht, welche Logopädin Professor Piel dann wählte, aber ich glaube, dass er überhaupt eine wählte, war damals auch eine Folge unseres Bittens und Suchens. Mit seiner Logopädin gemeinsam las er damals dann Baudelaire. Er ging zugrunde und lernte aber Baudelairegedichte auswendig und trug die ihr vor. Das wird sie nicht so oft erlebt haben in ihrem Beruf. Und als ich einmal bei der Telefonseelsorge wegen meiner Tante anrief, sagte der Mann am Telefon wie gesagt, dass er sich nicht für dumm verkaufen lasse, so etwas gebe es nicht, was ich ihm da erzähle. Ich war dann sehr erschrocken. Kann sein, ich zitterte. So ist alles damals gewesen. Es nützt nichts, es mir nicht zu glauben, denn es war so.

Ein Sozialarbeiter kommt mit seinem Beruf nicht zu Rande,
gerät auf Abwege, erpresst seine Organisation.
Diese will ihn loswerden.
(1992–1998)

1

Im Dezember 1992, ein paar Wochen nach dem Tod meiner Mutter, war meine Tante an einem Sonntag zum Hochamt gegangen. Fröhlich-Donau stellte sich im Gottesdienst als Mitarbeiter der kirchlichen Hilfsorganisation Hominibus Cor vor und bat in der Messe um Hilfe für einen iranischen Flüchtling, der vom Tod bedroht war. Die Tante erzählte es uns dann. Und Samnegdi und ich gingen daher auf den Berg, wo Fröhlich-Donau wohnte, und fragten nach. Fröhlich-Donau war sehr nett, fragte ein paar Mal, ob wir wirklich bereit seien, den Flüchtling bei uns aufzunehmen. Und ob es unserer Tante hoffentlich auch recht sei. Wir fuhren dann mit ihm zu uns heim, fragten sie. Es war ihr recht. Er hatte den Perser aus der Schubhaft herausgeholt und vor der Abschiebung gerettet. Müsse der Perser jetzt zurück nach Persien, sei der Perser tot. Für Verpflegung, Unterkunft, Taschengeld sei gespendet worden und komme daher Hominibus Cor auf. Für die Unterkunft lehnten wir aber das Geld ab, und das wenige Taschengeld und das Verpflegungsgeld solle bitte, sagten wir, zur Gänze das Geld des Flüchtlings sein. Auch eine Verpflichtungserklärung war zu unterschreiben. Für die Sicherheitsbehörde. Wer für den Perser aufkomme. Wir unterschrieben eine für den Notfall, aber nicht für die Sicherheitsbehörde, sondern intern der kirchlichen Hilfsorganisation Hominibus Cor gegenüber. Fröhlich-Donau bat uns darum und erklärte uns das so. Es war selbstverständlich für uns. Und ein uns persönlich nicht bekannter Pflichtschullehrer, ein Bekannter von Fröhlich-Donau mit bestem Ruf, unterschrieb daraufhin die offizielle Verpflichtungserklärung den Behörden gegenüber. Er musste freilich infolge unserer internen schriftlichen Erklärung Hominibus Cor und dem kirchlichen Mitarbeiter Fröhlich-Donau gegenüber de facto weder Last noch Risiko noch Kosten tragen. Das lag im Ernstfall bei uns. Der Lehrer war abgesichert, Hominibus Cor auch, Fröhlich auch; wir aber auch ein wenig. Die mögliche Unbill war freiwillig fair verteilt.

Die Zeit dann war schwer, weil der Perser permanent in Lebensgefahr war. Dass wir ihm halfen, war für uns selbstverständlich. Wir hatten genug Platz und das Haus war ja jetzt mein Eigentum und wir wollten nicht, dass jemand in Todesgefahr sein muss, wenn wir doch auf so einfache Weise etwas gegen Tod und Not tun können. Nur bloß ein bisschen Raum hatte Hominibus Cor gesucht. Was vonnöten war, wurde aber aufgrund der Staatsgewalt schnell immer mehr. Aber auch das war für uns selbstverständlich. Es ging gar nicht anders. Und im Vergleich, ob der Perser leben kann oder sterben muss, waren es bloß Bagatellen.

2

Ich lernte sofort ab dem ersten Tag Persisch, um mich mit Farzad verständigen zu können, da der kein einziges Wort Deutsch sprach und auch nur ein einziges englisches Wort konnte, nämlich *flash*. Vom polizeilichen Fotografiert-Werden her. Mit denselben Büchern, mit denen er Deutsch lernte, lernte ich Persisch. Vom ersten Tag an sagte Fröhlich zu Samnegdi und mir bei jedem Kontakt, wie aussichtslos und lebensgefährlich Farzads Situation sei. Ich habe vergessen, wer Fröhlich auf den Iraner aufmerksam gemacht hatte. Ich glaube, Fröhlich hat uns gesagt, aus Gewissensgründen ein kleiner verzweifelter Polizeibeamter. In der kirchlichen Gemeinde hier im Ort habe es dann schnell Unfrieden wegen Fröhlichs Courage und Engagements gegeben, erzählte uns Fröhlich dann. Er sei vehement und intrigant attackiert worden. Denn die Leute hier haben, sagt Fröhlich, Fremdenangst und seien sehr misstrauisch und schroff. Ein Polizist im Ort habe ihm beim Gottesdienst demonstrativ den Friedensgruß verweigert und gesagt: *Die Polizei macht nichts falsch. Die Polizei bringt niemanden um.* Bald darauf wollte Fröhlich-Donau, dass Farzad mit ihm am nächsten Sonntag in die Messe gehe, damit er ihn den Leuten persönlich vorstelle und vom bisherigen Erfolg berichte. Farzad wollte aber nicht und Fröhlich ärgerte sich und wurde blau vor Zorn. Aber Farzad war scheu und wir auch. Ich lernte auf der Stelle Farsi, um Farzad helfen zu können und um seine Lebensgeschichte und die Fakten- und Aktenlage möglichst genau zu erfahren und damit Farzad uns vertraut und wir die Zeit über wirklich zusammenleben können, die es braucht, bis er nicht mehr in Gefahr ist.

Sofort auch in der Zeit damals und gegen Ende Dezember bot ich aus Gewissensgründen Fröhlich-Donau meinen kleinen Bauernhof für Hominibus Cor an. Zur kostenlosen Verwendung für die kirchliche Hilfsorganisation. Denn ich hatte im Fernsehen gerade davon gehört, dass Hominibus Cor Bauernhöfe für Flüchtlinge suche und zu diesem Zweck eine spezielle Art von Verträgen für die Unterbringung von Flüchtlingen, insbesondere für internationale humanitäre Hilfsprojekte, entwickelt habe und diese Vorhaben gerade in die Praxis umzusetzen beginne. Bäuerliche Anwesen wurden über die Medien gesucht.

Ich hörte dann Monate nichts, wunderte mich sehr, fragte selber nicht nach, da mir mein Angebot optimal erschien und das offensichtliche

Zögern und Desinteresse von Hominibus Cor als ziemlich blöd. Dass ich den kirchlichen Sozialarbeiter Fröhlich als Mittler, sozusagen als Dolmetscher, fragte, war purer Zufall, lag aber durch seine und unsere Obsorge für den Iraner auf der Hand. Außerdem hatte er ja direkt in der Hominibus-Cor-Zentrale sein Büro. Auch wollte ich Fröhlich-Donau helfen. Ihm persönlich. Denn was mir früher die Jahre über von Fröhlichs Leben erzählt worden war und wie er lebte, leben musste, hatte mir oft wehgetan. Ich wollte ihm helfen, indem ich ihn für Hominibus Cor ein derart lukratives und so einfach zu realisierendes Angebot an Land ziehen ließ. Einerseits wollte ich das Anwesen gut verwendet wissen – es war für mich als Kind ein Schreckensort gewesen und ich wünschte mir, dass es jetzt bedürftigen Menschen Hilfe, Schutz und Glück und ein paar wirkliche Chancen im Leben bringen soll. Andererseits wäre dem armen Fröhlich-Donau bei seiner Arbeit dadurch auch geholfen. Die Miete hätte ausschließlich in der Instandsetzung und Instandhaltung bestanden. Und auch die Instandhaltung und Instandsetzung hätte ich sofort selber übernommen, zumindest die Kosten. Je nachdem, wie sich Hominibus Cor die Flüchtlingshilfe vorgestellt hätte, hätte ich meinen Beitrag geleistet. So einfach wäre das für die Organisation gewesen. So sagte ich das Fröhlich-Donau auch. Und auch, dass der Vertrag für Hominibus Cor gerne auf zwanzig Jahre laufen könnte.

Im Fernsehen und in ein paar Zeitungen hieß es wie gesagt, dass es diese neuartigen Sonderverträge gebe, die im Interesse der Flüchtlinge, aber natürlich auch der Vermieter die ansonsten bestehenden mietrechtlichen Schwierigkeiten zur beiderseitigen Zufriedenheit beseitigen und ausreichenden Schutz für beide Vertragsseiten sichern.

3

Ein halbes Jahr später, gerade als meine Tante plötzlich auf den Tod war, in den ersten Tagen damals, mitten da rein, kam Fröhlich zu mir und fragte mich, ob ich noch zu meinem Angebot stehe, er wolle jetzt mit mir darüber reden, Hominibus Cor habe Interesse. Es habe sich inzwischen allerhand ergeben. Ich sagte ihm, ich könne jetzt nicht, habe keine Zeit, meine Tante habe eine Gehirnblutung gehabt, sei in Lebensgefahr. Fröhlich schaute mich an, schüttelte den Kopf, sagte: *Ja, aber was hat das denn damit zu tun. Doch gar nichts! Es geht um dein Angebot.* Ich wurde wütend und warf ihn auf der Stelle raus. In der Situation damals war er mir unverschämt und herzlos erschienen. Aber jetzt genierte ich mich. Ich habe eine blöde, aufbrausende Art. Ich wollte ab sofort meinen Jähzorn nie mehr zulassen, der sei entstellend und herabwürdigend.

Die Monate vom Dezember an, als wir Farzad bei uns aufgenommen hatten, bis zum Zusammenbruch der Tante im Juli waren durch die ununterbrochene Sorge um Farzad beherrscht gewesen. Für eine Kranken- und Unfallversicherung für ihn haben wir damals auch gesorgt. Zuerst war diese Versicherung über Spendenmittel, die Fröhlich von Hominibus Cor her zur Verfügung standen, bezahlt worden. Zum Teil zahlten aber auch wir und später dann nur wir. Telefonisch warf ich Fröhlich einmal vor, er tue in Wahrheit nichts für Farzad und alles und jedes bleibe an uns hängen und dass es sehr schwer für uns sei. Fröhlich erwiderte: *Wer bist du, dass du so mit mir reden darfst! Ich mache meine Arbeit tadellos.* Ich schrie ins Telefon: *Jemand, der dir hilft, damit du deine Arbeit tun kannst!* Legte auf. Auch das tat mir dann sofort leid.

Fröhlich habe sehr viel Schlimmes aushalten müssen von Kindheit an. Er war bekannt für sein großes Engagement. Meine Unbeherrschtheit ihm gegenüber sei Unrecht. Und Samnegdi schimpfte sowieso auch oft mit mir wegen meiner Art. Zu Recht. So dürfe man nicht sein zu Menschen, das sei zum Fürchten. Ich sei in solchen Situationen zum Fürchten.

4

Ein paar Tage war Farzad erst bei uns, hatte plötzlich einen Termin, eine Ladung. Die Karte kam mit der Post. Nicht eingeschrieben. Im Briefkasten fast übersehen. Die Abschiebung war geplant, der unnachgiebigste, der berüchtigtste Beamte lud ihn vor. Samnegdi und ich und die Tante, wir setzten dagegen in Bewegung, wen wir konnten. Es waren sodann der Zufall und sehr viel Glück auf unserer Seite. Den Politikersohn, eine Politikerfamilie, baten wir auch um Hilfe. Ich glaube nicht, dass sie damals eine Hilfe waren, nicht einmal, dass sie damals irgendetwas versuchten. Wichtig war allein der renommierte Journalist. Ihm hatte ich wegen meiner Mutter oft geschrieben und er hatte mir damals nie geantwortet.

Aber wegen Farzad rief er jetzt sofort an. Am Freitag vor dem Behördentermin am Montag, bei dem Farzad vom Fleck weg in Schubhaft genommen werden würde, kam der rettende Anruf des Journalisten. Fröhlich-Donau ging trotzdem davon aus, dass Farzad beim Termin am Montag auf der Stelle in Haft genommen werden wird.

Der Journalist rief dann auch bei der Behörde an, sprach mit dem gefürchteten Beamten der Fremdenpolizei. Der Kampf um Farzads Leben kam jetzt auf Touren. Und es dauerte Monate, Jahre. Wir schrieben hin und her. Der Journalist half sehr gerne. Ich hatte gewusst, beim ersten Brief von uns an ihn, dass der Journalist antworten wird, war mir dessen gewiss gewesen. Später einmal beendeten wir einen Brief mit dem persischen Gruß *Saye-tun kam nesche*. Das heißt: *Möge dein Schatten nie klein werden.* Den Gruß schloss der Journalist ins Herz. Den Gruß und den Brief hat er dann über seinem Schreibtisch montiert, um ihn ständig vor sich zu haben. Der Journalist war ein großmütiger Mensch. Die einen sagten von ihm, er sei eigensinnig, mutig, idealistisch, hochintelligent und durch und durch redlich und links, die anderen eben, er sei bloß ein schrecklicher rechter Opportunist. Ich glaube, er tat immer, was er konnte.

Oft auch, als wir um Farzads Leben kämpfen mussten, unterschrieben ein paar Leute gemeinsam mit uns die Briefe, die wir dem Journalisten schrieben; das war wichtig. Es war wie eine Petition, die er weiterleitete. Robert Fröhlich-Donau unterschrieb als Hominibus-Cor-Mitarbeiter auch immer mit. Samnegdi und ich befragten Farzad in der Zeit damals Tag für Tag über Wochen und Monate so gewissenhaft, wie wir nur konnten. Es kam sehr viel dabei heraus. Ich stellte meine Fragen zwar auf Kauderwelsch, aber doch auf Persisch, und zwar solche aufgrund des Aktenmaterials, das ich zu Verfügung hatte und das immer mehr wurde. Es war ein sehr präzises, zweckdienliches Hin und Her. Aber so viele Strapazen und Bedrohungen hatten wir uns und der Tante neuerlich aufgeladen, dadurch dass wir Farzad helfen wollten, mussten. Die Tante hatte täglich Angst um sein Leben. Zuvor um das Leben meiner Mutter und meines Großvaters, jeden Tag, jetzt um Farzads Leben.

Fröhlich sagte einmal zu mir, er habe Farzad aus dem Gefängnis geholt, jetzt sei er dadurch für ihn sein ganzes Leben lang verantwortlich. Ich verstand das nicht. Hielt das für völlig falsch. Aber wenn Fröhlich so denke, müsse Fröhlich ein hochanständiger Mensch sein. Ein wahrhaftiger Christ, kein Feigling. Farzad war, hieß es, ein exzellenter und prämierter Ringer. Mir war das nicht recht, dass Fröhlich versuchte, ihn hier über diese Art Sport zu integrieren. Aber eine Chance war es. Der Ringerverein war an Farzad interessiert. Der Verein war interessant, nämlich wer alles dort aus und ein ging. Da konnte Hilfe herkommen.

5

Farzad hatte bei der ersten Einvernahme eine falsche Identität angegeben. Der Journalist sagte zum Sektionschef, Lenin habe das auch getan. Was Farzad uns von seinem Leben im Iran berichtete, war wichtig, denn wir konnten dadurch in einem fort die behördlichen Vorhaltungen gut entkräften. Das war unsere Pflicht. Wir taten unsere Arbeit gut. Aber es wäre nicht die unsere gewesen, sondern die von Hominibus Cor, von Fröhlich-Donau. Übers Ringen jedenfalls hätte Farzad zu einer Arbeit,

Arbeitsbewilligung, und zu den förderlichen Inländerkontakten kommen sollen. Aber es ging nicht. Er bestritt nur einen Kampf, gewann den zwar gegen einen Kroaten, wollte aber nicht mehr weitermachen, sagte, er wolle nicht in Kaffeehäusern ringen müssen, wie der Verein das von ihm wolle. Das sei Unterwelt. Den sicheren Aufenthalt bekam er dann Stück für Stück. Das war aber jahrelange fürchterliche Ungewissheit.

Ganz am Anfang das zweite Wochenende war schrecklich. Der Freitag. Am Montag in der Früh die Behörde. Der Beamte. Die drohende Haft. Am Freitag noch mein Versuch, bei Hominibus Cor rechtzeitig Rechtshilfe zu bekommen. *Nicht da!* Der zuständige Jurist war nicht da. Fröhlich, der sein Büro im selben Stockwerk hatte, auch nicht. Niemand da, ich allein mit Farzad, keine Hilfe wo. Ich ging mit ihm dann in das türkische Lokal essen, versuchte, ihn zu beruhigen. Er hatte große Angst, wollte in einem fort von mir wissen, was jetzt aus ihm wird. Das Lokal tat ihm aber gut. Die Musik. Er konnte ein wenig Türkisch, redete das mit dem Koch.

Der Montag dann: Der Journalist hatte unmittelbar vor dem Ladungstermin in aller Frühe beim Beamten angerufen. Robert Fröhlich-Donau hatte noch am Samstag zu mir gesagt, das Beste wäre, Farzad würde sofort von neuem die Flucht antreten und versuchen, in ein anderes EU-Land zu kommen. Am Montag dann brachte Fröhlich einen Anwalt mit, hatte den schnell aufgetrieben. Der Anwalt sagte nach dem Termin zu mir, ohne den Journalisten wäre heute alles schlecht ausgegangen. Da sei er sich sicher. Er war ein netter junger Anwalt und hatte Geschwister, eine Rechtsvertreterfamilie war das seit Generationen.

Monate später, bei der erneuten Einvernahme für das Asyl, war er wiederum Farzads Anwalt. Überhaupt nicht vorbereitet war der Anwalt da aber. Nach der Anhörung, Einvernahme, sagte er zu mir, er habe vergessen, sich zu erkundigen, ob hier jemand bestechlich sei und wer. Ich schaute ihn verwirrt an. Er sagte daraufhin, es gehe ihm nur um das jeweilige Behördenklima vor Ort, das müsse man nämlich einschätzen können; die Atmosphäre, wer was mit wem zu tun habe. Ich sah den Anwalt dann erst Jahre später wieder.

6

Nach einem Jahr oder mehr, ich weiß die Zeit nicht mehr, hätte die Verpflichtungserklärung für Farzad neu unterschrieben werden müssen. Ich zögerte. Auch beim Vertrag mit Hominibus Cor zögerte ich jetzt. Das Hofprojekt. Fröhlich-Donau drängte mich und ich zögerte aber. Die Verpflichtungserklärung wollte ich nicht mir nichts, dir nichts unterschreiben. Denn alle Last war bislang bei uns gelegen. Und plötzlich aber unterschrieb Fröhlich die Verpflichtungserklärung. Das ging mir sehr nahe, weil er sich und seine Familie dadurch in große materielle Gefahr brachte und weil er meines Wissens in Armut existierte. Und dann unterschrieb ich also den Vertrag für das Hofprojekt eben doch. Fröhlichs Selbstlosigkeit wegen tat ich das. Die bewies er mir durch die Unterschrift unter die Verpflichtungserklärung. Ebenso seine Verlässlichkeit und wie er für Menschen kämpfte. Er hatte uns durchschaut. Er wusste, dass in Wirklichkeit wir wieder ganz selbstverständlich die Last tragen würden.

In Wahrheit erkundigte er sich schon vor der Unterzeichnung der Verpflichtungserklärung, wie er aus der wieder rauskonnte. Jederzeit könne er das, soll es geheißen haben, er müsse es nur rechtzeitig sagen und früh genug tun und behördlich offiziell melden. Aber das wusste ich damals nicht, sondern Fröhlich erschien mir selbstlos, seine Familie entbehrungsreich, und ich konnte nicht mehr zögern. Und ich wollte eben, dass auch er endlich seine Chance hat im Leben. Die war eben der Vertrag, den er für Hominibus Cor jetzt an Land gezogen haben werde.

Ein Gespräch mit einem jungen Notar, angehenden, einem Substituar, führte ich, bevor ich unterschrieb. Da redeten wir aber nur über die jetzigen neuen Sonderverträge der kirchlichen Organisation Hominibus Cor. Und der Notarstellvertreter sagte über diese Verträge, die seien zum Glück kein Problem, und freute sich, weil er ein guter Mensch war. Das Problem war dann, dass mein Vertrag eben nicht ein solcher war und ich das aber nicht wusste, weil Fröhlich-Donau mich angelogen hatte. Gar nicht fromm war das. Ich hatte also mit dem künftigen Notar über einen Vertrag geredet, der nicht meiner war. Und später dann war mein schwerster Fehler, dass ich die Schuld sofort bei mir suchte. Ausschließlich mir gab ich die. *Ich habe nicht aufgepasst, ich habe mich nicht ordentlich erkundigt, ich war leichtfertig, ich habe Fröhlich missverstanden* – so lief das ein paar Mal pro Stunde durch mich durch, den ganzen Tag. Tagelang.

7

Ein paar Jahre später dann fuhr mich der Anwalt von Hominibus Cor wütend an, als ich sagte, dass ich eine schriftliche Entschuldigung seines Auftraggebers wolle. Der Anwalt war über mich aufgebracht und ich erschrak ob der Vehemenz. Er war gekünstelt außer sich, was mir aber noch mehr Angst machte: *Eine kirchliche Entschuldigung! Das wäre, wie wenn man sich dafür entschuldigen soll, dass da draußen jeden Tag die Sonne aufgeht. Dass Ihr Konflikt mit Fröhlich-Donau auf dem Rücken der Kirche ausgetragen wird, werde ich niemals zulassen. So eine Entschul-*

digung kommt überhaupt nicht in Frage. Schluss aus. Hominibus Cor hat keinerlei Schuld. Er schaute aus dem Fenster, wo die Sonne war. Der höhere Funktionär der kirchlichen Hilfsorganisation, der beim Gespräch dabei und damals für die Öffentlichkeitsarbeit zuständig war – bei ihm war ich die Jahre über gesessen, stundenlang jedes Mal –, sah mich forschend an, während der Anwalt, welcher im Auftrag von Hominibus Cor einen Vergleich zwischen Fröhlich und mir zustande zu bringen hatte, sich dermaßen echauffierte. Ich sagte kein Wort, mir blieb im wahrsten Sinne des Wortes die Luft weg. Erst jetzt nämlich, in diesen Augenblicken, als der Anwalt so aufbrauste, habe ich wirklich kapiert. Bis zu diesem Zeitpunkt hatte ich die Vorgänge trotz allem für einen Unfall gehalten. Ich hatte immer geglaubt, es habe sich um einen nicht rechtzeitig erkannten Systemfehler gehandelt, der zu meinem Schaden, aber zugleich auch zur Beschädigung der Hilfsorganisation selbst geführt hatte. Aber das da jetzt war etwas ganz anderes.

Dass Fröhlich-Donau und nicht die Kirche der Falschspieler war, war mir freilich klar. Dass Hominibus Cor ihn zu spät kontrolliert und zu lange nichts unternommen hatte, wusste ich inzwischen freilich auch. Das genau war ja der Systemfehler, dass sie Fröhlich-Donau hatten gewähren lassen. Dass die Kontrolle bei jemandem wie Fröhlich-Donau schwer war, war mir aber auch klar. Für mich war bis zu diesem Augenblick vor dem Fenster der Anwaltskanzlei die Kirche, die Hilfsorganisation, ohne wirkliche Schuld gewesen. Fröhlich war schuld, weil er mich getäuscht hatte, ich war schuld, weil ich ihm geglaubt hatte. So sah ich die Dinge in meinem Innersten. Bis zu diesem Augenblick vor dem sonnenbeschienenen Fenster.

Der Chef der Öffentlichkeitsarbeit hatte vor ein paar Monaten plötzlich und von sich aus zu mir gesagt: *Ich hoffe, dass wir nicht noch ein paar Fröhlichs in der Organisation haben. Wissen und sagen kann das niemand. Es ist nicht auszuschließen. Man kann nicht alles und jeden kontrollieren. Ununterbrochen schon gar nicht. Man muss Vertrauen haben können.* Aber das hatte ich ja gehabt. Warum habe ich das nicht haben dürfen, die Hilfsorganisation aber schon.

Der Entschuldigungsbrief kam am Ende doch, der kam postalisch, handschriftlich, aber nicht an mich, sondern seltsamerweise an Samnegdi. Und zwar vom zuständigen Herrn für die Öffentlichkeitsarbeit, der beim Anwaltsgespräch zugegen gewesen war. Es war, als ob die Entschuldigung ihm ein Bedürfnis gewesen sei. Die Entschuldigung schien mir durch die Form, den Absender und den Adressaten offiziell und privat zugleich. Jedenfalls entschuldigten sich sowohl Fröhlich schriftlich vor Gericht als auch die kirchliche Hilfsorganisation Hominibus Cor.

Hominibus Cor, jedenfalls dessen Chef der hiesigen Öffentlichkeitsarbeit, gab im Brief das zu, was sie offiziell bestritten hatten.

8

Als ich in den letzten Wochen der gerichtlichen Auseinandersetzung mit Fröhlich doch eine Klage einbrachte, der zufolge die leitenden Hominibus-Cor-Funktionäre allesamt zumindest als Zeugen geladen waren, war das dann de facto ein Prozess gegen die Organisation. Und angekündigt wurde meinerseits auch noch eine separate Klage gegen Hominibus Cor. Zusätzlich zur Zeugenbefragung.

Ich hatte jedenfalls eine gewaltige moralische Furcht, denn die Leute von Hominibus Cor halfen den Menschen in Not, und zwar mehr als sonst irgendjemand. Eine solche Organisation durfte nicht in Misskredit gebracht werden. Nicht durch meine Schuld. Für mich war Hominibus Cor etwas Heiliges. Eine dumme, metaphysische Angst hatte ich. Denn ich glaubte, Gott sei bei ihnen und ohne sie sei alles nichts. Sie waren tabu.

Dass meine Klagsdrohung, ja allein schon die Vorladungsdrohung mir wirklich halfen, lag aber, glaube ich, zuvorderst an der Angst und Furcht der kirchlichen Funktionäre vor Fröhlich-Donau. Was der nämlich noch alles in der Öffentlichkeit unternehmen und wie schlecht die Organisation dadurch in der Öffentlichkeit dastehen werde. Die Funktionäre von Hominibus Cor fürchteten den Hominibus-Cor-Funktionär Fröhlich-Donau. Er wusste zu viel, und die Journalisten waren zu gierig und zu dumm und glaubten ihm alles. Daher wirkte meine jetzige neue Klage Wunder.

9

Nepomuk, mein Freund, sagte, als ich prozessieren musste, zu mir, er könne das alles nicht glauben, und wenn er etwas nicht glauben könne, dann habe er sofort etwas gegen denjenigen, der ihm so etwas erzählt. Aber in meinem Fall sei das natürlich etwas anderes, weil wir ja schon so lange Freunde seien. Aber der Mechanismus sei bei den Leuten so wie bei ihm. Außerdem habe ich Eigentum, also sei ich für viele sozusagen der Klassenfeind. Ich müsse das Ganze so verstehen. Weil alles so unglaublich sei, spreche alles gegen uns.

Zur selben Zeit hatte Nepomuk gerade seine kirchlichen Fortbildungen im Laufen. Er lernte dabei ein paar kleine, aber wichtige, im Laufe der Zeit durchaus potente Kirchenleute kennen und erzählte mir einmal zufällig auch von der Hominibus-Cor-Anwältin und ihrem karrierebewussten Mann, der später dann ein wichtiger Funktionär bei Hominibus Cor wurde. Nepomuk sagte, die Hominibus-Cor-Anwältin klage, sie habe so viel Arbeit mit ihren vielen Kindern und dem Beruf und dem ehrgeizigen Einsatz ihres Mannes, sie sei völlig überarbeitet, ständig erschöpft. Nepomuk klagte mir sein und der meisten Kirchenleute Arbeitsleid, wusste nicht, dass und was ich mit der Frau zu tun gehabt hatte, und ich verlor auch da kein Wort darüber.

Die Erschöpfung, ich war auch erschöpft gewesen. So viel war geschehen. Ich sagte das von Anfang an zu meiner Anwältin und dass ich vermutlich ein Burnout gehabt habe, als ich mit Fröhlich wegen der Vertragsunterzeichnung verhandelte. Sie erwiderte: *Burnouts haben nur Manager.*

10

Vor ein paar Jahren fast ganz am Anfang war alles wie folgt gewesen: Fröhlich nahm Samnegdi und mich mit, hatte gewollt, dass wir unbedingt mitkommen. Ich weiß nicht mehr, welche Tagung es war. Ich weiß auch nicht, welchen Grund er nannte, dass er uns unbedingt dabeihaben wollte. Um Flüchtlinge ging es und um den Jugoslawienkrieg. Es ging um meinen Bauernhof, deshalb nahm Fröhlich-Donau uns mit. Eine hohe Frau aus dem Ministerium trug vor. Eine Sektionschefin. Sie legte viele Folien auf. Fröhlich sagte, das tue sie, weil sie nicht vorbereitet sei und sich nicht auskenne und damit die Zeit vergeht. Zu Hause hatte er zu uns gesagt, der Sektionschefin wolle er das Konzept geben.

Als wir dasaßen, im Vortragsraum im Schloss, zuhörten, sagte Fröhlich plötzlich verdattert, er finde das Konzept nicht, das er der Frau aus dem Ministerium geben wollte. Er suchte. Schüttelte den Kopf. Der Kopf war zwischendurch rot. *Wie gibt's das?*, fragte Fröhlich ein paar Mal, als er das Konzept nicht fand, und auf der Rückfahrt im Auto dann auch noch ein paar Mal. Ich bin mir heute sicher, dass er das Papier damals verschwinden ließ. Ich weiß nicht, wie er das im Sitzen machte. Wahrscheinlich setzte er sich bloß darauf.

Als wir einige Zeit später mit Fröhlich wieder einmal im Auto mitfuhren, sagte er zu uns, dass er in seiner Organisation gerade ein Heiß-Kalt-Wechselbad nach dem anderen durchmache, und zwar seit er von seiner Dienstreise aus der Vierten Welt zurückgekommen sei. Er habe in der ehemaligen englisch-deutsch-portugiesischen Kolonie schwere kirchliche Missstände wahrgenommen und seinem neuen Direktor in der Hilfsorganisation davon Bericht erstattet. Die Vorgesetzten wollen die verheerende Korruption aber nicht wahrhaben, auch der neue Direktor nicht.

Er selber hätte es auch nicht geglaubt, wenn er es nicht mit seinen eigenen Augen gesehen und mit den eigenen Ohren gehört hätte. Und dass ihm dort mit Maschinengewehren vor dem Gesicht herumgefuchtelt worden und er bedroht worden sei, sagte er auch. Welche Missstände es waren, sagte er uns nicht genauer, wir fragten auch nicht.

Mit der Frau aus dem Ministerium redete er an dem Tag im Schloss auch wirklich, wir standen aber weiter weg, hörten nichts. Die Frau aus dem Ministerium war freundlich zu ihm und lachte ihn an. Beide nickten. Er sagte dann zu uns, sie habe gesagt, er solle ihr das Konzept schicken. *Jetzt muss es nur mehr wiederauftauchen,* sagte er. Und dass er im Büro hoffentlich eine Kopie habe. Ein paar Tage später rief er an, dass er im Büro zum Glück die Kopie habe.

11

Seit er aus der Vierten Welt zurück war, behauptete Fröhlich, er habe Spendenkriminalität entdeckt. Konkrete beweisbare Fälle. Die kirchliche Hilfsorganisation sei zwangsläufig involviert, unternehme aber nichts gegen die Misswirtschaft und den Spendenmissbrauch, sondern kooperiere stattdessen mit korrupten Gruppen und Einrichtungen. Die Anschuldigungen, die Fröhlich gegen Hominibus Cor erhob, wurden von vielen seriösen Zeitungen monatelang, von einer sogar jahrelang geglaubt und kolportiert. Die waren sich sicher, der wahre Entlassungsgrund sei, dass der hochintelligente, engagierte Fröhlich einem schwerwiegenden, komplizierten Spendenbetrug auf die Spur gekommen sei. Die wollten das so.

Der Chef der Öffentlichkeitsarbeit hatte zu mir, als sie Fröhlich gerade entlassen hatten und sofort der erste große Zeitungsrummel im Gange war und Fröhlich beim Arbeitsgericht seine Organisation sofort verklagte, *Wir haben damit gerechnet, dass er einen Wirbel machen wird. Aber wir waren uns ganz sicher, dass ihm niemand glauben wird. Wer glaubt denn so einem?* gesagt. Die angesehensten und die einflussreichsten Zeitungen des Landes glaubten ihm. Fröhlich fand sich immer jemanden, der ihm glaubte. Seriöseste Leute. Die Engagiertesten vertrauten ihm.

Ich weiß nicht, warum die Zeitungsmenschen ihm glaubten. Sie wollten es wohl so. Außerdem log er stets erstklassig. Außerdem sagten immer alle von ihm, er sei hochintelligent; ich hielt die, die das sagten, für saublöd. Denn sich selber hielten sie für zu intelligent und zu anständig, als dass sie derartig manipuliert werden könnten.

12

Die Anwaltskanzlei, die mich vertrat, sagte mir nach Jahren voller kostspieliger Prozesse plötzlich – unmittelbar nach der simplen körperlichen

Attacke Fröhlichs, welche mich zum Zurückschlagen hätte provozieren sollen –, dass keine einzige Passage meines Vertrages mit der Organisation, den Organisationen, der, denen Fröhlich angehörte, gültig sei. Keine einzige Passage! Nach jahrelangem Prozessieren, jahrelangem Einfordern der Erfüllung der Vertragspunkte, nach all der banalen, blöden Klagerei auf Anraten und Drängen meiner Anwältin hin sagte diese meine Anwältin mir das jetzt. Aber das hätte sie vor Jahren schon wissen müssen, am Anfang schon. Jahrelang hatte sie die annullierende Sittenwidrigkeitsklage, die ich von Anfang an wollte, nicht einbringen wollen und sie fälschlich für aussichtslos erklärt. Aber in Wahrheit waren ihre Klagen alle aussichtslos. Meine also. Alle. Sie hatte sie mir eingeredet. Und die Sittenwidrigkeit aus. Es war eine Spitzenkanzlei mit bestem Ruf.

Die völlige Ungültigkeit des ersten Vertrages mit Fröhlich-Donaus Organisation in allen Punkten bedeutete zum Beispiel, dass mein zweiter ergänzender Vertrag, den die Anwältin verfertigt hatte und dessen Rechtsgültigkeit wir auf Anraten der Anwältin hin in jahrelangem Prozess einklagten, auch nicht gültig war. Ihr eigener Vertrag! Der der Anwältin selber! Denn der zweite Vertrag forderte den ersten als gültig ein und sollte ihn absichern und, wie man so sagt, wasserdicht machen.

Keine einzige Passage des ersten Vertrages sei tatsächlich gültig, eröffnete mir also die Anwältin jetzt plötzlich in ihrer riesengroßen Kanzlei, nachdem mir Fröhlich tags zuvor in den Magen geschlagen hatte, damit ich zurückschlage, damit er mich anzeigen kann. Und trotz ihrer Eröffnung der völligen Vertragsungültigkeit wollte die Anwältin weiterprozessieren. Und zwar jetzt infolge von Fröhlichs körperlichen Attacken, die er gegen Samnegdi und mich gesetzt hatte. Und später dann zufolge seiner tatsächlichen strafrechtlichen Verurteilung wollte die Anwältin auf Vertragsaufkündigung wegen unleidlichen Verhaltens klagen. Fröhlich ist wie gesagt strafrechtlich unseretwegen verurteilt worden, wegen Samnegdi und mir, wegen Körperverletzung und zweifacher Nötigung, und damit waren angeblich sehr gute, rationale, kalkulierbare Chancen gegeben, dass die beiden Mietverträge per Gerichtsurteil aufgelöst werden. Aber ich, ich schaute mich nach einer neuen Anwaltskanzlei um. Denn die Anwältin wusste entweder nicht, was sie tat, oder hatte mich belogen und manipuliert. Jedenfalls hatte sie mich, meine Familie in große Gefahr statt in Sicherheit gebracht.

Der neue Anwalt nun, den ich mir fand, schlug sofort eine Anzeige gegen Fröhlich wegen Betruges vor. Das sei das Einfachste. Endlich weg vom Zivilrechtlichen. Den Anwalt hatte ich auf Empfehlung meines körperbehinderten Schulfreundes gefunden. Er war wie immer herzlich und half mir mit einem seiner zwei Anwälte aus. Meine Anwältin merkte dann aber sofort, dass ich sie auswechseln wollte. Ich war dann auch dem neuen, neugierigen Anwalt gegenüber misstrauisch, weil ich ja nicht wusste, wer wie gut mit wem war. Und auch nicht, ob der neue Anwalt mit meiner jetzigen, bisherigen Rechtsvertretung, welche wie gesagt sehr angesehen war und überallhin die besten Beziehungen hatte, Kontakt aufgenommen hatte. Ich war auch deshalb misstrauisch, weil es vor längerem ein Gespräch meiner Anwältin mit einem der Anwälte der kirchlichen Hilfsorganisation Hominibus Cor Totum gegeben hatte. Ich war auf Anraten und Wunsch der Anwältin nicht dabei gewesen, und die RA hatte mir danach fast nichts über die Aussprache berichtet, da dabei nichts herausgekommen sei. Also war ich jetzt misstrauisch. Ich wusste nicht mehr aus und ein und wer mit wem zu wessen Gunsten. Ich hatte jedenfalls zu meiner Anwältin nie gesagt, dass ich von ihrer renommierten Kanzlei fort will, aber sie wusste es einfach. Auch das irritierte mich.

13

Fröhlich-Donau gehörte Hominibus Cor trotz fristloser Entlassung immer noch an, zumal das Arbeitsgericht in erster Instanz voll und ganz zu Fröhlichs Gunsten entschieden hatte. Der Chef der Öffentlichkeitsarbeit sagte jetzt wegen meiner Zeugenladung und Klagsdrohung zu mir: *Uns ist alles lieber, als dass die halbe Organisation vor dem Richter antanzen muss und die Presse uns zerfetzt.* So einfach war das jetzt also. Sie waren erpressbar. Ich hatte sie nie erpresst. Hätte das nie getan. Fröhlich tat das sehr wohl und kam sehr weit damit. Viel weiter als ich ohne Erpressung. Ich weiß nicht, warum sie erpressbar waren. Es kann ja sein, es war bloß, weil immer etwas hängen bleibt.

Und am Ende vom Ende kam dann der Entschuldigungsbrief. Und vor Gericht hat sich zuvor Fröhlich-Donau schriftlich entschuldigt. Beide Entschuldigungen hatte ich verlangt. Meine Anwältin sagte zu mir, dass ich die Entschuldigungen gewiss nicht bekommen werde. Sie hat sich aber oft geirrt in den Jahren. Immer zu meinem Pech. Jetzt das einzige Mal zu meinem Glück. Die Anwaltskanzlei, die mich vertreten hat, hat sich bei mir nie entschuldigt.

14

Fröhlich hatte zu mir, bevor ich den ersten Vertrag unterschrieb, gesagt, er habe meinen Vertragsvorschlag, meine Vorstellungen und Wünsche, von der zuständigen Anwältin von Hominibus Cor überprüfen lassen, nämlich von der Mietrechtsexpertin, die für die Wohnraumbeschaffung zuständig sei. Es gebe keine Probleme. Das sei alles ohne weiteres in Ordnung, genau so, wie ich das möchte. Nur die Laufzeit solle nach

Möglichkeit länger sein. Aus rein praktischen Gründen. *Das geht alles in Ordnung so, bis auf die Laufzeit,* sagte Fröhlich, habe die Hominibus-Cor-Anwältin gesagt. Fröhlich hatte alle getäuscht, das System ausgenützt, die Routinefehler, die Kolleginnen, die Kollegen, die Schutzempfohlenen. Später dann, als ich das kapierte, kapierte ich dennoch immer noch nichts. Ich glaubte nämlich zum Beispiel später nicht, dass er wirklich mit dieser Anwältin in der Hilfsorganisation geredet und ihr den Vertrag vorgelegt hatte. Hatte er aber, erfuhr ich dann. Der hat das wirklich getan und sie auch. Ich redete mit ihr später einmal. Sie sagte, ja, sie habe sich den Vertrag angeschaut. Ich war fassungslos. Und wieder viel später, kurz vor Prozessende, bestritt das der Leiter der Öffentlichkeitsarbeit; sagte, die Anwältin habe den Vertrag überhaupt nicht gesehen. Mich gruselte wieder einmal. Wahrscheinlich hat Fröhlich ihr nur Unwichtiges und nur Halbwahres gesagt.

Dass es ein Vertrag mit der Hilfsorganisation Hominibus Cor sein sollte und ein Gratisangebot an diese war, sagte er gewiss nicht, hoffe ich nach wie vor. Aber das alles war dann mit der Anwältin von Hominibus Cor meinerseits nicht zu reden. Sie blockte mich ab. Aber er muss sie getäuscht haben. Anders ist es für mich auch heute noch undenkbar. Er kann ihr unmöglich gesagt haben, dass ich einen der neu konzipierten problemlosen Hominibus-Cor-Verträge will. Aber die problematische Rechtslage muss die Hominibus-Cor-Anwältin trotzdem gekannt haben. Sie war zuständig und doch überhaupt nicht. Aber wissend war sie dennoch. Denn andernfalls hätte sie ihre Funktion nicht innehaben dürfen und hätte Hominibus Cor keine Spezialverträge machen müssen.

15

Der wirkliche Irrsinn damals war aber, glaube ich heute zu wissen, dass es den kirchlichen Hominibus-Cor-Leuten egal war, was der Vertrag für mich bedeutete; mein Schaden, meine Schwierigkeiten, das Leben meiner Familie waren für Hominibus Cor irrelevant. Fröhlichs 08/15-Trick war bloß, dass er der Organisationsanwältin, die die Mietvertragsspezialistin und für den Wohnraum und die Wohnraumbeschaffung zuständig war, nicht mitteilte, dass es ein Vertrag der Hilfsorganisation Hominibus Cor mit mir sein solle, und zwar einer der neuartigen problemlosen Sonderverträge für Flüchtlinge und für Hilfsprojekte. Das kann er den Leuten bei Hominibus Cor nicht gesagt haben, kann er nicht! Der Hominibus-Cor-Anwältin war es entweder egal, dass der Vertrag ungültig war, oder sie hat es wirklich nicht gesehen. Beides ist schlimm, fachlich wie moralisch wie christlich. Lebenszeit, Geld, Lebenskraft, Lebenschancen, Leben auch, wirklich Leben hat die Sache damals gekostet. Die Anwältin muss die Rechtslage gekannt haben, die muss allgemein bekannt gewesen sein, sonst hätte Hominibus Cor ja keine Sonderverträge in die Welt setzen müssen, um Leute zu finden, die ihre Anwesen zur Verfügung stellen.

16
Fröhlich sagte vor der Vertragsunterzeichnung zu mir, der kleine Flüchtlingsverein Welcome! We Help You sei auch die Hilfsorganisation Hominibus Cor Totum, nur dass sehr vieles in der Praxis sehr viel leichter und schneller gehe, weil der Flüchtlingsverein We Help You von Anfang an als Selbsthilfe von Flüchtlingen und für Flüchtlinge konzipiert, konstituiert und praktiziert worden sei. We Help You sei im Vorstand von Funktionären von Hominibus Cor mitbesetzt und werde in allem von Funktionären von Hominibus Cor begleitet. Es sei schon vom ersten Vereinsanfang an konsequent versucht worden, im kleinen Flüchtlingsverein We Help You die Selbstorganisation und Selbsthilfe von Migranten zu verwirklichen. *Das ist genauso Hominibus Cor, aber es geht alles viel schneller und leichter, weil unbürokratischer, weil alles viel näher bei den Flüchtlingen ist,* sagte Fröhlich. Und dass das und die Selbständigkeit der Flüchtlinge das Wichtigste sei.

17
Im Sommer vor dem ersten Anwaltsbrief an Fröhlich waren junge Leute von überall her aus der Welt gekommen, um den Hof herzurichten. Die fuhren alle Jahre irgendwohin in der Welt, arbeiteten gratis. In der kirchlichen Wochenzeitung von Hominibus Cor stand damals das Hofprojekt auch. Mit dem Namen meines toten Großvaters. Den Namen hatte das Projekt plötzlich ohne mein Wissen und gegen meinen Willen. Fröhlich machte das wohl deshalb so, weil der Name meines Großvaters ein guter Leumund war oder um mich zu kalmieren. Die Helferinnen und Helfer aus allen Ländern wurden in der Zeitung gelobt und freuten sich. Ihre Arbeit wurde gewürdigt.

Die jungen Leute aus aller Welt waren eine gute Werbung für Fröhlichs vorgebliches Vorhaben. Bekommen hatte Fröhlich die jungen Guten aus aller Welt über die kirchliche Hilfsorganisation Hominibus Cor, und zwar in seiner Funktion als Mitarbeiter derselben. Und zwar über sein Büro in der Zentrale. So einfach war das alles, fleißig, gut und hilfsbereit waren alle.

18
Dass Fröhlich bloß ein Betrüger ist, habe ich erst zu kapieren begonnen, als der Idealistenbautrupp der jungen Guten aus aller Welt fort war. Bis

dahin sah ich alles für meine Schuld an. Mein Jähzorn, meine Unfreundlichkeit, meine Anmaßung, meine Unverständlichkeit, mein Unverständnis, meine Unaufmerksamkeit, meine Müdigkeit, meine Erschöpfung, meine Unbeholfenheit, meine Hilfsbedürftigkeit. Aber gleich, als die jungen Guten aus aller Welt fort waren, der Bautrupp, wurde ich von ein paar Flüchtlingen, namentlich dem schwarzfarbigen Vereinsobmann und dem schwarzfarbigen Obmannstellvertreter, und von der hiesigen weißen Ehefrau des Obmannes plötzlich zu einem Gespräch gebeten. Die waren plötzlich da, nahmen mich mit. Die Unterredung fand im Vereinslokal in der Stadt statt. Das Vereinslokal war in einem Gebäude, das der Kirche gehörte und von Hominibus Cor genutzt und verwaltet wurde.

Ich erfuhr, dass der Obmann sein Amt zurückgelegt hatte und der Stellvertreter jetzt der Obmann sei. Die drei klagten mir, Fröhlich habe den Verein völlig in seinen Besitz gebracht. Das stehe Fröhlich nicht zu und sei Gewalt. Und immer aber berufe er sich dabei auf mich. Und meinen Hof wolle Fröhlich nur für sich und seine Frau und seine Kinder. Und für deren Freunde. Die hiesigen weißen Inländer wollen, wurde mir gesagt, auf meinem Hof ein Jugendprojekt für Weiße und Inländer haben und sonst nichts. Das sei keine Flüchtlingsarbeit. Die Flüchtlinge seien nur Attrappe und Fassade. Vom Jugendprojekt sage Fröhlich auch immer, ich wolle das. Daher mache er es. Die drei im Vereinslokal damals sagten zu mir aufgebracht, dass die hiesigen weißen Jugendlichen und ihre Eltern den zig Flüchtlingen, die der Verein habe und die aus aller Welt kommen, alles wegnehmen wollen und werden. Das ging mir durch und durch. Es war furchtbar für mich. Alles war das Gegenteil von dem, was mir gesagt worden war und worüber ich mich gefreut hatte. Ich fragte weiter nach, die drei sagten, nein, der Flüchtlingsverein sei nicht Teil der kirchlichen Hilfsorganisation Hominibus Cor. *Natürlich nicht. Wie kommen Sie darauf,* sagte die weiße Ehefrau zu mir. Und die zwei Obmänner schüttelten heftig und wütend die Köpfe über meine Frage. Doch sei, sagten sie, Hominibus Cor jetzt vollständig informiert über das, was Fröhlich tue. Hominibus Cor werde den Flüchtlingen helfen, das sei ihnen versprochen. Sie haben sich der kirchlichen Organisation anvertraut und sich über Fröhlich beschwert, mit allen Gründen und schwerwiegenden Einzelheiten. Fröhlich habe sich zum Beispiel immer Vollmachten angemaßt, die ihm niemand gegeben habe.

Eine Schlagkaskade war das für mich. Ich bemühte mich schon seit über einer Stunde, ruhig und freundlich zu bleiben und nicht die Nerven zu verlieren. Keine Schwäche zu zeigen. Hielt das wohl durch. Mir war nichts und niemand mehr geheuer, und ich durfte mir aber nichts anmerken lassen. Auch versuche Fröhlich, den Obmann zu erpressen, wurde mir jetzt gesagt. Zugleich aber anzulocken und zu verwickeln, unter anderem durch das Versprechen, der Obmann könne mit seiner Frau und seinem Kind hier am Hof bei mir wohnen und leben, solange er wolle, und habe also ausgesorgt. *Aber das wollen wir so nicht*, sagten der bisherige Obmann und seine weiße Frau, *es geht doch um den Verein, nicht um uns, das wäre ja Betrug. Das Projekt ist für alle gedacht.* Die Frau wurde immer zorniger, und von Augenblick zu Augenblick wurde mir alles und jedes immer unheimlicher. Jeder von denen. Trockener Mund. Die Augen fielen mir zu. Bis auf den bisherigen Obmannstellvertreter, mit dem ich vormals zweimal kurz geredet hatte, dem neuen Obmann, traute ich jetzt niemandem. Der wohnte mit seinen Kindern und seiner Frau gleich hier neben dem Vereinslokal, seine Frau war aus Albanien, hatte Angst, sie liebten einander, er studierte Dolmetsch.

Eine außerordentliche Versammlung müssen sie jetzt schnell einberufen, sagten sie. Möglichst viele Mitglieder sollen kommen. Zwischen fünfzig und achtzig habe der Verein. Jedenfalls war mir erst jetzt klar, was wirklich los war. Bis jetzt hatte ich das Ganze für ein Verständigungsproblem gehalten. Sie sagten auch, seit Fröhlich aus dem ärmsten Land zurück sei, sei er ein völlig anderer Mensch, als ob er dort verrückt geworden sei. Es müsse ihm etwas sehr Schlimmes widerfahren sein. Immer wenn ihm jetzt jemand widerspreche, ein Schwarzfarbiger zum Beispiel, sage Fröhlich zu ihm: *Du hasst die Afrikaner!* Oder einen Latino oder einen Asiaten schreit er an: *Du hasst die Armen! Du hasst die Flüchtlinge! Du hasst die Menschen in der Dritten Welt. Deine eigenen Leute hasst du!* Derartiges gebe Fröhlich jetzt immer von sich, um die jeweiligen Flüchtlinge, die sich ihm gerade widersetzten, irre und mundtot zu machen.

19

Ich hatte meinen Jugendfreund Nepomuk, weil er sich beim Bauen auskannte, um Hilfe und Rat gebeten, damit ich einigermaßen kapiere, was Fröhlich mit meinem Anwesen gerade macht. Sozusagen beim Technischen.

Ich hatte im Übrigen überhaupt keine Beweise, keine Zustandsaufnahmen von früher vor dem Vertrag. Keine Fotos. Nichts. In welchem Zustand die Gebäude vor Fröhlichs Terror gewesen waren, war nirgendwo im Vertrag festgehalten. Einen Kostenvoranschlag hatte es einmal gegeben. Den hatte, glaube ich, Fröhlich in Auftrag gegeben. Aber nur für einen Teil des Hofes, nur für das Wohngebäude. Dieses Offert suchte ich jetzt für die Prozesse. Das hatte ich ganz am Anfang, lange vor der Vertragsunterzeichnung noch, und zwar unmittelbar nachdem ich Fröhlich zum ersten Mal meinen Hof für Hominibus Cor angeboten hatte, an die kirchliche Hilfsorganisation Hominibus Cor in der Hauptstadt faxen müssen.

Den Baumeister, der den Kostenvoranschlag erstellt hatte, suchte ich auch auf, ob er sich noch erinnern könne und ob er den Kostenvoranschlag noch habe. Ich fand meinen nicht mehr. Der Baumeister wusste jetzt nach der langen Zeit immer noch, wohin er faxen hatte müssen. Er habe es damals sogar zwei Mal an dieselbe Stelle faxen müssen, sagte der Baumeister zu mir, der damals den Hofzustand eingeschätzt hatte. Fotos wie gesagt hatte ich aber keine. Überhaupt keine auch nur annähernd ausreichenden Beweise für den ursprünglichen Zustand der einzelnen Räumlichkeiten und Gebäude. Über das Bauen sagte mir Nepomuk viel, weil er in den letzten Jahren sein Haus allein gebaut hatte. Es nützte mir aber nicht viel, was er mir sagte. Aber meine Anwältin freute sich über die vielen diesbezüglichen Aussprachen, weil die ihr Geld brachten. Ich brachte ihr das. Aber so war eben die Realität. Nepomuk half mir sehr. Man musste nun einmal diese Dinge durchdenken. Aber nur ja keine Aussagen wollte er machen müssen, was denn auch! Außerdem waren sein Bruder und Fröhlich-Donau fast befreundet.

Das vielleicht größte Problem war, dass Fröhlich es genau auszunutzen wusste, wenn Menschen glaubten, sie können normal und vernünftig sein. Die Kirchenleute ließen sich darauf nicht mehr ein, weil sie wussten, dass sie dann Fröhlich gegenüber verlieren; sie wussten, wie er war; vor allem aber kam bei ihnen noch eine besondere, von Gott gewollte Moral dazu. Eine andere, besondere Art von Normalität und Vernunft. Sie hätten dieser gemäß sehr christlich sein müssen und hätten nicht entschieden vorgehen dürfen gegen ihn, sondern nächstenlieb und versöhnlich sein müssen. Insbesondere weil Fröhlich eine beträchtliche Anhängerschaft hatte. Ich musste tun, was sie nicht durften; sie bestimmten mich ruhigen Gewissens dazu, die unchristliche, herzlose Dreckarbeit zu tun. Furchtbar war das alles in den Folgen für meine Familie. Diese fürchterliche Erpressbarkeit des Hominibus Cor durch Fröhlich, sowohl infolge von Moral als auch von Unmoral, stürzte meine Familie und mich in eine qualvolle Zeit.

20

Einmal beschimpfte mich der resolute, herzensgute Christenmensch Pratter, zu dem ich öfter um Rat gegangen war, dass ich zu leichtgläubig sei und zu kompliziert denke und daher mit schuld sei. Und dann sagte er: *Sie haben dem Robert Fröhlich die Schlinge um den Hals gelegt. Jetzt müssen Sie die Schlinge endlich fest zuziehen. Das Beste wäre, Sie würden Fröhlich und seine Leute auf Ihrem Hof einsperren und dann den Hof anzünden. Anders bekommt man diese Krätze nicht los.* Unheimlich und schrecklich war das Ganze; ich weiß nicht, ob das Ganze unchristlich oder urchristlich war. Manchmal war es gewiss beides. Aber dass er mich am liebsten bei den Händen nehmen und mich aus der Falle herausziehen würde, sagte der resolute, renommierte Christenmensch Pratter zu mir auch. Und einmal, ich wisse gar nicht, worum es da gehe; es gehe gar nicht um mich und mein Eigentum, sondern da werde um etwas ganz anderes gespielt. In so etwas Blödes sei ich hineingeraten. Und einmal, ein Jahr vor Prozessende, wollte ich gerade einen Vergleich annehmen und hatte auch selber einen zu erwirken versucht. Da schimpfte der wirklich ehrenhafte Christenmensch Pratter, der wirklich jedem Menschen hilft, so gut er nur irgend kann, mit mir, was ich jetzt vorhabe, dürfe man nicht tun; ich müsse es zu Ende bringen. Und zwar vor Gericht. Ich dürfe mich nicht vergleichen. Das wäre unmoralisch.

Unsere Anwältin warnte uns oft, Samnegdi und ich sollen ja nicht mit Fröhlich reden. Der resolute, renommierte Priester Pratter hatte das auch zu mir gesagt. *Ja nicht. Kein Wort mehr.* Ich sei Fröhlich nicht gewachsen. Fröhlich mache mit jedem, was er wolle. Mit mir sowieso. Jedes Wort mit Fröhlich sei gefährlich. Jedes Entgegenkommen.

21

Als ich zum ersten Mal eine Anwaltskanzlei suchte, riet der erste Anwalt, den ich fragte, wenn man einen Vertrag nicht wolle, müsse man ihn so schnell wie möglich lösen, egal wie. Eine Anwältin sagte, ich solle mein Haus einfach zusperren und meinen ausländischen Mietern den Zugang verwehren und schauen, was geschieht. Die würden gewiss nachgeben. Die hätten sicher Angst. Seien ja nur Ausländer. Eine andere Anwältin sagte, ich sei wie ein kleines Tier, das in eine schlimme Falle geraten sei und sich jetzt selber zwei Pfoten von vieren abbeißen müsse, um wieder freizukommen. Die Rechtsanwälte waren mir alle unheimlich. Und dann aber eben kam ich endlich zu der Kanzlei, die mich dann vertrat, zu der netten Frau Anwältin. Ihr Mann hatte gerade nicht Zeit. Und immer, wenn ich von dort wieder fortwollte, sagte irgendjemand, dass diese Kanzlei die beste sei und gewiss eine mit sehr nützlichen Kontakten. Also blieben wir. Es blieb uns nichts übrig. Man nannte uns niemanden sonst. Ewig nicht. Samnegdi freilich war die Kanzlei von Anfang an nicht geheuer.

Ganz am Anfang gleich erzählte ich unserer Anwältin, dass dieses blödsinnige Prozessieren für Samnegdi und mich sehr schwer sei und wie lebensgefährlich krank alle gewesen waren und dass ich daher erschöpft bin und dass das Ganze für mich auch deshalb so schwer sei, weil der

Hof ein Misshandlungsort gewesen war und weil ich etwas Sinnvolles daraus hatte machen wollen.

Der namhafte Journalist, der Farzad geholfen hatte, schrieb uns zurück, wir sollen den Vertrag mit Welcome! We Help You auf der Stelle wegen Sittenwidrigkeit anfechten. Das sei das Beste, was wir tun können. Ich bin sicher, er hatte recht. Er habe sich erkundigt, schrieb er. Unsere Anwältin und ihr Mann hielten die Sittenwidrigkeit aber wie gesagt für völlig absurd. Doch wäre es der einfachste und leichteste Weg gewesen, weil der sauberste und klarste. Auch hätte uns dann der Journalist weiterhin geholfen. So aber konnte er nicht mehr. Er verstand nicht mehr, worum es jetzt ging. Der Journalist sei zwar weltgewandt und prominent, sagte die Anwältin, aber kein Jurist; das müsse uns klar sein. Wir verloren ihn. Sein Vertrauen. Vielleicht nicht einmal das, sondern er konnte nichts mehr tun. Jahre später, zum letztmöglichen Termin, erklärten mir die Anwältin und ihre neue Assistentin die Sittenwidrigkeit nochmals mit Hilfe der Prostitution und eines Lächelns. Immerhin wurde der ursprüngliche Vertrag dann endlich angefochten, und zwar wegen allem, was nur möglich war. Nur nicht wegen Sittenwidrigkeit. Es war wirklich so gewesen, wie die Anwältin jetzt erst in die Klage schrieb. Jetzt hatte unsere Anwältin es erst kapiert, was wir ihr immer erzählten, die Vorgänge, die Zusammenhänge, die Gründe. Ihre Assistentin hatte es aber immer noch nicht kapiert, sondern hielt das Ganze für ein Konstrukt und ihre Chefin, die Anwältin, für clever und smart. Das ging mir auf die Nerven. Die Assistentin lächelte verständnisvoll, als sie mir sagte, das Ganze müsse man eben so konstruieren. Und ich sagte erschrocken: *Rekonstruieren.*

22

Fröhlich war dergestalt, dass er in den Kleinigkeiten wütete. Er beherrschte und verfälschte diese, schnappte sie sich und hortete sie in gigantischen Mengen; machte, was er wollte, damit, weil niemand sonst sie haben wollte, weil sie den anderen zu viel Arbeit und Mühe waren. Fröhlich wusste das, und die Kleinigkeiten wurden so sein Hab und Gut und seine Macht und riesengroß in der Wirkung. Die Anwältin zum Beispiel glaubte zuerst, diese Dinge seien nicht der Mühe und der Arbeit wert, und daher hatte Fröhlich die Anwältin im Griff. Er fügte dicht an dicht Kleinigkeit an Kleinigkeit und gewann dadurch sehr schnell sehr viel. Er ist zeit seines Lebens sehr fleißig gewesen. So hat er sich seine Wirklichkeit geschaffen und seine Welt erobert. Die Anwältin hingegen war, fand ich, oft so, als wolle sie nicht wirklich wissen, was wirklich los war. Die Leute lobten die Allgemeinbildung unserer Anwältin und Fröhlichs Intelligenz, Mut, Kampfesgeist, Ehrlichkeit und Idealismus.

23

Die Anwältin hatte mir bei den ersten Auskünften gesagt, dass man nicht viel tun könne, eigentlich gar nichts, und dass ich daher unbedingt einen Konsens finden müsse. Das wäre am besten eine schriftliche Zusatzerklärung, die einvernehmlich klarstellt, dass die zeitliche Befristung des Vertrages ganz gewiss gelte. So etwas brauche es unbedingt. Ich habe mich daher in Ermangelung besseren Wissens und einer anderen Möglichkeit um den Konsens sehr bemüht. Stellte mich Robert Fröhlich-Donau nicht mehr so entschieden entgegen wie zuvor. Wich aus. War freundlich, auch Samnegdis wegen. Diese irrtümliche Freundlichkeit kostete aber Zeit und verstrickte uns gefährlich. Und vor allem hieß es dann juristisch, dass ich zu viel geduldet habe. Das war aber eben, weil die Anwältin gesagt hatte, dass ich eigentlich nichts sonst tun kann und unbedingt den Konsens suchen und auf freundlichem Wege eine schriftliche Klarstellung erreichen muss. Meine Freundlichkeit Fröhlich gegenüber nützte gar nichts. Uns absolut nichts. Fröhlich viel.

24

Der gottverdammte Horror dann war christlich. In Ordnung gebracht hätte das Fiasko sehr leicht und sehr schnell werden können. Aber die Kirchenleute wollten nicht. Die wollten sich von Fröhlich wohl nicht andauernd in irgendetwas hineinziehen lassen und nicht immer die Suppe auslöffeln müssen, die er ihnen eingebrockt hat.

Man wusste, was los war. Auch hatte man es geahnt. Im Gerichtsakt steht sogar, Fröhlichs neuer Chef habe Fröhlich vor Zeugen danach gefragt, ob er uns darüber aufgeklärt habe, dass nicht Hominibus Cor der Vertragspartner sei. Er war Fröhlich gegenüber misstrauisch gewesen und hatte ihn gefragt. Fröhlich! Nicht uns. Niemand von Hominibus Cor fragte uns! Man misstraute Fröhlich, aber fragte uns nicht.

25

Später einmal sagte mir der Chef der Öffentlichkeitsarbeit tatsächlich, Fröhlich habe zu ihm gesagt, er habe über jeden Flüchtling im Verein ein Dossier angelegt und Hominibus Cor werde diese Leute vor Gericht nicht als Zeugen gegen ihn verwenden können, denn wie wolle Hominibus Cor denn wissen, dass da nichts an Kriminalität laufe, keine Drogen, keine Prostitution, kein Menschenhandel. Fröhlich hatte also die Dossiers über die Zeugen, Hominibus Cor hingegen hatte nur die Zeugen, von denen man seitens der Hilfsorganisation ohnehin nicht viel wusste. Der Öffentlichkeitschef klang sehr hilflos. Als Fröhlich-Donau zum Öffentlichkeitsleiter sagte, er habe über jeden Dossiers, hatte er sie aber vermutlich nicht. Aber Hominibus Cor hatte dadurch plötzlich keine Zeugen mehr gegen ihn, legte keinen Wert auf die. Auf diese Weise gewann Fröhlich-Donau seinen Prozess gegen die Kirche. Er sammelte Informationen über jeden, bluffte aus, spiegelte vor, maßte sich an.

26

Der Christenmensch, Pratter, der zu mir gesagt hat, er würde mir so gerne mit beiden Händen heraushelfen, könne aber nicht, sagte einmal von sich aus zu mir, Hominibus Cor könne sich nicht einfach abputzen, denn Fröhlich sei zu jeder Tages- und Nachtzeit Mitarbeiter der Organisation, 365 Tage lang im Jahr, 24 Stunden pro Tag, 60 Minuten pro Stunde. Das sei wirklich so. Das seien die Spielregeln, der Kodex, die Satzungen, das Recht, die Pflichten. Da könne ich ganz sicher sein. Das war wichtig für mich, dass ich das bestätigt bekam. Ich hatte es mir so gedacht. Ich hatte es mir zwischendurch aber von meiner Anwaltskanzlei schon ein paar Male wieder ausreden lassen und vom Öffentlichkeitschef auch. Aber der Kirchenmensch Pratter, der seiner selbstlosen Sozialarbeit wegen regelmäßig mit Morddrohungen überschüttet wurde, sagte es jetzt zu mir, ohne dass ich ihn gefragt hatte. Aber der Öffentlichkeitschef bestritt mir gegenüber nach wie vor die dienstrechtlichen Möglichkeiten, wieder ohne dass ich ihn darauf angesprochen hätte. Alles lief irgendwie automatisch ab. Der Öffentlichkeitschef sagte, Fröhlich sei keineswegs immer im Dienst. Dienstrechtlich könne er nicht einmal dann etwas gegen Fröhlich unternehmen, wenn dieser seine Frau und seine Kinder misshandle.

27

Zum Bischof sind Samnegdi und ich auch gegangen, haben Charly mitgenommen, weil wir niemanden hatten, der derweilen auf sie aufpasste. Ich hatte schon viele Monate früher im Bischofsbüro angerufen, fast ein Jahr früher, und um Mediation gebeten. Die Sekretärin hatte mich damals abgewimmelt, gesagt, sie werden sich wegen einer Mediation melden und dass eigentlich die Sache, nach dem, was ich gerade erzählt habe, ohnedies beim Chef von Hominibus Cor bestens aufgehoben sei. Der sei zweifellos der beste Mediator, den man sich vorstellen könne. Aber man werde mich zurückrufen. Es rührte sich dann niemand, kein Anruf. Und jetzt zufällig hatten wir in der Zeitung gelesen, dass der Bischof Sprechstunde habe. Er war sehr freundlich. Ich erzählte ihm ein klein wenig von unserem Leben, was gewesen war bisher, und wie schwierig das Ganze jetzt ist für uns und ein paar Worte über Vertrauen, dass ich das wieder nicht kann, sagte ich. Ich sagte, dass ich von Fröhlich viel gehalten habe und dass er viel Gutes in sich habe und dass wir vor Monaten schon um eine bischöfliche Mediation gebeten haben. Der Bischof sagte: *Ich habe das nicht gewusst. Ich kannte den Fall nicht. Ich werde tätig werden.* Er schenkte Charly beim Gehen ein Bildchen mit der Muttergottes. Lachte. Er freute sich sichtlich. Ein paar Tage später war Fröhlich entlassen, und ich, ich hatte keine Ahnung, wie und was zusammengehört. Die Entlassung war mir nicht recht. Was sollte mir das nützen, dass die Organisation für ihn nicht mehr zuständig war.

Ich habe damals nicht geglaubt, dass der Bischof wirklich tätig geworden ist. Er ist lieb und wird die Sache dem Hominibus-Cor-Chef ans Herz gelegt und ansonsten ganz ihm überlassen haben. Der Grund für Fröhlichs Entlassung war eine Nötigung und Erpressung gewesen. *Worst case*, den Begriff hatte der Hominibus-Cor-Chef uns gegenüber verwendet, übersetzt auch, damit ich es ja verstehe. Und wenn dieser schlimmste Fall eintrete, hatte der Chef zu Samnegdi und mir in unserem allerersten Gespräch vor über einem Jahr gesagt, dann müsse ich prozessieren. Und man ließ ihn dann eintreten. Sofort und immer mehr. Aber die kirchliche Organisation selber hat nun einmal ihren Arbeitsgerichtsprozess gegen ihn verloren. Weil die Hominibus-Cor-Verantwortlichen die Hauptzeugen nicht aus dem Ausland hierher zur Verhandlung gebracht haben. Die zwei Hominibus-Cor-Funktionäre aus einem Vierte-Welt-Staat, ein Ehepaar, wurden nicht geladen. Die Frau war Fröhlichs wegen zusammengebrochen. Er soll beide in der Einöde eingesperrt und terrorisiert haben, um von ihnen Unterlagen zu erpressen. Doch die Zeugenaussage der beiden fand nicht statt.

Die Unterlagen, die er dem asiatischen Ehepaar abpressen wollte, hätten beweisen sollen, dass Fröhlichs Korruptionsvorwürfe Hominibus Cor gegenüber berechtigt seien. Den Spendenmissbrauch. Wenn man Fröhlich kennt, weiß man, dass es diese Unterlagen nicht wirklich gegeben haben musste. Unglaublich war, was dann geschah und wer alles mit ihm hielt und gegen die Organisation vorzugehen versuchte. Man traute der Kirche offensichtlich alles zu. Und tatsächlich auch bewies Hominibus Cor im Arbeitsgerichtsprozess gegen Fröhlich absolut nichts. Nicht einmal ihre Hauptzeugen, die zugleich der Entlassungsgrund waren, stellte Hominibus Cor zur gerichtlichen Befragung zur Verfügung.

28

Das Fest auf meinem Hof, ich weiß nicht mehr, ob zur Begrüßung oder zum Abschied. Um die jungen Idealisten aus aller Welt ging es. Der Geburtstag meiner Tante war es auch zufällig. Ich bat Fröhlich daher, man möge ihr gratulieren. Der Geburtstag zwei Jahre nach der überstandenen Todesgefahr war der Geburtstag. Und die Tante war ja auf dem Hof aufgewachsen. Ihr Leben war dort. Ich, wie gesagt, versuchte mich in diesem Sommer mit Fröhlich zu versöhnen und gab mir selber die Schuld an allem.

Ein großes Fest hatten sie für sich fabriziert. Offiziell zu Ehren der selbstlosen ausländischen Helfer und ihnen als Dankeschön. Das Fest war mir nicht geheuer. Da die Anwältin zu mir gesagt hatte, dass ich überhaupt nichts dagegen tun könne, ging ich auch hin und hatte um ein paar Worte für die Tante gebeten und musste auch sonst mit aller Kraft versöhnlich sein wollen. Spät, aber doch ging ich hin. Meiner Tante wünschten Kinder zwanzig Sekunden lang alles Gute und schenkten ihr Blumen. Sie freute sich sehr. Und ich, ich hoffte, dass aus dem guten Vorhaben doch etwas wird und dass wir alle uns, wie man so sagt, im Guten einigen können.

Für Fröhlich und seine Anwälte war gerade auch dieses riesige Fest später dann ein Beweis, dass ich mit allem einverstanden war.

29

Die Agenden des Vereins Welcome! We Help You wurden wie gesagt über Fröhlichs Büro bei Hominibus Cor abgewickelt. Und der Obmann arbeitete auch in Fröhlichs Büro. Hominibus Cor, und zwar Fröhlichs Büro, war auch die Zustelladresse des Vereines. Das sah ich so und das war auch so, dass die beiden Einrichtungen nicht zu unterscheiden waren, wenn einem gesagt worden ist, dass die eine Organisation Teil der anderen sei. Ich hatte dann den Vertrag nicht mit dem Direktor der kirchlichen Hilfsorganisation abgeschlossen und nirgendwo im Vertrag stand der Name der Kirche oder der von Hominibus Cor. Also sei es nicht glaubhaft, dass ich geglaubt habe, es sei Hominibus Cor mein Vertragspartner, sagte Hominibus Cor. Im Vertrag stand nur der Name Welcome! We Help You. Die beiden Obmänner unterschrieben ihn. Und der weiße Kassier. Und der Schriftführer. Fröhlich war damals der Kassier.

Er hatte zu mir, ein paar Tage bevor ich unterschrieb, gesagt, er werde von Hominibus Cor eigens für das Projekt auf meinem Hof abgestellt werden. Das sei ab nun seine Hauptarbeit bei Hominibus Cor.

In Wahrheit hatte, weiß ich, die Organisation Hominibus Cor sehr wohl Mitverantwortung. Die wollte sie natürlich loswerden. Entließ den Mitarbeiter Fröhlich daher. Nahm sie anders nicht wahr. Immer nur das Minimum, das sie gerade musste, tat sie.

30

Ein Flugblatt an jeden Haushalt gab es damals auch, das ging gegen mich. Öffentliche Schmähungen und Demütigungen pflegen so zu sein. Unangenehm war das. Aber mir völlig egal. Und in Fröhlichs Jugendzeitung und in der seiner Frau war kurz zuvor auch gehetzt worden, ein paar Mal. War gar nicht lustig. Mir war aber auch das völlig egal. Mein Naturell ist manchmal so. Eine Folge meiner Erziehung.

Als die schriftlichen öffentlichen Demütigungen ihre Runde machten, sagte aber Samnegdi zu mir, es gehe nicht anders, ich müsse prozessieren. Das Prozessieren, das Klagen war nicht das erste Mittel, ganz im Gegenteil. Und ich wollte mich vergleichen. Auch jetzt. Das Problem war aber, dass es Fröhlich, als er zum ersten Mal einen Vergleich vorschlug – nämlich jetzt unmittelbar nach dem schmähenden Postwurf an jeden Haushalt, ein Jahr vor dem wirklichen Ende war das –, nicht wirklich um das Geld ging. Das hätte ich ja bezahlt. Aber jedes Mal wie gesagt, wenn man nachgab, war er obenauf.

Am Anfang damals, nachdem die zwei Obmänner von Welcome mir die Augen geöffnet hatten, sagte meine Anwältin, das Einzige, was gute Aussicht auf Erfolg habe, sei, all das von Fröhlich und Welcome einzufordern, was bislang nicht getan wurde und vermutlich auch gar nie beabsichtigt gewesen sei. Die Obleute des Flüchtlingsvereins hatten ja, als sie sich bei mir über Fröhlich beschwerten und wollten, dass auch ich gegen ihn vorgehe, zu mir gesagt, dass das Vorhaben auf meinem Anwesen sicher nicht realisierbar sei. Sie hielten es für ausgeschlossen. Die sagten mir das ins Gesicht, dass alles nichts war. Die Anwältin schickte daher mit meiner Zustimmung ihren ersten Brief hinaus. Große Empörung bei Fröhlichs idealistischen Freunden löste der aus. Zu Recht, weil sie nicht wussten, was wirklich los war. Denn die weißen Jugendlichen und ihre Eltern und der Gratisbautrupp aus aller Welt hatten ja wirklich gearbeitet, und jetzt war da der Anwaltsbrief. Die Obmänner und die Ehefrau des einen Obmannes hatten mir wie gesagt berichtet, Fröhlich behaupte immer, er helfe ihnen, aber in Wahrheit eigne er sich das für sich selber an, was den Flüchtlingen versprochen gewesen sei; und bei den Jugendlichen und ihren Eltern sei es genauso. Aber sie helfen ihnen nicht, sondern nehmen ihnen alles weg. Es hätte doch um Gottes willen ein Flüchtlingsprojekt werden sollen und jetzt sei es etwas völlig anderes geworden, ganz anderen Leuten komme es durch Fröhlich jetzt zugute als den Flüchtlingen. Und immer, immer berufe Fröhlich sich dabei auf mich. Ich wolle das alles so.

31

Über den Jugendklub zum Beispiel war ich von Anfang an nicht erfreut, weil da plötzlich aus dem Nichts noch ein Vertragspartner, neuer, da war. Aber es hieß – Fröhlich sagte es mir so –, der Jugendklub sei für die Sozialarbeit notwendig. Die Flüchtlinge brauchen und wollen den Jugendklub. Er sei im Interesse der Flüchtlinge. Dass auch die inländischen Jugendlichen hier ihren Ort haben, schütze und integriere die Migrantenbuben und -mädchen und deren Eltern. So wurde es mir gesagt und so in etwa hielt ich es instinktiv auch schriftlich fest, damit es ja so ist. Und ich verlangte schriftlich, dass es sich um ein Prekarium, eine Bittleihe, des Jugendklubs handeln müsse, also unentgeltlich und jederzeit kündbar zu sein habe. Das schrieb ich damals instinktiv auf und vor und ließ es mir unterschreiben. Die jungen Leute, die dem Jugendklub von Fröhlichs Frau angehörten, haben lange nicht kapiert, dass da klar und deutlich das Gegenteil von dem stand, was Fröhlich und sie mir vorwarfen. Jugendarbeit leistete die Gemeinde damals überhaupt keine. Deshalb hatte Fröhlich ja lange Zeit so viel Zulauf und so leichtes Spiel, denn das von ihm versprochene Jugendzentrum auf meinem Anwesen lockte die Jugendlichen an. Die Eltern auch.

32

Zwei Wochen vor dem entscheidenden Ereignis, das die Geschehnisse zu unseren Gunsten wendete, waren Fröhlich und seine Frau und ein paar Jugendliche mit dem Traktor an mir vorbeigefahren, sahen mich an, lachten. Transportierten eine Pumpenanlage. Die gehörte mir, aber die fuhren auf und davon damit. Und ich hatte keinen Beweis und keinen Zeugen, weder dafür, wem die gehörte, noch dafür, dass die sie gestohlen haben. Auf der Ladefläche die lachen mich aus und sind auch schon fort. Ich konnte nichts tun. Zwei Wochen später dann, Nachmittag, Lärm. Ich höre, dass Holz aufgeladen wird. Meines ist das. Wieder ist es unglaublich, was die aufführen. Die stehlen ganz ungeniert mein Heizholz. Das war Terror. Fröhlich zeigte mir, dass er tun kann, was er will, und ich nichts dagegen vermag. Diesmal war ich aber nicht allein, Samnegdi war da, wir riefen unseren Freund an. Der konnte sofort kommen, weil die Schule schon aus war. Ohne ihn als Zeugen hätten wir uns nicht hinübergetraut. Ich sagte zu Samnegdi und ihm: *Wir gehen nur rüber, fotografieren den Diebstahl, fordern Fröhlich auf, dass sie sofort damit aufhören und dass sie die Sachen zurückgeben. Und wir gehen dann aber sofort wieder. Wir lassen uns auf ja nichts ein. Wir dokumentieren, weisen sie zurecht und sind dann sofort wieder weg!*

Zweihundert, dreihundert Meter ist mein alter Hof vom neuen Haus entfernt. Wir gehen eine Abkürzung über meinen Grund. Die drüben sehen uns nicht kommen. Fröhlich, sein Sohn und dessen Freund verrichten ihre Art von Arbeit. Ich erschrecke, denke mir, wie furchtbar das ist, dass Fröhlich jeden verwickelt, auch das eigene Kind. Der macht die zu Dieben. Die jungen Leute müssen doch wissen, dass das nicht ihnen gehört, denke ich mir. Er muss sie angelogen haben oder es ist ihnen egal oder es macht Spaß. Die drei sehen uns noch immer nicht. Samnegdi fotografiert. Ein paar Fotos hat sie schon. Wir kommen immer näher. Fröhlich hört plötzlich das Klicken. Sieht uns, springt aus dem vielen Holz runter, greift sich dabei ein großes Scheit, starrt uns an, sagt leise: *Du fotografierst?* Er wirkt erschrocken. Ich sage: *Das ist mein Holz. Das ist Diebstahl, was du da machst.* Er kommt auf uns zu, wiegt den Holzprügel in der Hand, ist wutentbrannt, aber zugleich völlig ruhig. Einen Moment lang schnappt er nach Luft. Wir drehen uns sofort um und gehen weg. Wir hatten zuvor schon einen Sicherheitsabstand gelassen, waren nicht ganz zu den dreien hin. Ich hatte auch darauf geachtet, dass ich das vermietete Areal nicht betrete, blieb immer auf meinem Grund. Fröhlich geht uns jetzt nach, schnell, verfolgt uns, ich sage: *Lass uns in Ruhe. Samnegdi und ich gehen jetzt heim, und du gibst Ruh. Wo du jetzt gehst, das ist mein Grund und Boden, verlass den sofort.* Er sagte: *Ich kann sein, wo ich will.* Verfolgte uns weiter. Er ging Samnegdi und unserem Freund nach, schnell, ganz dicht. Ich ging jetzt auf gleicher Höhe mit Fröhlich, hatte Mühe, das Tempo zu halten. Fröhlich war jetzt blass, hielt das Stück Holz ganz fest, probierte es in der Hand, schüttelte es ein paar Mal kurz. Er ließ Samnegdi nicht aus den Augen. Für einen Augenblick lang – da bin ich mir ganz sicher – überlegte er und kämpfte er mit sich, ob er ihr auf den Kopf schlagen soll. Genau so sah das aus. *Lass uns in Ruh*, sagte ich da nochmals zu ihm, *geh zurück!* Er blieb einen Moment stehen. Ich glaubte, jetzt habe ich es geschafft. Er ist abgelenkt. Wir standen uns gegenüber. Ich weiß nicht mehr, was er sagte. Samnegdis Vorsprung war jetzt wieder größer. Ich wollte Fröhlich weiter ablenken, weg von den beiden bringen, er redete mit mir, sah mich an, fixierte mich. Ich dachte, er konzentriere sich jetzt auf mich, sodass sich Samnegdi und unser Freund weiter in Sicherheit bringen können. Deshalb bin ich dann zu den zwei jungen Burschen und dem Holz zurückgegangen, habe geglaubt, dass ich Fröhlich dadurch weiter weglocken kann, bis Samnegdi wirklich in Sicherheit ist. Ich ging schnell zurück zu den zwei Burschen, damit er mich verfolgte statt Samnegdi und unseren Freund. Ein paar Augenblicke waren das, ich fragte den einen der beiden Burschen von weitem schon laut um seinen Namen und ob er wisse, was er da mache, es sei Diebstahl. So agierte ich eben, damit Fröhlich sich ja auf mich konzentriert. Aber da merke ich plötzlich, dass Fröhlich nicht weiter mit mir mitgekommen ist, ich drehe mich schnell um und sehe, wie er jetzt läuft, ich laufe auch, aber er ist früher bei Samnegdi. Ich komme zu spät. Er schaut ihr in die Augen, fixiert sie, und im nächsten Augenblick reißt er ihr den Fotoapparat aus der Hand. Dabei verletzt er Samnegdi. Wir gehen schnell weiter, drehen uns um, die drei lächeln, Vater, Sohn, Freund, die lächeln. Ich sage, sie sollen den Fotoapparat zurückgeben. Sie waren jetzt auf einer leichten Anhöhe, lächelten herunter, lachten. Grinsen nennt man das, hat mir unser Anwalt dann erklärt. Grinsen müsse ich vor Gericht dazu sagen. Fröhlich schüttelte den Kopf, lächelte, und wir riefen bei der Polizei an. Die war schnell da.

Wir gingen zusammen rüber. Es war wieder unglaublich. Fröhlich legte weiter Holz auf, als ob nichts gewesen sei. Verrückt war das alles. Die zwei Burschen waren verschwunden. Der Fotoapparat auch. *Das ist mein Holz*, sagte Fröhlich, und dass ich ihm das geschenkt habe. Ich schüttelte den Kopf. Die Polizei nahm Fröhlich mit. Der war sichtlich überrascht darüber. Vier Polizisten waren da. Samnegdi und ich fuhren dann zur Einvernahme, unser Freund Broda, der Mittelschullehrer ist, auch. Und Samnegdi musste zum Arzt. Fröhlich verweigerte bei seiner Einvernahme die Aussage, wie es sein Recht war. Wochenlang rührte sich dann nichts. Wir wussten nicht, ob wirklich Anklage erhoben werden wird oder ob das Geschehen als belanglos zu gelten habe.

33

Wochen später, Mittagszeit, ich gehe Zigaretten kaufen. Als ich zurückgehe, fährt Fröhlich im Auto an mir vorbei. Die Straße bergauf bleibt er stehen, steigt aus. Ich wechsle die Straßenseite, damit ich nicht auf ihn treffen muss, will vorbei. Er stellt sich mir in den Weg, sagt: *Ich will deinen Hof nicht mehr. Du kannst ihn haben.* Sagt noch etwas und im nächsten Moment schlägt er mir in den Magen. Nicht fest. Ich kann an Fröhlich nicht vorbei. Er sagt: *Hast du Angst vor mir? Musst du nicht. Brauchst keine Angst zu haben*, und dann schlägt er ein bisserl rein. Damit was weitergeht. Er hebt die Fäuste. Ich rufe um Hilfe. Den Namen der Nachbarin. Ich hatte gesehen, dass auf dem Balkon bei der Nachbarsfamilie ein Fenster offen war. Die Nachbarin kam sofort heraus. Gerade in dem Moment sagte ich zu Fröhlich: *Ich will nur in Ruhe nach Hause gehen*, und er erwidert: *Das wird dir nicht gelingen.* Erschrocken sagt er zur Nachbarin, als er sie sieht: *Ich bin nicht verrückt.* Bei meinem Rufen ist er schon erschrocken, hat die Fäuste sinken lassen. Er sagte tatsächlich zu ihr: *Ich bin nicht verrückt.* Ich flüchtete mich dann zu ihr in den Garten, genierte mich, sagte trotzdem: *Das war jetzt aber eine Attacke auch*, zeigte auf meinen Magen, Bauch. Die Nachbarin war auch sehr erschrocken, zeigte auf meinen Magen, hob die Hände und die Schultern. Als das Auto weg war, man hörte das, ging ich sofort wieder. Die Sache war mir unsagbar peinlich, und ich wollte die stets freundliche Nachbarin nicht behelligen.

34

In Samnegdis Fall gestand Fröhlich vor Gericht sofort. Es ist ihm ja gar nichts anderes übrig geblieben. Er entschuldigte sich, zahlte Schmerzensgeld und auch Ersatz für den Fotoapparat. Bar auf die Hand alles, vor allen im Saal. Das war strafmildernd. Bei mir bestritt er alles. Das war klar, denn ich hatte von Anfang bis Ende keinen Zeugen. Ich hatte auch keine sichtbare Verletzung. Ich hatte nicht erbrochen, schon gar nicht war ich zusammensackt. Fröhlichs Anwalt, den ich von Farzad her kannte und dazumal wegen seines Idealismus gemocht hatte, fragte mich, was ich bei der angeblichen Attacke denn angehabt habe. *Eine gefütterte Jacke.* Dann, ob ich der Zeugin Nachbarin gesagt habe, dass ich in den Magen geschlagen worden bin. *Nein*, sage ich. Also log ich. Nein, log ich nicht. Ich hatte es ihr nicht gesagt. Doch. Ja. Nein. Ja. So nicht. Ja. Nein. Ja. Ich zögerte, vor dem Richter zu sagen, wie es gewesen war. Überlegte kurz. Denn die Anwältin hatte zu mir gesagt, ich solle keinesfalls vom Polizeiprotokoll abweichen. Mit keinem Wort, wenn nur irgendwie möglich, sollte ich abweichen. Ich hatte Einsicht in die Vernehmungsprotokolle gehabt und gesehen, dass die Nachbarin nichts Derartiges zu Protokoll gegeben hatte. Nicht, was ich zu ihr wegen der Attacke gesagt habe. Ich wusste daher jetzt nicht, was tun. In meinem eigenen Vernehmungsprotokoll stand es auch nicht. Der Polizist hatte mich nicht danach gefragt, und ich hatte nicht daran gedacht. Wenn ich erzähle, wie es gewesen war, und die Nachbarin wird gefragt und erinnert sich nicht mehr, was mache ich dann? Wie beurteilen die das? Nicht, dass die glauben, ich sage falsch aus! Also sagte ich *Nein*. Fröhlichs Anwalt war zufrieden.

Meine Anwältin hatte zu mir in der Vorbesprechung gesagt: *Was Sie da erzählen, widerspricht der Lebenserfahrung. Bei Gericht dürfen Sie solche Dinge ja nicht reden.* Die Sache mit der Lebenserfahrung, das war, dass ich Fröhlich von Samnegdi und unserem Freund Broda ablenken hatte wollen und deshalb kurz in die ihnen entgegengesetzte Richtung zurückgegangen war, damit Fröhlich sich auf mich konzentrieren und in der Verfolgung von den beiden ablassen solle. *Widerspricht der Lebens-*

erfahrung. Vor Gericht dürfen Sie so nicht reden. Solche Dinge dürfen Sie dort nicht erzählen.
Der Saal war gesteckt voll. Fröhlich hatte viele Menschen eingeladen. Lauter Idealisten. In Samnegdis Fall wurde er wegen Körperverletzung und Nötigung rechtskräftig verurteilt, in meinem nur wegen Nötigung.

Groteskerweise bestritt Fröhlichs anderer Anwalt vor dem Zivilgericht in den Mietrechtsprozessen dann ein paar Mal, dass sein Mandant Robert Fröhlich-Donau strafrechtlich verurteilt worden war. Es kann freilich auch sein, dass der Anwalt den Zivilrichter provozieren und ihm dann mangelnde Unbefangenheit vorwerfen wollte. Aber der Richter lachte nur, sagte, dass Fröhlich strafrechtlich sehr wohl verurteilt worden sei und es unmöglich sei, dass der Anwalt das nicht wisse.

35

Ein Jahr zuvor, beim ersten Vergleichsversuch in den zivilrechtlichen Verfahren hatte Fröhlich jede Entschuldigung abgelehnt, viel mehr Geld verlangt. Und vor allem was er alles sonst noch wollte, war mir völlig unklar gewesen, und die kirchliche Hilfsorganisation Hominibus Cor war auch zu überhaupt nichts bereit gewesen. Jetzt aber schickte die Kirchenorganisation wenigstens einen Trupp zum Räumen und ein paar Transportfahrzeuge und einen Vertrauensmann. Betriebsrat war der. Fröhlichs Frau schlug mir vor Gericht bei den Vergleichsverhandlungen allen Ernstes vor, ich solle alles wegräumen, was mir gehöre, dann könne beim Räumen nichts passieren. Das hätte geheißen, dass ich räumen muss. Nicht sie. In der letzten Zeit hatte Fröhlich meinen Hof zum Autoreparieren, für Oldtimer, weitergegeben, unheimlich war mir auch das, die vielen guten Zwecke nämlich. In die Postwurfsendungen an jeden Haushalt in der Gegend schrieb er auch einmal etwas über eine Behindertenwerkstatt rein. Dass ich eine Behindertenwerkstatt verhindere.

Inzwischen hatte Fröhlich den Flüchtlingsverein völlig übernommen, war selber der Obmann, hatte den vorigen Obmann bei der Polizei erfolglos wegen Diebstahls angezeigt und gegen den allerersten Obmann einen Prozess verloren, der die Obleute eigentlich hätte einschüchtern sollen. Zeitgleich warf Fröhlich mir öffentlich und vor Gericht vor, dass ich arme Flüchtlinge juristisch verfolge und bedrohe.

36

Gleich nach dem Vergleich bei Gericht wollte die Anwältin mit Samnegdi und mir Sekt trinken gehen. *Ich habe nicht gedacht, dass der Fröhlich aufgibt. Niemals hätte ich das geglaubt*, sagte sie. Sie hatte zu mir auch immer gesagt, er werde sich niemals entschuldigen. Denn das wäre für ihn wie ein Schuldeingeständnis. Das mache der nie. Ich weiß nicht, ob sie überfordert war oder andere Gründe hatte, so zu reden. Zum Schluss dann, bei der letzten Zahlung in ihrem Büro ein paar Tage nach dem Glas Sekt nahm sie mir noch viel Geld ab. Ich hatte damit überhaupt nicht mehr gerechnet, dass ich noch einmal zahlen muss. Ich wollte das viele Geld nicht mehr zahlen. Ich hatte doch schon so viel an alle gezahlt. Fröhlichs Anwalt hatte ich in der letzten Gerichtsverhandlung das Vergleichsgeld bar auf die Hand gezahlt, weil der das so wollte, und zu ihm gesagt, er solle aufpassen beim Zählen, das Geld stinke. Er sagte, Geld stinke nicht, und zählte es durch, schleckte seinen Daumen ein paar Mal ab dabei.

Später dann bin ich einmal Eintrittskarten für ein Benefizfest verkaufen gegangen, auch in die Anwaltskanzlei. Ich wollte gute Werbung für die Veranstaltung machen, damit genug Leute kommen. Über ein Jahr nach dem ewigen Rechtsfrieden mit Fröhlich war das. Als die Anwältin mich sah, fiel ihr sofort das Geld ein: *Ach ja, ich habe von Ihrer Rechtsschutzversicherung auch noch Geld bekommen. Ich habe das noch nicht abgerechnet mit Ihnen. Aber wer weiß, wenn ich nachrechne, bekomme ich vielleicht sogar noch etwas von Ihnen. Das kann ganz leicht sein. Also ist es für Sie sowieso besser, Sie stellen keine Ansprüche und ich rechne nicht nach.* Sie sagte das im Ernst und energisch. Alles war beglichen gewesen. Ich hatte ja sogar für den Fall vorausbezahlen müssen, dass die Versicherung nicht zahlt. Ich wusste, dass die Anwältin bluffte und log. Sie durfte das. Ich wollte nichts mehr mit ihr zu tun haben.

37

Beim allerersten Gespräch mit Fröhlichs neuem obersten Chef im Sommer 1996 sagte dieser einleitend und von sich aus und ohne dass wir noch etwas gesagt hatten: *Fröhlich hat seine Meriten und Marotten, aber für sehr viele Leute ist er ein Idol. Die lieben ihn heiß.* Und dann: *Ich muss mich auf meine Leute verlassen können.* Und dann: *Ihr seid dem Fröhlich aufgesessen.* Und dass Welcome! We Help You ein sehr fragiles Gebilde sei. Ich sagte, dass ich möchte, dass das alles für alle gut ausgeht. Für Welcome!, für Hominibus Cor, auch für Fröhlich, aber für uns auch. Fröhlichs Chef sagte, dass mir im schlimmsten Falle nur der Gerichtsweg bleibe. Und dass er nach einem Ersatzprojekt suchen werde. Er rief mich am nächsten Tag an, es gebe keines, es tue ihm leid. Mit dem Chef der Öffentlichkeitsarbeit von Hominibus Cor hatte ich dann am meisten Kontakt, zumal der neue Organisationschef mit Samnegdi und mir nicht mehr selber redete.

Der Chef der Öffentlichkeitsarbeit sagte, wenn Fröhlich ihm wieder einmal über war, über ihn: *In Wahrheit ist der Fröhlich ganz ein armes Schwein. Er kann einem leidtun.* Und über sich sagte er, er komme wegen des Fröhlichfalles fast zu keiner anderen Arbeit mehr. Zum Beispiel Hilfe für die Kinder. Ich genierte mich. Dann veröffentlichte er in der Zeitung, die Fröhlich-Donau konsequent die Treue hielt, einen Leserbrief. Als offizielle Antwort auf Fröhlichs Vorwürfe. Was im Brief stand, fand ich schlimm, nämlich: Man könne die Dritte/Vierte-Welt-Hilfsprojekte nicht noch genauer kontrollieren, weil man sie sonst blockiere und kostbarste Zeit verlieren würde. Das war in meinem Empfinden die Bestätigung dessen, was Fröhlich medial ununterbrochen von sich gab. Als ob Fröhlich die Wahrheit sage, war es. Ich glaube fast, nur der Chef der Öffentlichkeitsarbeit sah das nicht so.

Der sagte zu mir, er gebe mir jede Einsicht in alle Unterlagen, die sie haben. Ich fand in denen, die er mir gab, aber nichts. Ramsch und Abfall war das, was er mir zeigte. Ich weiß nicht, ob er Fröhlichs Computer untersuchen konnte. Mir bot er die Festplatte an. Sagte, auf der sei nichts. Ich kannte mich nicht aus, lehnte dankend ab. Etliche Ordner hatte Fröhlich bei seiner fristlosen Entlassung ganz einfach mitgenommen. Die hatten sie jetzt in der Organisation nicht mehr. Sie hatten das zugelassen.

Allen Ernstes sah ich den Systemfehler von Hominibus Cor lange Zeit als Sünde an. Es war mir mitunter auch, als versündige man sich an Fröhlich. Ich auch. *Wir sind ja doch alle Christen*, dachte ich mir, und man dürfe es doch nicht so weit kommen lassen, man müsse doch miteinander reden können. Auch mit Fröhlich. Und ihn herausholen aus seiner Blödsinnigkeit. Zu meiner Anwältin sagte ich deshalb, am liebsten hätte ich, dass sie einen Anwaltsbrief schreibt, dass wir alle uns in einer Kirche zu einer Messe treffen und miteinander beten und uns gegenseitig verzeihen und dann endlich Ruhe ist und wir alle ein Leben haben. Sie starrte mich an. *Wo leben Sie?* Sie war blass geworden. *Es wäre das Vernünftigste*, erwiderte ich.

Ich bin sehr traurig, wenn ich mich an die Zeit erinnere, als Fröhlich unser aller Leben bestimmte. So viel ist kaputtgegangen damals. Das Haus, der Hof. Die Lebenszeit. Die Abschlussarbeit war auch damals und endlich der Anfang eines neuen Lebens. Der Kampf um meine Arbeit und Zukunft hätte damals sein müssen. Fröhlich machte, was er wollte. Er riss auch Hofteile ab, statt sie instand zu setzen, ließ sie dann behördlich sperren. Wenn ich gegen Fröhlich nicht prozessiert hätte, hätte ich meinen Hof für immer verloren, für tatsächlich nur ein paar Cent im Jahr; alle Haftungen, Reparaturen, Instandhaltungen wären ausschließlich bei mir gelegen; der Vertragspartner war ein anderer gewesen, als mir gesagt worden war. Und der Zweck war nicht gut. Das bauliche Ruinieren meines Eigentums war bloß eine Lappalie im Vergleich, wie Fröhlich den Leuten, mir auch, mit Gewalt und Betrug zusetzte. Meiner Familie auch. Ich weiß nicht, warum, aber er konnte nie anders.

Wie ein großmütiger Gelehrter und herzensgebildeter Forscher, in dem 3000 Jahre Menschheitsgeschichte am Leben und Wirken waren, unterging und sein Universitätsinstitut mit ihm und dadurch der Schulunterricht. Aber das weiß fast niemand, weil man vergessen hat, was alles möglich ist.
(1992–1997)

1

Die Kinder mit den Zeugnissen. Ich möchte im Bus dem Kind neben mir gratulieren. Tue es dann nicht. Denn das Zeugnis ist ihm nicht recht. Aber eine Bestätigung hat es auch, dass es in der Hauptstadt an einem Quiz teilgenommen und fast gewonnen hat. Es strahlt, als es die liest. Als es sieht, dass ich in seinen Schulpapieren mitlese, ärgert es sich. Ich entschuldige mich und sage, dass es ein gutes Zeugnis ist. Das Mädchen schüttelt den Kopf. Die Blätter wehen draußen im Wind. Jedes Mal wenn ich den Wind sehe, muss ich an den verehrten Lehrer Piel denken. Die Homerstelle, die ihm so gefallen hat. Die Zukunft sei so, glaubte er. Die Blätter an den Bäumen, der Wind, das Spinnen und Weben. Ich werde sehr traurig; Piels Antike-Vorlesungen damals über Angst, Hoffen und Freundschaft und über politische Kämpfe. Seine letzte Veranstaltung war über ein lateinisches Pelikan-Gedicht und seine allerletzte über das Lernen und das Erwachsenwerden in der Antike. Der Lehrer Piel ließ dann aber plötzlich alles sein. Mitten drinnen. Manchmal schickte er noch Karten oder seine eigenen Blumenfotografien, an Charly zum Beispiel, mir auch. Einmal eine, dass meine Arbeit, in der er gerade las, ihn sehr bewege. Das rührte mich, weil er damals oft plötzlich wie gelähmt war.

Einmal hatte er zu mir gesagt: *Sie bekommen immer Arbeit. Das verspreche ich Ihnen. Da können Sie ganz sicher sein.* Kaputt. Wer, was. Er, alles. Er war großmütig. Eine Lieblingsfügung war *die Menschen guten Willens*. Einmal entdeckte ich daraufhin aus purer Neugier das Wort *magnanimitas* und forschte, wer alles es wie gemeint hat. Daraufhin war er sehr temperamentvoll. Er sagte von sich immer, er lehre Aufmerksamkeitsethik, das sei sein Fach, und er bilde seine Schüler zu Partisanen aus. Einmal nannte er mich einen Esel, war sehr wütend über mich. Ich hatte ihn beim Übersetzen gestört. Er las mit seinem Mitarbeiterstab gerade in den Korrekturfahnen seines Buches. Er hat sich oft über mich geärgert.

Ich habe keine Arbeit und keinen Ort, deshalb fehlt Piel mir. Nein, nicht deshalb. Sondern der Schönheit wegen, die durch ihn war. Jeder, der mit Piel zu tun hatte, weiß von ihr und dass sie jetzt spurlos verschwunden ist; Piels Wahrnehmungen, sein Empfinden, seine neugierigen Berichte, sein Aufbegehren, sein Mut, sein Beharren sind kaputtgegangen. Er war in allem liebevoll. Er hatte oft gesagt, er möchte sich auf dem Sterbebett keine Vorwürfe machen müssen. Das musste er gewiss nicht, aber was er dort tat, weiß ich nicht. Nur dass seine Frau ihn sehr geliebt haben muss, weiß ich. Denn er wäre nicht so lange am Leben geblieben, wenn sie ihn nicht so geliebt hätte. Sie müssen von neuem zueinander gefunden haben.

2

Piel redete in den letzten Lehrveranstaltungen und auch dann zu Hause, wenn Samnegdi und ich ihn besuchten, oft von einer Frau, die wie eine junge Geliebte sei, die nie alt werde. Man wusste, wen er meinte und nach wem er sich sehnte. Wenn er wusste, sie werde ihn heute zu Hause besuchen, war er aufgeregt und freute sich sichtlich. Die Krankheit trennte sie beide erbarmungslos. Ihre und seine. Schwer behindert, hinfällig, todkrank war er, und seine Frau pflegte ihn, nicht die Geliebte tat das. Das war jetzt der Vorwurf. Aber es war alles so geordnet, er wollte das so. Seine Frau wollte das auch so. Die Geliebte litt darunter, und er, weil sie sich, weil sie verzweifelt und allein war und selber Hilfe brauchte, in der schlimmsten Zeit und Einsamkeit einen anderen suchte. Aber in Wahrheit waren die Dinge allesamt anders; nur die Krankheit nämlich und die Leute waren bösartig, nicht die Liebenden.

Ein paar Leute erzählten, er habe die Geliebte jahrelang gedemütigt und isoliert und dem Leben entfremdet. Lilli zum Beispiel erzählte das und dass er der Geliebten wieder beiwohnen habe wollen, seiner Krankheit wegen sei es dann nicht mehr möglich gewesen. Lilli war mit der Geliebten befreundet. Die Geliebte brauchte Hilfe und Menschen. Lilli sagte von Piel, er würde für eine gute Pointe sofort seinen besten Freund bloßstellen, jede gelungene Pointe sei eine Freundschaft wert; sie, Lilli, würde das auch so tun. Und dass Piel allen zeigen wolle, wie überlegen er ihnen sei, sagte sie. Sie können ihm alle nicht helfen, seien unfähig, das wolle er ihnen ständig beweisen. Er nehme zwar jede Hilfe dankbar an, aber nur pro forma, um den hilfsbereiten Menschen, die es gut meinen, zu zeigen, wie dumm und mies sie seien. Ich sah das nicht so, sagte aber nichts dagegen.

3

Im Winter, zu seinem Geburtstag, lud Piel zwanzig, dreißig Leute ein. *Meine Schülerinnen und Schüler* nannte er sie. Er sagte: *Mit meinen Kollegen will ich nichts zu tun haben, aber meine Schüler sind Menschen von Ehre.* Beim Fest war der neue Freund von Piels Geliebter auch zugegen. Das war sichtlich anstrengend für Piel. Seine Frau war nicht zugegen. Sie hatte ihren Mann tags zuvor beim Rückwärtsfahren versehentlich niedergestoßen, weil er nicht zu sehen gewesen war. Er sah auch jetzt noch so aus. An seinem Festtag hier jetzt hätte er am liebsten alle beschenkt, hatte Säcke voll Bücher mit, teilte die aus.

Ich erinnerte mich derweil, wie er am Institut die Geliebte gesucht hatte. Früher war sie immer dagewesen, klopfte an, ging zu ihm, sie besprachen den Tag und was zu geschehen habe, redeten über Blumen, Grammatik und die Betriebspolitik. An dem Tag damals, als er die Geliebte überall suchte, war sie unauffindbar. Ich sah, dass er zitterte. Jetzt saß sie da und ihr Geliebter neben ihr und Piel ertrug seinen Geburtstag. Ich wusste, dass es anders war, als es an dem Abend schien. Denn als es sich abzeichnete, wie krank er in Wirklichkeit war, wollte sie mit ihm zusammen ein neues Leben beginnen. Fort von hier. Eine neue Zeit. Aber er wollte nur seine Arbeit, hoffte, dass seine Arbeit ihm hilft. Die hatte ihn immer gerettet. *Nein, wir werden arbeiten. Das ist das Schönste*, sagte er zur Geliebten. Er schickte sie dann aber zur weiteren Karriere ins Ausland auf eine andere, berühmtere Uni. Die Geliebte wollte aber bei ihm bleiben, jetzt wollte sie bei ihm sein. Jetzt sei noch Zeit. Er ließ es nicht zu. Dort dann auf der renommierten Uni inmitten der seit ein paar Jahrhunderten und seit vierzig Jahren berühmten Gelehrten und großen Denker und Forscher brach die Geliebte plötzlich zusammen. Seelisch, hieß es. Dann wurde ihr zu Hause aber sofort ein Krebs diagnostiziert. Körperlich war der. Die Belastung war gewaltig gewesen.

Piel wollte trotzdem, dass alles wie immer weiterläuft, die Arbeit, die Ehre, die Ehe, die zweite Frau, die Innigkeit, die Hochleistung, die Lebhaftigkeit. Er hat seine Geliebte auch jetzt nicht heiraten wollen. Wo die Geliebte zusammengebrochen war, die herrschende Schulrichtung dort lehrte das völlige Gegenteil von dem, was dank Piel in der hiesigen Abteilung seit seiner Berufung möglich geworden war. Bloch, Marcuse, Feyerabend, Améry, Anders – die lehrte Piel hier auch inniglich. Die Geschichte des antiken Atheismus und Materialismus und die des menschlichen Portraits lehrte er auch. Damit war er auch ganz allein an der Fakultät damals. Und die Geschichte des antiken Sozialismus und der antiken sozialen und politischen Ideen. Und die Wirkungen von all dem lehrte Piel, soweit sie ihm zugänglich waren. Dort, wohin die Geliebte der Karriere wegen musste, weil Piel es so wollte, war alles das ganze Gegenteil von Piels Lebenswerk und nicht einmal Liberale waren die dort, sondern die waren in wissenschaftlichen und in politischen Dingen sowohl höchst angesehen als auch sehr rechts. Antike Demokratie und Diktatur lehrte Piel auch sowie Friedens- und Widerstandsforschung und kurz einmal die Geschichte der abendländischen Kalligraphie. Die vielen Sprachen, in denen der Lehrer Piel schreiben und seine Reden halten konnte, konnten dazumal hierorts nicht viele so gut verwenden wie er. Und das ärgerte daher viele. Wenn er vor Freude aus dem Vollen redete, war das für sie eine Provokation. Er demonstriere ihnen ihren Mangel und ihr Unvermögen.

Alles, was der Lehrer Piel tat, las, redete, schrieb, verfolgte er mit großer Kraft, weil er gern leben wollte, weil er schon einmal so gut wie tot gewesen war. Als er noch Gymnasiallehrer gewesen war, war er allerdings gefürchtet gewesen. Diese Unart hatte er. Ich glaube, die gefiel ihm. Warum, weiß ich nicht. Wohl, weil er sich von nichts und niemandem umbringen lassen wollte. Weder von denen oben noch von denen unten noch von seinesgleichen. Er eliminierte manchmal Menschen. Ebenbürtige. Das war, glaube ich, weil er selber oft eliminiert worden war. Oft auch war er selber fortgegangen und hatte ein neues Leben begonnen und hat es dann anderswo sehr schwer gehabt. Er hielt, glaube ich, sein Verhalten daher für zumutbar. Lebensfreude, Liebesglück, Überlebenskampf und Notwehr waren für ihn wohl oft ein und dasselbe. Ich weiß nicht, wie oft er zu weit gegangen ist und ob überhaupt. Intellektuelle Redlichkeit war ihm das Wichtigste. Er glaubte, dass nichts einem Menschen so helfen könne wie die Wahrheit. Insofern war er religiös.

4

Ein sehr junger Assistent, der in eine schlimme Intrige geriet, zugleich aber der Denunziant war, aber dennoch unschuldig war, ein vergleichender Religionswissenschafter, war über die Vorgänge an Piels Institut verbittert, sagte zu mir, die hiesigen Theologen beklagen sich alle, dass Piel primitiv sei. Piel hatte öffentlich gesagt, dass Theologie keine Wissenschaft sei. Und die Kirchenväter pflegte er allesamt *broken persons* zu nennen. Einzig der Heilige Franziskus war ihm geheuer. Den Sonnengesang bewunderte er kindlich. Aber das war den katholischen Theologen egal. Kann auch sein, sie wussten es nicht. Piel sah und machte freilich nie viel Unterschied zwischen dem Franziskusgebet und Lukrezens Anbetung der Alma Venus Genetrix. Die Dulcetudo beim Materialisten Lukrez und die Dulcetudo beim Heiligen Franziskus waren Piels Dissertationsthema gewesen. Sozusagen Maria und Venus. Er aß im

Übrigen auch immer gern süß. Die Theologen hatten in gewissem Sinne recht, dass sie sagten, Piel mache, was er wolle. Manchmal sagte er auch, dass die Christen ihren Gott essen. Und immer, dass Platon bloß ein Faschist gewesen sei.

Piel hatte die Lehrerausbildung über. Piel war sehr gerne Lehrer. Das Lehrersein war ihm das Liebste. In der Schule soll er wie gesagt kein netter, fördernder Lehrer gewesen sein. Ich habe allerdings auch das ganze Gegenteil gehört und in Berichten gelesen, nämlich wie schön, lebendig und hilfreich sein Schulunterricht war. Dass der Lehrer Piel kein guter Lehrer sei und dass er seiner Geliebten nicht rechtens auf dem Nachbarinstitut zur Universitätsprofessur verholfen habe, warfen die Theologen Piel auch vor. Und der Geliebten auch.

Der junge Religionswissenschafter, der mir von diesen Dingen erzählte, ohne dass ich ihn jemals danach gefragt hätte, hatte tatsächlich ein schwereres Leben durch die Intrige, in die er geraten war und für die er nichts konnte. Für die konnte der Lehrer Piel aber auch nichts. Denn Piel war damals sehr schlecht beisammen, brauchte selber Hilfe und Ruhe, war schon schwerkrank, sterbenskrank. Man wusste es, und trotzdem oder gerade deswegen brach unter den Assistenten, Freunden, die Kabale aus.

5

Es kann leicht sein, dass ich ohne Piel verloren gewesen wäre. Er ärgerte sich zwar über mich, warf mir meine Sturheit und Unnahbarkeit vor und mich einmal für kurze Zeit aus seinem Seminar, weil er mich der Hausordnung wegen disziplinieren musste. Aber es schmerzte ihn. Und er interessierte sich immer für meine Fabrikationen. Für eine jegliche. Es war ihm, schien mir, jedes Mal wichtig, was mir öffentlich einfiel und was ich öffentlich herausfand. Er war wohl so, weil er mir helfen wollte. Einmal mitten in seiner besten Zeit sagte er ohne jeden Spott zu mir: *Ich habe Angst, dass Sie verbluten.* Wenn mich viel später dann jemand wirklich zum Bluten gebracht hat, dann war es aber er. Niemand sonst hätte das vermocht. Das war dann seltsam für mich. Aber es war ohne wirklichen Belang. Denn es waren gute Jahre dazwischen und davor. Durch ihn.

Er sah nicht nur die Fehler der anderen, sondern auch seine eigenen, bestritt die nie, versuchte, sie nicht mehr zu machen, hätte sich sehr geniert, wenn er sich anders verhalten hätte.

Meine Zuneigung half ihm nichts. Einmal schickte ich ihm zum Abschied Blumen und ging nicht mehr hin. Auf den Zettel zu den Blumen schrieb Charly ein paar Bussis. 1000 Stück. Ich tat nichts für Piel. Ich hatte nicht das Vertrauen seiner Frau und bemühte mich auch nicht darum.

Aber nur so hätte ich ihm wirklich helfen können. Einmal sagte Frau Piel zu Samnegdi und mir, dass die Besuche nicht gut seien für ihn. Er werde hin und her gerissen. Es erinnere ihn zu viel an die Universität. Wenn er von nun an nur zu Hause sei, werde er sich schnell damit abfinden, dass hier jetzt seine Welt ist. Und sein neues Leben. Piel konnte nichts dafür, dass er zum Sterben und das Institut voller Intrigen war. Er war ein bewunderter Redner gewesen und anerkannter Spezialist für antike Ethnologie. Zu reisen war ihm ein Horror. Er blieb immer gerne, wo er war. Die Welt war in ihm.

Später dann bekam er einen Computer. Der half ihm beim Sprechen. Der Lehrer Piel bildete aber wie früher die schönen langen Sätze, die er gewohnt war. Er schaffte die aber nicht mehr. Seiner Frau tat es weh, wie schön er war und wie hilflos. Dass die Leute ihn nicht verstanden, bedrückte sie. Sie bewunderte ihn. Auch weil er von der Schönheit nicht lassen wollte. Konnte.

6

Ich habe nicht zu denjenigen seiner Schüler gehört, die etwas bekommen haben. Das war auch, weil ich nichts wollte. Er wollte mir zum Beispiel auch jedes Mal etwas mitgeben. Ich nahm es nicht, sagte, er brauche es ja noch. Es war mir, als würde ich ihm etwas rauben oder als wäre er dann schon tot. Eine Gesamtausgabe eines k.k.-Mathematikers, der Theologe und rebellischer Politologe auch war, wollte er mir auch einmal mitgeben. Und einmal seine eigenen Gesammelten Schriften, die einzigen Bände, die er davon hatte. *Ich brauche das alles nicht mehr*, sagte er. *Suchen Sie sich aus meiner Bibliothek aus, was und wie viel Sie wollen. Nehmen Sie es mit. Bitte.* Ich widersprach, nahm es nicht an, obwohl ich sehr an seinen Schriften hing und gerührt war. Alle seine Publikationen hatte ich genau gelesen. Und ich bilde mir ein, sie hatten mir geholfen. Und meine Arbeit bei ihm half mir. Sein Lob die Jahre über, seine Neugier, seine Freude. Dann urteilte er aber vernichtend. Und ich blutete dann eben kurz. Dann mein Einspruch. Dann schrieb er seine Beurteilung völlig anders, hielt jetzt schriftlich fest, meine Abschlussarbeit sei ab sofort durchaus ein Lehrbuch für jede nachfolgende Philologengeneration. Er empfehle es hiermit. Aber es war zu spät. Ich konnte nicht mehr. Meine Angst und Scheu vor Menschen war wieder da. Und in der Realität draußen musste ich zur selben Zeit gegen den Sozialarbeiter Fröhlich prozessieren. Für die baldige Zukunft damals war die Arbeit geschrieben. Ich hatte gehofft, dass ich davon leben werde können. Aber es war zu spät. Piel hatte keinen Grund, am Institut zu bleiben. Keine Kraft, hatte seine Geliebte und seine Arbeit verloren und dann seine Studenten auch.

Er war Motorsportler, war Autorennen gefahren. Motoren aller Art faszinierten ihn, nämlich wie die über Versuch und Irrtum entstanden. Versuch und Irrtum faszinierten ihn. Aber als er so krank war, hatte er schon alles versucht, und es gab nichts mehr, was ihm einfiel, das hätte helfen können. Seine Kinder liebte er. Aber ich glaube, sie misstrauten ihm. Seine andauernde Arbeit und der Ehebruch werden sie missmutig gemacht haben. Die Kinder haben, glaube ich, immer zur Mutter gehalten. Und ihn nicht für einen guten Vater. Er verlange zu viel, gebe zu wenig.

Am liebsten jedenfalls bildete Piel Mittelschullehrer aus, und als Wissenschafter übersetzte und kommentierte er am liebsten. Widersetzt haben sich seine legitimen Schüler dem Zeitgeist jetzt nicht. Der Unterricht ist völlig aufgegeben worden, würde Piel befinden. Seine Vertrauensleute haben einfach alles geschehen lassen. Aber es kann sein, dass nur ich das so sehe. Auf dem Institut herrschte, als Piel so schwer krank wurde, Hilflosigkeit infolge von Hierarchie. Die Geliebte wehrte sich, war aber nicht zuständig.

7

Seine Geliebte wollte nach seinem Tod auch, dass ich eine Ehrenrede auf ihn halte. Das habe ich nicht getan. Sie wollte mir aber damit helfen. Ihr Mann, sie hatte inzwischen geheiratet, war eifersüchtig, kam zur Besprechung nach, setzte sich an den Tisch, wartete, was wir reden. Ich war sehr überrascht. Sie hatte zu ihm an dem Morgen über mich gesagt: *So, jetzt gehört er mir.* Das vertrug der Mann an dem Morgen nicht, ich den Rest des Tages auch nicht. Aber sie hatte das anders gemeint. Das Missverständnis des Ehemannes war aber nicht der Grund, warum ich keine Rede hielt und nicht einmal zur Gedenkfeier ging. Sondern ich wollte nie jemandem von denen, die sich wirklich bemühten, Schwierigkeiten machen. Durch mich wäre über kurz oder lang Streit unausweichlich gewesen. Ich konnte nicht anders sein. Ich wollte aber nicht, dass Piels Geliebte durch mich Schwierigkeiten bekommt. Davon hatte sie ja auch ohne mich schon genug. Sie wollte mir zu einem Comeback verhelfen. Namhafte Leute waren zur Feier geladen. Und ich wollte nicht, dass es ihr dadurch schlecht geht, dass sie mir hilft.

Piels letzte Assistentin wollte mir auch helfen. Seine Geliebte und sie waren problemlos befreundet. Piels letzte Assistentin ist inzwischen auch Professorin. Ethnologin, anderswo in der Welt. Die seltsamen Kämpfe aber damals auf dem Institut waren mir unerträglich. Kann sein, es war alles zu verstehen und hat seinen Sinn gehabt. Ich glaube es nicht. Es war kein Leben. Es hatte keinen Sinn. So nette Menschen waren das und trotzdem war es so. Samnegdi hat ihre Dissertation bei Piel zu schreiben angefangen. Für den Entwurf bekam sie einen Unipreis, Forschungspreis. Dafür hat Piel sich eingesetzt. Mit dem Geld kauften wir die ersten Babysachen für Charly. Die kleine Charly und der verehrte Lehrer Piel mochten einander dann in der Tat. Mit drei Jahren konnte sie spaßhalber ein paar hundert lateinische Wörter. Wir haben dann schnell aufgehört mit dem Blödsinn, sagten ihr nichts dergleichen mehr, damit sie nicht weiß, wie der ganze Blödsinn heißt.

8

Zwanzig Jahre vor Piels Ende hatte es schon einmal geheißen, jetzt sei Piel endgültig erledigt, mit ihm sei es aus und vorbei. *Bestenfalls ein Krüppel im Rollstuhl*, soll die damalige Kollegenschaft auf der Uni und in der Schule, feine Menschen überall, damals über ihn gesagt haben. Sich selber zur Beruhigung. Er hatte dann aber noch viel Zeit und gewann noch sehr oft gegen seine Kollegen. Er litt immer schwer an der Lieblosigkeit, die er wahrnahm. Er war liebesbedürftig. Nur seine Geliebte konnte ihm wirklich helfen. Freundschaft suchte er auch. Er war ja Sozialist und machte sich bitter über den Freundschaftsgruß lustig.

Piels Freundin, Geliebte, war Etruskologin am Nachbarinstitut, hatte ihre Doktorarbeit bei Piel über die Etrusker im Geschichtswerk des Livius geschrieben, war als junges Mädchen durch ihr lebhaftes Interesse für Giacometti zur Etruskologie gekommen. Und allen Ernstes durch D. H. Lawrences Reisebeschreibung der etruskischen Welt. Später dann interessierte sie sich für antike Liebesgeschichten und Liebes- und Freundschaftspaare, publizierte hauptsächlich über derlei.

Das erste Mal, dass ich mit Piel zu tun hatte, war, als er mich maßregelte, dass hier überall auf dem Institut gegrüßt werden dürfe. Ich tat es aber trotzdem nicht. Ein paar waren vor der Tür im Weg gestanden und ich musste dauernd aus und ein und die blieben dort stehen, aber ich musste aus und ein und Piel wurde zornig, weil er auch dort stand und ich nicht grüßte und immer aus und ein musste. Er war nie unfair. Und die erste Prüfung dann bei ihm war erfreulich für mich. Meine Art des Übersetzens gefiel ihm. Das half mir auch später dann, denn ich übersetzte, wie man so sagt, für mein Leben gern. *Das Denken ist das Wichtigste*, sagte er zu mir, weil ich das damals seiner Meinung nach tat. Ich hatte bloß *de natura deorum* mit *Von der Wirklichkeit der Götter* übersetzt und einen zweiten Fall erklärt und mittels besagten Genetivs meiner Meinung nach Ciceros Vorstellung vom menschlichen Bewusstsein. Das reichte Piel. Er war wie gesagt Atheist, Materialist, Sozialdemokrat und aus der Kirche ausgetreten und freute sich daher über alles und jedes. Wir waren einander auf der Stelle zugeneigt. Später einmal nannte er mich aber wütend eine hochgefährliche atomare Wiederaufbereitungsanlage, von der niemand wisse, was man damit tun soll, am besten zusperren sollte man mich. Und einmal aber nannte er mich einen Delphin. Das war nett. Delphine mochte er. Elefanten auch. Und einmal lobte er einen schnell geschriebenen lateinischen Aufsatz von mir über Dichter im Gefängnis. Ich war überrascht, und ein paar Kollegen war das Lob nicht recht. Einer und eine sagten verärgert, Piel werde jetzt immer sagen, man müsse es beim Lateinschreiben so machen wie ich. Aber das wäre Piel nie eingefallen. Es hatte damals geheißen, es sei die beste Klausurarbeit. Was weiß ich, warum. Und warum sich ein paar andere ärgerten. Solche Dinge waren mir wesensfremd und unverständlich. Ein paar Monate zuvor hatte er sich über einen Übersetzungsfehler von mir öffentlich lustig gemacht. Das war mir auch völlig egal gewesen. Ich hatte etwas für einen Namen gehalten, eine Blume mit einem Menschen verwechselt.

Und einmal eben hatte Piel gewollt, dass ich bei ihm Assistent werde. Der es dann wurde, weil ich mich nicht bewarb, machte mir mit seiner Art dann stets Angst. Einmal sagte Piels Freund, der hochgeschossene Lieblingsassistent, zu Samnegdi und mir, wo es dem Lehrer Piel überall an Größe mangele, und einmal grauste ihm vor dem plötzlich verfallenden Piel. Und wer alles von den Fakultätsprofessoren ein Nichts und ein Niemand sei, gab der Assistent Samnegdi und mir damals auch zum Besten. Das waren zufällig gerade die, von denen ich gerade gesagt hatte, dass sie sehr interessant seien. Einmal, als Piels Lieblingsassistent besoffen war, meldete er sich am Telefon mit *Heil Hitler! Hier Führerhauptquartier.* Auf seinen Freund ließ Piel aber nichts kommen. Außerdem wusste er von den besagten Späßen nichts. Als Piel den Lieblingsassistenten einstellte, sagte er, dessen lockere Art werde eine Bereicherung für das Institut sein. War sie auch, und auch ich freute mich. Ich war dem Lieblingsassistenten dann nie gewachsen. Ruckzuck ging das jedes Mal. Einer der anderen Assistenten, einer von Piels Schülerinnen, Schülern, die gingen, gehen mussten, weil sie in Streit gerieten, der Religionswissenschafter, der fortmusste, musste dann das ganze Staatsgebiet abfahren, um seinen Beruf ausüben zu können. Von Stein zu Stein, Dokument zu Dokument, Ausgrabung zu Ausgrabung, Forschungskeller zu Forschungskeller. Das sei sehr anstrengend, sagte er zu mir und hielt aber auch nicht viel von mir. Aber ich tat ihm manchmal leid – ich weiß gar nicht mehr, wer sich mit wem gut oder gar nicht verstand. Es war immer um nichts gegangen, aber in Wahrheit um alles. Und ab irgendwann war dann alles nichts.

9

Piel sagte in seinem Seminar, als er als Kind in die Schule musste, sei er immer durch einen kleinen Park, in dem ein Dichterdenkmal stand. Unter der Büste sei *Die Welt ist ein Narrenhaus und die Menschen sind Nullen* gestanden. Das müsse man verstehen, sagte Piel. Aber all die *de contemptu mundi*-Traktate waren ihm ein Rätsel und ein Greuel. Er war einfach gern am Leben.

Warum hat der Lehrer Piel über seinen Verfall in den letzten Jahren nicht Buch geführt? Hat er nicht? Seine Hände, er konnte nicht mehr schreiben damit. Ich weiß nicht, vielleicht hat er zwischendurch doch Buch geführt. Sein Gehirn hat er gespendet und seine Wirbelsäule. Vielleicht hat er also auch Buch geführt. Er hätte es tun müssen, damit andere Menschen, denen seine Krankheit oder sein Verfall oder sein Schicksal widerfährt, eventuell Hilfe erfahren können. Er war ein sehr guter Mensch und Wissenschafter, ich glaube daher, dass er Buch geführt hat. Aber eine Krankheit beschreiben, was soll es helfen? Die Therapie muss man finden und unter die Leute bringen, nicht die Krankheit, ist es nicht so? Nein, so ist es nicht; er hat das gewusst und er wird sich daher die richtigen Notizen gemacht haben, damit man helfen kann. Worauf hoffe ich also? Ich habe vergessen, wie das heißt.

10

Jetzt einmal hat jemand, der mit Samnegdi und mir zusammen bei Piel studiert hat und mit Samnegdi zusammen in derselben Firma arbeitet, gesagt: *Durch Piel war alles schön.* Das stimmt und das sagt oft jemand. Denn Freundschaft ist schön. Der verehrte Lehrer Piel würde sich freuen. Aber tot ist tot. Piel war rot und ist jetzt tot. Wirklich rot und daher wirklich tot. Man darf daher nie etwas wirklich sein.

Er sagte von sich, er werde sich nicht bewegen können, seine Lippen nicht mehr, er werde keinen Laut hervorbringen können, aber er werde alles verstehen, was vor sich gehe und geredet werde. Wir beide, Samnegdi und ich, werden ihn besuchen, lachte er, und er werde glauben, Napoleon und Dostojewski seien zugegen. Er war, obwohl seine Autonomie und Dignität daheim in der Familie gerettet und gewahrt waren wie nirgendwo sonst auf der Welt, zwangsläufig, weil er nicht mehr auf der Universität lehrte und auch keinen Einladungen nachkam und keine Gastvorträge mehr hielt, als ob eingesperrt; ein Höchstleistungssportler, der plötzlich mit allem aufhören muss von einem Tag auf den anderen. Einmal fragte ich Piel, weil er vor Jahrzehnten das Mongolische erlernt hatte und es schätzte und verstand, ob er mir bitte etwas auf Mongolisch sagen würde. Er sagte dann zu Hause immer dieselben mongolischen Worte zu uns, welche bedeuteten: *Ich bin Dschingis Khan, der Sohn des.* Ich weiß nicht mehr, wie der Spruch ging. Ich ließ es dann sein. Er wünschte sich von mir dann eines Tages, weil er sich am Ende seines Lebens für die Berber interessierte und ihre Sprache zu erlernen begann, eine Kassette mit Berbersprachen. Aber die war noch nicht im Handel. Für die Berber interessierte er sich Sallusts und vor allem Ciceros wegen. Die Staatsschrift, das *Somnium Scipionis*, der Berberfürst dort, der Himmel über ihm. Wir lernten aber in der Firma, in der Samnegdi arbeitet, einen mongolischen Bildhauer kennen. Mit seiner Frau und seinem kleinen Kind war er vor ein paar Wochen ins Land gekommen. Dem Bruder nach. Der Bildhauer war verzweifelt. Aber zu Hause war er auch verzweifelt gewesen. Hat eine schwere Operation überstanden. In der Mongolei war er ein sehr bekannter und geachteter Künstler gewesen. Wir sahen eine seiner Arbeiten: *Buddhas Mutter träumt die Geburt ihres Sohnes.* Wunderschön war die Holzskulptur. Samnegdi und ich getrauten uns gar nicht, die Figuren zu berühren. Wir kauften sie ihm um seinen Preis ab. So viel Geld hatten wir in unserem Leben noch nie für irgendetwas ausgegeben. Nicht einmal in der Hand gehabt. Für andere war es vielleicht gar nicht wirklich viel, für uns sehr viel. Wir wollten dem Lehrer eine Freude machen und zugleich dem desperaten Bildhauer helfen. Die Geburt im Traum, der Vogel, das hing dann an der Wand. Ich glaube, verkehrt. In Piels Zimmer war das. Sie glaubten vermutlich, die Skulptur sei Gelumpe vom Fetzenmarkt. Ich hätte den Preis dazuschreiben müssen, sagte ich dann zu Samnegdi und war verärgert. Aber was hätten sie sonst mit dem Vogel machen sollen, als ihn zu montieren. Aber verkehrt herum war er fixiert. Nicht ins Freie und nicht zu den Herzen. Ich weiß nicht mehr, was mich ärgerte. Wohl dass der Vogel jetzt stürzte, statt hinauf wegzufliegen. Die russische Zeitung mit dem Foto des Bildhauers hatte auch nicht ausgereicht, die Piels zu überzeugen. Die Zeitung mit dem Foto hatten wir zum Geschenk dazugelegt, weil der Lehrer sie lesen konnte. Freude hatte der Lehrer aber schon mit dem Schnitzwerk, glaube ich. Aber der Vogel flog wirklich in die verkehrte Richtung. So konnte er kein Glück bringen und hatte vielleicht auch deshalb keinen Wert. Später dann konnte der Mongole hier nicht mehr Künstler sein, die Ehe zerbrach, er fing zu trinken an, wollte hier nicht Fleischer sein und im Supermarkt arbeiten wollte er auch nicht. Und sein Bruder bekam einen gefährlichen Tumor, den der zu überleben hatte. Piel wünschte sich dann statt der berberischen eine mongolische Kassette, weil er die Sprache hören wollte, so viel wie nur möglich, von Menschen gesprochen. Denn er war zeit seines Lebens ein wirklicher Redner. Wir sind manchmal ein bisschen frei, das bisschen Freiheit verdanken wir auch Piel. Die Freiheit der Rede und den richtigen Augenblick. Natürlich war Piel ab und zu doppelt und dreifach. Es war aber doppelt und dreifach richtig, wie er war. Lilli und noch ein paar, einer war einmal Assistent bei Piel gewesen und unser Freund auch gewesen, Herr Nittlern, sagten manchmal zu uns, wir sollen doch nicht glauben, was Piel sage, er sei in Wirklichkeit ganz anders, als er rede, das sei immer so gewesen. Ich habe das nie wahrgenommen, glaube es daher nicht. Piel war so, wie er redete. Was er sagte, war doppelt und dreifach richtig.

11

Der Freund Nittlern spottete freundlich, ich sei wie ein kleines Kind, das in einem fort ruft: *Hier bin ich. Hört mir zu. Ich sag euch jetzt, wie das alles in Wahrheit ist.* Er sagte zu mir: *Du bist wie ein kleines Kind, das sich einbildet, dass ihm die Leute zuhören, weil es so viel daherredet. Hier ist der kleine Uwe und der erzählt euch ganz was Wichtiges. Das Wichtigste im Leben! Die wirkliche Wahrheit!* Ich habe damals, als er mir das sagte, sein Gesicht nicht verstanden. Fragte aber nicht nach. Freundschaft ist dasselbe wollen und dasselbe nicht wollen. Später dann arbeitete der Freund Nittlern, als wir alle uns trennen mussten, in der kirchlichen Hilfsorganisation Hominibus Cor als Zivildiener. Er war wie gesagt zufällig Fröhlichs Büro zugeteilt worden. Fröhlich warf ihm dann eben vor, Geld veruntreut zu haben, und vermutlich des Weiteren, unerlaubterweise Flüchtlinge für billige Arbeit bei der Renovierung der eigenen Wohnung in Verwendung genommen zu haben. Wir haben in der Tat von Nittlern selber nie etwas über die Vorfälle und Vorgänge, die ihm so zu schaffen gemacht hatten, erfahren. Nur immer durch Zweite, Dritte und Vierte. Dass Herr Nittlern eben am ganzen Leib gezittert habe und mitten in der Arbeit vor allen Leuten zusammengebrochen sei. Als dann der Arbeitsgerichtsprozess zwischen Fröhlich und Hominibus Cor anstand, behauptete der Öffentlichkeitschef von Hominibus Cor mir gegenüber, Nittlern verweigere jede Zeugenaussage, das sei ein großes Problem für Hominibus Cor. Und ich, ich wusste nicht, wer log, der Öffentlichkeitschef oder Nittlern, und ich hatte Angst.

Und einmal, als Fröhlich bereits entlassen war, wenn auch ungültig, und Nittlerns Zivildienst schon lange zu Ende, rief ich unseren Freund Nittlern an, sagte: *Hast du's in der Zeitung gelesen? Fröhlich ist entlassen worden.* Nittlern gähnte, sagte: *Na und? Das ist Schnee von gestern.* Ich legte sofort auf. *Ah so,* sagte ich zuvor freundlich. Charlys Taufpate war er auch gewesen. Er hatte in der Tat furchtbare Angst vor Fröhlich. Und vor allem war Nittlern ja aus der Institutsintrige, in die er geraten war, in den Zivildienst geflohen, war durch die Universitätskabalen am Boden zerstört – und jetzt das! Er konnte nicht mehr. Es ging ihm von neuem an die Existenz. Aber nichts, nichts hatte er sich zuschulden kommen lassen. Aber schweigsam war er. Und er ist nie mehr zu uns oder Charly gekommen. Wir redeten kein Wort mehr miteinander, hatten keinerlei Kontakt mehr. Alle meine Freunde waren hartgesotten.

12

Als meiner Tante das Gehirn blutete und man sagte, sie habe keine Chance, und später dann, dass sie nicht therapierbar sei, in den Monaten war ich ja immer im Spital, in den Spitälern, auf den Stationen; ich weiß nicht mehr, wer mir damals erzählte, dass Nittlerns Frau sagte: *Was der Uwe immer für Opfer bringt*. Das war nett, dass sie das sagte. Und die Stelle, die Assistentenstellen bekamen damals in der Zeit Herr Nittlern und noch einer, der Religionswissenschafter eben, und ich freute mich für beide und mit beiden. So einfach war das für mich.

Ich glaube, dass ihm unsere Freundschaft unheimlich gewesen sein muss. Zwischendurch hatte er manchmal Zornanfälle oder was das war. Er war ansonsten sehr sanft. Neidanfälle waren die Zornanfälle, glaube ich. Wegen nichts hatte er diese Schwächeanfälle, der Kreislauf gab auf und die Ohnmachtsanfälle waren plötzlich da, wenn er sich in einer großen Hoffnung getäuscht hatte. Vor der Sache mit Fröhlich war das auch schon so gewesen, dass Nittlern plötzlich zusammensackte. Den vielen Neid auf dem Institut habe ich nie kapiert. Nicht einmal, dass es Neid war. Ich war damals in gewissem Sinne immer vergnügt. Samnegdi hatte das zuwege gebracht, dass es mir gutging. Auch der Lehrer Piel. Und Herr Nittlern. Samnegdi und ich waren froh, dass wir am Leben waren und wenn Menschen nicht sterben mussten.

Mein fachliches Gerede, Geschreibe kritisierte Nittlern oft öffentlich, und ich, wie ich war, freute mich darüber jedes Mal, weil ich ja meinte, es gehe um die Sache, nämlich wie schön das Leben sei. Mein Gerede, mein Geschreibe sei nichts, sagte er einmal, und dass ich das Fach in einem fort kastriere. Aber es war sehr gutes fachliches Zeug von mir und ich hielt es und ihn für wichtig und Piel mochte es und die anderen im Privatissimum waren entweder angetan oder erschrocken. Aber Piel war da und es war gut, denn Piel redete nur gut darüber. Dass die Antike aus Ost und West über uns, um uns und in uns sei, wollte Herr Nittlern mir beibringen. Bei mir war das aber beileibe nicht so. Die Antike kam mir nicht in mein Innerstes. Sofort, als Nittlern die Assistentenstelle hatte, entbrannte plötzlich die Intrige. Der unglaubliche Machtkampf zwischen den besten Freunden. Der Lehrer Piel war nicht bloß, weil er so schwer krank war, sondern seit jeher von seinem ganzen Wesen her, streitbaren, harmoniebedürftig. Er brauchte nun einmal Freunde und ertrug Freundschaftsbruch nicht. Und daher keine Zwietracht unter den eigenen Leuten. Wenn man alle zusammenzählt, hatte er damals insgesamt fünf Assistenten und Assistentinnen. Er war bei Nittlerns Hochzeit gewesen, hatte sich mit allen gefreut. Ab irgendwann bald darauf ekelte es Herrn Nittlern aber vor Piels Lieblingsassistenten, der Nittlerns Trauzeuge war und um Jahre früher Assistent geworden war, weil Herr Nittlern und ich uns nicht beworben hatten. Und jetzt, jetzt, die Jahre später, alles war erreicht, alle hätten zufrieden sein und arbeiten können, beide Freunde, ekelte es Herrn Nittlern über jedes Maß. Der Freund war Doktor, aber Nittlern sagte über ihn, er sei nicht mehr als ein Bakkalaureus. Aber Nittlern war dem Doktor Bakkalaureus nicht gewachsen. Im Interesse fürs Fach zwar gewiss und er übertraf ihn auch im Wissen. Aber um das Können, Forschen und Übersetzen ging es jetzt nicht. Auch nicht ums Lateinschreiben und um die Grammatik. Sondern der Lehrer Piel brauchte nun einmal Loyalität, Verlässlichkeit, sehnte sich nach Treue. Piel hatte an allem Freude, was lebendig war, und die Realität jetzt war aber schrecklich. Gegen die wollte er jetzt seine Schüler haben.

Einmal warf Piel Nittlern, halb im Scherz, halb im Ernst, Hochmut vor und einmal einen leeren Kopf. Öffentlich. Das war beleidigend für Nittlern, aber die Stelle bekam er trotzdem, und Piel und er mochten einander von Herzen. Irrational, unzweckmäßig und ungeschickt war die Intrige unter den Assistenten. Nittlern war voller Verachtung. Der etablierte Assistent und er hatten immer viel miteinander getrunken, seit Jahren, kannten einander auch insofern in- und auswendig. Beide hielten von mir sicherheitshalber fachlich stets nichts, mich aber, weil Piel auch mich und mein Zeug und damaliges Wesen mochte, für einen permanenten, riskanten Konkurrenten, der aber wie gesagt fachlich überhaupt nichts wert sei. Dass der langgediente Lieblingsassistent sich im Suff mit *Heil Hitler, hier Führerhauptquartier!* meldete, erzählte mir Nittlern oft, als ob er es loswerden müsse. Das Trinken war immer, damit man weiß, wer wer ist. Das Trinken ist intim gewesen und an die Existenz und Substanz gegangen. Eine Erlösung war es nie. Man weiß zu viel, wenn man zu viel trinkt. Das Orgasmustrinken gibt es und das Koma- und das Kampftrinken. Herr Nittlern und der etablierte Assistent ertrugen es beide nicht, wenn sie nicht der Erste sein konnten, waren jetzt aber zwei. Es ging ihnen bei allem aber immer nur ums Fach, wer der bessere für es sei.

Samnegdi sagte manchmal über das, was jetzt am Institut vorging: *Die Verrohung schreitet fort.* Herr Nittlern war dann nur kurz Assistent. Nur eine einzige Diplomarbeit korrigierte er als Erster. Die Kollegin zerriss er in der Luft, sie studierte dann in der Hauptstadt fertig.

13

Als wir den verehrten Lehrer Piel zu Hause besuchten, muss er einmal im Reden oder Lachen sein Ausscheiden nicht wahrgenommen haben, im Rollstuhl saß er an dem Tag. Seiner Frau war es wohl auch deshalb nicht recht, dass wir da waren. Die Scham der Körperfunktionen wegen. Piels Frau traute mir nicht. Er hatte wie gesagt sie und eine Geliebte lieb. Beide haben ihn geliebt. Und einmal, als Charly und ich ihn in einem Spital besuchten, waren zufällig gerade seine Brüder und Schwestern da, und einer seiner Brüder erzählte mir, er habe in einer Bibliothek in einem entlegenen Kloster zufällig einen Bibliothekar kennen gelernt, der sei sehr nett gewesen. Und im Reden haben sie dann begriffen, dass Piel ihn sowohl in der Schule als auch auf der Uni unterrichtet hatte. Der Bibliothekar sagte allen Ernstes zum Bruder: *Ihr Bruder hat mein Leben zerstört.* Piels Bruder erzählte mir das erschrocken und ängstlich und neben dem Bruder. Piel schaute ihn an, sagte nichts, verzog keine Miene, lächelte dann aber, nannte den Namen und hob eine Hand. *Mein Leben hat er nicht zerstört*, sagte ich. Piels Bruder sagte daraufhin erleichtert: *Dann ist es ja gut.* Dann wandte er sich zum Lehrer, sagte: *Du hast manchmal so eine rabiate Art.* Der Lehrer Piel lächelte.

Ich weiß nicht mehr, ob Piels Schwester, die Ärztin war, damals auch da war. Nittlern hatte zu mir gesagt, um Piel brauche ich mir keine Sorgen zu machen. Denn der habe ja alle seine Brüder und Schwestern. Für den sei bestens gesorgt. Die Ärztin sei eine Koryphäe. Vor vielen Jahren, als der Lehrer dem ewigen Rollstuhl und dem baldigen Tod so nahe gewesen war, hatte ihn, heißt es, die Ärztin, die Schwester, gerettet. Die hatte damals irgendwo in Amerika ein Wundermittel gefunden und gewissenhaft am Bruder ausprobiert. Ein anderes Mal sagte Piel zu mir: *Muss ich das wirklich alles durchmachen? Für mich ist es ein KZ. Den Menschen zuliebe, die mich mögen, soll ich da überall durchmüssen?* Er schimpfte wieder auf die angebliche Dummheit der Ärzte und Pfleger; er hatte nämlich vor ein paar Tagen in einer Art Krampf Papier verlangt. Sie gaben ihm welches zum Schreiben. Aber er hätte welches zum Abwischen seines Speichels gebraucht.

Seine Frau, Frau Doktor Piel, war immer sehr liebevoll. Sie hatte über John Ruskin und die Präraffaeliten dissertiert und sich über Benjamins Ästhetik habilitiert, leitete im Moment ein renommiertes kleines Museum und war dort und auch sonst unbestritten Spezialistin für Schmuck, wertvolle Mode und für die Sozialgeschichte von Kultplätzen. Dalis *Auge der Zeit* fasziniere sie, sagte sie einmal. Und dass sie sich intensiv mit den Originalfarben von berühmten antiken Kunstwerken beschäftige.

Als Samnegdi und ich einander gerade kennen lernten und sehr lieb gewannen, frisch verliebt waren ineinander, standen wir einmal der Vorlesungen wegen auf dem Gang vor dem Institut; Frau Dr. Piel kam zufällig vorbei, sah uns, lächelte freundlich, grüßte im nächsten Augenblick mit *Glück auf.* Samnegdi hat es, glaube ich, gar nicht gehört. Wir verdanken dem Lehrer Piel sehr viel Glück, Samnegdi und ich. Manchmal stellte er sich aussichtslos auf die Straße und demonstrierte dort. Oft schrieb er politische Leserbriefe. Mitunter sah man ihn im Fernsehen. Gegen Ende sah man ihn zufällig auch einmal dort. Er saß bei den Sozialdemokraten irgendwo. Irgendein kleiner Parteitag war. Ich glaube, Piel wäre damals gerne um seine Meinung gefragt worden, er schien darauf zu warten. Es traf ihn hart, dass er sein kleines Parteiamt zurücklegen musste. Man erwartete das von ihm, weil er krank war.

Einmal sagte er uns, wen alles er nicht bei seinem Begräbnis haben wolle. Den zweiten Ordinarius zum Beispiel nicht. *Der ist ein miserabler Sozialdemokrat und ein noch miserablerer Wissenschafter.* Und ein paar Institutsweiblichkeiten der Falschheit wegen nicht, zum Beispiel eine Assistentin des zweiten Ordinarius. Und was alles Lustiges bei seinem Begräbnis stattzufinden habe, sagte er auch; und welche Rockmusik gespielt werden müsse. Aber was dann wirklich sein werde, das werde seine Frau entscheiden, sagte er, denn sie habe alle Last zu tragen mit ihm und ein wundervolles Schönheitsempfinden habe sie. Sie werde daher am besten wissen, was zu tun sei. Eine Ästhetin sei sie. Sie habe es schwer mit ihm, sagte er, denn schön sei er ganz gewiss nicht und seine Frau tue ihm leid. Ein paar Katzen mehr wünschte er sich in der Wohnung. Wie springlebendig sie waren und wie behaglich sie schnurrten, freute ihn. Er fotografierte noch immer viel. Blumen oft. Das konnte er mit seinen Händen machen; zu zeichnen und zu malen und zu schreiben ertrug er aber überhaupt nicht mehr.

Er sagte zu uns, dass er über nichts in seinem Leben verbittert sei, sondern dem Leben dankbar. Auf seine Atome sei er schon neugierig. Und dass die Buddhisten sagen, dass man zu dem werde, an die oder an den man im letzten Augenblick seines Lebens denke. Und dass Ernst Bloch gesagt habe, dass man dadurch unsterblich sein könne, wenn man im letzten Atemzug hofft. Einmal gegen Ende sagte Piel in einer Vorlesung aber, dass das Hoffen eine schreckliche Dummheit sei. *Die dumme Hoffnung,* sagte er. So etwas hätte er früher nie gesagt. Aber ich weiß eben nicht, was dann noch war. Viele, viele Jahre waren dann noch, die Samnegdi und ich nicht kennen. Die müssen innige Liebe gewesen sein, sonst hätte es sie nicht gegeben. Die Liebe war stärker als der Tod.

Viele Leute haben geglaubt, wir hätten im Gegensatz zu ihnen nach wie vor intensiv Kontakt mit Piel. Seine Geliebte glaubte das auch. Fragte uns nach ihm. Die Leute waren erstaunt, dass ich nichts mehr von ihm wusste und nicht zu ihm ging. Ich wollte ihn nicht an mich binden. Das klingt selbstherrlich, größenwahnsinnig und grausam. Aber Piel hatte gesagt, er wolle nicht mehr leben. Und ich wollte daher nicht, dass er sich zum Beispiel an uns bindet. Ich wollte ihn nicht zwingen zu leben.

An einem Tag, als ich ihn im Spital besuchte, hatte er es eilig, er war unruhig, er wartete, dass man ihn zu einer Untersuchung in ein anderes Spital bringt. Er war zugleich neugierig. Das war Forscherdrang. Er setzte sich an den Tisch, wartete, wollte inzwischen wieder von den Vorlesungen, die gerade gehalten wurde, etwas hören. Ich schämte mich fast. Und ich empfand, ich sei der falsche Mensch.

Man bindet, lebend, Menschen an sein eigenes Leben, damit sie leben können. Samnegdi und ich, wir haben das oft so getan, so versucht. Das geht oft gut aus. Ich hatte kein Recht, die Leben zusammenzubinden. Also hielt ich mich von Piel fern. Es fiel mir sehr schwer.

14

Ich weiß nicht, wie oft sein Wille in der Zeit gebrochen wurde. Aber sein Wille war so, nicht zu brechen, all die Jahre zuvor. Nicht zu brechen. Und doch war Piel so schnell gewichen. So schnell. Hatte das Institut verlassen. So leer war das Institut jetzt. Über den Freitod redete er in den Vorlesungen auch viel. Forschte. Und über die Katastrophen, die Menschen einander antun, und über die, für die sie selber nichts können. Er ging vielen Leuten auf die Nerven, galt als unüberwindlich. Das war am Ende nicht gut für ihn. Seine Leute von Berufs wegen halfen ihm dadurch nicht so, wie es für ihn gut gewesen wäre. Er musste alles selber wissen und können. Auch jetzt noch. Dafür war er doch da gewesen. Er war ja der Chef.

Er nannte Samnegdi und mir einmal die Anzahl der Bücher in seiner Bibliothek, weit über zehntausend, an die zwanzigtausend. Ich weiß die Zahl nicht mehr. Da sei er nie allein, da habe er immer was zu tun, bei so vielen Büchern, sagte er. Und von seiner Tochter sagte er, sie komme aus einem Haus mit zehntausend, zwanzigtausend Büchern. Ich bin der Falsche, um ihm zu helfen, dachte ich einmal mehr, und auch, als ich mit ihm im Spital allein war. Er will ein anderes Leben als das, das ich kenne und kann. Das, was er will, glaube ich nicht und kann ich nicht. Irgendetwas bin ich ihm wohl schuldig geblieben.

Einmal erzählte er, wie gerne er Alf im Fernsehen anschaue, er könne sich oft gar nicht halten vor Lachen. Als Piel von der Uni so schnell wich, erging es ihm sehr wohl sehr schlecht, und ich verstand nun einmal nicht, warum man ihm dort keinen Lebensraum schuf, erhielt. Warum seine

Leute nicht für ihn da waren. Nein, waren sie nicht. Die Krankheit demütigte ihn. Er sagte, die Krankheit mache ihn winzig.

Die Geliebte zu verlieren, das war sehr schwer gewesen für sein Gemüt. Keine Aussprachen gab es mit ihr, soweit ich weiß. Sie kam ihn aber besuchen. Sie liebte ihn, wusste aber nicht, was sie tun soll. Auch nicht, wie es auf seinem Institut weitergehen soll und sie das von ihrem aus beeinflussen könne; es war nicht zu besprechen mit ihr. Sie nahm nicht mehr an, was er sagte. Sie wäre am liebsten von allem auf und davon. Weg, von allem, von allen. Was er in den letzten Vorlesungen und Übungen tat, sagte, erschien ihr als selbstzerstörerisch, kleinkariert und schikanös. Was sie zuerst nicht verstehen konnte, nicht verstehen wollte, war, glaube ich, dass er wirklich zugrunde ging. Das wollte sie nicht empfinden müssen. Niemand, niemand wollte wahrhaben, schien mir damals, dass Piel Hilfe brauchte, alle Hilfe, die es nur gab. Es hätte weniges schon gereicht. Zuneigung, mehr wäre nicht notwendig gewesen. Beharrlichkeit, ja, gewiss. Denn die erschafft die Wirklichkeit.

Für die Lehrerausbildung war er wie gesagt zuständig gewesen. Die war ihm das Wichtigste. Als er nicht mehr da war, sondern für die Welt tot und einmal dann eben ganz, gaben ihm ein paar potente Lehrervertreter die Schuld am Fiasko des Faches.

Der Gedenkveranstaltung für Piel blieb ich wie gesagt fern. Mir wurde dann von Piels Geliebter erzählt, der neue Vorstand habe, als er die ehrenden Worte für Piel sprach, dessen Namen nicht gewusst und stattdessen einmal Müller und einmal Meier gesagt. Von ein paar anderen, die wie ich, jedoch aus anderen Gründen, bei der Feier nicht anwesend waren, wurde mir dann aber gesagt, das sei ausgeschlossen, weil denkunmöglich. Der neue Vorstand sei blitzgescheit und korrekt und ihm passiere so etwas nicht und er bemühe sich sehr um alles und alle. Der neue Vorstand soll freilich auch andernorts gesagt haben, Piel sei nur ein kleiner, unbekannter und unbedeutender Wissenschafter gewesen, zumal Piel ja offenkundig nicht viel publiziert habe. Hunderte Aufsätze hat Piel in Wahrheit publiziert, weit mehr als irgendjemand sonst und jeden hat er aus Lebensfreude und Verantwortungsbewusstsein geschrieben.

Je weniger er sich rühren konnte, umso mehr interessierte er sich für Reitervölker. Der Berberhimmel über der Wüste und die tibetischen Dämonen interessierten ihn jetzt. Und er glaubte, durch die Sprache des Aristoteles selber ein sprechendes Wesen bleiben zu können und dass die Früheren die Wirklichkeit unmittelbar festhalten haben können und dass die Jetzigen dazu nicht imstande seien.

Wie einem Flüchtling ein fremdes Kind in den Händen starb und er darüber ein anderer Mensch wurde.
(1992 –)

1

Farzads liebstes Wort war *luti*. Das heißt *Affenführer*. Wenn er das hörte oder sagte, lachte er vergnügt über das ganze Gesicht. *Schuchi* und *schirini* mochte er auch gern, das eine bedeutet *Spaßvogel* und das andere *Süßigkeiten*. Die Fotos, wie Farzad sich um das Baby Charly kümmert, haben wir noch. Es kann sein, dass irgendeine Mafia ihn umgebracht hat, eine persische. Oder eine aserbaidschanische. Oder eine russische. Ich weiß nicht, wer jetzt für ihn zuständig war.

Farzad war bei uns, als die Tante auf den Tod war, und passte auf Charly auf. Er bekam dann Angst, dass wir ihm nicht mehr helfen können, weil wir für die Tante alle Zeit und Aufmerksamkeit haben müssen. Und einmal hatten wir Angst, er könne nicht mehr. Er band sich mitten in der Nacht etwas um die Stirn und schlug mit dem Kopf ein paar Mal gegen die Wand. Ich weiß nicht mehr, ob er dann weinte. Grünes Band um den Kopf. Ja, er weinte. Farzad musste immer Angst um sein Leben haben. Das war das hiesige Behördenproblem; das brauchte Kraft und Zeit und Leben auf. Er war bei uns in größtmöglicher Sicherheit, aber das wusste er nicht. Wir auch nicht. Einzig, dass wir ihm helfen mussten, weil er bei uns war. Aber in einer Nacht wie gesagt zog er sich die Stirn an, als mache er sich für den Tod bereit. Er wolle ab jetzt nicht mehr essen und trinken, denn er könne nicht mehr leben, sagte er auch. Er könne nirgendwo hin, die Hisbollah würde ihn überall umbringen. Und dass wir ihm nicht mehr helfen können, weil wir selber so viele Probleme haben, sagte er in einem fort. Ich hatte für einen Augenblick Angst. Er war ja Kampfsportler und wenn er gewollt hätte, hätte ich keinen Augenblick lang eine Chance gehabt, aber er weinte nur. Samnegdi redete dann mit ihm. Er schluchzte jetzt laut. Eine Schere lag herum. Ich hatte aber keinen Grund zur Angst. Er schluchzte, weil er verzweifelt war, weil er Todesangst hatte. Mir war im nächsten Augenblick klar, dass er uns niemals etwas tun würde. Und wie nahe er selber dem Tod sein musste. Er war nicht in Rage, sondern am Ende.

Einmal hatte Farzad lachend zu mir gesagt, zeigte hinauf, es sei überall derselbe Himmel. Wir redeten persisch, ich lachte auch. Über mein Persisch, auf das er sehr stolz war, konnte er sich manchmal nicht halten vor Lachen. Und damals sagte er dann, er sei unter dem Himmel zu Hause, und der sei überall derselbe. Das Wichtigste sei das Leben.

Wir mochten Farzad sehr, er hätte bei uns bleiben sollen. Aber er hörte nicht auf uns. Daran war wohl ich schuld. Und als die Tante gerade wieder ganz gesund wurde, ging er dann fort. Er hielt das nicht aus, wie sie aussah und alles wieder von neuem lernen musste. Sein Vater daheim im Iran hatte ja einen Schlaganfall und konnte sich nicht rühren, und Farzad war nicht bei seinem Vater, sondern fort auf der Flucht. Und die Tante war, meinte er, so beisammen gewesen wie sein Vater, und das ertrug Farzad nicht, und eben auch nicht, wie ihr Gesunden war. Und jetzt ihr Gesundsein. Am Zustand seines Vaters gab er sich die Schuld, seinetwegen sei in der Heimat alles so gekommen für die Familie. Die Mutter musste den Vater pflegen. Und die Frau, die Farzad heiraten wollte, war auch im Iran geblieben. Er habe auch einen Bruder, sagte Farzad. Der sei auch auf der Flucht. Um den habe er große Sorge. Von ihm habe er so lange nichts mehr gehört. Der Bruder heiße Omid. Des Bruders wegen habe er, Farzad, im Iran seine Schwierigkeiten mit der Politik bekommen. Sein eigener zweiter Name sei auch Omid, sagte er einmal und lachte vergnügt. *Omid* heißt *Hoffnung*. Diesen Bruder hatte er wirklich.

In der ersten Zeit, als Farzad alleine wohnte, weg von uns, und wir ihn einmal besuchten, Charly, die Tante, Samnegdi und ich, erzählte er, dass hier vor ein paar Tagen ein Kind vom Balkon gestürzt sei, ein Baby. Die Kindesmutter habe in ihrem Entsetzen nicht aufhören können zu schreien. Er sei zum fremden Kind gelaufen, habe versucht ihm zu helfen, habe die Rettung angerufen, die sei aber erst nach über einer halben Stunde gekommen. Das Kind sei in seinen Armen gestorben. Die Mutter habe nie aufgehört zu schreien. Er habe nichts tun können, nur das Kind in den Händen halten.

Farzad, mit ihm hat alles angefangen. Wir hatten alle Glück. Wir haben ihm daher geholfen, dass er nicht mehr in Lebensgefahr war. Das Glück war eine schwere Zeit. Er hat bei uns gewohnt, gelebt. Dann ist er fort. Es war mir nicht recht, dass er fortging. Er wollte sein Glück machen. Und keine Last sein.

Jetzt, Jahre später, der Mafioso, der mir droht. Sie suchen Farzad. Ob er wieder zu uns gekommen sei. Ob wir seine Helfer seien. Was wir wissen, will der Mafioso von mir hören. *Gar nichts wissen wir*, sage ich. Der Mafioso sagt mir als Erkennungszeichen seinen Namen. Ich reagiere nicht. Es ist der Tarnname, den Farzad immer genannt hatte. Den des politischen Kontaktmannes hierzulande. Ich sage dem Mafioso, wie es ist: Dass wir Farzad seit Jahren nicht mehr gesehen haben. *Ihr habt ihm viel zu viel geholfen*, sagt der Mafioso daraufhin. *Das dürft ihr nicht mehr tun*. Der Perser erzählt, dass sie mit Farzad nicht mehr fertig werden und dass sie wollen, dass er die Stadt verlässt. Wenn sie nur irgendwie könnten, auch das Land. Farzads Frau ist ihnen aber ein Hindernis, scheint mir. Sie muss gute Freunde haben, zu einer Familie gehören, die stark genug ist. Der riesige Mafioso sagt, Farzad habe ihn vor ein paar Wochen angeschrien, er habe keinen Ausweg mehr und wie blutig seine Hände seien. Ein paar Mal jetzt sei Farzad in seiner Verzweiflung auf der Psychiatrie gewesen. Für ein paar Tage jeweils. Der Mafioso will, dass wir mit Farzad reden, damit der wieder zur Vernunft komme. Ich solle ihn anrufen oder zu ihm in die jetzige Wohnung gehen. Denn ein Gerichtsverfahren sei anhängig. Der Mafioso und der Mann, der nicht aus dem Auto steigt, sind darin verwickelt. Wir sollen ihnen auf der Stelle sagen, wo Farzad sich versteckt hat. Und wenn Farzad zu uns komme, sollen wir ihm ja nicht mehr helfen. Er verdiene keine Hilfe. Stattdessen sollen wir den Mafioso anrufen. Der Mafioso schüttelt mich kurz, sodass ich wackle. Ich wehre mich nicht, weise ihn nicht zurecht, drehe mich aus dem Griff. Alles ist an der Grenze. Er will mir Farzads Handynummer geben, so ich die wirklich nicht habe. Ich notiere mir die Nummer nicht, habe sie nicht. Der Mafioso will, dass ich Farzad anrufe. Das tue ich nicht.

Farzad habe gedroht, sich selber, seine Frau und sein kleines Kind zu töten, wenn die Mafiosi ihn nicht in Ruhe lassen, sagt der Mafioso jetzt. Farzad ist kaputt, sie haben ihn kaputtgemacht, er hat nicht auf mich gehört. Ich getraue mich, als wir wieder alleine sind, nicht, ihn anzurufen. Dann in der Nacht doch. Die uralte Nummer stimmt aber nicht mehr. Aber seine Frau kann ihn offensichtlich vor der Brut schützen. Aber sie müssen ihn loswerden. Werden sie. Sie versuchen, ihn, so gut sie können, zu isolieren. Dass Farzad uns nicht um Hilfe bittet, ist sehr anständig von ihm, empfinde ich. Er will uns nicht hineinziehen. Oder das Ganze ist abgekartet. Mir schien, dass dem Mafioso alles recht sei, wie auch immer es weitergehe. Die müssen alle ausweglos feststecken. Kann aber sein, sie wollen uns hineinziehen und Farzad ist dabei, macht mit, ist der Lockvogel. Keine Ahnung, warum. Er hätte leichter leben können. Das hätte alles nicht so kommen müssen. Ich kann überhaupt nichts tun.

Der zweite Perser, ein Russe, glaube ich, ist der von der Staatsnationalität her, hat im Auto gewartet, ist nicht ausgestiegen, hat das Gesicht abgewendet, verharrte. Der riesige Mafioso, der auf mich einredete und wütend war, hat behauptet, der Mann im Auto sei ein armer alter Mann. Ich weiß es besser. Es hat seine Gründe, warum der arme alte Mann im Auto geblieben ist. Vor Jahren mein heftiger Streit mit dem armen alten Mann im Auto, weil ich nicht wollte, dass Farzad für ihn arbeitet. Nein, der Mann im Auto ist nicht arm und nicht alt, sondern der mir seit Jahr und Tag unsympathischste Teppichhändler. Die besten

Geschäftskontakte überallhin soll er haben, hieß es vor Jahren. Ich weiß nicht mehr, was alles er damals von hier nach dort schaffte. Kühlschränke, Reifen, Hühnerbrutkästen. Die brachte er alle legal nach Aserbaidschan und so weiter und so fort. Kaputte Geräte, weggeworfene Ware. Mit repariertem und mit unreparierbarem Schrott handelte er, Export und Import. Der arme alte Mann im Auto ist mir seit unserer ersten Begegnung zuwider. Ich habe ihm das auch einmal ins Gesicht gesagt. Also glaube ich dem Mafioso nicht, was er mir einreden will. Farzad hat mir damals nicht geglaubt. Und der Teppichhändler half Farzad, wie wir es nicht konnten. Das Leben war daher leicht. Nicht so wie bei uns. Damals war das für Farzad so. Ich beschimpfte damals den Teppichhändler in seinem Geschäft in meinem Persisch, glaubte, das wirke besser, geriet dann außer mir. *Hamische schoma dorough mikonid! Tschera? Mitarsam. Tschetour Farzad zendegi chaste kard? Ura charab mikonid!* Zu Farzad, der daneben stand und mich ärgerlich und abschätzig ansah, sagte ich zornig: *Dust-e-chub-e-to budam. Hamische komak kardim. Tora nemifahmam. Mowazeb basch! Nemitanam. Omid nadaram.* Die lächelten, ich ging. *Asman* heißt Himmel, *zendegi* Leben, *chatar* Gefahr. *Schirini* Naschwerk. Zu Charly sagte Farzad immer Vifzack. Und zuerst wollte er mit dem Teppichhändler nichts zu schaffen haben. Aber das hielt nicht lange. In den Krieg mit dem Irak hatte er gemusst. Wie sein älterer Bruder war er in dem Krieg gewesen. Farzads Familie lebte in einer sehr gläubigen Stadt im Iran. In einem wütenden Zentrum des Glaubens und der Glaubenswächter. Dass unser Pfarrer oft betrunken war, gefiel Farzad. *Mast* heißt betrunken und das Wort entzückte ihn. Er stellte sich betrunkene Mullahs vor, die durch die Gegend torkeln, und dass kein Mensch versteht, was sie reden. Und dann sei es aus und vorbei mit ihnen, *tamam*. *Dekor* war auch eines seiner Lieblingswörter. *Alles nur Dekor*, die Fügung mochte er sehr. Und ich sagte gerne *behtar az hitsch tschiz. Besser als nichts*. Das gefiel ihm auch. Zufrieden damit konnte er nicht sein.

2

An der Wand das Hochzeitsfoto von Samnegdi und mir, Farzad und seine indische Freundin damals sind auch auf dem Foto. Sie hat ihn sehr geliebt und ihm immer geholfen. Sie haben sich bei einem Deutschkurs kennen gelernt. Sie hat immer gelacht. Sie hat ihn immer beschützt. Sie konnten nicht zusammenziehen, die Eltern der Inderin haben es nicht zugelassen. Sie waren arm. Die Region, aus der sie kamen, war die ärmste. Die junge Frau verdiente ihr Geld für alle, putzte und wusch, sie zahlte auch zu Farzads Wohnung dazu und die lautete auf ihren Namen, war ihre, er wohnte allein darin. Ihre Eltern wussten wohl von nichts. Als die indische junge Frau, eine Christin, eine kurze Zeitlang zurück nach Indien ging, wurde sie dort verheiratet. Sie hatte Farzad heiraten wollen, aber der heiratete sie nicht, und ihre Eltern wollten ihn ja nicht. Er hat diese Frau verloren. Dann hat er seine jetzige Frau gefunden, eine aus dem Kaukasus, und mit der hat er das kleine Kind, und der Mafioso hat aber behauptet, Farzad habe gedroht, sich und seine Familie zu töten, wenn die Mafiosi ihn nicht in Ruhe lassen. Ich glaube, dass ihrer aller Leben bedroht ist. Und die Mafiosi wollen aber kein Aufsehen. Es sind nur kleine Mafiosi. Nein, das glaube ich nicht. Der eine ist ein Riese. Die Inderin sehe ich oft auf der Straße oder im Bus, zwei Frauen und sie und jedes Mal einen kleinen Buben, der immer größer wird. Den behandeln die drei Frauen wie ein Heiligtum.

Vor acht Jahren war unsere Hochzeit. Nein, Gott hat uns nicht beschützt. Geheiratet haben Samnegdi und ich, sowie meine Prozesse gegen den Hominibus-Cor-Funktionär Fröhlich-Donau zu Ende waren. Wir haben geheiratet, weil Samnegdi es so wollte. Ich habe sehr gern geheiratet. In der Zeit, als Farzad bei uns war, versuchte er wirklich, meiner Tante zu helfen, wie immer er nur konnte. Das weiß ich. Charly hat er, als sie ein Baby war, auch erzogen. Das kann man so sagen. Das sieht man. Dass er Vifzack zu ihr sagte, hat uns natürlich gefallen, und sie war ja auch so und so viel geplappert hat sie immer. Er ihr zurück. Ein paar Tage vor der Hochzeit war Charly gerade sechs Jahre alt geworden. Ihre Fürbitte lautete: *Lieber Gott, pass auf uns alle auf, wenn du kannst.* Manche ihrer Körperhaltungen, ihrer Bewegungen sind, wie die von Farzad waren. Ganz gewiss. Farzad war, als er bei uns lebte, fast stets ein sehr ruhiger, weil gefasster Mensch. Sein Widerwille gegen Rafsandschani war gewaltig. Der und dessen Familie seien genauso schlimm, wie Khomeini gewesen war. Rafsandschani täusche alle, sagte Farzad, und woher unsere Pistazien kommen. Es kann sein, dass die Tante, als sie dem Tod entkommen war, eine kurze Zeit lang plötzlich in Farzad verliebt war. Sie hat es aber niemanden merken lassen. Ihn schon gar nicht. Farzad hatte nicht in den Iran-Irak-Krieg gewollt. Die Papiere für die hiesigen Behörden hat Farzad von der Schahpartei hierher geschickt bekommen. Und zwar aus London. Der vom Schah entmachtete rote Mouzadeg wäre ihm aber genauso lieb gewesen wie der Schah, sagte Farzad zu uns. Aber er habe es sich nicht aussuchen können, er sei zu spät geboren und Mouzadeg schon lange tot. Alles sei besser als die Mullahs. Alles. Einmal sagte er auch, er sei ein Volksmudschahed gewesen. Einmal war auch die Rede von derselben Partei im Irak. Manchmal kochte er für alle hier Spinat und Reis. Es wäre für ihn besser, er ruft uns an oder besucht uns. Wir würden uns überlegen, was wir tun können. Uns fiele aber nichts mehr ein. Ich weiß nicht, worauf er sich eingelassen hat. Ich weiß nicht, ob ihm etwas anderes übrig geblieben ist. Wenn er seine eigenen Kinder blutend und tot sieht, wird er wohl das Kind sehen, das in seinen Händen gestorben ist. Niemand ist zu Hilfe gekommen.

Von einer Frau, die als Kind fast zu Tode gekommen wäre
und für ihre Kinder lebte; und wie es ist, wenn es dann
plötzlich in Wahrheit doch keine Schmerzmittel gibt,
die helfen, und keinen Gott und die netten
Hospizleute sich irren.
(1999)

1

Sie brachte sie im Holzklo am Ufer zur Welt und trug sie sofort in den Fluss. Wollte sie und sich ertränken. War verzweifelt und wusste nicht mehr ein und aus. Aber sie blieb mit dem Kind nicht im Wasser. Sie liebte das Kind sofort und inniglich. Wollte leben und dass das Kind lebt. Sie hatte einen Arm bei der Arbeit verloren, war mit dem in der Fabrik in die Maschine geraten. Aber mit dem zweiten Arm hielt sie das Neugeborene über Wasser. Sie lebte in einer großen Familie, in der fast nur Frauen waren und die Frauen schlugen sie. Ihre Schwestern taten das. Die Mutter von ihnen allen war jahrelang bettlägerig. Die Frauen quälten sowohl auf als auch ohne Anweisung die Mutter der Mutter meiner Frau, weil die Mutter der Mutter meiner Frau die Jüngste und eine Schande war und ein uneheliches Kind hatte und jetzt noch eines, einen Sohn und eine Tochter, der Sohn war dann der Mann in der Familie. Nein, war er nicht. Und später dann als Kind noch hat die Mutter meiner Frau ihre einarmige Mutter gepflegt, als diese vom Krebs ausgewrungen wurde. Der Bruder der Mutter meiner Frau ist später dann auch an Krebs gestorben. Aus dem Darm kam seiner. Die Mutter meiner Frau hatte Angst vor jedem Krebs und ging zu jeder Untersuchung und lebte sehr gesund und tat alles, was ein Mensch selber tun kann. Für die Mutter meiner Frau waren ihre zwei Töchter das Leben und die Schönheit waren sie und der höchste Wert. Sie tat immer, was sie konnte. Die anderen Leute taten das nicht. Ihr Mann zum Beispiel tat, was er wollte. Er betrog sie, als sie mit der Schwester meiner Frau schwanger war, und verließ seine Frau und seine Kinder, da war meine Frau vier und ihre Schwester war zwei Jahre alt. Die Wohnung nahm er ihnen auch, die verloren sie. Er erzwang das. Für seine neue Familie tat er das. Und als die Mutter meiner Frau arbeiten ging, damit sie leben können, zahlte er ihr daraufhin nichts. Nur den Kindern das Minimum, um das er nicht umhin konnte. Sehr einfach ging das, was er tat. Als sie in einem Kindergarten arbeitete und sich sehr freute, machte er das zunichte und sie musste in einer Fleischhauerei arbeiten. Sie wollte nichts mehr mit ihm zu tun haben. Bei Gericht war sie schlecht beraten und schlecht vertreten und verzichtete auf alles. Auf ihre Töchter war sie sehr stolz.

Ich habe die Mutter meiner Frau mehr geliebt als meine eigene Mutter. Aber ich konnte ihr nicht helfen. Meiner Mutter habe ich helfen können. Dass sie trotzdem leben kann und dass es nicht so schrecklich schwer ist. Aber der Mutter meiner Frau helfen, das war in ihrer furchtbaren Lage mir nicht möglich. Jeder normale Mensch wird verstehen, dass ich das nicht übers Herz brachte. Und was ich sonst aber noch rede, wird jeden normalen Menschen entsetzen und ihn gegen die Falschen statt gegen die Richtigen aufbringen. Es ist wirkliches Unrecht, grausam, was die Guten ihren Mitmenschen antun, nur damit die Guten gut sein können. Die Mutter meiner Frau hingegen war von Herzen gut. Ich brachte es nicht übers Herz, sie zu töten.

Einmal hatte sie eine Blutvergiftung. Sie hat bei einem roten Supermarktriesen gearbeitet. Da hatte sie die Blutvergiftung her. Als der überall Pleite ging, konnte sie vorzeitig in Pension gehen. Die Frühpension war minimal, aber ein Glück. Denn bald darauf bekam sie den Krebs. Den besiegte sie. Jawohl, das hat sie getan. Und dann nach mehr als fünf Jahren war er plötzlich wieder da wie niemals vorher. Die Vertrauensärztin sagte: *Das gibt es, dass ein Krebs aus dem Nichts explodiert.* Die Mutter meiner Frau ist dann von innen nach außen explodiert, ihr Körper, weil der Krebs explodiert ist. Sie ist gestorben, weil das so vor sich geht.

Weniger als ein halbes Jahr zuvor war sie bei der Kontrolluntersuchung gewesen und ein paar Wochen vor ihrem Tod bei einer Vorsorgeuntersuchung. Die Untersuchungen ergaben, dass sie gesund sei. Immer war alles in Ordnung. Sie war also Gott sei Dank gesund. Sie ist dann gleich darauf gestorben. Den schwersten Tod ist sie gestorben, den ich jemals miterlebt habe. Der Hausarzt sagte, alles, was er tun könne, damit sie nicht das Schlimmste erleiden müsse, sei, ihr keine Flüssigkeit zuzuführen. *Ich muss keine Infusionen geben*, sagte er. *Den Freiraum habe ich.* Sonst könne er nichts für sie tun. Und die Morphiumpflaster gab er dann. Und die Spritzen dazu gegen die gewaltigen Schmerzen. Ich weiß die Zeit nicht mehr zu sagen, über wie viele Tage der Todeskampf ging. Das Schlimmste und danach das Schlimmste und immer weiter, wie viele Tage? Irgendeine Wahl war, zu der ging die Mutter noch. Und dann war der Staatsfeiertag. Die Mutter meiner Frau wurde vom Tod gerissen wie von einem Tier. Sie war bewusstlos und starb, weil das Tier sie riss. Der Körper zuckte tagelang, zitterte, zuckte. Wie viele Tage? Zwei, drei, vier. Ich weiß es nicht mehr. Fünf. Sie war zerfleischt.

Es war Mittwoch, als sie kein Essen und keine Flüssigkeit mehr zu sich nehmen konnte. Und ich, ich brachte es nicht übers Herz, ihr beim

Sterben zu helfen. Weder rechtzeitig noch überhaupt. Ich hätte sie töten müssen. Einen solchen Menschen, den ich von Herzen geliebt habe. Den Menschen hätte ich töten müssen. Ich habe sie geliebt, aber damals sagte ich zu mir bloß, sie dürfe das nicht von mir erwarten: *Niemand hat das Recht, von den Menschen, von denen er geliebt wird, getötet zu werden.* Ich hätte nicht mehr leben können, wenn ich das getan hätte. Ich hätte den Verstand verloren. Aber was deshalb geschah, weil ich weder verrückt noch ein Verbrecher werden wollte, war das grausamste Unrecht, von dem ich Wissen habe.

Kein gnädiger Gott half. Aber Gott war nicht schuld. Wie die Mutter starb, war Menschenwerk. Ich hätte nicht damit leben können, ihren Tod verursacht zu haben. Jetzt muss ich damit leben, dass ich sie habe leiden lassen, wie ich keinen Menschen und kein Tier habe jemals leiden gesehen. Kein anständiger Mensch würde sein geliebtes Tier so leiden lassen. So einfach war das dann damals. Aber die Guten, die Guten haben andere Wahrheiten. Die Guten lügen sehr. Es ist auch das wie immer. An den Lebenslügen der Guten stirbt man unter Qualen, die anderen tun das anstelle der Guten. Auf diese Weise können die Guten gut sein. Den Guten geht es also gut dabei.

Ich hätte damals durch ein Herzmittel den Tod der Mutter herbeiführen können. Einen schnellen Tod. Leichten. Ich wusste, es ist nicht mehr viel Zeit, ihr auf diese Weise zu helfen. Ich brachte es nicht übers Herz. Was ist das für ein Herz? Ein steinernes. Der Tod überfiel diese Frau und schmatzte wie ein Raubtier. Fraß sich durch sie durch. In jeder Sekunde waren wir alle bei ihr, aber wir konnten nicht zwischen den Tod und sie. Konnten ihn nicht auf uns lenken, weg von ihr, konnten nicht dazwischen gehen, sie mit uns schützen.

Ihre Freundinnen kamen sie besuchen. Glaubten, sie können mit ihr reden und ihr ihre Liebe erweisen. Sie waren erschüttert, außer sich, sagten: *Wenn es einen Gott gibt, dann beten wir zu ihm, dass er sie endlich erlöst.* Später dann, als sie wieder gegangen waren und der Arzt kam, sagte er, ein paar wütende Frauen haben sein Auto angehalten und ihn zu zwingen versucht, ihnen zu sagen, was ihrer Freundin widerfahre, und er, er habe ihnen nur sagen können, dass man einen dermaßen bösartigen, unglücklichen Verlauf als Arzt nicht oft erlebe. Es wäre unerträglich. Man müsste den Beruf aufgeben. Man würde das nicht ertragen. Ihre Freundinnen konnten ihr nicht helfen, fuhren heim, weinten.

Man kann einen Menschen aus tiefstem Herzen lieben, aber es gibt Schmerzen, die unerträglich sind, die sind unzumutbar, die sind nicht zu lindern. Die werden immer mehr und gewaltiger. Da ist dann kein Gott da und da sind keine Menschen, keiner hilft. Diejenigen Leute, welche gute Menschen sind, reden aber von Gott und was man alles tun kann als Mensch, aber es ist nicht wahr, was sie sagen. Aber sie sind gut, weil sie solche Dinge reden, weil es ihnen gut dabei geht. Aber sie tun sie dann nicht. Weil man es in Wahrheit nicht kann. – Und auch dann, wenn die Guten wirklich tun, was sie können, und wenn sie infolge eines Glücksfalles viel können, kann es trotzdem sein, wie ich es erzähle. Wer etwas anderes sagt, lügt. Wer bei diesen Dingen lügt, ist unsagbar grausam. Was tun die Guten, damit sie gut sein können? Sie lassen es zu, dass der Tod die Menschen auffrisst und die vor Schmerzen zucken und der Tod schmatzt und schlürft. Manchmal sagt jemand, das sei bloß wie bei einem Automaten. Derjenige, der so stirbt, spüre es selber nicht, weil er bewusstlos ist. Aber so ist das nicht. Die Guten wollen ihre Ruhe und für ihre Menschlichkeit gelobt werden und als wahrhaftig gelten in Christus, ihrem Herrn. Aber sie sind nicht gut.

Es kann Euch geschehen, dass Euch ein Mensch unter den schlimmsten Qualen stirbt, obwohl Ihr ihn von Herzen liebt und er Euch von Herzen und Ihr für ihn alles tut und Ihr versucht, mit allem, was Euch gegeben ist, die Schmerzen zu lindern, aber die Schmerzen bleiben unerträglich, unzumutbar, werden immer mehr – nicht für Euch, sondern für den Menschen, den Ihr liebt! Ja, und dann? Jesus hatte einen schnellen Tod. Jesus Christus ist daher nicht zuständig in diesen Dingen.

2

Wir ließen die Mutter nicht allein, krampfte, wir hielten sie, zuckte, wir hielten sie, beteten, redeten, hielten sie, unser Körper lag im Sterben neben dem ihrem, unsere Hände hielten ihre Hände, wir redeten mit ihr. Die Minuten, in denen wir nicht bei ihr waren – jemand von uns war immer bei ihr, aber manchmal mussten wir ein paar Minuten miteinander reden, was wir tun können, müssen. Wenn wir alle miteinander reden mussten, wie, was, war sie ein paar Minuten allein, manchmal. In den Tagen insgesamt keine zehn Minuten, keine sieben. Wir brauchten manchmal Luft, ein paar Minuten. Wir redeten mit ihr. Wir konnten sie nicht aus dem Tod holen. Nicht aus den Schmerzen. Ohne Ende waren die. Sie hatte in Charlys Zimmer sein wollen, bekam Charlys Zimmer, hatte in dem Kinderbett schlafen wollen. In dem Zimmer, in dem Bett starb sie, der Todeskampf ging dort vor sich. Ihr Enkelkind, das Zimmer – *Sagt mir doch, was ist*, flehte Charly, Charly war gerade sieben Jahre alt geworden. *Ihr müsst mir doch sagen, was mit der Oma ist.* Die Oma zuckte, zuckte, krampfte. *Das sind nur Automatismen*, sagte der Arzt. *Der Mensch spürt das selber nicht. Sie ist bewusstlos.* Samnegdis Schwester und ihr kleines Kind waren bei uns, waren da, wir redeten, wir fanden keine Hilfe.

Der Arzt hatte gewollt, dass wir ihr sagen, wie schwer krank sie ist. Er sagte zu Samnegdi und mir: *Wenn ich jeden Tag zu ihr komme und es wird nicht besser, verzweifelt sie ja und sie hat dann kein Vertrauen mehr. Ihr müsst ihr sagen, wie schwer krank sie ist.* Dann sagte ich es ihr also; es war aber gegen meine Vernunft und gegen mein Gefühl, dass ich es sage. *Bitte bleiben Sie noch ein paar Wochen bei uns. Es ist im Moment zu gefährlich, wenn Sie allein sind. Sie merken es ja selber,* sagte ich. Sie hatte nach Hause gewollt, in die andere Stadt. Jetzt war sie gefangen. Nur die Hinrichtung gab es noch. Aber das wussten wir damals nicht. Ich sagte daher wahrheitsgemäß: *Die Schmerztherapie braucht ein bisschen Zeit, bis Sie wirklich gut eingestellt sind. Da müssen wir vorsichtig sein.* Dass sie sterben muss und dass das bald sein wird, sagte ich ihr nicht. Ich wusste es ja nicht. So etwas kann kein Mensch sagen. Der Arzt jedenfalls hatte gewollt, dass wir ihr sagen, wie krank sie ist, bevor er mit der Schmerztherapie anfängt. Die Morphiumtabletten waren aber schrecklich. Sie vertrug die nicht. Erbrach sofort. Ihr Allgemeinzustand verschlechterte sich durch die Art der Schmerztherapie rapide und massiv. Diese Art hätte man ihr ersparen müssen. Auf die Schmerztherapie hatten wir aber doch so sehr gehofft. Und dann das. Nicht essen können. Auch trinken nicht. Der Kreislauf am Boden danieder. Erbrechen, Erbrechen. Die Schmerztherapie war gewalttätig. Machte die Mutter kaputt. Zu den Schmerzen, dem Schock, dem Schrecken, der Enttäuschung, der Verzweiflung jetzt die falschen Schmerzmittel. Die falsche Verabreichungsform. Ich bin mir gewiss, dass es anders möglich gewesen wäre. Es muss anders möglich sein. Die Schmerztherapie machte sie innerlich kaputt. Auf den Boden, auf den Boden! Auf die Knie, auf die Knie! Nichts sonst war das. Der Krebs und die falschen Schmerzmittel.

Dass der Tod plötzlich da war und dass er gewiss war, obwohl sie alles getan hatte, was sie tun konnte, und obwohl sie bei jeder Untersuchung gewesen war und immer alles in Ordnung gewesen war – das war unfassbar für die Mutter. Schrecklich war es, so lange Kopfschläge, bis man umfällt. Das Nichts, Klaffen, der Abgrund, nur Abgrund war. Die völlige Vernichtung. Eingestampft wurde die Mutter jetzt. Eingestampft. Die Mutter hatte keine Kraft mehr. Wovor sie entsetzliche Angst hatte, musste ich ihr sagen, dass es ja der Krebs ist. Die Dekompensation war die Folge. Die Folge heißt so. Dekompensation. Die ist der Zusammenbruch. Man kann dann nichts mehr. Man hat alles getan, und es gibt keine Hilfe.

Es sei unvorstellbar, sagte unser freundlicher Arzt, wie gut beisammen, wie gesund sie bis jetzt immer gewirkt habe. Wie der Körper den Krebs, wie die Mutter das alles ausgleichen, wegstecken habe können. Aber die Mutter war so. Sie war ihr ganzes Leben lang so. Ihre Mutter war auch so gewesen. Samnegdi ist auch so. Ich habe Angst um Samnegdi. Samnegdi um Charly.

Unser Arzt hat meiner Tante das Leben gerettet und meiner Mutter hat er es auch ein paar Mal gerettet und meinem Großvater hat er geholfen und meinem Onkel und immer, wenn wir Hilfe gebraucht haben, ist er gekommen, so schnell er konnte, und mir hat er geholfen, als ich ein Kind war, aber Samnegdis Mutter, Samnegdis Mutter konnte er nicht helfen. Er konnte das nicht. Es war nicht möglich. Ich weiß nicht, warum nicht. Es war nicht möglich. Weil das Gesetz so ist und weil die Gesetze der ärztlichen Kunst auch so sind. Falsch sind die. Aber er hat auch, glaube ich, weil er den Befund noch nicht hatte, den wirklichen Zustand nicht sehen können, deshalb hat er falsch geraten, wie er das Morphium geben soll. Er hätte es anders geben sollen oder etwas anderes verabreichen. Es muss etwas geben, das hilft. Sonst lügen alle.

3

Im Spital die Untersuchungen. Das plumpe, brutale Herausschneiden, als wäre es ein totes Stück Fleisch und die Mutter auch. Die Gewebeprobe, riesiger harter Bluterguss davon. Die Blutabnahme dann. Das CT. Immer hoffen. Es kann nicht sein, dass das wirklich der Krebs ist. Die Untersuchungen, es war doch immer alles in Ordnung. Das gibt es doch nicht. Die Mutter wartete mit mir zusammen vor dem CT-Raum. Sie hatte, was man ihr sagte, so verstanden, dass sie den Befund sofort mitbekomme. Ich hatte es auch so gehört. Wir warteten. Warteten. Stundenlang. Der eine sagte dann nein. Wie wenn man die Zeitung umblättert und nebenher zum Kellner etwas sagt, der nach dem Belieben fragt. *Nein.* Mehr sagte der nicht. Er schaute nicht einmal von der Apparatur auf, wir hatten die Tür aufgemacht, weil wir schon so lange gewartet hatten. Die Mutter hatte geglaubt, man werde schnell und freundlich sein, weil es doch um ihr Leben gehe. Sie war zu allen Menschen immer schnell und freundlich und zuvorkommend gewesen. Alles in ihrer größten Lebensnot war jetzt zwischen Tür und Angel, dort war alles jetzt im Ablaufen, Runterlaufen. Zufällig war alles und routiniert und nebensächlich und beiläufig. Unwichtig waren die Untersuchungen für alle, nur für die Mutter waren sie wichtig. Auf Leben und Tod waren die Untersuchungen für sie. Für nichts und wieder nichts waren die Untersuchungen.

Die Ärztin dann, die zufällige, anderswo. Die hatte die Mutter aber oft bei Untersuchungen gehabt und sie gemocht. OA war sie und saß und sagte nur: *Das ist der Krebs. Das sind die Metastasen.* Sie sagte sonst nichts. Vorher nicht, nachher nicht. Die Mutter meiner Frau saß da und ich sah ihr Gesicht, wie das schöne, freundliche Gesicht bitter wurde, freundlich blieb, bitter wurde. Das Gesicht zerschlug ihr die Ärztin. Keinen Vorwurf machte die Mutter, sagte nicht: *Das kann nicht sein. Die vielen Untersuchungen, nie war etwas.* Ich sagte es auch nicht. Von einem Augenblick zum anderen plötzlich nur Bitterkeit. Es war, als ärgere sie sich über miserable Manieren. Über eine Beleidigung. Sie schaute angewidert. Verwundert, wie brutal es zuging. Sie wollte etwas sagen, setzte an, sagte es nicht. Es war, als habe die Ärztin sie gedemütigt, beschimpft, geschlagen. So schaute die Mutter. Als ob dieser Mensch ihr etwas angetan habe. Sie getäuscht habe. Betrogen. Aber sie müsse die Haltung bewahren, das aushalten, durchhalten.

Nein, die Ärztin war nicht freundlich. Die Ärztin sagte auch nicht: *Es tut mir leid.* Sie sagte auch nicht: *Wir werden Ihnen helfen.* Nichts davon. Sie sagte nicht: *Haben Sie keine Angst.* Sie sagte nicht: *Verzweifeln Sie nicht.* Dafür war die Ärztin nicht zuständig. War einzig bloß unfreundlich. Und als Samnegdi und ich dann am nächsten Tag nochmals dort waren, war unsere Frage an die Ärztin einzig, was man noch tun kann. Bestrahlen, große Areale, in einem fort, sagte sie. Den ganzen Körper nahezu. Die Strapazen der Mutter, die Qualen der Mutter, die Unruhe der Mutter, der Unfriede der Mutter, an die dachten wir jetzt und dass die Schmerztherapie die wichtigste Hilfe sei, die einzige. Dafür werden wir alles geben. Und dann: Der Krankenakt war weg. Nicht auffindbar. *Der Akt ist nicht da, wir finden ihn nicht,* sagte die OA zu uns. Das war alles. Und dann wieder, was man noch tun kann. Bestrahlen, großflächig, den ganzen Körper, ein paar Mal in der Woche. Als klar war, dass alles klar war für uns und wir ihr hier keinen Wirbel und Aufstand machten, fand die OA den Krankenakt plötzlich wieder. Sofort war der da, und der Hausarzt konnte den Befund doch bekommen. Irgendein Fleck war vor ein paar Monaten im Gewebe gewesen. Der muss aber lange schon dort und winzig gewesen sein. Aber erst bei der letzten Untersuchung vor ein paar Monaten ist er kurz beschrieben worden, aber ohne jeden Kommentar, woher, warum, wie lange schon, wie weiter. Es war nichts zu tun mit dem Fleck, scheint es. Der winzige Fleck, der plötzlich da war, lange schon, vor ein paar Monaten schon und da irgendwie anders dann als viel früher noch, alles aber unwichtig. Unwichtig! Der muss schon oft da gewesen sein und zugleich bei der letzten Untersuchung das erste Mal. Der Befund ist nicht zu verstehen für uns. Nur so ist er zu verstehen für uns.

4

Die Oberärztin machte ruckzuck. Ruckzuck ging dann alles mit der Mutter. Die Mutter sah die Ärztin an, verzog den Mund, als habe die Ärztin ihr eine böse Gemeinheit gesagt, gegen die sich die Mutter nicht wehren konnte. Der Mund der Ärztin war auch so. Angewidert war der. Es ekelte sie. Seltsam war das. Die Mutter saß tatsächlich da, wie wenn man einem Betrüger gegenübersitzt, den man umstimmen will. *Ich war doch bei allen Untersuchungen*, sagte sie jetzt. Die Ärztin sagte nichts darauf. Die Mutter galt als geheilt. Die Mutter saß jemandem gegenüber, von dem sie nichts hielt. Das sah man. Sie hatte ihr die Jahre über vertraut. Ihr Leben hatte sie ihr anvertraut. Sie war immer froh gewesen, wenn sie wieder zur selben Ärztin kam, die immer in denselben Akt schaute. Zu der da. Die Abscheu der Mutter kam nicht aus ihrem Inneren, sondern von der Frau ihr gegenüber. Von Gesicht zu Gesicht. Als sage die Ärztin: *Sie haben da ja überall Dreck. Bringen Sie sich gefälligst in Ordnung, wenn Sie wollen, dass ich mit Ihnen rede. Schauen Sie sich doch an!* Und dann war die Ärztin ja nett. Ich weiß nicht mehr, wie. Keine Ahnung. Nett eben. Die restlichen Sekunden. Das Handgeben. Nett das. Und wir, Samnegdi und ich, als wir am nächsten Tag allein bei der OA gewesen waren – gleich darauf dann waren wir auf der Palliativen Abteilung gegenüber. Winzig war die damals, ich weiß nicht, wie viele Betten damals dort waren. Keine Handvoll. Wir fragten, was möglich sei. Diese Ärztin jetzt war nett und allgemein. Riet. Ich weiß nicht mehr, was. Gar nichts, glaube ich. Doch. Etwas wegen des Essens. Und wir können die Mutter zu ihr bringen. Es werde ein Bett geben für sie. Jederzeit. Rechtzeitig sagen müssen wir es aber bitte. Das müssen wir verstehen. Aber sie werde so schnell wie nur möglich handeln, damit die Mutter hier bei ihr ein Bett bekommt.

Und bei unserer aller Vertrauensärztin waren wir dann auch in der Ordination, in der Stadt. Die Vertrauensärztin hatte schon gewusst, was sein wird. Die Mutter meiner Frau war ja vor ein paar Tagen bei ihr in der Ordination gewesen. Zu uns sagte die Vertrauensärztin wegen der Schmerztherapie eine gute Adresse, aber das Beste sei der Hausarzt, sagte sie. Die Hausärzte seien heutzutage schon sehr weit. Das sei nicht mehr wie früher. *Haben Sie bitte ruhig Vertrauen! Der Hausarzt weiß, was das Beste ist! Gerade bei den Schmerzen.* So viel war in meiner Familie schon Schlimmes geschehen, aber die Wohltat einer Schmerztherapie war noch nie jemandem zuteil geworden. Ja, das können wir noch tun. Die wird der Mutter helfen. Nichts half! Absolut nichts. Furchtbare, unzumutbare Schmerzen, ununterbrochen hatte sie die. Kein Leben und kein Tod war das, nur Sterben. Dasjenige unter den schlimmsten Schmerzen. Niemand half diesem Menschen. Keine Liebe half, kein Gott, kein Mensch. Und Samnegdi litt, litt. Bei der Vertrauensärztin hatte Samnegdi weinen müssen. *Es tut so weh*, schluchzte sie. Und dann: *Charly, Charly wird das nicht aushalten. Sie liebt sie so sehr.* Und ich sagte irritiert: *Die Mutter hat nie jemandem etwas getan.* Die Ärztin sagte ärgerlich zu mir: *Aber das hat doch mit Krebs nichts zu tun!*

5

Die Mutter hatte einen Freund, aber sie verstanden sich nicht gut, kamen nicht zusammen. Er quälte sie mit seiner Art. Liebe. Liebte sie nicht genug, sich mehr. Sagte, es sei wegen seiner toten Frau. Aber das war es nicht, glaube ich. In den letzten Lebenstagen kam er nicht zu seiner Geliebten. Ich weiß nicht einmal, ob er beim Begräbnis war. Mein Freund Nepomuk hat dann bei der Urnenbeisetzung den Ritus vollzogen. Und bei der Verabschiedung, bei der Messe, war die Kirche voller Menschen gewesen. Man hatte die Mutter sehr gemocht. Ihr Wesen. Ihre Art. Die Augen fielen von den Tränen zu. Sie hoffte so, hoffte. Die Operation vor mehr als sechs Jahren – die hatte damals viel länger gedauert, als geplant gewesen war. Aber alles war dann gut geworden. Alles. Die Mutter meiner Frau erholte sich sofort. Und die Bestrahlungen waren auch keine merkliche Belastung. Samnegdi und ich fuhren in die andere Stadt hinauf, der Chirurg sagte, die Operation sei überlang gewesen, weil er alle Lymphknoten entfernt habe. Dadurch habe die Mutter jetzt die größtmögliche Sicherheit. Die Leute in der Stadt dort haben ihn immer gelobt.

Sechs Jahre waren dann vergangen, es war überstanden, sie freute sich des Lebens, bewegte sich, soviel sie nur konnte, hatte viele Freundinnen, machte kleine Ausflüge und Reisen, liebte ihre Kinder und Enkelkinder, hatte Sorgen mit uns. Wegen mir hatte sie die und wegen meiner Familie. Aber es ging ihr trotzdem sehr gut und sie war gesund, und dann plötzlich mussten wir sie in den Rollstuhl setzen, den meine Tante nie gebraucht hatte. Innerhalb einer Stunde mussten wir sie dann dort hineinsetzen. Das Gespräch, das unser Hausarzt gewollt hatte, hatte ich eben mit der Mutter meiner Frau geführt. Es war nicht der Krebs allein. Darauf wette ich mein Leben. Sondern es war der Schock und das Schmerzmittel. Sie war dadurch entkräftet, hilflos. Hat plötzlich alles verloren. Alles. Konnte nichts mehr selber tun. Erlag. Wir fuhren mit der Mutter meiner Frau auf den Balkon, schauen, die Luft, den Himmel, die Landschaft, aber die Mutter wollte nicht lange draußen bleiben. Keine drei Minuten. Die Welt war für sie zusammengebrochen. Die Welt war nichts. Sie war nichts. Aus. Vorbei.

Im Koma dann, in der Agonie – es ist meine Überzeugung, dass sie immer wieder versucht hat, sich zu verständigen. Sie hatte es sich immer so vorgestellt, sie hatte es so zu uns gesagt: Der andere redet und redet und hört nicht auf, und der eine, der so in Gefahr ist, der tut alles, um sich bemerkbar zu machen und aufzukommen und hilft mit aller Kraft mit, damit ihm geholfen werden kann. Dass meine Tante überlebte und wieder zurückkam zu uns, das hat sich die Mutter meiner Frau immer so erklärt, dass das damals so vor sich gegangen war. Man müsse immer da sein und auf den Menschen einreden, mit ihm reden, dann könne er vielleicht zurückkommen, und der versuche es ja selber mit aller Kraft.

6

Die Mutter meiner Frau, der Schock, das Zusammenbrechen der Welt, des Leibes und der Seele, das irrtümliche Morphium, die Folgen. Zu viel. Alles zu viel. Was die Mutter bis dahin gekonnt hatte, konnte sie von einem Augenblick auf den anderen nicht mehr. Als sie starb, feierte der Ort gerade, wie lange es ihn schon gibt und was alles bis jetzt gewesen ist. Hunderte Jahre, tausend. Es wurde getanzt, man hatte historische Kostüme am Leib. Die Mutter meiner Frau hat immer gerne getanzt. Und ihre Kinder waren ihr Leben und ihr Glück. Charly war auch ihr Leben. Und ihr Enkelsohn war ihr Leben. Zwei Jahre war Florian gerade alt. Das Gesicht der Mutter, als sie ein Unglück nach dem anderen erfuhr. Ihr Gesicht. Es waren Schläge. Entehrend. Brechend. Der Hausarzt fragte mich, ob sie am Ende ansprechbar war. Eine viertel Stunde nach ihrem Tod fragte er mich das. Und ich, ich hatte das Gefühl gehabt, sie helfe mit beim Umbetten. Es ist meine feste Überzeugung, dass sie sich verständlich zu machen versuchte und dass sie mithalf. Der Arzt sagte uns oft, das endlose Zucken sei für die Angehörigen ein furchtbarer Vorgang, aber es sei Automatik, es sei nichts, was der Mensch selber empfinde. *Das können Sie mir glauben*, sagte er.

Das Austrocknen, ich rief bei einem Hospizteam an. Den Namen und die Nummer hatte ich von Nepomuk bekommen. Eine Krankenschwester. Die Frau fragte ihren Oberarzt, der sagte: *Ja nicht auffüllen! Bitte ja nicht!* Ich glaube, das war falsch. Der Homöopath hingegen, Allgemeinmediziner, der zu uns gekommen war, ein fremder Arzt, wir hatten ihn hergebeten, Herr Schimanovsky hatte ihn uns empfohlen, der Arzt habe einen aussichtslosen Krebsfall heilen können, einen Musiker, er sei ein wunderbarer Arzt mit bestem Ruf und wir hatten ja wirklich schon oft von dem Arzt gehört – der Homöopath war zu uns gekommen und hatte zu uns gesagt, er würde es nicht so machen. Er würde Flüssigkeit zuführen. Nahrung nicht, aber Flüssigkeit. Die würde er infundieren. *Wenn sie*

meine Mutter wäre, würde ich infundieren. Ich würde Flüssigkeit zuführen. Das schon. Ganz, ganz sicher, sagte er. Daher fragte ich beim Hospiz nach. Ich weiß nicht mehr, ob beim mobilen, aber es war eine wichtige Schwester und ein wichtiger Oberarzt war es auch. Die sagten, wie unser Hausarzt tat: *Nicht auffüllen! Ja nicht auffüllen! Bitte ja nicht!*
Herr Schimanovsky hatte Teufelskralle besorgt und Schafsmuttererstmilch holte er auch von ganz weit weg. Glaubte an die zwei Mittel. Herr Schimanovsky mochte die Mutter meiner Frau sehr, wollte ihr und uns helfen. Es könne doch nicht sein, von einem Augenblick zum anderen so schwer krank. Gar auf den Tod plötzlich. Schimanovsky massierte sie, das Massieren half ihr zuerst. Sie bedankte sich daher vielmals, dass wir Herrn Schimanovsky geholt hatten. *Es ist mir jetzt vielleicht leichter. Es wird gut, Uwe, danke! Ich danke euch, es ist schon viel besser*, sagte sie. In der ersten Zeit halfen die Massagen von Herrn Schimanovsky. Auch die in der Nacht, wenn sie aufstand, wir wachten auf, kamen nach. Sie wollte uns nicht wecken, saß, wir reden, massieren. Es half. Das war am Anfang vom Ende. Am Anfang wusste noch niemand etwas. Die jüngsten Befunde waren ja noch ganz frisch. Die Werte waren alle in Ordnung. Einmal dann zeigte sie am Morgen Samnegdi die Knoten. In jeder Nacht kamen die. Am Morgen waren die dann da. An jedem Morgen. Man sah die Knoten herausspringen. Man konnte zuschauen. Ein Schock nach dem anderen war das. In jeder Nacht. Unser Hausarzt meinte zuerst, das seien Fettansammlungen. Ich dachte mir, vielleicht sei es bloß etwas Rheumatisches, Morbus Bechterew zum Beispiel. Nichts nützte etwas. Immer wenn man hinschaute, sprang gerade ein Knoten heraus.

7

Die Tage lang, in denen die Mutter meiner Frau starb, den schweren Tod, hatte Charly *Freude schöner Götterfunken* als Klavieraufgabe. Deshalb spielte sie das Stück damals so oft. Als Geburtstagsgeschenk war Charly für ein paar Tage bei der Mutter meiner Frau gewesen. Jahre später die Vorspielstunde, Charly ist jetzt vierzehn Jahre alt. Ein kleines Mädchen vor ihr spielt *Freude schöner Götterfunken.* Ich erschrecke. *Sagt mir doch, was ist,* hat Charly damals geweint. *Warum sagt ihr es mir denn nicht! Was ist denn los!* Wir mussten ihr sagen, dass die Mutter ihrer Mutter stirbt. Sie haben einander sehr lieb gehabt. Charly. Die Vorspielstunde, der Riesensaal. Unsinnig groß, ein paar hundert Menschen, und es kommt wieder daher in mir. Ja, und? Das Leben oder der Tod, was denn?
Als die Mutter meiner Frau im Herbst damals aus dem Zug stieg, sah sie in dem Augenblick wie ein paar Mal erschlagen aus. Sie war dann aber sofort guter Dinge, am Bahnsteig noch. Zwei Wochen lebte sie dann

noch, drei, vier Wochen, ich weiß es nicht mehr, weil ich Angst beim Erinnern habe. Sie stieg sehr vorsichtig aus. Weil sie sehr sportlich war, geschickt, immer in Bewegung und mit ihren Freundinnen mit beiden Beinen fest im Leben unterwegs, wunderte ich mich über ihre Unsicherheit, als sie die Zugstufe suchte. Eine Wahl war wie gesagt und als die Mutter meiner Frau starb, war ein Feiertag. Festtage waren. Schlag auf Schlag war alles, als sie ausgestiegen war. Als sie starb, schneite es.

Als sie zu uns kam, war es hell und sonnig. Ein früher Wintereinbruch. In den letzten Tagen dann sagte unser Hausarzt zu uns ein paar Mal: *Einen derartig infausten Verlauf muss man als Arzt Gott sei Dank nicht oft miterleben. Das wäre nicht zum Aushalten. Vor ein paar Tagen ist sie ja noch selber zu mir in die Ordination spaziert. Es ist nicht zu glauben. So etwas kann man nicht verstehen. Überall die Metastasen.* Er hatte damals in der Ordination wie gesagt nicht geglaubt, was sie hat. Sie fragte ihn, ob das Metastasen seien. Er lächelte: *Das sind Fettansammlungen im Gewebe. Talg kann es sein.* Ich glaube, er hat es wirklich nicht glauben können, dass in unserer Familie schon wieder ein Unglück geschieht. Es war für ihn innerlich ausgeschlossen. Er ist ein rationaler Mensch und hat uns wirklich immer geholfen. Grausamkeit ist ihm wesensfremd. Dummheit auch. Ich glaube, er hätte ein anderes Schmerzmittel, eine andere Verabreichungsform, gewählt, hätte er wahrhaben können, wie weit der Krebs sich schon eingefressen hatte. Als er die Morphiumtabletten zu geben begann, hatte er noch nicht den endgültigen Befund. Ich glaube, dass die Dinge so zusammenhängen. Es ist im Übrigen nicht wahr, dass ich immer wieder dasselbe berichte. Außerdem erzähle ich es jedes Mal jemand anderem. Auch habe ich die Mutter meiner Frau sehr geliebt. Dass man einen Menschen liebt, kann man ihm nicht oft genug sagen. Beim Begräbnis trug Florian eine kleine hölzerne Laterne. Der Schnee war jetzt wirklich. Der Kleine sang, er gehe mit seiner Laterne und seine Laterne gehe mit ihm, oben leuchten die Sterne, unten die Kinder.

Von einem Lehrer aus kleinen Verhältnissen, der glaubt, er
sei unnütz und werde nicht gebraucht. Er bemüht sich.
Aber in der Schule ist nichts wirklich. Man muss aber auf
das stolz sein können, was man lernt. Es muss also wichtig
und wertvoll sein. Und man darf nicht so viel im Stich
gelassen werden.
(2005)

1

Die wichtigsten Ideen verdanke ich meinem Freund Broda. Zum Beispiel
das Spanischlernen. Das war, als er mir von seiner sterbenden Mutter
erzählte. Vom Zimmer. Bald, nachdem meine Tante die Gehirnblutung
überlebt hatte. Die Mutter meines Freundes Broda war schon sehr alt und
hatte plötzlich einen Gehirntumor, und Broda musste sie, weil er ganz
allein war und arbeiten musste, zum Sterben auf dieselbe Station geben,
aus der meine Tante wenige Monate, Wochen, zuvor fort heim war, weil
man ihr im Spital nicht besser helfen konnte. Auf der Station besuchte
er seine Mutter jeden Tag ein paar Stunden lang. Einen anderen Ort gab
es nicht. Broda erzählte mir, im Zimmer, im Nachbarbett, liege eine junge
Frau nach einem Schlaganfall. Die junge Frau lerne Latein, ganz neu,
die hatte das nie gelernt. Sie wolle das von sich aus und habe eine große
Freude mit dem Lernen. Da fiel mir Spanisch für die Tante ein. Der Sinn
war, dass man etwas völlig Neues lernt. Etwas sehr Wertvolles. Da ist
dann nämlich das Lernen ganz offenkundig sehr wertvoll. Man fängt von
vorne an mit etwas ganz anderem, als ob man nicht ein schweres Leiden
und Gebrechen hätte, sondern als ob das ganz normale Schwierigkeiten
wären, die fast jeder andere auch hat mit derselben Materie, und es ein
besonderes Lernen sei wie jede andere Besonderheit auch, die besonders fleißigen Leuten zukommt und daher eine Ehre ist, keine Behinderung und keine Entstellung. Ein wirkliches Können, das sich auftut, eine
große Sehnsucht. Die war also der Sinn und der Schutz für die Tante.
Man ist also von Anfang an kein Krüppel. Man ist nicht ausgelöscht.
Nämlich nie und nimmer.

Mein einziger wirklicher Freund ist Herr Broda. Er war immer da,
wenn ich in Not war. Ich kenne ihn, seit ich zehn war, elf war er, und ein
paar Jahre lang sind wir im selben Bus gefahren. Nur vom Busfahren her
habe ich Herrn Broda gekannt. Er ist in die Hauptschule gefahren. Die
Buben in seinem Ort oder die aus seiner Schule, die auch mit dem Bus
gefahren sind, waren mitunter nicht sehr freundlich zu ihm. Zueinander
aber auch nicht. Er lernte sehr gut und sehr genau. Er hatte eine Zeit-

lang immer ein Hütchen auf und ich fragte ihn nach Rechnungen und ich interessierte mich für seine Zeichnungen. Er zeichnete sehr gerne. Dann sah ich ihn lange nicht, sieben Jahre wohl. Ein Jahr nach mir fing er mit den Altertumswissenschaften an. Da sah ich ihn wieder. Geredet habe ich mit ihm damals nur ein einziges Mal nach der langen Zeit. Da sagte er, gestern sei sein Vater gestorben, und ich ging ein Stück mit, ich weiß nicht, wohin. Es war Winter. Es war früh am Abend und stockfinster. Er stieg in ein Gefährt. Allmählich dann hatten wir mehr miteinander zu tun. Er studierte sehr schnell, musste ja arbeiten und hatte kein Geld. Vor dem Studium war er ein Jahr lang beim Militär gewesen und dort kurze Zeit wegen Befehlsverweigerung eingesperrt. Irgendwas mit einer Scheibtruhe war gewesen, für die er zu schwach gewesen war; er hatte sie deshalb entweder zu leicht befüllt oder versehentlich umgeworfen. Und in der Schreibstube hatte er aus Kameradschaft zu viele Urlaubsscheine ausgestellt für ein paar Kameraden. Für jeden, der ihn darum bat, stellte er ein solches Papier aus. Die Strafe war dann zuerst, glaube ich, die schikanöse Arbeit mit der Scheibtruhe. Aber die Arbeit war zu schwer, und der Ungehorsam in der Folge war sowohl unbeabsichtigt als auch automatisch.

Dann begann Broda das Studium. In der Militärzeit noch lernte er dafür Latein, damit er die Zulassung schafft. Der Witz an der ganzen Strapaze war nämlich, dass er das, was er studieren wollte, von der Schule her überhaupt nicht kannte, er hatte in der Schule nie Latein gehabt. Er musste es nachlernen, die Lateinmatura machen, dann konnte er es erst studieren. Schwerstarbeit war das in der Tat. Und später dann gleich nach dem Abschluss des Studiums hat er zu Geschichte auch noch das Philosophiestudium angeschlossen und den Zeichenlehrer und dann den Deutschlehrer und Italienisch hat er gelernt. Das sind alles, weiß ich, große Leistungen gewesen. Sehr viel war das zum Berufsalltag dazu. In der Schule im Beruf hatte er zuerst nicht viel Glück und war deshalb unglücklich. Aber das unstillbare Bedürfnis zu lernen hatte er weiterhin. Immer etwas Neues, Menschen finden, nicht allein sein, leben können. Nur so geht es, glaube ich: Im Reich der Fülle und der Freiheit ist man, egal was einem widerfährt oder angetan wird. Die Menschen, die einem wirklich helfen wollen, müssen dafür Sorge tragen, dass man dort sein kann. Sie selber müssen auch dorthin. Von dort darf man sich von niemandem und nichts vertreiben lassen. Ins Reich der Fülle und der Freiheit wollte er.

Mit sechzehn Jahren erst hat er Klavier zu spielen begonnen. Er wäre gerne Pianist geworden. Berufsmusiker zu werden war sein Lebenswunsch gewesen. Das war aber nicht mehr möglich, denn Broda war zu spät dran damit. Aber er spielt gut. Selber alles gelernt, alleine. Immer wenn er ein bisschen Geld hatte, nahm er sich Klavierstunden, hoffte. Einmal hatte er zufällig eine japanische Klavierlehrerin.

Er war sein Leben lang immer für etwas ganz anderes bestimmt worden, als er dann tat. Nur für die Hauptschule zum Beispiel. Dann wollte er aber nicht in eine Lehre, sondern in die Handelsakademie. Und dann wieder der Lebensbruch. Und immer der große Fleiß. Das Alleinsein fürchtete er immer, floh er immer. Die Schule und das Taxifahren halfen gegen die Einsamkeit. Er hatte nie Geld. Immer herrschte irgendwie Armut. Ich kenne ihn nur unter dieser Herrschaft.

2

Brodas Eltern waren Hilfsarbeiter, das Haus haben sie sehr spät und sehr klein gebaut, die Türen niedrig, weil sie selber klein waren. Brodas Vater war staatenlos, hatte weder eine Staatsbürgerschaft noch Angehörige. Er hatte nach dem Krieg nichts, aber vor dem Krieg hatte er auch nichts gehabt. Eine Zeitlang arbeitete der Vater als Landarbeiter und Klostergärtner. Das winzige Haus, in dem man sich so leicht den Kopf anschlägt, ist aber sehr schön geworden. Kein Geld für die Schulschreibmaschine des Sohnes war im Haus. Immer hat der Sohn gekämpft. Die Einsamkeit kommt eben aus der Kindheit her. Und der Vater hat jahrzehntelang schwer an Parkinson gelitten. Das war für alle schwer.

Als die Mutter starb, war sie, glaube ich, über fünfundsiebzig. Die Mutter hat das Kind erst spät bekommen. Freundlich war sie immer und er mochte seine Eltern sehr. Einmal eben im Alter dann stürzte sie, der Kopf schlug auf. Und die Diagnose dann eben lautete sofort auf Gehirntumor. Unbehandelbar. Leben noch ein paar Monate, Wochen. Kein leichter Tod war das. Zu Hause war der nicht möglich. Brodas Mutter kam nicht mehr auf und raus. Und ich wollte Broda helfen und dass seine Mutter daheim bleiben kann. Es war aber wirklich nicht möglich.

Die Eltern waren zwischen vierzig und fünfzig, glaube ich, als sie geheiratet haben, auch die Frau war schon weit über vierzig, als sie ihr einziges Kind zur Welt brachte. So eben war das damals gewesen. So spät erst heiraten können und so spät erst eine eigene Existenz haben, ein Leben da erst. Und dann sofort Parkinson. Wenn man eben Pech hat im Glück, das man jetzt doch noch gehabt hat, stirbt man eben oder ist behindert, weil man aufgebraucht worden ist. Dass das Leben so ist, kommt von den kleinen Bauern und kleinen Arbeitern und kleinen Leuten her, und es bleibt so, wenn man nicht plötzlich großes Glück hat. Vom Krieg kommt das Unglück her. Der Vater war aus Osteuropa gekommen. Habenichts, ortlos.

Ich weiß nicht mehr, in wen alles sich Herr Broda in seinem Leben verliebt hat. Ich weiß nur, wie schwer es war. Verliebt in eine Tschechin war er, die um ihn weinte, aber nicht mit ihm leben wollte, er kochte für sie, wartete oft auf sie, ihr Foto zeigte er uns einmal. Sie suchte und fand sich ein paar andere als ihn, war aber mit jedem Einzelnen unglücklich und wie ständig auf der Flucht und konnte nirgendwohin und bleiben konnte sie aber auch nicht in Tschechien. In eine Frau von hier war Broda auch verliebt; die mochte ihn und war gelernte Sozialarbeiterin und ging aber ins Kloster. Herr Broda ist auch sehr gläubig und ein Christ, dorthin wollte er aber nie. Die Sozialarbeiterin schenkte ihm zum Abschied ihre Wittgensteinausgabe. Die schenkte er dann mir weiter, weil ihm alles wehtat. Ich fand in der Ausgabe nie, wonach ich suchte. Ich glaube, das steht dort wirklich nicht.

3

Herr Broda hat uns immer geholfen, auch mit dem Auto, als wir noch keines hatten, sodass wir zur richtigen Zeit da sein konnten, wenn es auf Leben und Tod ging, und er hat uns Geld geliehen. Er hat immer schnell verstanden, was los war. Andere Freunde wollten das nicht kapieren. Liehen mir nichts. Er sagte auch vor Gericht aus, wie es mit Fröhlich gewesen war. In den Zeiten, als wir am Kaputtgehen waren, war er immer da, damit es nicht so ist. Man konnte sich verlassen. Es war nicht leicht für ihn. Die Russin, in die er sich jetzt verliebt hat, kommt aus Sibirien und ihr Vater war ein Held der Arbeit. Sie übersetzte uns die Horoskope in der russischen Zeitung. Bei mir hieß es, ich solle mein Geld für mich selber ausgeben, mein Image verbessern und mir eine neue Garderobe zulegen, in mein Zuhause investieren und mit niemandem zusammenarbeiten, sondern meine Vorhaben alleine realisieren, dann würden sie gelingen. Die Russin bringt Broda Glück, falls er Glück hat.

Im Sommer, in den Lehrerschulferien arbeitete Broda früher dauernd an seinem Haus, riss etwas weg und reparierte es dann. Unter körperlichen und geistigen Qualen. In der größten Hitze unter praller Sonne zog er Riesengräben ums Haus und nachts bastelte er schlaflos im Haus herum. Was weiß ich, was alles anfiel und ihm daher ein. Damit ging er mir auf die Nerven und ich sagte ihm das, weil ich Angst um ihn bekam. Er kaufte sich ein Heimwerkerbuch ums andere und reparierte dann alles demgemäß. Im Moment ist er glücklich. Die Russin, seine neue Freundin, ist ein wenig unruhig, weil er bald wieder in der Schule ist und nicht bei ihr.

Als wir Kinder waren, Broda und ich, fuhren wir fast jeden Tag im selben Bus. Broda freute sich über das, was er gezeichnet hatte. Fluchtlinien, Fluchtpunkte. Allen Ernstes. Von ihm habe ich diese zwei Wörter zum ersten Mal gehört. Er war ein sehr braves Kind. Er ging in die Hauptschule, weil die Eltern sich die Mittelschule nicht leisten konnten und auch weil sie Angst vor ihr hatten. Er war immer allein wie ich und im Bus schlossen wir Freundschaft. Und Jahre später dann war es Abend und finster und Broda sagte, sein Vater sei heute gestorben. Wir gingen ein Stück, ich wartete, wir winkten. Mit sechzehn hat er von seinen Eltern das alte Klavier geschenkt bekommen, damit er lernen kann. Mit dem kleinen Klavier machten ihm seine kleinen Eltern das schönste und größte Geschenk seines Lebens. Das kleine Klavier brachten sie aber fast nicht durch die kleinen Türen und das kleine Fenster. Broda ist im Moment sehr glücklich, das sieht man. Früher erforschte in einem fort Europa, ob wo ein Herz ist.

Er war stets hilfsbereit. Ich jedoch konnte ihm nicht helfen. Beim Begräbnis seiner Mutter waren wir zusammen drei und der Priester und die Ministrantin dann auch noch. Mit seiner Mutter zusammen waren wir also sechs Personen.

4

Ich dachte mir oft bei den alltäglichen Vorfällen, die Herr Broda von der Schule erzählte, wie froh ich in meiner Schulzeit gewesen wäre, wenn ich einen Lehrer wie ihn gehabt hätte. Aber er schaffte es trotzdem nicht, dass die Kinder in der Schule ihn als Lehrer so mochten, wie er sich das als Mensch wünschte. Er wollte auch nie in der Hierarchie hinauf. Nicht einmal zur Gewerkschaft wollte er. Die Personalvertretung blieb ihm fremd. Obwohl ihn sein staatlicher Arbeitgeber lange Zeit als Springer von Schule zu Schule schickte und Broda mit der üblichen kleinpolitischen Hilfe gewiss sehr schnell viel besser angestellt worden wäre, verhielt er sich so. Es war aber eine Art von Stolz, dass er den Personalvertretern aus dem Weg ging. Scheu. Aber jetzt nach Jahren ist auch ohne fremde Hilfe alles sicher geworden für ihn. Aber er sagt noch immer so oft, dass die Schule eine Katastrophe sei. Für die Kinder genauso. Gerade für die. Die Lehrer geben das nicht zu, sagt er.

Einmal hat ihn eine Mutter beschimpft. Eine Adelige. Ihr Sohn ist oft betrunken. Die Mutter eines behinderten Kindes hat ihn wegen einer schlechten Note auch beschimpft. Broda will von den Menschen in der Schule geliebt werden und verträgt es schlecht, wenn es jemandem schlecht geht. Er weiß dann nicht, wie helfen. Ich glaube, er redet über die falschen Dinge mit den Kindern. Über die wirklichen Probleme, glaube ich, reden die meisten Lehrer nicht, weil ihnen diese Probleme gefährlich, unlösbar, primitiv, minderwertig erscheinen.

Seine russische Freundin sagt jetzt oft zu ihm, dass die Schule doch gewiss auch sehr schön sei. Dann lächelt er zufrieden, weil es stimmt. Zum Beispiel müsste er aber, glaube ich, über die Kriminalität und den Selbstmord und die Flüchtlingskinder reden, weil er in seinen Gymnasialklassen ein paar schwerkriminelle Buben und ein paar suizidgefährdete Mädchen und ein paar analphabetische Migrantenkinder unterrichtet, und die meisten stehen ein Jahr vor der Matura und alles quält sie, und ein paar sind oft zwischendurch auf der Psychiatrie oder im Suff. Er will jedem und jeder irgendwie helfen, redet aber über die falschen schönen Dinge. Er glaubt, dass die schönen Dinge und Künste helfen. Er mag die Kollegen und Kolleginnen und die ihn, aber die reden auch nicht über die richtigen wichtigen Dinge. Sie reden zum Beispiel nicht über die Sinnlosigkeit, die Hilflosigkeit und wie schön das Leben trotzdem ist und was man alles tun kann. Die für die Zustände Zuständigen glauben bloß, dass das Leben so ist, wie es ist. Das Leben ist aber nicht so, sondern gut und hilfreich.

In Brodas Unterricht reden die Kinder über viel und viel mehr als in den anderen Fächern. Und trotzdem verzweifelt er. Die Schule ist nämlich der Grund. Denn die Wirklichkeit ist futsch. Daher ist auch die Schule keine wirkliche Hilfe.

Er lädt, wie alle anderen Kollegen auch, Fachleute für seine Klassen ein. Die reden zum Beispiel über Schizophrenie und über Selbstmord und über Kriminalität und über Suchtgift mit den Kindern. Also irre ich mich und es wird über all das geredet. Aber es hilft ihnen allen trotzdem nicht. Herr Broda beklagt sich oft, dass für die Menschen in der Schule nichts mehr wirklich einen Wert habe. Er schämt sich, geht in jede Weiterbildung. Jetzt hat er auch angefangen, ein bisschen Schauspielunterricht zu nehmen.

Es ist alles egal und keiner gibt's zu, sagt er und vergisst es irgendwie gleich darauf selber wieder. Er würde gern in ein Austauschprogramm kommen, in eine französische, holländische oder spanische Schule zum Beispiel. Er beginnt Holländisch zu lernen. Ist wieder fahrig. Manchmal hält ihn jemand für linkisch, sagt, das sei nicht gut für die Schüler. Aber in Wahrheit sucht er nur Schutz und Halt. Wenn er über sich selber erzählen könnte, könnte man viel von ihm lernen. Wie er was gemacht hat.

Ein Vietnamese, der im Krieg Funker war, stirbt fast im Meer als einer der Boatpeople. Zufällig wird er vom Roten Kreuz von seiner Familie, seinem Bruder, getrennt, der nach Amerika gebracht wird. Er kommt ganz alleine hierher, verliebt sich in eine Chinesin, gibt ihr Geld, damit sie von hier fortkann, ist dann wieder sehr alleine, hat Asyl, aber nicht viel Geld, nur seine Arbeit, die oft nicht. Am 11. September 2001 wird er ziemlich schizophren, weil er die Fernsehbilder nicht fassen kann. Er kommt immer wieder ins Stadtspital und wird dann in ein Pflegeheim in einem Landschloss verschleppt, in dem die Verweildauer 4 Jahre beträgt, dann stirbt man.
Er ist 54 und immer freundlich. Ins Heim muss er, weil es heißt, dass er niemanden habe. Er hat aber jemanden; die brechen ihn heraus. Das Pflegeheim ist die Hölle für die Insassen und für das Pflegepersonal. Aber die Politik nimmt das der Region und der Arbeitsplätze wegen billigend in Kauf. Auch spare man durch das Heim anderswo Geld. Vor allem sei das Patientenmaterial das Problem.
(2004–2005)

1

Herr Ho sagt zu mir, er wolle nur gehen. *Wo kann ich gehen? Bitte, wo kann ich gehen?* Dann sagt er: *Man muss zufrieden essen. Es sind so viele Leute. Morgen wird es regnen. Ah so*, sagt er auch. Später dann am Tag kommt Herr Ho mir auf der Straße entgegen, geht einkaufen. Es geht ihm gut. Einmal hat er in einem Schloss gewohnt. Eine ausgemergelte Frau lebte auch im Schloss. Die verhöhnte Ho: *Du willst weg? Du? Du kommst hier nie weg! Niemand kommt weg von hier!* Ho schaute zu Boden und weg. *Hoho*, bellte sie. Wenn ich vor dem Speisesaal auf Herrn Ho wartete, rannte sie jedes Mal immer schneller und enger um mich im Kreis herum und schrie: *Sittlichkeitsverbrecher*. Manchmal schrie sie: *Dieb*. Sie wollte ihr Mittagessen nie essen und schrie deshalb oft: *Fraß!* Und: *Das könnt ihr selber fressen!* Oder sie schrie: *Das kann man nicht fressen. Das fressen nur die Trotteln!* Einmal schrie die zierlichste der Schwestern *Schrei mich nicht an!* zurück. Und den Namen der Frau. Manchmal stritt die Frau mit den Schwestern und Pflegern um Zigaretten. *Mir steht Zigaretten-*

geld zu, pfauchte sie. Und das Personal erwiderte, dass sie das Geld und die Zigaretten schon bekommen, aber alles verraucht habe. *Das gibt es nicht*, schrie sie, stob davon. Verzweifelt und wütend rannte sie hin und hin und her und her. Manchmal sagte jemand vom Personal über die Schlossinsassen, wenn welche wütend geworden waren: *Die spüren heute wieder das Wetter.*

Einer redete überhaupt nichts, zog sich immer wieder aus, legte sich halbnackt auf den Boden. Manchmal sagte ein Pfleger dann den Namen und *Bitte, bitte steh auf.* Oder *Bitte behalt' dein Gewand an, bitte, bitte.* Das ging bei dem kranken Mann ununterbrochen so. Er belästigte niemanden, er tat nur, was er wollen musste. Aber es war für alle anstrengend. Für ihn sichtlich auch. Wenn er das riesige Fenster hochkletterte, sah er mich unentwegt an. *Komm runter, bitte*, sagten die Schwestern jedes Mal zu ihm und wieder, wie er hieß. Ich kann mich nicht erinnern, dass er jemals einen Laut von sich gegeben hat. Auch kein Körpergeräusch gab er von sich. Dieser Mann war völlig stumm und völlig still. Keine einzige Sache, die er berührte, tönte. Ich bin mir sicher, der Mann wollte sich einzig deshalb ausziehen, damit er freikommt. In einem fort wollte der fort.

Und einen gab es dort, der gab mir immer die Hand. Einen Hut und einen Bruder hatte er. Einmal sagte er zu mir, er sei schon dreißig Jahre hier im Heim. Der Mann redete sehr viel. Jedes Mal streckte er mir schon aus der Ferne die Hand entgegen, lachte dann kurz und war stets freundlich. Er warte, dass der Bruder ihn abhole. Und eine Frau fragte schnell und andauernd dasselbe und weiter und weiter, bis sie endlich eine Antwort bekam oder sich die selber gab. Bis man endlich mit ihr redete, fragte sie auf diese ihre Weise. Eine kleine dicke Frau, laute, leise, fröhliche, weinerliche war das. Von der meinte ich, sie ähnle mir. Sie zog immer ihre Schuhe an, bat immer, bettelte, dass ich sie von hier mit fortnehme. Einer schloss sich ihr an. Der las viel, schaute aus wie ein Boxer und wie ein Intellektueller in einem und sagte: *Können Sie bitte fragen, ob Sie uns mitnehmen können. Bitte! Das Mädchen und mich.* Als die Psychotherapeutin die kleine dicke Frau zornig zurechtwies, wohin sie denn wolle und wer sie denn schon nehmen solle, hörte die kleine dicke Frau sofort zu jammern auf, aber nicht zu weinen. Sie wimmerte jetzt fürchterlich. Und lauter als bislang schon wurde sie dabei.

Dass ich durch meine Anwesenheit für Aufruhr sorgte, jedes Mal mehr, war mir unangenehm und wurde mir im Laufe der Wochen und Monate unheimlich. Nicht nur weil ich Angst vor einem Hausverbot bekam, sondern weil ich ein paar Insassen durch meine Anwesenheit in Hoffnung versetzte und ihnen dadurch Schmerz zufügte. Ihre plötzliche

Hoffnung auf Freiheit war jedes Mal eine Qual für sie. Das Problem für mich dort war der Gang. Der war zugleich ein Panoptikum und ein Laufrad. Weil es bis auf die Klominuten keinen privaten Ort gab, spielte sich alles öffentlich ab. Ich war daher ein öffentliches Ärgernis und hatte daher Angst, hinausgeworfen zu werden und Herrn Ho dann nicht mehr helfen zu können. Eben weil sich Insassen freuten, hatte ich diese Angst. Hoffnung hatten sie oder was weiß ich, was die wütende magere Frau sich dachte, wenn sie schrie und im Kreis rannte. Wenn Herr Ho und ich mitten unter den Leuten im Landschloss waren, konnten wir nichts für den Wirbel dort.

2

Im Winter zuvor in der Stadt, im dortigen Spital, war ich mit Herrn Ho jeden Tag spazieren gegangen. Er war im Sommer und im Herbst im Kreis gelaufen, weil er alles verloren hatte: irrtümlich seine Invaliditätspension, daher sein Geld, daher seine Unterkunft. Im Kreis waren die Helfer aber nicht mitgelaufen; Herr Ho war daher im Spital abgeliefert worden. Ein paar Profis sagten, man, insbesondere Herr Ho ist von der Krankheit her so. Ich glaubte das nicht. Man ist nämlich auch von den Menschen und den Medikamenten her so. Von Natur und Geburt zwar sowieso. Aber das zählt, meine ich, nicht wirklich. Es war kalt. Er war, als könne er nicht alleine gehen, müsse zusammenbrechen. Er war, glaube ich, wie wenn man noch immer durch und durch friert. Erschöpft und schwach, wie wenn man nichts mehr tun kann, war er.

Was die Irren im Stadtspital redeten, weiß ich nicht mehr. Sie schliefen viel, manche redeten lang und viel, manche gar nichts, sie schauten blöd aus. Es war sinnlos laut und das Leid war blödsinnig, weil für nichts und wieder nichts, und zerstörte die Lebenskraft. Die Ärztinnen waren freundlich. Ein Patient rauchte Pfeife, schaute erledigt aus. Ein Patient fuhr einen anderen im Rollstuhl. Der im Rollstuhl wollte das gar nicht. Aber der eine war hilfsbereit und wollte freundlich sein. Einmal sagte er zum anderen: *Ich bin solidarisch. Ich bin Sozialdemokrat. Ich will dir nur helfen.* Dann krampften beide. Dann schimpfte eine Schwester, er solle ihn in Ruhe lassen. Beide waren jetzt sehr weiß im Gesicht.

Mit Herrn Ho spazieren zu gehen war wichtig. Denn er durfte nicht verfallen. Einmal als wir gingen, sagte er plötzlich zu mir: *Ich suche Menschen. Ich brauche Menschen. Ich will zu Menschen.* Vor Jahren einmal hatte er mir einen lachenden dicken Buddha geschenkt. Kann ja wirklich sein, dass der ihn gerettet hat. Das ist der, der die Kinder beschenkt. Herr Ho hatte im Stadtspital nie viel anzuziehen. Ich wunderte mich immer, dass er nicht krank wurde. Auf der Station war es sehr heiß, draußen war es eiskalt. Manchmal wollte er weit gehen, manchmal nur ein paar Schritte. Wo man sitzen konnte und ein bisschen weniger Leute zugegen waren, stank es. Sein Gewand, das Anziehen desselben; der Wärter, die Pfleger, sie zogen ihn an. Die Pflegerinnen zogen die Männer auch an. Einer zog Herrn Ho falsch an, die falsche Kleidung. Herr Ho zeigte dabei aber immer auf den anderen Schrank auf der anderen Zimmerseite, in welchem sich seine eigenen Kleidungsstücke befanden. Die wirklichen. Der Wärter glaubte Herrn Ho nicht, zog ihn fertig an. Es passte dann am Ende nichts zusammen. Daraufhin sagte der Wärter zu mir: *Verwirrt nicht die Verwirrten*, und zog ihn wieder aus. Einmal war die Luft eisig und der Boden spiegelglatt, und Herr Ho konnte nicht weit herumgehen, er schaute beim Türglas hinaus, sagte: *Ich bin arm.* Nichts von dem, was Herr Ho gesagt hat, waren jemals Bitten. Es waren Feststellungen, nichts sonst. Er schaute, konstatierte. Ich sagte erschrocken: *Ja, Sie sind arm.* Er bat nie um Hilfe, flehte nicht, hielt bloß fest, was war. Dann gingen wir doch herum.

3

Unser erstes Gespräch mit dem Sozialarbeiter, der versucht, Herrn Ho in eine Gemeindewohnung zu bringen, ins Glück sohin. Jetzt hat Herr Ho endlich Anspruch. Er hatte seit Monaten, Jahren eine Wohnung gesucht, aber nie Anspruch gehabt, weil viel zu wenige Punkte im amtlichen Verzeichnis. Jetzt im Nichts hat er Anspruch. Aber im Nichts ist es auch mit der Bestätigung der Wohnfähigkeit durch die Spitalsärzte nichts. Der Sozialarbeiter machte jetzt zwar das mit der Wohnung alles wirklich, denn er ist ein wirklich guter Sozialarbeiter und tut seine Arbeit. Er sagt aber, die Bestätigung der Wohnfähigkeit durch den Oberarzt könne ein wirkliches Problem werden, aber bemühe sich, so gut er nur könne. Er will, dass wir mit ihm zusammen mit dem Oberarzt reden. Mit dem Oberarzt reden wir daher, Samnegdi und ich, bitten ihn. Nennen ihm und zählen auf, wer alles Herrn Ho helfen will, wird. Versprechen es. Der Oberarzt sagt freundlich zu uns, der Sozialarbeiter habe ohnehin schon alles in die Wege geleitet, fragt ihn neben uns, wie weit er schon sei damit. Der Sozialarbeiter nickt, will etwas sagen. Der Oberarzt schneidet ihm auf der Stelle das Wort ab. Man merkt, dass die zwei nicht zusammen können, vorher auch schon hat man das gemerkt. Kein Platz und keine Zeit mehr für das Gespräch sei jetzt hier, sagt der OA dann. Der Sozialarbeiter ist enttäuscht, schaut zu Boden. *Ich mache das schon*, sagt der Sozialarbeiter dann beim Gehen zu uns. Und wir kamen Herrn Ho dann weiterhin immer besuchen, gehen mit ihm, ich tue das, eine Praktikantin auch. Die war sehr wichtig für ihn. Samnegdi und ihre Kollegin Mira baten die von ihrer Hilfsorganisation aus, diese Arbeit zu übernehmen.

Einmal dann wollten wir beim Sozialarbeiter nachfragen, wie es weitergeht und ob er schon etwas wegen der Wohnung wisse. Einen Termin. Für die Besichtigung oder für ein Amt. Der Sozialarbeiter war nicht da, nicht mehr da. Dritte-Welt-Reise. Ich weiß nicht, für wie viele Wochen, Monate. Dort war der jetzt. Wer ist jetzt zuständig? Niemand ist da und dahinter. Ich erbitte einen Gesprächstermin mit dem jetzt zuständigen Sozialarbeiter. Will mit dem OA reden. Der Oberarzt hat jedoch nie Zeit, ist nicht da, ist nicht zu erreichen. Wenn er da ist, sagt er: *Jetzt nicht*, manchmal sagt er: *Es ist ohnehin alles im Laufen.* Er ist ein guter Oberarzt. Das weiß ich. Ich weiß nicht, woran man das sieht. Früher habe ich von Streitereien mit ihm gehört. Sehr guter Ruf jetzt. Menschlichkeit. Erfahrung. Große. Viel.

4

Es ist Tumult auf der Station. Noch mehr Wirbel als sonst. Ich habe keine Ahnung, warum. Die Jahreszeit vielleicht. Es weihnachtet, Dauermusik. Was sind das für Menschen, die hier arbeiten? Wie können die das? Das Personal wechselt in der Tat ständig, ich täusche mich nicht. Ein Pfleger sagt mir, wann der OA gewiss da sei: *Da müssen Sie ihn erreichen können.* Einmal dann sagte der Pfleger: *Natürlich ist der Oberarzt da, natürlich hat er Zeit.* Der Pfleger wollte, dass der die hat. Hat der OA aber nicht. Sagt der OA mir wütend. Und einmal sage ich zum OA in Gegenwart einer OA nochmals, wer für Herrn Ho sorgen will, wird. Und dass wir die Sorgfalt, die Verantwortung dafür übernehmen, dass Herr Ho seine Medikamente nimmt. Die OA freut sich, der OA nickt.

Ende Dezember, Anfang Jänner ist es jetzt schon – nichts rührt sich, immer weniger Zeit bleibt. Die Zeit, die für die Wohnungsfindung genannt worden ist, ist aufgebraucht. Nichts ist unternommen worden. Was passiert mit Ho, wenn sich niemand um eine Wohnung für ihn kümmert. Wie lange kann er noch hier im Spital bleiben. Und wozu denn, gottverdammt! Ich erbitte ein Gespräch mit der jetzt ersatzweise zuständigen Sozialarbeiterin. Die habe ich ausfindig gemacht. Sie hat einen Namen, wie sie dann ist. Sie sagt sofort, dass der OA sagt, dass Herr Ho ganz gewiss nicht wohnfähig ist. Sie habe daher in Bezug auf die Wohnungssuche und den Ämterlauf nichts unternommen und sie werde auch ganz gewiss nichts unternehmen. Ihr Kollege habe ihr zwar vor der Abreise die Papiere vorbereitet, aber sie werde nichts in diesem Sinne tun. *Ganz sicher nicht*, sagt sie. Von sich aus. Sofort. Es gebe, setzt sie sofort nach, Leute, die seien froh, wenn sie in ein Heim kommen, und ebenso darüber, dass sie auf einer geschlossenen Abteilung sind. Herr Ho sei so jemand. Eine Hauskrankenpflege rund um die Uhr würde er in seiner eigenen Wohnung, wenn er die überhaupt bekäme, brauchen, sagt sie, als ich danach frage, und so etwas sei völlig unrealistisch, sowohl finanziell als auch vom Arbeitsaufwand her. Er könne nicht selbständig leben. *Nichts zu machen, ich werde mich da nicht einmischen*, sagt sie. *Ich werde nichts dergleichen in die Wege leiten*, sagte sie wegen der Wohnungssuche und dann über Herrn Ho, dass er ins Heim auf die Geschlossene kommt, weil es für ihn gut ist. Ich war am Boden zerstört. *Ich werde mich ganz sicher nicht für ihn einsetzen*, sagte sie.

Ich suchte in meiner Verzweiflung nach jedem Ausweg. Die Wohnungsangebote des nächstbesten Immobilienbüros, eines sehr guten, ließ ich mir nennen. Eine spottbillige passende, sehr gute Wohnung fand ich auf der Stelle. Ich wollte ihm eine kleine billige Wohnung mieten, denn er hatte ja auch kein Geld, gar nichts hatte er, die Papiere nicht, alles weg, im Spital irgendwo. *Nein, den Pass haben wir nicht*, sagen sie im Spital. Ich hatte den Pass vor kurzem noch gesehen, im Spital hier, bei Hos Sachen, im Schrank. Nein, jetzt weg. *Nie gehabt*, sagt der Pfleger, und dass er sich genau erkundigt habe. Herr Ho hatte zwar Ansprüche, aber keine Papiere, also doch keine Ansprüche. Er hatte kein Geld und keinen, der ihn vertrat, keinen Sozialarbeiter. Nichts, niemanden hatte er daher. Was Herr Ho je gehabt hatte, war weg. Er hatte kein Draußen und auch kein Drinnen. Ich suche weiter nach einer Wohnung, eine mieten. Wie mieten für ihn, wenn er selber keine Papiere hat, weil die ja im Spital verschwunden sind. Wie komme ich mit ihm zu seinen Papieren von Amts wegen, wenn er in einem solchen Zustand ist, und wie ohne Papiere und in einem solchen Zustand zu einer Wohnung? Wer nimmt ihn in dem Zustand? Ich muss die Wohnung nehmen. Nehme ihn dann schwarz auf. Kaufen kann ich gewiss keine Wohnung. Das brächte meine Familie in Gefahr.

Beim Gehen in der Kälte sagte Herr Ho oft, dass er Geld schuldet. *Bitte!*, sagte er. Fünfzig Euro. Das Geld hatte er. Vor Monaten ausgeliehenes Geld war es. Eine Migrantin hatte es ihm gegeben. Hilfsbereit war die immer. Eine Jugoslawin. Kriegsflüchtling. Lehrerin mit Familie. Herr Ho redete sehr wenig im Spital. Aber jedes Mal, dass sie ihr Geld zurückbekommen muss. *Bitte!* Kein Geld hatte er, keine Wohnung, keine Papiere, keinen Sozialarbeiter, keinerlei Auskunft gab es und kein Draußen und kein Drinnen. Aber einmal eben hatte er plötzlich fünfzig Euro, die solle ich bitte der Migrantin zurückgeben. Dann hatte er wieder nichts.

5

Die Sozialarbeiterin aus der Psychiatrie traf ich dann zufällig bei der Präsentation eines Buches über Patientenrechte. Die Sozialarbeiterin mit dem schönen Namen und ich grüßten einander sehr freundlich. Ich dachte mir daher, dass sie es sich vielleicht doch anders überlegt hat. Und ein paar Tage später dann auf der Station sahen wir uns wieder und sie sagte: *Ah, Sie sind auch da. Sehr schön. Ich bin mir ganz sicher, dass sich etwas ergeben wird. In Herrn Hos Sinne.* Sie lächelte freundlich. Ich fragte an dem Tag daher den Oberarzt, ob er kurz Zeit habe. *Nein!*, gellte er durch den Gang und seine Patienten drehten sich her und schauten und ich zur Seite. Der Schrei gellte tatsächlich. Die Sozialarbeiterin hörte ihn noch, drehte sich um und auch zur Seite. Zwei Tage später dann sagte der Oberarzt zu mir im Vorbeigehen, dass Herr Ho nicht besachwaltet sei, er, der OA, also nur mit Herrn Ho zu reden brauche und mit niemandem sonst. Ich war höflich und freundlich wie immer und blieb bittend. Am nächsten Tag erfuhr ich nebenbei von einem Pfleger, dass Herr Ho fortkommt. Und den Namen des Ortes. In ein paar Tagen schon werde das sein. *Es steht fest*, sagte der Pfleger, lächelte.

Anfang Februar war es jetzt fast schon. Ich hatte mich Ende Dezember, im Weihnachtsurlaub an einen Priester gewandt. Der Priester hatte schon vor zwei Jahren aufgrund meiner damaligen Bitten versucht, Herrn Ho zu helfen. Wollte ihn damals im Pfarrhof aufnehmen, solange Herr Ho das wolle und brauche, auch auf Jahre. Ho hätte dort gratis essen können. Ein bisschen Arbeit, Beschäftigung, wäre dort auch für ihn vorhanden gewesen, und er hätte nur das arbeiten müssen, was er gewollt hätte. Des Lebenssinnes und der Menschenwürde wegen, wie man so sagt und es ja auch ist. Herr Ho blieb aber nur zwei, drei Tage. Sein eigener Wille war so. Seit damals dann hatte ich mich eine Zeitlang nicht mehr zuständig gefühlt für Herrn Ho, weil er das, was ich für ihn tun hatte können, nicht haben wollte. Aber jetzt fühlte ich mich wieder zuständig. Und zum hilfsbereiten Priester von damals ging ich jetzt immer wieder wegen einer vorübergehenden Unterkunft, eines winzigen Zimmers für Herrn Ho. Der Priester war sofort wieder bereit, Herrn Ho zu helfen. Zu uns nach Hause konnte ich Ho nicht nehmen. Meine Familie, wir hatten schon zu viel durchgemacht. In einem fort. Auch ist mein alter Hof kaputt. Unbewohnbar für Ho. Vor allem sind wir hier zu entlegen für Herrn Ho. Es ist der falsche Ort für ihn. Herr Ho würde sich nicht auskennen. Er hat ein Leben in der Stadt gebraucht, die er kennt. In der Stadt die Gegenden kennt er. Die hier bei uns nicht. Der Priester findet aber nichts, will ihn dann doch bei ihm im Kellerloch unterbringen, wo sonst die Jugendlichen Tischtennis spielen. Das geht so aber nicht. Ho wäre in einer schlimmen Zelle. Kein Fenster, kein Licht, stickige Luft. Ich finde indessen eine Wohnung im vierten Stock, kein Lift. Herr Ho ist wegen der Medikamente unsicher beim Gehen, würde über die Stufen stürzen. Der Priester sucht weiter.

6

Einmal, als ich zum Spazierengehen mit Herrn Ho auf die Station kam, sprang der Pfleger, sofort als er mich sah, vom Sessel auf, sagte, Herr Ho sei nicht da, lief dann zum Zimmer, machte die Tür einen kleinen Spalt auf und sofort wieder zu, sagte: *Ja, er ist fort bei einer Untersuchung und anschließend geht man mit ihm spazieren.* Ich suchte dann Herrn Ho überall, wohin der Pfleger mich geschickt hatte. Nirgendwo fand ich ihn, ich sah ihn auch nicht spazieren. Herr Ho war derweilen die ganze Zeit über auf seinem Zimmer gewesen, wurde gerade begutachtet, eingestuft für das Pflegeheim und das Pflegegeld. Ich hatte nicht zu stören. So war das in Wirklichkeit gewesen. Der Pfleger hatte mich angelogen. Und genauso unheimlich war die Sache mit den Papieren. Nach vielen Wochen tauchten die in dem neuen Ort, wo Herr Ho dann war, in der Festung, in dem Landschloss, in dem verschrienen Pflegeheim wieder auf. Und wieder viele Wochen später der Reisepass. Es wäre in der Tat eine Verschleppung gewesen. Es war in der Tat eine. Nichts sonst. Dass ich immer zu Herrn Ho ging, egal wo er war und wie schlecht er beisammen war, war, damit er dort nicht innerlich zerbricht. Er habe sehr an Kraft verloren, hatte Samnegdi oft zu mir gesagt. Das Leben auf der Straße, in der Schlafstelle, das tägliche Nichts sehe man ihm jetzt an. Er sei nicht mehr, wie er gewesen war.

Herr Ho fragte mich, warum er so weit fort müsse und wo das denn sei. Und warum er nicht in der Stadt bleiben und hier eine Wohnung bekommen könne. Oder hier in der Stadt im Spital bleiben, bis er wieder ganz gesund sei. Der Oberarzt habe ihm gesagt, dort, wo er jetzt hingebracht werde, sei die versprochene Wohnung. Herrn Hos größte Angst war es jetzt immer gewesen, dass er keine Wohnung hat. Der Oberarzt gab ihm jetzt aber die Festung zur Wohnung. Die geschlossene zur schönen. Herrn Hos Geburtstag war jetzt gerade. Wir hatten vor Monaten, weil der Sozialarbeiter es damals so zu uns gesagt hatte, zu Herrn Ho gesagt, an seinem Geburtstag habe er gewiss eine Wohnung. Wir hatten Herrn Ho das und das Datum dafür in seinen Kalender geschrieben, Samnegdi hatte das reingeschrieben, damit Ho Hoffnung hatte und nicht verzweifelte und nicht zusammenbrach, sondern gesund werden konnte, so gut es nur ging. Der Kalender stand auf dem Tischchen neben dem Bett.

Jetzt versprach ich Herrn Ho, dass er wirklich eine Wohnung bekommt und in der Stadt bleiben kann. Bat ihn zu dem Zweck auch um eine Unterschrift. Er hatte mir gerade gesagt, dass er etwas im Spital unterschrieben hatte. Er wusste aber nicht, was. Kann leicht sein, dass Ho dem OA genau damals etwas unterschrieb, als man mir sagte, Ho sei nicht auf seinem Zimmer, obwohl er da war. Ho wusste nicht, was er den Ärzten unterschrieb. Das ist ganz einfach wahr. Die meisten Leute wissen nicht, was und wo die Festung, das Schloss, ist. Und wenn man so ist, wie Herr Ho damals war, weiß man es ganz gewiss nicht. Herr Ho sagte, der OA habe gesagt, wenn er das unterschreibe, bekomme er eine Wohnung. Ich bat Herrn Ho daher, eine Vollmacht für einen Anwalt zu unterschreiben. Da jetzt wusste Ho gewiss, worum es ging. Denn ich erklärte es ihm.

Samnegdi und ich sind dann zu einem Anwalt. Der ist freundlich. Hat familiär – der Vater war wohl Arzt gewesen – mit dem Psychiatriespitalsstädtchen zu tun. Das ist Zufall und haben wir nicht gewusst. Der OA habe einen sehr guten Ruf, sagt der Anwalt zu uns. Er kenne den OA zufällig durch seinen Vater gut. Ich sage, dass ich gewiss nichts gegen den OA sage und habe, aber die Entscheidung des OA sei falsch. Der OA wolle wahrscheinlich nicht, dass Herr Ho auf der Straße verrecke. Das sei mir klar und ein ehrenhaftes, humanitäres Motiv. Hochanständig. Aber dass Herr Ho auf der Straße verreckt, werde ganz einfach nicht der Fall sein. Denn es gebe genug Leute, die ihm helfen wollen und werden. Aber die Leute, die helfen wollen, werden daran gehindert. Der Anwalt sagt hierauf, er habe sehr gute Kontakte, werde sich vermöge dieser erkundigen, was wirklich los sei und was man tun könne. Er brauche aber Zeit. Er verabschiedet uns in der Tür. In seinem Warteraum sitzt plötzlich Fröhlich-Donau. Schaut uns an wie alte Freunde. Samnegdi und ich sind nicht einmal überrascht. Mit Fröhlich ist überall zu rechnen. Wir haben vor kurzem in der Zeitung gelesen, dass Fröhlich wieder einen Prozess hat, wieder strafrechtlich, wieder eine Entlassung. Er scheint diesmal aber gegen den Arbeitgeber beim Sozial- und Arbeitsgericht in erster Instanz verloren zu haben. Nicht so wie damals, als Hominibus Cor der Arbeitgeber gewesen war.

Dann die Tage über unsere Telefonate mit dem Anwalt für Ho. Der Anwalt ist jedes Mal freundlich, mehr ist aber nicht. Er habe sich noch nicht erkundigen können, sagt er jedes Mal zu mir. Auf seine Kanzlei bin ich gekommen, weil sie Flüchtlinge vertritt. Das ist aber nicht der Anwalt, der die Kanzlei durch seine Arbeit mit Flüchtlingen aufgebaut hat, sondern ein junger Kompagnon. Fröhlichs unglaubliche Augen.

7

Samnegdis Ärger früher über die Drehtürpsychiatrie, die Herrn Ho keinerlei Halt gab, aber das hier jetzt ist das andere Extrem. Ho verreckt extra- und intramural. Er kann nichts dafür. Wann Herr Ho im Spital auf der offenen Station, wann auf der geschlossenen ist, halte ich für Taktik. Aber wie kann das hier so sein, was rechtlich nicht sein darf? Das Informationsmonopol des Arztes und das Fehlen eines sozialarbeiterischen Beistandes für Herrn Ho sind der Grund, daher kommt das Schlamassel, in dem alles seine Ordnung hat und zugleich grundfalsch ist. Alles dagegen muss jetzt schnell gehen. Alles zugleich, weil alles im letzten Moment. Samnegdis Arbeitskollegin Mira fällt im letzten Augenblick ihre Hilfsorganisation ein, bei der sie auch arbeitet. Die Möglichkeiten dort. Dass die doch helfen kann. Die dortige Chefin fragt im Spital nach. Riesenanstrengungen sind das für uns, für Samnegdi. Für die Chefin aber offenbar auch. Die Behörden und die Hilfseinrichtungen, nicht Herr Ho, sind das Problem. Samnegdi und ich teilen uns zitternd und bangend das Spiel um Herrn Hos Leben auf, wer für ihn wann das Beste ist. Die Zeit läuft uns davon. Man hätte die Sache nicht so weit kommen lassen dürfen. Nur einen Bruchteil der jetzigen Gewaltanstrengung hätte es zur richtigen Zeit gekostet. Ein bisschen Mühe nur. Aber nein, es war, meinte man, niemand zuständig und Ho hatte daher keine Ansprüche und daher keine Chance auf sein Leben und daher auch keine auf Realität. Hilfe tat sich nicht auf und wirkliche war nicht vorgesehen. Daher gilt er als verrückt. Die Organisation, in der Samnegdi arbeitete, hieß ALEIFA, und die, in der Mira auch arbeitete, hieß NICHT AUFGEBEN.

Zu Hos Hausarzt waren wir auch gegangen. Der war wichtig. Der war der Wichtigste. Der war anders. Der war sofort und dauernd hilfsbereit. Rief im Spital an. Und als der Sozialarbeiter aus Indien zurückkehrte, ärgerte sich der Sozialarbeiter über seine Sozialarbeitskollegin. Alles habe er ihr doch schon vorbereitet gehabt, er verstehe das nicht, sagte er, kämpfte wieder gegen die Entscheidung des OA. Es nützte nichts. Es lag am OA. Der Sozialarbeiter sagte dann am Telefon zu Samnegdi, er müsse jetzt aufhören, aufgeben, mehr könne er nicht tun, er bekomme zu große Schwierigkeiten, habe die jetzt schon. Man müsste jetzt aber verhindern, dass Herr Ho im Pflegeheim zerbricht. Herr Ho werde sehr schnell zerbrechen, fürchte er. Und der Hausarzt dann nannte uns eine hilfreiche Adresse dagegen. Wir dorthin. Ein Therapeut, Psychiater mit den besten Kontakten nach überallhin half uns weiter. Mit mir verstand der sich nicht, mit Samnegdi schon. Die Patientenanwaltschaft sei vermutlich der einzige Weg, sagte er, und man müsse Kontakt halten mit

Herrn Ho, wenn Herr Ho fort im Pflegeheim sei. Herr Ho sei, das dürfe man nie vergessen, nach wie vor ein freier Mensch, könne daher jederzeit von dort fort, sagte der Psychiater, der kraft seiner Funktionen, Ämter und Ethik überall war und daher sehr vorsichtig war. Ich hatte mich aber plötzlich über sein ständiges Lächeln aufgeregt, das freilich Freundlichkeit und professionell war, und dann war er aber über mich aufgebracht. Er und der Hausarzt gaben uns zu verstehen, dass ich quasi de facto Herrn Hos Angehöriger sei und genau so auftreten könne, solle und müsse. Als Angehöriger. Das sei wichtig. Hätte ich aber ohnehin getan. Quasi de facto. Aber guter Freund reicht.

Hos Hausarzt hatte mir am Telefon gesagt, wenn Herr Ho wirklich hierher in die Stadt in die Freiheit zurückkehren können soll, muss ein sicheres, verlässliches Umfeld da sein, zuvorderst ein fachärztliches. Erst vom Hausarzt am Telefon habe ich damals erfahren, dass das Schloss, das Heim, die Festung, mit Sicherheit nicht das Beste für Herrn Ho sei. So weit weg sei es, überhaupt keinen guten Ruf habe es. Niemand sonst hatte mir das gesagt, ganz im Gegenteil. Die Chefin von Samnegdis Kollegin Mira, von NICHT AUFGEBEN, hatte es am Telefon ganz anders erfahren, hatte telefonisch auch mit dem Leiter dort geredet, und was weiß ich, wer alles mit wem noch. Samnegdi hatte dann auch mit dem Leiter dort telefoniert. Ein Schloss, ein Schloss sei es, hatte es geheißen. Und die Gegend sei paradiesisch.

8

Zu uns hat der Heimleiter, der Schlossherr, gesagt, Herr Ho könne nicht im Spital in der Stadt bleiben, denn das sei nicht eingerichtet dafür. Das sei ausnahmslos so geregelt. Ho werde jetzt ins Heim kommen, aber nur vorübergehend im Heim bleiben. Er werde dort rehabilitiert werden. Man werde alles versuchen. So war der Kompromiss. Wir haben den geglaubt. Der Heimleiter hatte das zu Samnegdi und zu Miras Chefin so gesagt. Am Telefon der Hausarzt jedoch sagte jetzt das Gegenteil zu mir. Das Schloss sei alles andere als ein Sanatorium und nicht zielführend. Dort werde nicht rehabilitiert.

Der Heimleiter hatte am Telefon zu Samnegdi gesagt, das Heim sei völlig neu, nicht so wie früher. Gegen den schlechten Ruf von früher kämpfe das Heim auch heute noch und das sei ungerecht. Aber wenn die Leute kommen und sehen, wie es wirklich ist, wäre das auch für das Heim eine große Hilfe, denn es sei in Wahrheit erstklassig. Dafür verbürge er sich. Und stolz sei man auch auf das neue Heim. Jederzeit können wir, sagte der Heimleiter, Herrn Ho besuchen, man würde sich freuen und wäre froh darüber. Und der Anwalt in der Kanzlei sagte ungefragt, von sich aus, zu uns, aus dem entlegenen Heim sei noch nie jemand zurückgekommen. Es sei früher immer ein äußerst bedrohlicher Ort gewesen. Und immer, wenn die Kranken in den Stadtspitälern weder zu heilen noch zu disziplinieren gewesen seien, habe man ihnen gesagt, dass sie dorthin kommen werden, wenn sie weiterhin ungehorsam sind. Und den Angehörigen auch. Den wirklichen Ruf des Heims erfuhren wir also jetzt erst. Und von allem immer nur kleine Stücke. Und der Heimleiter eben hatte gesagt, es sei jetzt alles ganz anders als früher, neu alles, und wie man sich bemühe.

Die Sache war entschieden. Wir hatten es im letzten Moment nicht mehr verhindert. Der Heimleiter war ja freundlich gewesen, hatte versprochen, man werde mit allen Mitteln, über die man verfüge, versuchen, Herrn Ho zu rehabilitieren und derweil können wir uns in Ruhe um eine Wohnung für Herrn Ho bemühen. Auch könne Herr Ho seine Körperpflege nicht selber verrichten, sagte der Heimleiter. Ho sei inkontinent. Wir wissen das wahrscheinlich ja gar nicht. Und wir dürfen ihn ja ohnehin jederzeit besuchen. Und dann kam ganz unerwartet der Anruf des Priesters, welcher hoffte, er habe jetzt doch ein kleines Zimmer gefunden für die erste Zwischenzeit. In einem Gasthaus oder bei einem Ordensbruder.

Aber es war entschieden. Es war Freitag. Am Montag in aller Früh dann der Abtransport ins Heim. So war der Zeitplan. Samnegdi und ich dachten jetzt immer noch, eine Rehabilitation für zwei, drei Monate wäre gut und sicher für Herrn Ho. Es war ja versprochen worden und dass alles anders sei als bislang und so viel besser und eine wirkliche Erholung für Herrn Ho und eine wirkliche Genesung. Der Chefin von Samnegdis Kollegin Mira vertrauten wir sehr und ihr war ja auch nur Gutes gesagt worden. Ich habe Inkontinenz nie wahrgenommen an Herrn Ho, wenn ich im Spital war. Was die medizinischen Untersuchungen über Hos Allgemeinzustand und über die rein physischen Probleme ergeben hatten, wussten wir nicht. Vor der Inkontinenz hatten wir keine Angst, aber sie bedeutete doch, dass wir vielleicht vieles nicht wussten. Hos Hausarzt aber sagte wegen der Inkontinenz und weil ich sagte, dass ich die nie wahrgenommen habe, die müsse so nicht wirklich wahr sein. Die könne vorübergehend durch die Tabletten oder Spritzen passiert sein. Der Hausarzt sah offensichtlich kein medizinisches Problem, hatte von keinerlei schwerwiegenden zusätzlichen Erkrankungen Hos Kenntnis; Hos Allgemeinzustand schien keineswegs besorgniserregend zu sein.

Trotzdem blieben wir jetzt bei dem, was mit dem Heimleiter abgesprochen war: zwei, drei Monate Rehabilitation, jederzeitige Besuchsmöglichkeit, jederzeitige Rückkehrmöglichkeit, inzwischen ausreichend Zeit, die passende Wohnung zu finden und die Behördenwege zu erledigen; eine gute medizinische Versorgung für Herrn Ho in der Zwischenzeit sei gewährleistet und dass er auf seine Medikamente optimal eingestellt wird und dass wir für seine Zukunft draußen alles bewerkstelligen können. Samnegdi und ich meinten, das Ganze sei ein sehr guter Deal geworden. Die beste Lösung im Moment sei es. Sehr gute Kontakte zum Heimleiter durch die wichtigen Vertrauenspersonen von Miras Chefin haben wir jetzt, dachten wir, und das sei so wirklich das Beste für Ho. Ich nahm mir fest vor, so oft wie möglich zu Herrn Ho zu fahren, zwei, drei Mal in der Woche. Die Verkehrsverbindung sei sehr gut, hatte der Heimleiter gesagt, das Schloss und die Gegend wie gesagt sehr schön und sehr erholsam, es werde Herrn Ho gefallen. Das telefonische Einvernehmen mit dem verantwortlichen leitenden Spitalsarzt jedenfalls war gut, das Pflegeheim dort habe einen völlig neuen Anfang gemacht, das werde man sofort merken und zu schätzen wissen, hatte der Heimdirektor zu Samnegdi gesagt. Und wir, wir glaubten tatsächlich, wir seien jetzt ausreichend informiert, wüssten ein paar Dinge im System, von denen der Hausarzt noch nicht Kenntnis habe. Alles sei jetzt bestens ausgerichtet für Herrn Ho. Und auch Miras Chefin, die dafür bekannt ist, wie einfallsreich sie für hilfs- und schutzbedürftige Menschen kämpft, hatte uns gesagt, wie gut und vertrauenswürdig diese Zwischenlösung sei. Vor allem wegen der Medikation gab ich nach, da wir von solchen Medikamenten keine Ahnung haben. Ich dachte, die Verabreichung werde durchs Spital weit besser bewerkstelligt als zum Beispiel durch meine Wenigkeit.

9

Am Samstag vor dem Abtransport aus der Stadt wollte Herr Ho schnell aus dem Spitalsbereich hinaus in den Supermarkt ganz in der Nähe, um etwas einzukaufen. Samnegdi und ich gingen mit Herrn Ho mit und sagten zueinander: *Er ist wieder, wie er immer gewesen ist. Es fehlt ihm nichts mehr. Warum können wir ihn nicht einfach mitnehmen. Und er lebt in seiner Wohnung und alles ist in Ordnung.* Aber er hatte keine Wohnung. Und vor dem Medizinischen bei der Sache hatten wir wie gesagt doch Angst, weil wir nicht wussten, ob alles bekannt sei, und die adäquaten medikamentösen Einstellungen seien für ihn lebenswichtig, dachten wir. Bei Geist, Seele und Gemüt hatten wir nicht Angst. Der Körper, weil Fleisch, da schon. Eine Pfütze, Ho wich aus. Die andere Pfütze erwischte ihn. Er ärgerte sich sehr.

Am Montag in aller Frühe dann der Termin. Ich kann nicht mit dem Transportauto mit. Kein Platz. Muss mit dem Zug fahren. Die Praktikantin, die immer zu Herrn Ho ins Spital gekommen war, hatte ihm am Wochenende zum Abschied eine Mütze, ein Paar Handschuhe und einen Pullover geschenkt. Die Handschuhe waren ein bisschen zu groß. Dass er fortmuss, trifft die junge Frau. Ich selber habe die Praktikantin nie gesehen. Sie weiß nicht, wie es weiterging und dass es gut ausging. Auch nicht, wie wichtig sie war. Wenn er wieder zurück sei, komme sie gern zu ihm. Dort aber so weit weg wolle und könne sie ihn nicht besuchen. Ich weiß nicht, ob sie wirklich glaubte, dass er zurückkommt. Die Vergeblichkeiten sind das Grausame. Aber ihr Bemühen um ihn war nicht vergeblich. Ich glaube, sie hat sich damals für immer verabschiedet.

Das erste Mal dann die Festung auf dem Berg, die Zugfahrt zum Bahnhof. Als ich aussteige, ist da nichts. Nur die Festung, das Heim, das Schloss sieht man. Aber da ist nichts. Das Schloss ist ewig weit weg vom Bahnhof. Keine Ahnung, wie ich auf die Festung komme. Mit mir zusammen ist ein junger Mann ausgestiegen. Kein Mensch sonst. Über den einen Menschen bin ich froh, frage ihn, wie ich zum Heim komme. Er schaut mich an, weg. *Das ist weit. Da gehen Sie lange. Ich nehme Sie mit. Das ist das Einfachste.* Er bringt mich dorthin, fährt dafür einen Umweg, sagt beim Abschied, als ich die Autotür öffne: *Meine Großmutter ist jahrelang da drinnen gewesen. Schön war das nicht.* Ich sage: *Das ist jetzt ja alles anders. – Glauben Sie?*, fragt er und sagt dann: *Sie werden schon recht haben. Alles Gute*, wünscht er mir, lächelt. Ich will ihm Geld geben. Er lacht, schüttelt den Kopf, fragt, ob ich einen Angehörigen hier heroben habe oder ob ich beruflich hier bin. *Einen Freund*, sage ich. Der junge Mann lacht auf, winkt.

Ein Schloss, eine Burg, hoch oben, man muss immer bergauf, egal wo man schon ist, und immer noch ein Stück dazu dann. Und weiter und weiter. Es geht immer weiter, hört nie auf. Ein LKW dann im Hof vor dem letzten Tor. Ich muss das Sekretariat finden. Die wissen dort aber nichts von einem Herrn Ho. Ein Mann in einem weißen Mantel kommt zufällig herein und sagt dann, dass heute gerade eben jemand gebracht worden sei und wohin. Beklemmend ist das für mich wie früher, wenn ich solche Dinge zu tun hatte und irgendwo war, wo ich nicht sein wollte, und Angst hatte, aber keine haben durfte, und freundlich und nebenbei war, weil nichts sonst hilft. Auch wenn man die Festung betreten hatte, ging es immer weiter hinauf. Es war, als ob es keinen höchsten Punkt gab. Man konnte nichts erreichen. Es war anstrengend. Immer weiter musste man.

10

Wo ist Ho? Schwestern. Verrückte. Der Gang. Rechteck. Frauen. Männer. Rechteck. Einer zieht sich gerade aus. Eine offene Tür in einen Büroraum. Ich will fragen. Ein Pfleger und rechts von ihm sitzt Ho. *Herr Ho!* Ich bin glücklich. Die Datenerhebung. Bin gerade rechtzeitig gekommen.

Ho auch gerade erst. Ein schwarzer großer Plastikmüllsack. Darin Hos Hab und Gut. Keine Papiere. Ich frage den Pfleger. Der sagt: *Nein, keine Papiere.* Wer ich sei. Der Pfleger und ich sind freundlich zueinander. *Nein, ich bin nicht der Sachwalter.* Ich sage, ich gehöre zur Firma ALEIFA. *Schon gehört von der*, sagte er und fragte, was das genau sei. Ich sage, was Ho dort gearbeitet hat und dass ich ein bisschen Vietnamesisch kann durch ihn und nenne Hos Beruf. Ich frage den Pfleger nach einer Dreiviertelstunde in seinem Büro, wann es am besten ist, dass ich wiederkomme. *Jederzeit*, sagt er. Ich sage, dass Ho ja oft Therapie haben werde und zur Rehabilitation hier sei und laut Direktor ja in längstens drei Monaten wieder entlassen werde und in die Stadt zurückkann. Der Pfleger nickt zuerst zweimal mit dem Kopf, dann schaut er mich an und schüttelt den Kopf: *Das halte ich für unmöglich*, sagte er. *Das ist meiner Meinung nach völlig ausgeschlossen. So viel Menschenkenntnis habe ich durch meine Arbeit. Wie er sich verhält und diese Passivität und diese Unzugänglichkeit! Er ist unansprechbar. Er bleibt sicher für immer hier. Ich kann es mir nicht anders vorstellen in seinem Fall. Meine Berufserfahrung sagt mir, wenn wir solche Leute bekommen, bleiben die für immer.* Durch und durch der Schlag durch mich durch. Ich lächle. Der Pfleger will meine Telefonnummer, mich verabschieden, fragt, wann ich wiederkomme; ob nächste Woche, fragt er jetzt. *Kann ich noch bleiben?*, frage ich. *Heute ist ja erst Montag. – Selbstverständlich*, sagt er, und zum Beweis für Hos Zustand sagt er: *Der Patient kennt sich in seinem eigenen Rucksack nicht aus.* Der Rucksack war der Müllsack, den Müllsack haben ihm die Wärter im Spital in der Stadt gepackt. Alles rein. Die Hälfte mindestens waren gar nicht Hos Sachen. Keine Papiere aber. Im Spital in der Stadt hatte zwischendurch ein Pfleger gesagt, Ho könne ja gehen, wenn er nicht ins Heim wolle. Aber das ging damals eben nicht. Er hatte keine Unterkunft, keine Papiere, kein Geld, kein einziger Behördenweg war erledigt, medizinische Auskunft wurde keine gegeben, jegliches Gespräch mit uns wurde vom OA verweigert. So war das gewesen. Der Oberarzt hatte die Sozialarbeit verhindert und vernichtet. Herr Ho konnte auch deshalb nirgendwo hin und hatte nichts. So einfach war das. Geworden. *Schizophrenicus fit, non nascitur.* Was denn sonst. Wie es Herrn Ho gesundheitlich, körperlich ging, wusste nur der Oberarzt im Spital in der Stadt und hatte es uns nicht gesagt, weil wir weder die Angehörigen noch die Sachwalter waren. Und der Pfleger in der Festung jetzt sagte zu dem Müllsack aus dem Stadtspital Rucksack und Eigentum.

Am Gang im Heim fragt ein anderer Pfleger den Pfleger nach dem Neuen. *Hü Hott*, sagt der Pfleger, heiße der. *Hü Hott vorwärts!* Die zwei Pfleger lachen. Sie sind nett. Zu Herrn Ho hatte er gesagt: *Herr Ho, dann werden wir Sie wieder topfit machen, wenn Sie wirklich so ein Wunderknabe sind.* Mittagessen. Die Mitinsassen sind neugierig. Während Ho isst, frage ich nach einem Taxi herum. Schwer, eines zu bekommen. Ein Mann im Sekretariat lacht: *Zu Fuß gehen!*, er forscht in meinem Gesicht. Der Bahnhof ist fast vier Kilometer vom Schloss entfernt. Laufen ginge sich nicht mehr aus, bin außerdem erschöpft. Ich sage: *Ich komme aus der Stadt, ich bin nicht so fit wie Sie.* Eine freundliche Sekretärin erwischt nach geraumer Zeit ein Taxi, sagt zu mir: *Die Zeit ist ungünstig, die fahren alle die Schülerbusse.* Ins Nachbarstädtchen könne ich gebracht werden, dort könne ich zusteigen, das gehe sich zeitlich aus. So günstig war das Schloss gelegen, genau so, wie es der Direktor gesagt hatte. Im Zimmer sechs, sieben Betten, ein riesengroßer Schrank, Herrn Hos Schrankteil konnte man dann entweder überhaupt nicht versperren oder er war immer versperrt. Selber bekam er keinen Schlüssel und konnte nicht rein zu seinen Sachen. Und also nicht raus mit denen und nicht auf und davon. Ob ich sein Sachwalter bin, wurde ich dauernd gefragt. Immer von jemand anderem. *Nein, braucht er nicht*, antwortete ich jedes Mal. *Hat er nie gebraucht.* Und wer ich bin und dass er in der Firma ALEIFA gearbeitet hat und dass er viele Freunde hat dadurch, antworte ich. Immer dieselben Sprüche.

Die Wochen, Monate über fuhr ich drei, vier Mal in der Woche auf die Festung auf dem Berg. An den Wochenenden auch oft, da immer zusammen mit Samnegdi. Die restlichen Tage der Arbeitswoche hatte ich andauernd Wege, Telefonate, Sorgen, Ideen, keine Ideen. Wie können wir ihm helfen, es geht nichts weiter. Wenn ich dorthin fuhr, die Tage, war ich von acht Uhr bis dreizehn Uhr dreißig fort; zirka um vierzehn Uhr war ich wieder zurück, aber es war meine Zeit kaputt, mein Tag, ich war erschöpft. Die Ungewissheit an jedem Zwischenort damals und zu jeder Zwischenzeit. Für mich war das anstrengend, der Ort, die Menschen, der Zeitverlust. Ho muss leben dürfen! Ob er allein sei, wurde ich oft gefragt. So viele Schwestern sind dort und Pfleger. Immer wieder andere, trotzdem ist über kurz oder lang immer dasselbe im Gang. Die leitende Stationsschwester war sehr freundlich, sie wechselten aber bald, eine andere kam und blieb. Der rechteckige Gang immer. Die Zimmer immer zugesperrt. Die Fenster in den Zimmern immer offen. Der Boden immer geputzt, alles immer zusammengeräumt. Aber immer zugesperrt alles, über den Vormittag bis immer nach dem Mittagessen. Nur der Gang, immer nur der Gang. Kein Privatraum. Doch, die Klozeiten eben, ja, die waren frei, spontan, privat. Wo sie saßen am Gang und wo sie aßen, da war Raum. Aber privat war da nichts. Der Gang mit den Irren, der Rechteckschlauch, nicht einmal ein richtiges Panoptikum war der. Den Patienten half der nicht. Dem Personal auch nicht. Und im Winter konnte man oft nicht aus und ein, waren die Haupttüren elektronisch versperrt, damit, wurde mir gesagt, niemand verloren geht und erfriert oder ausrutscht und stürzt. Alles logisch. Alle dann daher eingeschlossen. Beim ersten Mal erschrak ich. Die ganze Anstalt eine geschlossene. Von einem Augenblick auf den anderen. Herr Ho und ich gingen auf dem Gang, wir lasen, vietnamesisch–deutsch, Vokabeln, noch und noch, damit er nicht verrückt wird, sondern existieren kann. Jedes Mal noch und noch und immer dasselbe und wieder etwas Neues dazu, Teil für Teil, Stück für Stück lernten wir. Er las, las. Wollte jedes Mal, wenn ich zu ihm kam, nach dem Mittagessen mit mir fort nach Hause in die Stadt zurück. Wann er endlich fortkann, wollte er jedes Mal wissen. *Bald, Herr Ho, bald!*, sagte ich. Einmal wollte er die Tage wissen, wie viele noch. Die konnte ich ihm nicht sagen. Aber die Jahreszeit versprach ich ihm. Frühling. Ostern. Der Patient neben ihm im Schlafraum spielte ein Instrument. Ich glaube, als Einziger dort. Er hatte es immer bei sich, war sehr stolz darauf. Ich erinnerte mich, dass ich als Kind in den Comics auf Werbeseiten ein solches Instrument gesehen hatte. Ich schenkte Herrn Ho dann ein chinesisches Instrument. Er wusste nichts anzufangen damit. Sein Nachbar schaute neugierig.

11

Die Zuständigkeiten innerhalb der Patientenanwaltschaft waren zuerst nicht klar. Die Leute dort waren sehr freundlich, wechselten aber gerade die Gebiete. Und der Neue, also nicht derjenige, an welchen wir empfohlen wurden, übernahm Hos Fall und wurde krank. Aber ein paar Tage, bevor er nicht mehr konnte, redete er auf dem Berg in dem Schloss mit Herrn Ho und sagte dann am Telefon zu mir, er habe als Patientenanwalt denselben Eindruck gewonnen wie ich. Der Direktor wolle aber dennoch ein Gespräch. Aber dass Herr Ho nicht bleiben wolle und daher nicht müsse, sei völlig klar und außer Streit. Wir trafen also eine Terminvereinbarung für das Gespräch mit dem Direktor. Der Patientenanwalt wollte am Telefon auch wissen, wie weit wir mit der Wohnungsbeschaffung seien. Die war noch immer dasselbe Problem.

Der Therapeut, Psychiater, den uns Hos Hausarzt als Ratgeber und Kontaktperson genannt hatte und der mit mir nicht zurande kam, nannte uns jemanden, der seit Jahren gegen die Festung kämpfte und auch zugleich für die Notwohnungen und für Sachwalterschaften zuständig war und also wichtig war. Der Therapeut, Psychiater, nannte ihn ganz nebenbei und in anderem Zusammenhang. Sicherheitshalber machte er das so, glaube ich, weil er nicht offiziell involviert werden wollte. In gewissem

Sinne ist er eine graue Eminenz. Samnegdi stellte dann von ihrer Firma aus, vom ALEIFA-Büro aus, die Kontakte mit dem Notwohnungszuständigen, der gegen die Festung ankämpfte, her, vereinbarte die Gesprächstermine. Man war hilfsbereit, freundlich, aber vorsichtig. Es zog sich. Eine Notwohnung brauchte Ho aber dringend. Keine war frei. Einer der Zuständigen sagte zu mir, wie gefährlich es für Ho werden könne in der Notwohnung, und für mich auch, zugleich aber, dass Herr Ho ja ein freier Mensch sei und auf der Stelle die Anstaltsfestung verlassen könne und auf der Straße oder im Männerasyl schlafen oder im Wald leben könne. Von Gesetzes wegen sei es so. Der sagte das allen Ernstes und ohne Spott und ohne Häme. Dieses Gesetzesnichts gefiel mir nicht. Aber mir war klar, was er uns klarmachen wollte. Nämlich dass Herr Ho ein freier Mensch sei. Aber das Versprechen des allerzuständigsten Zuständigen war jetzt da, dass von ihm aus unverzüglich mit einer Notwohnung geholfen werden wird, aber die Realisierung dauere nun einmal. Sie sagten auch, die Betreuung solle bei uns bleiben, weil wir Herrn Ho gut kennen. Ums Vertrauen gehe es. Uns kenne und vertraue er.

Ich hatte jedenfalls für Herrn Ho um eine Übergangswohnung gebeten, privat die Kosten übernehmen wollen. Das ersparten sie mir. Es war freilich ein minimaler Betrag und sie regelten ihn von ihrer Hilfseinrichtung aus über einen Vertrag mit der Firma ALEIFA, für die Samnegdi arbeitete. Ums Geld ging es ihnen wirklich nicht, sondern wer und was für Herrn Ho am besten sei. Und auf sich selber aufpassen mussten sie selbstverständlich auch. Und der Geschäftsführer der ALEIFA war mit allem einverstanden, was Samnegdi und ich aushandelten und vorhatten. Es war trotz aller Güte und Menschenfreundlichkeit sehr schwer, weil so viel Zeit verging und ich das Gefühl hatte, sie tun nichts, warten nur ab, sind nicht beherzt, sondern sehr vorsichtig. Das verstand ich zwar, dass sie nichts riskieren durften, da sie sich doch in offenem Konflikt mit der Festung befanden. Aber ich wusste nicht, ob da noch etwas war, warum sich nichts tat. Aber der Hauptgrund war gewiss, dass sie momentan keine Ressource frei hatten.

Ganz am Anfang, bevor dann so viel Zeit verging, wollten sie Herrn Ho sehen. Wir brachten ihn aus dem Heim. Freigang sozusagen. An einem Freitagnachmittag. Für ein paar Stunden durfte er aus dem Heim. Samnegdis Telefonat mit dem Direktor ein paar Tage zuvor. Ich war an der neuen leitenden Stationsschwester gescheitert. Der Pfleger, der ihr Stellvertreter war, hatte gesagt, der Ausgang sei kein Problem. Aber die neue leitende Stationsschwester wollte mich dann beim Direktor haben. Darauf ließ ich mich nicht ein. Als wir Herrn Ho abholten, musste ich unterschreiben. Wir fuhren mit ihm in die Stadt. Ho war inwendig abgeriegelt wie nie zuvor und nie danach. Eine mehrfache Extradosis, weiß ich, war das, was ihm auf den Weg ins Leben mitgegeben wurde. Ich hatte ihm am Mittwoch auf Vietnamesisch geschrieben, worum es heute gehen und was sein wird, hatte einen ganzen Tag für den kurzen vietnamesischen Brief gebraucht. Die Extradosis jetzt, sodass wir im Auto mit Herrn Ho fast nicht reden konnten. Über nichts. Völlig benommen war er. Angeblich üblich bei Ausgängen war die Extradosis. Man sagte mir das so. Aber ich glaube nicht, dass Ausgänge üblich waren. Gegen die Angst sei die Extradosis. Ja, vielleicht. Aber nicht gegen Hos, sondern gegen die des Direktors. Denn Hos einzige Angst damals war, dass er in der Festung bleiben muss und dass er nirgendwo in der Stadt eine Wohnung bekommt. Und dass er kein Geld hat. Ich weiß nicht mehr, ob der Pfleger mich an diesem Freitag oder am Montag darauf fragte, ob ich glaube, dass Herr Ho von den Tabletten so sei. Die Frage überraschte mich. Wir schauten einander an, er zur Seite, ich nickte an ihm vorbei. Die Extradosis jedenfalls gab es, weil es in der Stadt den Termin gab. Wer Ho so sieht, der gibt auf; wer ihn nur so sieht. Wer ihn nicht anders kennt oder gar nicht.

Aber der hilfsbereite Obmann der für die Notwohnungen Zuständigen freute sich wirklich, Herrn Ho zu sehen. Man sah das. Hos Glück ist vielleicht auch seine Freundlichkeit. Auch wusste Ho vom Brief her, dass wir zu Freunden wegen einer Wohnung fahren. Wie Ho die Hände gab, war erstaunlich, uns hatte er sie noch nie so gegeben. Er hielt die Hand des anderen, des Obmanns, mit der zweiten. Kurz, höflich, aber herzlich und sehr freundschaftlich. Ich hatte das bei ihm so noch nie zuvor wahrgenommen. Aber schwer zu erreichen war Herr Ho, wie nie zuvor und nie danach, seit ich ihn kannte. Beim Reden war das und beim Hören. Und er ging sehr schwer.

12

Alle waren dann sehr freundlich, als wir mit Ho wieder ins Schloss zurückkamen. Viele von Herzen. Auch als wir fortgefahren waren mit ihm, waren die dort freundlich gewesen. Der Pfleger war zufällig derselbe gewesen, der die Erstaufnahme durchgeführt hatte, und fragte mich an dem Tag, als wir Herrn Ho für ein paar Stunden in die Stadt abholten, aus. Zuerst, ob das gut sei für Herrn Ho, jetzt so schnell wieder ein Ausflug ins Früher. Er glaube das nicht, sagte der Pfleger zu mir, Ho müsse sich doch hier eingewöhnen. Die neue leitende Stationsschwester hatte das vor ein paar Tagen auch zu mir gesagt. Und weil Herr Ho durch die Extradosis schwer zu erreichen war und in sich gekehrt, fragte der Pfleger mich jetzt, ob ich nicht sehe, wie schlecht Herr Ho beisammen sei und was mein Beruf sei. *Schreiber*, sagte ich. *Aber davon kann man doch nicht leben*, sagte er. *Schreiber*, wiederholte ich, da müsse man viel Geduld haben, wie beim Fischen. Er sagte, er sei Fischer, gehe mit seinem kleinen Sohn oft fischen. Wir verstanden uns plötzlich wieder gut.

Ein anderer Pfleger sagte oft, ich solle zu Ho hineinschauen beim Duschen und hineingehen zu ihm. Tat ich nicht. Ich dachte mir zuerst, es solle eine Abschreckung für mich sein. Die Körperpflege war ja außerdem zu lernen, hatte es geheißen. Gehöre zur Wiederherstellung. Manchmal wenn ich in der Früh ins Pflegeheim kam, kam Herr Ho frisch und fröhlich und unternehmungslustig aus der Dusche wie ein neuer Mensch. Aber ich ging da nicht rein. Mit der Zeit war ich mir nämlich auch nicht mehr sicher, ob der Pfleger, der mich dauernd in die Dusche schicken wollte und manchmal über Hos Namen witzelte, homosexuelle oder mich auf derlei abklopfte.

In den Wochen, Monaten waren nicht viele Leute auf Besuch im Pflegeheim. Von mir weiß ich und einmal war eine Sachwalterin dort, die hatte, glaube ich, zwei Menschen dort. Einmal kam noch eine Sachwalterin, einmal auch eine Familie, ältere, zu jemandem auf Besuch. Zu einer sehr jungen Frau, glaube ich. Die war gerade aufgenommen worden.

13

Warteten auf die Rehabilitation. Nichts geschieht, nichts. Herr Ho ist in keinem Programm. Es hieß, es müssen noch Untersuchungen durchgeführt werden. Aber nichts. Nichts geschah. Gegen Ende einmal wurde er zum Augenarzt gebracht. Und eine Ergotherapeutin oder eine Sozialarbeiterin – ich weiß nicht mehr, wer – ging mit ihm Schuhe einkaufen und die Brille. Die Sozialarbeiterin war es. Ich hätte im letzten Moment mitfahren können. Bin ich nicht. War gerade gekommen, da fuhren sie weg. Ungefähr zwei Wochen vorher hatte sie mich angerufen. Sie wolle mit mir einmal über Ho reden, wer er sei, und auch wegen der Besachwaltung fragte sie. Wegen der Besachwaltung wurde mir gleich am Anfang von einer Schwester gesagt, am ersten Tag in der ersten Stunde, niemand im Heim sei nicht besachwaltet. Wer es noch nicht sei, bekomme einen Sachwalter aus der Gegend hier, einen sehr netten, lieben Herrn. Sehr viele hier haben den, die meisten, alle denselben, sagte die Schwester. Ho müsse ganz sicher besachwaltet werden, es gehe bei ihm sicher nicht anders, ich solle ihn doch anschauen, wie er ausschaue.

Am Telefon dann, als die nette, freundliche Sozialarbeiterin mich anrief, sagte ich zu ihr, die Firma ALEIFA, bei der Herr Ho ja gearbeitet habe, werde die Sachwalterschaft sofort übernehmen, so es denn vom Pflegeheim aus wirklich sein müsse. Es ging beim Telefonat mit der

Sozialarbeiterin dann auch um unser aller gemeinsames Gespräch mit dem Heimdirektor. Der Patientenanwalt hatte es ja schon ausgemacht. Die nette, freundliche Fachfrau am anderen Ende sagte, sie wisse von nichts. Aber das freue sie, dass es das geben wird. Ich glaube, sie freute sich wirklich, die Stimme war so. Und ich sagte, wer alles dabei sein werde und sie werde es wohl hoffentlich auch sein. Ich ließ in keinem Augenblick locker, war entschlossen, zeigte das. Aber lange hätten wir es nicht mehr ausgehalten, Samnegdi und ich. Herr Ho nämlich nicht. *Eine Helferkonferenz!*, jubelte die Sozialarbeiterin.

Herrn Hos und unser angekündigtes Gespräch damals mit dem Direktor und mit den zuständigen Helferinnen und Helfern konnte dann aber nicht wahrgenommen werden. Der Patientenanwalt wurde wieder krank und der Direktor hatte, weil, wie wir später erfuhren, seine Mutter starb, keine Zeit. Der dienstälteste, jetzt wieder zuständige Patientenanwalt redete auf der Station dann auch nochmals mit Herrn Ho. Ich fuhr, als ich erfuhr, dass dieser Patientenanwalt aufs Schloss fährt, Hals über Kopf mit dem Taxi hin, musste mir aufgrund des Fahrzieles vom neidischen Taxler anhören, was dieser von Irren und von der Verschwendungssucht der öffentlichen Hand halte, die gefährliche Verrückte in einem so wunderschönen Luxusschloss in einem wahrhaften Touristenparadies unterbringe. Ich spazierte dann mit Ho. Wir trafen dabei zufällig den Patientenanwalt. Herr Ho furzte dabei ohne Unterlass. Die Art der Tabletten und des Essens waren der Grund. Der Patientenanwalt sagte, während Herr Ho in einem fort furzte, zu mir, er habe mit ihm heute schon einmal geredet und es sei alles ganz klar. Sobald die Wohnung von uns aus zur Verfügung stehe, könne Ho fort. Auch jetzt jederzeit. Aber als es dann wieder Wochen später endlich doch so weit war und die Wohnung frei geworden war, sagte der Direktor am Telefon einiges Ungefälliges zu Samnegdi über mich, weil ich ihn nie aufgesucht habe. Was so aber nicht stimmte. Er war nie da gewesen, als ich es versuchte. Dass Samnegdi und ich im Privatleben zusammengehörten, wusste er nicht.

14

Wenn es Konflikte im Heim gab, die ich nicht verstand, bat ich Samnegdi mit dem Direktor zu telefonieren. Das war nicht Feigheit, sondern ich durfte mich auf nichts einlassen. Denn ich war allein dort, in Wahrheit keine Institution und ich war ohne Zeugen. Außerdem war der Direktor wirklich nie da, wenn ich da war. Ich fragte ein paar Mal nach ihm. Und im kleinen Stadtpsychiatriestädtchen, aus dem Herr Ho hierher aufs Schloss entführt worden war, hatte wie gesagt der zuständige leitende

Oberarzt unter Wutgeschrei jedes Gespräch mit mir verweigert. Die kooperierenden Herren waren also nicht für mich erreichbar.

An dem Tag, als wir mit Herrn Ho das Heim ein für alle Male verließen, sprach ihn die leitende Schwester noch einmal darauf an, dass es völlig unüblich sei und ob es ihm hier denn nicht gefalle und dass er sich doch noch hier eingewöhnen könne und wenn es jetzt schiefgehe draußen, solle er schnell hierher zurückkommen zu ihnen. Jederzeit sei er willkommen. Das war nett von ihr. Den Reisepass hatten sie ihm, glaube ich, zwei Tage zuvor zurückgegeben. Da war der wiedergefunden worden. Auch Geld wurde Herrn Ho ausgehändigt, nachbezahlt auch. Nachgeschickt später dann auch. Viel. Wir glaubten zuerst, es müsse sich um einen Irrtum handeln, fragten nach. Es war, als ob sie das Geld schnell loswerden wollten.

Gegen Ende des Aufenthaltes im schönen Schloss verunsicherte mich eine junge Schwester zwischendurch sehr. Sie versuchte mich, glaube ich, jedes Mal zu provozieren, wenn sie mich sah, suchte Streit. Wegen Kleinigkeiten, Nichtigkeiten. Ich weiß nicht, wer sie war. Sie war plötzlich da. Sie schien keinem Stockwerk und keiner Abteilung zugeordnet zu sein. Auf einmal war sie da. Ich war von Anfang an sehr angreifbar gewesen dort in der Festung. Nur wenn man korrekt war, davon war ich überzeugt, hatte man dort eine Chance. Sonst wäre es eine fürchterliche Falle. Und wir zeigten eben, dass wir entschlossen waren und dass wir uns, wie man so sagt, professionell darauf verstanden, Hilfseinrichtungen, Behörden und Rechtswege einzuschalten und zu nutzen, und zwar effizient. Für Samnegdi war das alles Schwerarbeit. Ihre Arbeit konnte ich aber nicht tun. Meine war mitunter auch nicht leicht.

Weil Herr Ho auch bei mir eine Willenserklärung unterschrieben hatte und im Pflegeheim dann noch einmal bei mir eine – das war wie gesagt der Auftrag an einen Anwalt und dann an einen anderen, weil der erste Anwalt überhaupt nichts unternahm, sowie die Erklärung, dass Herr Ho weder ins Festungsschloss fortwolle noch in der Schlossfestung bleiben, sondern seine Freiheit wahrnehmen und in die Stadt zurück, um dort zu leben –, sagte der OA aus dem Stadtspital zu Hos Hausarzt, Herrn Ho sei von ihm, dem OA, alles genau erklärt worden und etwaige Missverständnisse kommen einzig von Hos asiatischer Höflichkeit her. So also sagte der OA das: *asiatische Höflichkeit.* Hos Wesensart, freundliche, hat ihn aber oft gerettet, glaube ich; manchmal schrieb früher ein Arzt in seinen Befund *devot* statt *höflich.* Aber die Wesensart hat ihm geholfen, er galt nie als aggressiv. War es ja wirklich nie, sondern immer freundlich und höflich. Ehrlich war er auch. Asiatische Grausamkeit also meinte der findige OA zwar sicher nicht mit seinem Gerede von Höflichkeit, aber doch wohl asiatische Falschheit. Aber nicht Ho war falsch, sondern die Entscheidung des OA, und auch das Pflegeheim war der falsche Ort.

Eine Schwester, die ich noch nie gesehen hatte, sagte in der letzten Woche im Pflegeheim von selber zu mir: *Wenn wir hier mehr solche Patienten wie ihn hätten, hätten wir überhaupt keine Probleme. Ich habe in der ersten Nacht Dienst gehabt, nachdem er angekommen ist. Er ist vorbildlich. So ruhig.* Ich weiß nicht, warum sie mir sagte, dass es mit ihm keine Probleme gibt. Es war ihr ein Bedürfnis, aber ich wusste nicht, warum und wozu.

15

Am Anfang wusste ich zwischendurch nicht, ob man in der Festung Angst hatte, dass ich mit Herrn Ho einfach abhaue, weil er ja doch frei sei, oder ob man es sich wünsche, damit ich in Schwierigkeiten komme und keinen Zutritt mehr habe, Hausverbot bekomme und auch meine sonstigen Möglichkeiten verliere. Ich durfte keine dummen Fehler machen, musste korrekt sein. Rechtlich und faktisch. Wenn es eine Falle ist, dann sind die Ehrlichkeit und die Hilfsbereitschaft der einzige Schutz für uns, dachte ich mir.

Die Leute waren neugierig, die Behinderten, die Pfleger, die Schwestern, die Psychotherapeutin, die Sozialarbeiterin, der Ergotherapeut. Den mochten die Insassen allesamt sehr. Man sah es, wie sehr die behinderten Festungsmenschen diesem einen Therapeuten vertrauten und dass sie große Freude mit ihm hatten. Der redete mich oft an. Hatte ein paar Handwerke gelernt. Ich fragte ihn wegen der Therapien für Herrn Ho, ob man etwas vorhabe oder was denn möglich sei. Er sagte erschrocken, er wisse von nichts. Das oberste Prinzip sei immer die Freiwilligkeit, sagte er dann auch sofort. Mit ihm sei nie über Herrn Ho geredet worden. Eine Kantine gab es, der Fernseher war dort, die Frage der damals leitenden Stationsschwester, die dann aber die Station wechselte, war gewesen, ob Herr Ho arbeiten wolle und was. Ja, wollte er, in der Kantine. Dort arbeiteten viele. *Das wird sich machen lassen. Einen Versuch ist es sicher wert*, sagte die Schwester. Aber Herr Ho scheint trotz Bitte für dort nie in Betracht gekommen zu sein. In der Kantine saßen wir dann aber oft mitten im Lärm und lernten, Ho und ich. Nichts und niemand störten, hätten es nicht gekonnt, wir hatten zu tun. Manchmal bat einer um ein bisschen Geld für ein Getränk oder Zigaretten. Einmal gegen Ende, als der freundliche Ergotherapeut dort zuständig war, sagte der zu uns, er wolle den Fernseher leiser stellen: *Nicht, dass es dann heißt, hier kann man nicht lernen, weil es so laut ist.* Er sagte auch das erschrocken. *Sie haben ja sicher ein Programm*, sagte er erschrocken. Ich glaube, er war damals nur aushilfsweise dort zuständig. Er wusch an dem Tag allein den Boden auf.

Ein Liebespaar gab es auch auf der Station. Der Mann und die Frau gingen immer Hand in Hand. Er arbeitete in der Wäscherei, glaube ich. Der Mann und die Frau saßen oft wo. Sie redete mich oft an, fragte, wie es mir gehe. Und einmal, ob ich ihnen meinen Schirm leihe oder ob wir alle unter dem einen Schirm gehen können. Sie rauchte viel. Stark gedämpft waren sie alle. Daher unlebendig, dieser falsche Anschein herrschte. Einmal fragte mich die Frau aus dem Paar freundlich, ob ich ansprechbar sei. Sie lebten. Und eine redete immer dasselbe, fragte, fragte. *Die ist wie ich*, dachte ich wie gesagt. Die wollte wie gesagt immer mit fort mit uns. Und wenn und weil das nicht ging, weinte sie. Und einmal eben sagte die Psychotherapeutin ganz schnell zu ihr: *Wo willst du denn hin! Wer soll dich denn nehmen!* – *Du Tschapperl*, sagte die Psychotherapeutin damals auch. Zu einer anderen Frau sagte die Psychotherapeutin: *Du bist so eine gescheite Frau*. Die so gelobte Frau war immer sehr besorgt um Herrn Ho, sagte von sich aus zu mir, der könne von hier unmöglich weg. Einmal, als ich vom Fenster aus runter in den Hof schaute, redete sie mich von hinten an: *Entschuldigen Sie, sind Sie ansprechbar?* Meine Ansprechbarkeit war für viele im Heim wichtig.

Das Schloss war zu Fuß, wenn man unter schweren Tabletten war, vom Ortszentrum noch weiter entfernt als sowieso. Samnegdi und ich gingen mit Herrn Ho hinunter und hinauf und fuhren mit ihm auch im Auto. Ein bisschen einkaufen unten im Ort. Ein bisschen ins Café. Gegen Ende der Festungszeit hieß es dann plötzlich strengstens, ich müsse immer sofort sagen, wohin wir gehen. Man müsse es dokumentieren. Auch, wann ich wieder kommen werde, musste ich im Voraus sagen. Man war nervös oder wollte provozieren. Es gab keinen Grund sonst. Denn ich sagte ohnehin immer alles, was wann. Bisher hatte man nicht darauf reagiert, genickt vielleicht, aber mehr nicht. Oder *Schon recht* hatte man gesagt. Denn Korrektheit war ja meiner Meinung nach die einzige Chance. Wenn ich mit Herrn Ho einfach abgehauen wäre, wäre das eine Katastrophe gewesen. Man hätte mich nie mehr zu ihm gelassen. Richterlich wäre das Ganze geworden und verloren. Aber jedes Mal eben fragte mich Herr Ho, warum er denn noch so lange im Pflegeheim bleiben müsse. Um Ostern herum endlich war es dann so weit. Dass wir gegen Ende offiziell sagen mussten, beim Spazieren, wohin, Ho und ich – ich glaube, das kam auch daher, weil es von den Verantwortlichen aus immer hieß, was Ho alles nicht könne. Wir aber taten es. Die hingegen machten keine Therapien und gingen nicht raus mit ihm, weil er nicht könne, weil er so viele Defekte habe. Nur eben dann gegen Ende doch die Sozialarbeiterin, die fuhr mit ihm zweimal im Anstaltsbus. Die schönen neuen teuren Schuhe und auch eine schöne Brille kauften sie. Einmal zum Bestellen, einmal zum Abholen sind Ho und die Sozialarbeiterin gemeinsam ausgefahren. Wahrscheinlich mit seinen Pensionsresten wurden die kleinen Kostbarkeiten eingekauft. Geschäftsfähig war er offensichtlich. Selbige Fähigkeit zu überprüfen wird wohl auch Ziel der kleinen offiziellen Ausflüge am Ende gewesen sein. Mit dem Geld waren die in der Schlossfestung wie gesagt dann viel genauer als im Spital in der Stadt. In der Stadt hatte man ihn im Spital mittel- und identitätslos gemacht.

16

Samnegdi fragte den Direktor beim Abschied, welchen Facharzt wir mit Herrn Ho nach der Entlassung aufsuchen sollen. Er nannte uns einen Flüchtlingsarzt, der für Miras Chefin arbeitete. Ja nicht zu dem Therapeuten, Psychiater, der uns die Wege aus dem Schlamassel gewiesen hatte, aber sehr auf Distanz gegangen war, sollen wir, wollte der Direktor, Herrn Ho schicken. Der Flüchtlingsarzt sei besser, weil der auch ins Haus komme und Herr Ho sich vor lauter Angst gewiss nicht hinaus in die Welt trauen werde. Auch diese Einschätzung war bloß falsch. Der Direktor sagte eigentlich bloß, dass Herr Ho nichts kann und nichts will und nur Angst und keine Chance hat. Das war falsch wie die Inkontinenz. Völlig falsch. Zum Glück. Samnegdis Kollegin Mira hat einmal gesagt, Herr Ho wolle ja leben. Das stimmt. Das ist der Schlüssel. Das ist das Glück. Er will und kann leben.

Der wichtige Mensch, der gegen die Festung ist und für die Notwohnungen und die Sachwalterschaft zuständig und einen Doktortitel hat, sagte einmal zu uns, die Festung, das Schloss, hätte seit Jahren schon geschlossen werden sollen. Wegen der Arbeitsplätze und des Geldes und der Gegend sei die Festung von den hiesigen Politikern stattdessen ausgebaut worden. *Vergoldet*, sagte er dazu. Und jetzt müssen die dortigen Betten belegt werden. Auch nehmen in der Tat die Beschwerden zu, dass psychisch kranke Menschen gegen ihren Willen und gegen ihr Wissen dorthin gebracht werden. Menschen eben, die nicht wissen, wie ihnen geschieht. Als Samnegdi an Hos erstem Tag im Schloss im Internet nachlas, stand auf der Website des Schlosses, die Verweildauer betrage durchschnittlich vier Jahre. Aber wenn man alles zusammenrechnet, hieß das, weil doch von dort niemand mehr fortkam, dass man im Durchschnitt nach vier Jahren tot ist.

Hos Hausarzt wollte in der Zeit damals immer, dass ich die Sachwalterschaft übernehme. Es ist aber auch ohne diese amtliche Funktion gut ausgegangen. Herr Ho hatte nie wirklich Probleme in der Freiheit. Ich hatte mir freilich meinen Zeitaufwand weit geringer vorgestellt und die Anstrengung dann in der Freiheit mir als unerheblich erhofft. In Freiheit war jetzt aber der Stadtteil eine ganz andere Gegend als die, in der Ho jahrelang gewohnt hatte. Die Wege gingen ganz woandershin und kamen irgendwoher. Daher hatten wir Angst um ihn. Oder wie er über die Straße ging. Der Flüchtlingspsychiater stellte dann die Medikamente um. Das war sehr wichtig. Denn dadurch war schnell wirklich sehr vieles besser, die Aufmerksamkeit zum Beispiel. Und das Leben war dadurch leichter, meines auch. Herr Ho nimmt seine Medikamente jetzt wirklich und verlässlich. Das war alles leicht erlernbar. Der mit dem herrischen OA gut bekannte Anwalt hatte gesagt, dass wir nie in Urlaub fahren werden können, wenn wir für Herrn Ho sorgen; allein schon die korrekte Medikamenteneinnahme sei eine Strapaze für den Betreuer. Quatsch war das vom Anwalt. Das Einkaufen, das Duschen, alles geht. Fast von selber. Ho muss es nur dürfen. Die Möglichkeit, die Gelegenheit braucht es nur zu geben. Es muss nur jemand da sein für ihn. Nicht zugegen, sondern da. Das ist alles. Ich habe mich Herrn Ho gegenüber immer verhalten wie bei einem Menschen nach einem Schlaganfall. Das war zielführend.

Einmal war ich erschrocken, als Ho in der Früh nicht da war. *Alles vorbei*, dachte ich, *es ist ihm etwas passiert. Hoffentlich ist er wenigstens in einem Spital. Heim in die neue Wohnung kommt er jetzt sicher nicht mehr, sondern der muss für immer ins Heim. Ich kann ihm nicht mehr helfen. Die haben gewonnen. Ich komm' dagegen nicht mehr an.* Ich war fix und fertig. Suchte, suchte, lief. Und, was war? Was war? Einkaufen war er. Zum ersten Male selber alleine. Und den Straßenverkehr hat er auch geschafft, immer mehr. Wer in Vietnam den Straßenverkehr überlebt, wie dann nicht bei uns. Ich habe in den schlimmsten Zeiten sehr oft daran gedacht, was Ho früher alles gekonnt hatte. Also warum sollte er das alles jetzt nicht mehr können. Immer wenn er vorgeführt wurde, ging es ihm nicht gut. Aber wenn er jemandem vertraute und in Sicherheit war, konnte er sehr viel. Nicht allein vielleicht, aber selber. Oft nicht von selber und nicht von sich aus, aber er selber. Aber was er alleine und von sich aus tat, wurde in Freiheit auch täglich mehr. Er konnte immer mehr, weil er es immer schon gekonnt hatte.

Die Tabletten, die er im Pflegeheim bekommen hatte, die Mixtur und die Menge, waren fürchterlich gewesen. Viel schweres Zeug davon war gegen die schweren Nebenwirkungen von dem anderen schweren Zeug. Gegen das Zittern und gegen die Steifigkeit durch die schweren Schizophreniemedikamente zum Beispiel bekam er das schwere Mittel gegen Parkinson. Und viele Mittel gegen die Depression bekam er, die wohl von den Schizophreniemedikamenten auch kommt, sofern er überhaupt eine hat. Seltsame Welt. Sein Zucker jetzt plötzlich kann leicht auch von den Medikamenten gegen die Schizophrenie verursacht sein. Die Ärzte, die wir fragen, sagen aber nein, und ein paar sagen sogar, dass Diabetes wesentlich zur Schizophrenie gehöre. Aber das ist alles egal. Denn Herr Ho kann wieder leben.

17

Einmal in der neuen Freiheit, am Anfang gleich, fand das jährliche Parkfest statt. Herr Ho wollte unbedingt dorthin, hatte ein Plakat gelesen. Ein schönes Fest war es. Ich freue mich auch jedes Mal darauf. Er hat sich dort eine Bratwurst gekauft, die ist ihm runtergefallen, am Boden herumgerollt, ein paar Männer haben geschaut und gelacht. Aber es war kein Problem für ihn. Eine freundliche Frau hat ihm zum Trost einen Kuchen geschenkt anstatt verkauft. Als ihn ein paar Wochen später in der Notwohnung eine Bratwurst auf den Holzboden runterfiel, geriet Ho aber außer sich. Konnte sich nicht beruhigen. Und am Anfang in der Freiheit war er auch einmal genau so außer sich, als seine Pension nicht kam. Da hatte er plötzlich auch fürchterliche Angst. Er war es so gewohnt, dass alles immer kaputtging und in Wahrheit gar nichts war. *Ein Flüchtling bekommt hier keine Pension. Die geben einem nichts*, sagte er entsetzt immer wieder und geriet dabei immer mehr in Aufregung. Weil wir aber oft da und bei ihm waren, ist seine Fassungslosigkeit jedes Mal schnell verflogen. All das Schreckliche war nicht mehr so wirklich. Er war niemals mehr im Nichts. Das Nichts hatte es früher jeden Tag gegeben. Und einmal, als er schon in der jetzigen Wohnung war und sein Geld am Monatsersten vor Stunden schon hätte gekommen sein sollen, fuhren er und ich schnell in die vorige Notwohnung. Der Postler war gerade noch in der alten Gegend und sagte zu Herrn Ho und mir, er habe uns heute schon überall gesucht, und gab Herrn Ho das Pensionsgeld und Herr Ho gab Trinkgeld und wurde nicht verrückt vor Angst, sondern war durch und durch glücklich. Wegen der Bratwurstsache damals war mir Herr Ho unheimlich. Wir sind daraufhin sofort zum Flüchtlingspsychiater. Notfalltabletten bei Bedarf hat der gegeben. Aber zum Notfall kam es dann nie. Nicht einmal an dem Tag damals nahm Ho sie. Es war nicht nötig, ich war bloß erschrocken gewesen, weil ich ihn so nicht kannte. Aber es waren bloß Augenblicke gewesen, keine zwei Minuten, dass er so voller Qual war. Die Bratwurst kugelte auf dem Boden herum; er war am Boden zerstört, wimmerte, schrie auf, unter jähen, heftigsten Schmerzen.

Das viele süße Essen im Heim in der Festung war nicht gut gewesen. Er gewöhnte sich das süße Essen an. Auch, weil er die Medikamente als bitter wahrnahm. Früher hat Herr Ho Süßes nicht gemocht. Ich hatte von

Anfang an Angst, dass er Zucker bekommt. Aber den Diabetes bekam er, hieß es, erst jetzt in Freiheit. Und einmal ganz am Anfang in Freiheit spazierten an einem Sonntagvormittag Samnegdi und ich mit Herrn Ho durch die Stadt. Er ging zum Eisstand, stolperte über eine Anhängerstange am Boden, schlug sich den Kopf an und auf. Hatte dann blutige Schrammen an der Nase und über dem Auge. Das war ein Schreck, ein Schock. Nach ein paar Stunden war Ho aber wieder in Ruhe. Als es ganz schlimm war, seine Unruhe damals, habe ich, um ihn zu beruhigen, mich fallen gelassen, um ihm zu zeigen, dass nichts passiert sei. Er stürzte zu mir her, schrie auf, wollte mir aufhelfen, zerrte. *Bitte, Herr Uwe, bitte!*, schrie er dabei und wollte mir aufhelfen. Und vorbei war sein Spuk! Im Übrigen wurde er immer dicker. Den großen Bauch hatte der kleine Mann in den Monaten in der Festung bekommen und die Furzerei behielt er bis in die erste Zeit der Freiheit bei.

Anfangs wollte Herr Ho in seiner neuen Wohngegend nie über die Zebrastreifen gehen. Er glaubte nicht, dass die Autos stehen bleiben. Seiner Meinung nach war es auf den Zebrastreifen am gefährlichsten. Auf dem Zebrastreifen, den er am wenigsten mochte, wurde ein Russe erstochen, was Herr Ho aber nicht wusste. In dem Viertel, in dem Herr Ho seine erste Unterkunft in Freiheit hatte, lebten viele Kriminelle. Ich hatte da aber keine Angst um ihn. Er selber hatte auch keine Angst, wir besuchten ihn täglich, an manchen Tagen viermal. Im Hof zwischen den Häusern wurde man immer irgendwie beobachtet. Manchmal wurde einem eine Beschimpfung oder eine Drohung nachgeschrien und man sah aber niemanden, wusste nicht, wer und woher. *Ja, schau nur blöd, du Sau!*, schrie dann irgendwo wer. Und dann dort ein Mann oft, betrunken, im Hof, im Garten, man sah die Gewalt und die Geilheit aus ihm herausquellen, als ob er sich selber zerquetsche. Die Frau mit dem Kind provozierte ihn, weil sie ihn loswerden wollte. Sie hatten nichts zu tun miteinander, aber sie hatte zu Recht große Angst vor ihm. Er ging auf sie zu, redete auf sie ein, suchte Streit und ihr Geschlecht. Es waren dort aber viele Leute untereinander sehr hilfsbereit. Ein großer Dicker mit vielen kleinen Kindern passte auf alle anderen Leute auf. Die Polizei kam oft in die Gegend und in den Hof und Ho fühlte sich in der Gegend aber sicher und wohl.

Die Migrantin aus Jugoslawien, die Volksschullehrerin, die Herrn Ho oft Geld geliehen hatte und ihn jetzt immer besuchen kam, um ihm in der ersten Zeit zu helfen, mochte die Gegend überhaupt nicht, sondern hatte große Angst vor dem Hof. Sie war wie gesagt sehr hilfsbereit und mutig und zuverlässig. Sie spielte mit Ho Lernen. Ich weiß nicht, ob er die Lektionen verstanden hat. Das tat aber nichts zur Sache. Das Gute fand statt. Die Spiele waren gut. Die Obfrau der Hilfsorganisation, Miras Chefin, die in Hos größter Not und vor Hos Verschleppung die Kontakte zu den Psychiatern und zum Heimleiter hergestellt hatte, war auch sehr wichtig, selber fast eine Institution. Ich glaube, dass ich der Chefin nicht geheuer war. Den Grund weiß ich nicht. Es kann sein, dass sie recht hat und ich ein Risiko bin und sie keine Risiken eingehen darf. Das Wahrscheinlichste ist, dass sie nirgendwo hineingezogen werden will. Zur Helferkonferenz damals, die dann ohnehin nicht stattfand, hatte sie auch nicht gewollt. Das verstanden wir aber. Aber all das ist ausgestanden. Herrn Ho geht es gut. Früher waren freilich die Arbeit Sehen und die Arbeit Tun eins bei Herrn Ho. Herr Ho war so. Jetzt geht das nicht mehr so leicht. Das ist wahr. Das ist schwieriger geworden, wechselt aber. Und Herr Ho ist immer noch so pflichtbewusst und verlässlich, wie er es früher gewesen ist.

18

Bei Grippe Schizophreniemittel absetzen stand auf einem Schild im Pflegerzimmer der Festung. Ich verstand das nicht. *Anweisung des Direktors* stand auch dort. Zu Ostern auch noch. Da, wie gesagt, verließ Herr Ho die Anstalt. Einmal bald nach Herrn Hos Entlassung bummle ich mit ihm durch die Stadt. Wir kommen an einer Auslage vorbei. Ein älterer Mann redet auf einen jüngeren ein. Der jüngere beißt sich in den Finger, ist nervös und wie behindert. Ich schaue ihn dieser Bewegung wegen an. Er schaut weg, als ich ihn anschaue. Das ist der Ergotherapeut aus der Festung. Der, den alle mögen. Bald darauf habe ich sein Foto oft wo in den Medien gesehen und mich immer darüber gefreut. Wenn er einen Zwillingsbruder hat, war alles anders, sonst nicht. Die Menschen tun, was sie können; der Ergotherapeut hat mir einmal von seiner Frau erzählt, sie sei Ausländerin, sie habe ihm ihre Sprache beigebracht. Es sei nicht leicht für ihn gewesen, aber wunderschön.

Für ein Buch habe ich, als Ho noch eingeschlossen war, über den NS-Faschismus in der Gegend, dem Land einen Aufsatz schreiben dürfen. Über die Jahre 1944 und 1945. Wollte zuerst gar nicht. Den Aufsatz habe ich damals aber sicherheitshalber doch geschrieben und Herrn Ho gewidmet. Es war nämlich ein Buch, das von derselben öffentlichen Hand finanziert wurde, die auch das Pflegeheim finanzierte. Damals bin ich durch die Hauptstadt gehatscht, um für Herrn Ho vietnamesische Bücher und CDs zu finden. Habe mich sehr gefreut, dass ich etwas für Herrn Ho fand. Die vietnamesischen Kinderbücher und vietnamesischen Schnulzen aus dem Shop waren dann eine geraume Zeit lang wichtig für Herrn Ho. Hören. Lesen. Er mochte nämlich nur lustige Dinge. Fernsehen mochte er nicht mehr. Die Dinge, die berichtet wurden, machten ihm Angst. Die Bilder erschreckten ihn unvermutet. Früher hatte er den Musikantenstadl am liebsten gehabt. Wenn es immer nur den gäbe, würde er wieder fernsehen wollen.

Herr Ho hatte bei Samnegdi und ihrer Kollegin Mira in einem ALEIFA-Projekt gearbeitet. Dort in der Firma hatte ich ihn oft gesehen. Geredet hatte ich nie mit ihm. Ich hatte aber gesehen und gehört, mit wem er gerne zu tun hatte. Mit der jugoslawischen Lehrerin am liebsten und mit dem alten inländischen Koch. Als Herrn Hos vereinbarte Anstellungszeit in der ALEIFA zu Ende ging, bekam Herr Ho deshalb große Schwierigkeiten und vor allem gerade auch Besuch aus Amerika. Sein Bruder und ein paar aus der Familie kamen für zwei Wochen zu Herrn Ho. Ho hatte damals nichts, geschweige denn Platz für den lieben Besuch. Ein winziges Zimmer hatte Herr Ho. Nicht einmal genug Fußboden. Seit damals haben er und seine Familie überhaupt keinen Kontakt mehr, kein einziger Brief wurde geschrieben und kein einziges Mal wurde telefoniert. Herr Ho muss für seinen Bruder damals hier gestorben sein. Und dann gleich nach dem Besuch seiner Angehörigen aus den USA war gerade der 11. September 2001. Herr Ho fasste die Bilder im Fernsehen nicht, bekam auch ihretwegen Panik. Mira, die Psychotherapeutin ist, besuchte ihn damals in seiner Wohnung, rief die Rettung, fuhr mit ihm ins Spital mit, mehr weiß ich von damals nicht. Nur dass er dann auf der Psychiatrie war und dann aber doch wieder im Projekt weiterarbeiten konnte. Er fand sich selber dann aber bald anderswo eine Arbeit. In einer Hotelküche. Er musste dann sehr früh aufstehen und konnte erst sehr spät schlafen gehen. Weil er Geld sparen musste oder weil er kein öffentliches Verkehrsmittel mehr hatte, spät in der Nacht und früh am Morgen, ging er zu Fuß den weiten Weg von der Arbeit heim. Zwei Stunden lang. Ho war damals so und zuerst sehr zufrieden. Dann war es ihm zu viel und er brach schnell wieder zusammen. Kam wieder ins Spital, auf die Psychiatrie. War dann wieder arbeitslos. Er kam in der Zeit dann wieder oft zu Samnegdi und Mira um Rat und Hilfe. Ich hatte bis damals wie gesagt nie ein Wort mit ihm geredet, nur ab und zu einen zufälligen Gruß. Einmal sah ich, wie viel Angst Herr Ho hatte. Das war in der Straßenbahn. Er lief von einem Stück ins andere. Damals dachte ich mir, dass er verloren ist, wenn ihm niemand hilft. Mit einer solchen Angst ist man verloren. Er arbeitete ja nicht mehr in der ALEIFA-Firma und es gab daher von dort aus nicht mehr die Hilfe, die er brauchte, das Geld, die Sicherheit, die Menschen, den geordneten Tag, das Essen.

Ich bat Samnegdi daher, Ho, wenn er das nächste Mal zu ihnen komme, zu bitten, er möge mir gegen Geld Vietnamesisch beibringen. So wollte ich ihm helfen, denn seine eigene Sprache, die konnte er ja. Er konnte daher tun, was er kann, und auf die Weise war zwei Mal in der Woche der Kontakt da. Ein bisschen mehr Geld hatte Herr Ho auch dadurch. Und dass er etwas zu tun hat und ich ihn vielleicht auffangen kann, rechtzeitig, und dadurch das Schlimmste vielleicht verhindern. Vielleicht auch schaffe ich es, dass er seine Tabletten nimmt. Er gab sich große Mühe mit mir und schrieb mir die Aufgaben in schönster Schrift vor. Herr Ho schreibt immer in schönster Schrift. Alles und jedes. Dass ich mir die vielen Zahlen und Kalenderdaten, welche ihm als so wichtig und interessant erschienen, nicht und nicht einprägen konnte, verdross ihn sichtlich, er blieb aber immer höflich. Herr Ho wollte sich immer im McDonald's bei dem Buszentrum mit mir treffen, und monatelang ging das gut. Jedes Mal hatte ich aber Angst, dass er dieses Mal nicht kommen wird. Ich bangte, dass ich den wichtigen Zeitpunkt übersehe und seine Krankheit schneller ist.

Einmal hatte er über eine Stunde Verspätung, weil ein Bus kaputtgegangen war. Aber einmal, ein paar Wochen später dann, war Ho wirklich krank. Rief aber nicht an. Ich suchte ihn zu Hause, er war sehr unruhig. Ich kaufte Lebensmittel für ihn ein, redete mit seinem Vermieter, welcher sehr freundlich und verständnisvoll war. Irgendeinen geringfügigen Mietrückstand beglich ich dem auch sofort. Ho hatte mich öfters um ein bisschen Geld gebeten, hatte Schulden, hätte neue Schulden gemacht, wenn ich meines zurückverlangt hätte. Er hatte nicht viel Arbeitslosengeld und musste für das Zimmer recht viel zahlen, und der Vermieter brauchte jetzt auch mehr Geld, und die junge neue Frau des Vermieters mochte Herrn Ho nicht und brauchte mehr Platz und Geld. Und Herr Ho getraute sich auch nicht, das Bad und die Küche mitzubenutzen, lebte aber fast von Anfang an, seit er hier in der Stadt war, in dieser Wohnung. Und Geld zum Essen brauchte er auch. Der Vermieter war sehr wohl freundlich, die Wohnung war mit Caritashilfe gefunden worden. Aber jetzt nach so vielen Jahren hatte Ho Angst, er müsse fort. Wollte auch fort, fragte mich beim Lernen oft, ob ich ihm beim Finden einer Wohnung helfen kann. Konnte ich nicht. Und jetzt, jetzt musste er ins Spital. Ich ging mit. Er hörte Stimmen. Sie nahmen ihn auf. Die Ärztinnen waren freundlich. Er blieb aber nicht lange. Er ging immer sofort aus dem Spital weg, wenn es ihm besser ging. Bald musste er dann wieder rein ins Spital. Wir waren, Samnegdi, er und ich, im Park gesessen und plötzlich war da etwas, was wir nicht sahen. Ein winziges Insekt. Samnegdi meinte, es müsse riesig für Ho gewesen sein oder ein Hordenschwarm. Hos Hausarzt, der neben dem Park ordiniert, war dann sehr nett, aber Ho musste ins Spital. Er nahm ja seine Tabletten immer nur sehr kurz, also nie. Eine

Depotspritze getraute sich der Hausarzt Ho damals nicht zu geben. Im Spital dann waren wieder alle freundlich. Ich war der Übersetzer, Dolmetscher oder so irgendetwas für die. Der Primar nahm sich ein paar Tage später auch Zeit. Ein paar Ärztinnen vermittelten. Die waren dem Primar sympathisch. Wir suchten, wo Ho hinkann und endlich bleiben. Sie hatten nichts im Spital und draußen auch nicht. Keine Familien, die Menschen aufnahmen. Aber das Programm gab es. Aber dann doch nicht. Ich fragte wie gesagt beim Pfarrer gegenüber der ALEIFA-Firma, der ein herzensguter Mensch ist. Der wollte ihn eben bei sich aufnehmen und ihm Arbeit und Essen geben. Für wie lange auch immer. Aber für ein paar Wochen war der Pfarrer gerade nicht da. Sommerferien. Ho wollte aber nicht so lange im Spital bleiben, einmal und noch einmal verschwand er daher wieder, weg von dort, auf und davon. Die aus dem Spital riefen mich in der Nacht an. Ich suchte ihn verzweifelt, der schlief zu Hause tief und fest. Die Untermietwohnung hatte er damals ja noch. Dort schlief er also. Der Vermieter hatte gerade einen Besuch, welcher mich für einen Polizisten hielt. Der Vermieter beruhigte seinen Gast und sie tranken weiter und Herr Ho schlief derweilen weiter.

Als der Pfarrer aus dem Urlaub zurückgekommen war, bemühte er sich sofort um Herrn Ho. Aber Herr Ho rief mich am zweiten oder dritten Tag an und wartete nicht, bis ich hinkommen konnte, und war weg. Auf und davon. Der Pfarrhof war eine große Chance gewesen. Mehr Schutz und Hilfe hat es nicht geben können für ihn. Andere Leute wären froh und glücklich gewesen. Monatelang sah ich Ho dann nicht. Einmal auf der Straße dann, wir grüßten und er bat mich um ein bisschen Geld, ich gab ihm das. Wieder Monate später rief er ein paar Mal hintereinander bei mir daheim an. Ich war nicht zu Hause, und er war dann aber telefonisch nicht erreichbar. Und dann wieder ein paar Wochen später erzählte mir Samnegdi, dass Ho seine Invaliditätspension und seine Wohnung verloren habe. Er habe vergessen oder es aus Panik und Unwissen nicht zusammengebracht, den Antrag auf Verlängerung abzuschicken, und er sei auch nicht bei der vorgeschriebenen Untersuchung gewesen. In der Folge habe er seine Miete nicht bezahlen können und daher die Wohnung verloren.

19

Es verhält sich alles in allem wie folgt: Herr Ho ist ein chinesischer Flüchtling aus Vietnam. Einer von den Boatpeople. Herr Ho gilt als paranoid, schizophren und psychotisch. Er tut aber niemandem etwas, sondern ist immer sehr freundlich und meint das auch so. Das ist sein Glück. Er braucht Hilfe. Die braucht er immer. Die bekommt er oft nicht. Das ist sein Pech. Jetzt ist aber alles besser. Weil Herr Ho im Wassermeer fast ertrunken wär', trinkt er kein Wasser mehr. Er sagt das immer ganz stolz, dass er kein Wasser trinkt: *Ich trinke kein Wasser.* Er schüttelt dabei den Kopf und lacht. Herr Ho kommt zwar aus Vietnam, kann aber nicht schwimmen. In Vietnam ist er am liebsten ins Kino gegangen. Er trinkt nur Coca Cola. Weil die USA das Land der Freiheit sind, tut er das. Herr Ho ist nicht ertrunken, er wird nicht ertrinken. Ich weiß nicht, ob er das weiß.

Die Hitze verträgt er nicht. Die Kälte auch nicht. Vor dem Regen hat er am meisten Angst, weil der ihn schlägt. Die Stimmen, die er früher gehört hat, kommen, glaube ich, daher, weil er im Vietnamkrieg Funker gewesen war. Jetzt hört er aber auch noch Stimmen, aber die versteht er nicht, sagt er. Er sagt nie, dass ihm die Stimmen sagen, was er tun soll, sondern er versteht nicht, was sie sagen und von ihm wollen. Herr Ho hat einen ungehorsamen Charakter, glaube ich. Das ist sehr nett von ihm, dass er so ist. Die Stimmen herrschen ihn an. Er kann aber gar nicht gehorchen, weil er wie gesagt gar nicht versteht, was die Stimmen ihm befehlen. Nicht einmal, dass sie befehlen, versteht er manchmal, glaube ich. Sie wollen ihn auf dem Boden haben. Sie sind laut und viele, aber mehr ist nicht. Ich frage mich oft, wenn ich dem freundlichen Herrn Ho ins Gesicht schaue, ob Schizophrenie Gehorsam oder Ungehorsam ist. Oder Freundlichkeit. Und umgekehrt.

20

Es verhält sich des Weiteren wie folgt: Im Winter, in dem kleinen Psychiatriestädtchen in der großen Stadt, sagte Herr Ho, als wir auf dem Anstaltsgelände zwischen Bäumen herumgingen, plötzlich zu mir, dass er Menschen suche. Und einmal auf der Station dort sagte er zu mir, dass er arm sei: Das war kein Jammern und kein Bitten, sondern eine Erkenntnis und er erschrak, war aber tapfer. Und dann wurde er in das Schloss verschleppt, ganz woanders war das, sehr weit weg, dort sagte er zu mir: *Ich möchte leben.* Und ein anderes Mal sagte er dort: *Ich möchte das Leben wissen.*

Bin einmal mit einem Taxi zu Herrn Ho ins Spital in der Stadt. Die koptische Ägypterin damals fährt mich in die völlig falsche Richtung, entschuldigt sich, fährt kreuz und quer, erzählt von den Eltern, die ihr totes Baby in der Tasche zurück nach Ägypten bringen wollten. Hos kaputte Jacke damals, die Kapuze voller Vogeldreck. *Für Ho kommt jede Hilfe zu spät? Warum gebe ich nicht Ruhe? Er ist todkrank, warum sehe ich das nicht, warum sehe ich das nicht ein? Weil ich nicht darf, weil es nicht so ist.* So war das damals.